文学理论教程

WENXUE LILUN JIAOCHENG

王峰 主编

北京大学出版社
PEKING UNIVERSITY PRESS

图书在版编目（CIP）数据

文学理论教程 / 王峰主编. —北京：北京大学出版社，2021.5
（博雅大学堂·文学）
ISBN 978-7-301-31700-6

Ⅰ.①文… Ⅱ.①王… Ⅲ.①文学理论–高等学校–教材 Ⅳ.① I0

中国版本图书馆 CIP 数据核字（2020）第 187337 号

书　　名	文学理论教程 WENXUE LILUN JIAOCHENG
著作责任者	王　峰 主编
责任编辑	张文礼
标准书号	ISBN 978-7-301-31700-6
出版发行	北京大学出版社
地　　址	北京市海淀区成府路 205 号　100871
网　　址	http://www.pup.cn　新浪微博：@北京大学出版社
电子信箱	pkuwsz@126.com
电　　话	邮购部 010-62752015　发行部 010-62750672 编辑部 010-62767315
印刷者	大厂回族自治县彩虹印刷有限公司
经销者	新华书店
	650 毫米 ×980 毫米　16 开本　21.75 印张　357 千字 2021 年 5 月第 1 版　2021 年 5 月第 1 次印刷
定　　价	59.00 元

未经许可，不得以任何方式复制或抄袭本书之部分或全部内容。
版权所有，侵权必究
举报电话：010-62752024　电子信箱：fd@pup.pku.edu.cn
图书如有印装质量问题，请与出版部联系，电话：010-62756370

目　录

编写说明 / i

导　言 / 001
    一　文学的重要性 / 002
    二　文学与日常生活 / 006
    三　现代文学的区分 / 007
    四　文学理解的争议 / 010
    五　文学是可理解的吗？/ 013
    六　文学的多维 / 015
    七　马克思主义对文学理论研究的指导意义 / 016

第一编　文学的结构 / 019

第一章　作　者 / 021
    一　作者作为制作者 / 021
    二　作者作为创造者 / 025
    三　作者作为生产者 / 027
    四　作者作为书写者 / 030

第二章　作品与文本 / 040
    一　文学作品的分层 / 040

二　文学作品的结构方式 / 042
三　作者、作品和读者 / 044
四　作为本体的文学作品 / 048
五　不同于作品的文本 / 051
六　新文本主义的文本分析法 / 055

第三章　文学阅读 / 060
一　阅读与文学 / 061
二　作为专业的阅读 / 066
三　为了阅读的批评 / 072

第二编　文学基本问题 / 079

第四章　文学语言 / 081
一　文学活动与语言 / 081
二　文学语言与非文学语言 / 084
三　文学语言的内指性 / 088
四　文学语言的陌生化 / 090
五　文学语言的可逆性 / 092

第五章　文学与文类 / 099
一　中国文类传统 / 099
二　西方文类传统与当代观念 / 103
三　文类的基本问题 / 109
四　余论 / 115

第六章　文学叙事 / 118
一　叙事概述 / 118
二　经典叙事学 / 120
三　后经典叙事学 / 130

第七章　文学隐喻 / 135
　　一　隐喻概述 / 135
　　二　相似性、语境互动与认知 / 137
　　三　从常规隐喻到文学隐喻 / 141
　　四　隐喻的文化与美学功能 / 146

第八章　文学与创伤 / 151
　　一　"创伤"概念梳理 / 151
　　二　创伤是文学发生的动机 / 154
　　三　创伤是文学的主题和类型 / 156
　　四　创伤经历与文学表征之间的差距 / 161
　　五　创伤书写及文学的社会功能 / 164

第九章　文学与社会 / 168
　　一　文学与社会的关系 / 168
　　二　文学的外部研究与内部研究 / 175
　　三　社会批评 / 178

第十章　文学史 / 183
　　一　文学史观念产生的背景 / 183
　　二　文学史的基本观念 / 184
　　三　传记研究 / 190
　　四　文学发展"三要素" / 192
　　五　社会学文学史建构 / 195

第十一章　文学理论与文学考证 / 201
　　一　文学理论与文学考证之间的矛盾 / 201
　　二　文学史的对象以及考证范围 / 204
　　三　文学史料是考证得来的吗？ / 207
　　四　文学史实的考证：一个历史问题还是一个文学问题 / 211
　　五　范式：沟通文学理论与文学考证的中介 / 214

第三编　文学批评方法 / 219

第十二章　文学与文化研究 / 221
　　一　历史发展 / 221
　　二　理论与方法 / 226
　　三　主要特色及反思 / 233

第十三章　文学与解构批评 / 241
　　一　解构批评的兴起 / 241
　　二　解构批评的文学观念 / 246
　　三　解构批评的文学史观 / 249
　　四　解构批评的范式特征 / 254

第十四章　文学与生态批评 / 260
　　一　生态批评的背景 / 260
　　二　生态批评的定义 / 265
　　三　生态批评的主要论题 / 268
　　小　结 / 280

第十五章　文学与后殖民批评 / 282
　　一　殖民，后殖民，后殖民批评 / 282
　　二　东方学 / 285
　　三　女性主义的后殖民批评 / 290
　　四　混杂性文化空间 / 296
　　小　结 / 298

第十六章　文学与新媒介 / 301
　　一　文学媒介及其地位 / 301
　　二　新媒介文学批评范式的形成 / 306
　　三　新媒介文学批评的基本问题 / 312

第十七章　文学与伦理批评 / 320
　　一　文学伦理批评概述 / 320
　　二　诗歌批评生活 / 323
　　三　伟大的传统 / 324
　　四　道德现实主义 / 327
　　五　修辞的伦理 / 330
　　六　诗性正义 / 334

编写说明

文学概论的授课对象是本科二三年级中文系学生，尚未经过理论训练，但已经有一些文学史知识，所以在保持教材学术层次的同时，也要注意深入浅出，让学生容易理解，不产生畏难情绪。本书整体结构分三个部分：第一编是文学的结构，主要从文学的过程着眼进行分析；第二编讨论文学基本问题，包括文学语言、文学叙事、文类、隐喻等偏文学内部因素，以及社会这一外部因素，另外加上文学史、理论与考证等学术研究问题；第三编以几种重要的批评为例来说明文学批评方法的运用，以利于学生把握新的批评方法。

各章节编写人：
导言（王峰 华东师范大学）

第一编　文学的结构
第一章　作者（张永清 中国人民大学）
第二章　作品与文本（王峰 华东师范大学、谷鹏飞 西北大学）
第三章　文学阅读（汤拥华 华东师范大学）

第二编　文学基本问题
第四章　文学语言（赵奎英 南京大学）
第五章　文学与文类（陈军 扬州大学）
第六章　文学叙事（汪正龙 南京大学）
第七章　文学隐喻（汪正龙 南京大学）
第八章　文学与创伤（赵静蓉 暨南大学）
第九章　文学与社会（段吉方 华南师范大学）

第十章　文学史（钱翰 北京师范大学）

第十一章　文学理论与文学考证（王峰 华东师范大学）

第三编　文学批评方法

第十二章　文学与文化研究（胡疆锋 首都师范大学）

第十三章　文学与解构批评（戴登云 西南民族大学）

第十四章　文学与生态批评（程相占 山东大学）

第十五章　文学与后殖民批评（艾秀梅 南京师范大学）

第十六章　文学与新媒介（单小曦 杭州师范大学）

第十七章　文学与伦理批评（范昀 浙江大学）

导　言

　　文学是人类文化的重要组成部分。中国有谈论文学的传统，在《论语》当中有"文学，子由子夏"这样的说法。在战国的某一个阶段，引用《诗经》成为一个有文化修养的政治家的象征，"不学诗，无以言"就是在这样一个意义上使用的。可列举的例子很多，但是我们也知道，古代所说的"文学"与现代的"文学"是两回事。古代的文学跟现代的文学比起来显得很博杂，其内涵也随时代的变迁而不断改变。按照现代的看法，文学、历史、哲学、宗教、社会学等等往往区分得并不很清楚，也带来很多复杂的问题，比如古与今的关系、文学史、文学事实、文学观念的形成等。上述问题很大一部分列入文学史研究领域来解释，但还有一部分不容易解决的，就只能列入文学理论来解决。

　　在现代生活中文学扮演着非常重要的角色。对于年轻人的成长来说，文学是塑造心灵的最佳方式，从孩童时期阅读童书开始，文学就不断带给阅读者新鲜的感受，新鲜的观念，形成世界观念，并且培养出丰富的想象力。在文学中看到人生，看到世界，这也许是文学最重要的功能。我们的经历可能是狭窄的和琐碎的，但是文学通过讲述一个故事，铺陈一段情感，会让我们发现，在人生当中有着自己忽视的东西，平时体会不到的东西，这就是文学能够带给我们的真正的享受。文学中蕴涵的理想主义也带我们脱离狭隘的凡庸生活，从生活的小天地中摆脱出来，看到广阔的世界，激励我们形成更具深度的世界观念，提升我们的人生境界，带给我们心灵的慰藉。

一　文学的重要性

1. 文学是教养的体现

文学是一种教育形式，无论是传统社会还是现代社会，都会通过文学对儿童和少年进行成长的教育。希腊一般教育中，修辞是最重要的部分。修辞与文学渊源深厚，我们可以把它当作传统文学的一个来源。从古希腊时代开始，人们就已经开始关注用文字总结的文化精华。中国古代也有"不学诗，无以言"的观念。《诗经》是中国最重要的文化经典之一。按照文学史的描述，《诗经》是有记载的最早的文学作品集，《诗经》之后，引用、转述其中文句成为文化修养的一种标志，虽然这样的引述可能有割裂上下文义的弊端，但正确的引用，并且能够合乎引用的场合，是文化修养的上乘体现。

在中国古代，文学一方面是言志的方式，另一方面也是抒情修辞的方式，当然，那个时代的言志和修辞与我们现今所指含义不同，古代的言志一般抒发的是个人的政治抱负，是政治文化交流词汇，修辞则是普遍的文字书写方式，"修辞立其诚"指的是凡是书写都要有内在的诚恳，不能随意抒发欺骗性的情感。这一点，跟我们当代的书写可能是不一样的。当代的修辞主要是字词、句子、段落和文章的润色，而古代的修辞则是一种与内在生命本源接近的语言表达方法。现代文明社会当中的青少年都要经受文学教育。一般来说，对现代生活和文化及世界的理解，很大一部分依赖于在文学当中得到的启示。

2. 文学的治疗和疏导

文学的治疗有两种，一种是个体治疗，一种是国民性的治疗。在中国近现代历史上，文学首先是在群体性的社会关系中呈现出来的，比如梁启超就写过《论小说与群治之关系》，提出小说对社会影响巨大，社会革新都要依赖小说的发展。这样的论断在当时可以说是振聋发聩的。他提出："欲新一国之民，不可不先新一国之小说。故欲新道德，必新小说；欲新宗教，必新小说；欲新政治，必新小说；欲新风俗，必新小说；欲新学艺，必新小说；乃至欲新人心，欲新人格，必新小说。何以故？小说有不可思议之力支配人道故。"[1] 这样一来，梁启超把小说的作用提高到社会

---

[1] 梁启超：《饮冰室文集点校》，吴松等校，云南教育出版社，2001年，第758页。

变革的推动力量的高度，整个国民性的改造都要依赖小说界的革新，这就为小说赋予了过多的社会责任和政治功能。可以想见，梁启超提出这一观点的时候，它像是一种奇谈怪论，但随着新文化运动的展开，文学与政治的关联越来越密切，这一论断越来越具有经典论断的地位。鲁迅的例子更加著名。鲁迅曾经说过，他本来在日本学医学，后来在学校里看到一部影片，讲的是一批中国人围观一个中国人被砍头，这些中国人对国人被杀无动于衷。这让鲁迅痛感于中国人的愚昧，认为医学只能疗治个体的身体而不能疗治民众的愚昧，如果不能从精神上解放中国人的心灵，再强健的身体也只能造就冷漠的看客，所以他才弃医从文。[1] 这种对国民性的整体性的疗治是 20 世纪早期中国文学的一个重要观念，这也影响了其后数十年的文学观念。当然鲁迅本人的观念更复杂一些，他一方面关注文学的群体治疗功能，另一方面又关注个体的心理问题。这种混合性在他年轻的时候尤其明显。比如鲁迅受厨川白村影响，认为文学是苦闷的象征，但从鲁迅整个倾向或者说从鲁迅在文学史中形成的身影来看，群体一面受到了更多的关注和重视。

个体性的治疗在 20 世纪前 80 年里一直受到压制，当然压制的原因和机制不断变化，只有到了 80 年代之后，个人化的表述才得到必要的强化，治疗个体心灵成为文学的一个独特功能。这其中明显包含着弗洛伊德精神分析的影响。文学具有药物无法达到的功能，这主要指对个体心灵的平衡和精神上的疏导。从一般心理学来说，文学对个体具有安抚和平静的作用，这是可以实证观察的。但这到底是文学本身的力量还是教育教化的力量还很难说清。弗洛伊德的泛性论虽然受到了广泛质疑，但有一点是所有批评者都承认的，就是他开拓了人的潜意识层面，指出潜意识里的内容才是行动的真正意义。弗洛伊德认为在人的潜意识中压抑着各种不当的欲望，这些欲望总是寻找突破口，力图从潜意识层跃居意识层，但这种突破愿望会受到意识的进一步压制，两者之间的紧张冲突无时无刻不在上演。一旦个体内部解决不了这种冲突，就会出现各种身体的癔症，形成精神疾病。但两个层面的冲突并不是完全消极的，癔症并不是一个必然的结果，对这种冲突的一个解决方式就是将精力转移到文学艺术当中去，弗洛伊德

---

[1]　参见《鲁迅全集》第 1 卷，人民文学出版社，2005 年，第 438—439 页。

称之为"压抑的升华":被压抑在潜意识中的不当欲望通过文学艺术的方式改头换面,它的面目被改装得能够被意识的(文化)检查机制认可,进入表面的生活中,成为生活的一部分,进而消解了不当欲望的压抑,达成了自我心灵的和解。[1]

3. 文学与革命

文学与革命的联系在中国表现得格外突出,当然,在西方文化中这一关联相对复杂,各国情况各不相同。中国文学真正跨入现代是在20世纪早期。这是一个特殊的时期,西方思想涌入中国,中国以一种被动的姿态来吸收西方文化,由此形成了两种对立的文化观念,一种是彻底弃绝中国古代所有的文明,全方位、全身心地拥抱西方文明,一种是坚决拥抱中国传统文化,抵抗外来观念的入侵。在20世纪几乎整个百年里,我们看到的是前者的胜利,对立一方被视为传统文化的遗老遗少,被彻底抛入历史的垃圾箱。只有到了世纪末,文化保守主义才有重新抬头之势,我们似乎发现,原来并不是越革命越好,回归传统与拥抱现代并不矛盾,革命不等于破坏,它还是一种重要的建设方式,只有把西方的吸收过来,并把中国的优秀传统传播出去,才是一种良性互动的关系。单方向的肯定一方,否定另一方,都是有问题的。

在20世纪早期,一切都混沌未分,未来向何处去还完全模糊一片,所以在那个时代,借西方文化彻底革除传统文化成为显著特征。但同时,我们也要注意到,这种革除旧制是在被迫的状态下完成的。这就形成了一种复杂的文化心态:一方面,中国面临西方政治和经济上的入侵,在情感上与西方对抗,形成一种"被迫"的情感;另一方面,这一"被迫"的情感又必须找到一个宣泄口,溃败了的中国传统文化因此就成了打击对象。文学在这种撕裂的文化状态中与革命达成了一致,革命成为治愈文化伤痛的一剂良药。从鸦片战争到20世纪40年代,外部世界对中国的侵略成为整个文化政治生活的重要部分,文学作为一种开发民众心智的重要手段,不可避免地负担起了政治性的宣传任务。一般来说,每个国家的文学都有自己的独特起源、发展、特质、路径及关注的方面,但20世纪的中国恰好缺乏一个从容发展的空间,革命或不革命,有的时候,成为判定一个文

---

[1] [奥]弗洛伊德:《精神分析引论》,高觉敷译,商务印书馆,1986年,第301页。

学家好坏的标准。这种政治化的倾向一直延续到20世纪下半叶。

20世纪早期的重要文学家大多是后来文学样态的铸造者,并在日后的追认当中被指认为文学的基石,如周氏兄弟,等等。这些人注意到了革命的重大作用,他们的文学不可避免地与革命发生千丝万缕的关系。在20世纪30年代,革命成了一个重大的主题,无论外来的文学样式具体怎样,接受进中国的部分都必然与中国的革命形态发生密切的关联。到底是启蒙重要还是革命重要的争论,从20世纪30年代一直延续到世纪末。无论这一话题产生什么样的影响,我们都必须承认这是时代所造就的,作为后来者,我们没办法逃离,文学从来都不是先形成一个纯粹的本性,然后政治、经济、文化等方面的各种意识形态玷污了它,改变了它的样态。文学从来都是结合着政治、经济和文化意识形态一块儿发生,一块儿变化。对于现代中国而言,战争是中国文学的一个重要组成部分,革命是中国文学的天然基因,我们只能在日后逐渐剥离和清理,而这样的剥离和清理,都是源于对纯粹文学性的追求。文学性实际上是对本源进行澄清的工具,通过它,在历史的追溯之中塑造了一个本源,并且对中国文学与革命的关联进行剥离和调整,这也是文学开拓道路的一种方法。

4. 新媒介中的文学

21世纪以来,随着网络的迅猛发展,我们发现文学的地位在逐渐下降。我们曾经以为文学是这个时代最伟大的记录者,但在新媒介时代,赋予文学如此重要的地位是不恰当的,文学并不能完成那样崇高的使命,相反它要回归到娱乐休闲这样的本性上来,网络上各种新的文学形态开始出现,比如玄幻、盗墓、穿越等,这在以前的文学形式当中是见不到的。主流文学创作团体曾经对之颇为不屑,甚至发起过攻击,但是它具有非常强大的生命力,顶住非议存活下来,成为当代最具活力的创作方式和作品形态。网络文学面对的基本上是年轻读者,相对其他年龄段而言,青年人对文学的需要最强烈,文学表述对他们的吸引力也最强大,可以说,一种文学形式占领了青年人的阅读,它就基本成功了,只需要等待文学史的经典追认就可以了。我们看到,网络文学获取了越来越多的支配权和话语权,并且通过影视改编获得更广泛的受众。曾几何时,主流文学圈认为网络文学是一种低级的、不成熟的文学形式,更接近于猎奇的类型文学,离伟大的理想情操的塑造很远,但是我们慢慢发现,这些所谓的通俗的类型文学中包含丰富的精神层面的东西，这是以前所忽略的。更进一步，通俗的网络文学在改造着文学的形态，它不仅为文学增添了抒写的新类型，也将文学的内涵从传情达意中解放出来，摆脱了精神性探索的困扰，将文学定位在寻求快乐，探险猎奇，寻找新的形态，以及表达独特的情感。也就是说，文学逐渐成为小众的，但就其本源来讲，它又是大众的。

二　文学与日常生活

文学与日常生活关系密切。我们一般认为文学是从日常生活当中来的，这一点在每一个时代都基本相同。这是我们经常碰到的预设。我们一向认为，文学源于日常生活而高于日常生活，这一"高于"指出了文学能够把我们从日常生活当中提升出来，进入更高的精神世界，它通过一系列的文本描绘方法，将生活事件曲折变化，从琐碎的单一事件上升为一系列事件中不可缺乏的一环，这就将生活事件改变了面目。文学作品常常比日常生活中发生的事件更加浓烈更加集中，更富有哲理和寓言性质。文学创造出一个世界，并且在这个世界之中建造起独特的人物与世界的关联。在文学作品中，人物和事件往往都是别有含义的，很少随意设置，与文学世界相游离。人物和事件往往是文学世界的必要构件，同时展现了文学世界的独特含义，也力图展现文学世界的美感。一般来说，我们很少认为作品中的文学世界与现实世界相隔离，我们倾向于认为文学世界与现实世界之间存在着丰富多样的关联。现实主义作品往往具有更直接的关系，比如巴尔扎克的《人间喜剧》描写了法国各个阶层在那个时代的变化，茅盾的《子夜》描绘了民族资本面对买办资本的节节败退，魏巍的《谁是最可爱的人》描写了援朝志愿军战士，如此等等，这些作品都与现实生活具有实际的关联，有的时候，我们甚至说，这些作品是有现实原型的。当然，抒情作品就不见得有现实原型，比如抒情诗、抒情散文等等，或者抒情性叙事作品，相对而言与日常生活的联系要小一些。对于不同的作品类型，它与日常生活的关系是变化的，没有一个公有的比例关系，也很难设定文学一定模仿生活，因为模仿论只有在彻底的现实主义作品中才显著存在，在其他类型的作品中，这一模仿就相对弱很多。

如果我们反省一下讨论方式，就会发现，在理论探讨中，文学与日常生活相关，这是一个有趣的问题，只有在文学研究范围内，我们才思考这样的话题，也就是说，文学研究实际上是一种特殊的观看文学与生活的方式，它让我们意识到文学是与日常生活不一样的，文学应该与日常生活区分开来。我们可以按照布迪厄的区隔方式，把文学从日常生活当中隔出来形成一个独特的领域，考察文学在日常生活中具有何种符号资本，并且这样的符号资本怎样与其他符号资本和物质资本进行替换。而按照阿多诺的说法，文学和日常生活的分离实际上是现代性的产物。阿多诺在《美学原理》当中告诉我们，文学与日常生活是不断地相互区分又不断地相互融合的，区分是一种动能，它具有将自身纯粹化的倾向，为自己划定一个领域，争夺自己的权利，因此它必然要从日常生活当中独立出来，但是这样一种独立与日常生活本身要把它拉回去的力量形成尖锐的撕扯关系。[1] 文学与日常生活由此形成复杂的关联，不断地分开又不断地被拉回去进行比较，检查一下两者之间的边界，不只是检查交叉之处，更重要的是检查在哪里模糊掉，如何重新区分。这是一种"爱恨交加"的离合关系。一般来说，文学是一个派生出来的领域，它从日常生活当中获得自己的权利，但是，在当代文化研究当中，这一关系被扭转了。当代文化研究将文学作为一种独特的文化现象，而其他的日常生活同样可以是一种文化现象，这样一来，文化现象之间的地位是平等的，那么日常生活就不可避免地打上了文化的烙印。那些具有文学意味的，具有美的素质的日常生活，经过文化研究的视野打量之后，也具有了文学的性质。这样一来，就把文学性扩展到所有的文化当中去，但同时也把文化当中的部分内容重新拉回文学当中，这就形成了当代一个很独特的现象，即日常生活的文学化和审美化。

三　现代文学的区分

在文学史的学习中，我们一般会形成一种观念：文学从古至今是不断发展变化的，文学的性质不断从细微到纯粹，从不自觉到自觉，现代文学成为真正的文学，古代文学则混杂着不少杂质，但由于时间长久，某些作

---

[1] [德]阿多诺：《美学理论》，王柯平译，四川人民出版社，1998年，第8页。

品被树立为文学经典。无论是哪一种文学史，文学到现代才变成纯粹的文学这一点是基本不变的。所以我们看到古代文学有古代的文学史，现代文学有现代的文学史，虽然历史时间不同，但文学的精神是一脉相承的。文学史是一个文学理论观念，文学史当中潜藏着文学的理论看法。这样的脉络连续的文学史观念近些年来受到了严肃质疑，以至于文学史写作的地盘逐渐从文学研究中退却。文学史仍是大学文科教育必需的一门功课，因为如果没有文学史，我们就无法了解过往的文学样态，但文学史毕竟是建构出来的文学史，我们也得小心翼翼地不要把文学史教材上的知识当作确凿无疑的事实。

戴燕认为，中国文学史的成熟是在20世纪上半叶，主要是一种制度性的观念实践，即文学史的写作，"中国文学史的叙事格局，大体形成在20世纪的20—30年代"[1]。这一写作方式的大量出现与京师大学堂的建立密切相关。自其设立开始，官方的文学观念就一直占据主导地位，当然，官方的文学观念也来自当时最先进的知识分子。据陈国球考证，《筹议京师大学堂章程》"是总理衙门请托于康有为，再交由梁启超起草的"[2]。这也反映了新式观念与旧观念的有限度的合流。

看一个具体个案。林传甲身为京师大学堂教员，写作文学史时，一方面要参考日本人笹川种郎的《支那文学史》，一方面还要遵照《钦定京师大学堂章程》的规定，所以他的文学史就显得犹豫不定，既受日本文学史的影响，又与《四库全书》有割不断的牵连。[3]戴燕指出，"林传甲的这部不折不扣地执行了《章程》中有关文学研究规定的教材，充分表现出在文学学科设立初期，人们对这门新兴学科的范围、内容和手段的认识，多少有些介乎中西、古今之间的摇摆和含糊：既要照顾被模仿被吸取的西方学理，又要迁就传统的中国学术思维的定势"[4]。陈国球细致考察了林传甲《中国文学史》与《钦定京师大学堂章程》之间的关系，认为这部文学

---

[1] 戴燕：《文学史的权力》，北京大学出版社，2002年，第49页。
[2] 陈国球：《文学史书写形态与文化政治》，北京大学出版社，2004年，第2页。
[3] 林传甲编著：《中国文学史》，见陈平原辑《早期北大文学史讲义三种》，北京大学出版社，2005年。
[4] 戴燕：《文学史的权力》，北京大学出版社，2002年，第7页。

史主要是遵从规定的教材，借鉴日本文学史的成分相对少些。[1]

上面对文学史书写的评论不是反对文学史教材的写作，而是指出文学史书写背后的一些隐含观念，有些观念是要批驳的，比如认为文学史实是不变的对象，文学史就是对文学这个对象的历史书写，等等；而有些观念是可以保持的，比如文学史是一种史的建构，等等。文学史教材毕竟不是一种文学的研究，而是为了满足大学教育的需要而安排的课程用书，为了让大学中文系的学生获得对中国文学的整体认识，需要一部脉络清晰、条理明白的文学史，但真正进入文学史的研究阶段，这种一以贯之的文学史脉络却是要抛在一边的。授课与研究之间的差异无论是教师还是学生都有所感触，但这种差异的原因却没有得到深入的思考。

比如，文学史书写往往采纳"阶段性进化"的观点，即把民间文学的精英化与进化论结合起来，并预设了文学文类的转变（一个时代有一个时代的文学，如唐诗、宋词、元曲、明清小说这样的说法）。再如，一个整体的文学史需要一个贯穿始终的观念，道与情的对转是某种解决的方法，它强调文学不单纯是形式问题，也有内容方面的问题，过分强调文学形式和情感，文学就会显得孱弱，缺乏刚健的气息，要补救过分煽情之弊，就有道统论的复兴。但我们一向视为纯文学祖师的古文运动，恰好是反对我们现代的这种"纯"文学观念的。我们发现，这样的设计是为了文学史整体描述的方便，但这种整体性的视角包含着基本的假设，这是文学史写作中隐而不彰的：我们之所以能讨论"进化"，就是因为我们站在过程之外，能够看到整个高潮和低谷，也就是说，我们之所以"这样"看文学史，完全是因为我们具有一种现代视野，用克罗齐的话说："一切真历史都是现代史。"一条或几条主线型的文学史书写基本上是现代史，是在现代视野和理论观照下形成的历史，文学史的书写绝不是一种客观的书写，也不像人们所理解的那样，是一种对某类事实的观念性理解，实际上，它没有那种确定不变的事实，事实是随着观念的变化而显现出来的，没有那种观念就没有那种事实。相对于其他类型的历史，这种特点在文学史书写上尤其显著，因为文学史主要是现代教育制度和文学实践相结合的产物。它的观念性是比较强的，可以从现代文学观念反观历史，也可以在历史中找到与文学观念相

---

[1] 参见陈国球：《文学史书写形态与文化政治》第二章，北京大学出版社，2004年。

近的材料和作者,并且将其塑造成一个一以贯之的脉络,但这无法清除基本的观看视野,也无法用连续性的脉络来掩盖文学历史的复杂性。

四 文学理解的争议

文学是丰富的,当我们这么说的时候,不仅仅是把文学当作一个实体,或一堆不同的相近实体的集合,而是从文学的称谓、观念、概念、划界、矛盾等各个方面看到文学是丰富的,多棱的。对文学下一个定义既是一件容易的事情,又是一件相当困难的事情。说它容易,是因为任何人都可以凭着自己的阅读体验,为文学下一个定义,而且每一个定义,无论乍看起来多么离谱,都有其对应的范围,都有其合理性。但是任何一个定义都难以达到普遍赞同的效果,它可能表达出关于文学的某些深刻的道理,但总有一些文学实践溢出这一定义。韦勒克在《文学理论》第二章专门讨论这个问题,指出文学的定义多种多样,但无论是哪一种似乎都不能让人满意,相对来说,他更倾向于文学的本质在虚构。[1]相对来说,文学的本质在虚构这一观念得到的赞同比较多,但同样也有反对的提案。乔纳森·卡勒提供了一个非常激进的建议,文学没有本性,任何定义都不能完好地表达文学的性质,因为文学是不断变动的,无论是人性特征、理想品质、社会阶层、文化身份、心理状态、修辞方法、文本形态等等,都不足以全面地定位文学,文学以它丰富而动态的实践溢出这些层面。那么文学是什么呢?卡勒使用了一个激进的比喻:文学像杂草。杂草是园子里不想要的东西,所以文学就像杂草一样,看你出自什么目的来看待它。[2]卡勒的观点也算是渊源有自,维特根斯坦在《哲学研究》中强调事物没有一个普遍本性,只是按"家族相似"的方式组合在一起,寻找本性的做法都是语言的误用。[3]维特根斯坦的后学莫里斯·魏茨从维特根斯坦的构想直接提出,没有美的本质,也没有艺术的本质,美和艺术都是开放的,无边界

---

[1] 参见[美]韦勒克、沃伦:《文学理论》修订版第二章,刘象愚等译,江苏教育出版社,2005年。

[2] [美]乔纳森·卡勒:《文学理论入门》,李平译,辽宁教育出版社,1998年,第23页。

[3] [奥地利]维特根斯坦:《哲学研究》,陈嘉映译,上海人民出版社,2005年,第38页。

的。[1]这些观念都属于激进观念。除了传统的文学本性论和激进的文学无本性论之外，还有各种中间形态，力图寻找一组或几组文学规则或文学声明，由此进行文学的多种表述。这些中间形态在目前的文学研究中具有很大的影响力。

一个常见的方法是进行历史的考察。从文学不断发展的历史当中找出变化的规律，在历史的考索之中发现文学的本质。这是各类文学史教材持有的信念，也是文学史能够作为一个学科不断进行开拓的根本源泉。由此出发，文学史所面对的对象就是文学的历史材料，研究者在历史材料当中索取适合文学史理念的那一部分，进而形成文学史的整体面貌。这样一来，文学的性质其实就是文学史的流脉，文学性就在文学史的变动当中逐渐形成。当然，在这个文学史的演变中，已经隐含了当代文学的优先性，即无论古代的文学如何变化，当代的文学一定是最标准的文学，虽然在质量上不如古代文学中的经典作品那样光辉灿烂，但从各种文学的标准和规定来看，当代文学是最符合文学定义的。这种文学史观念也蕴涵了文学的未来转变，即文学会不断沿着它的轨迹向未来行进，它可能变得不像当代的文学，但这是文学演化的正常轨道。

文学的历史主义方法其实是一种理念论，在文学教学中非常有用，因为它可以教给学生清晰的文学史脉络，但是这一脉络理念主义倾向太过强烈，而且这一方法所隐含的当代视野被有意无意地掩盖起来了，历史成了一个材料场，而收集材料、分析材料的理念方法却被当作自明的。这一观念也引发不少争议。

从福柯的知识考古学角度出发，我们可以修正文学历史主义这一过度强烈的理念论方法。福柯创立的知识考古学指出理念论的历史主义只是一种历史的假象，任何历史时期都有其特殊性，很难为一个长时段的历史找到一种或几种一以贯之的脉络，但一段时期，各种相近的话语衍生出的声明、规则间不断冲突争斗，形成的一致主题却是历史中经常出现的情况，比如疯癫、监狱、性等等，都是各种话语冲突形成的结果，我们把这一段时期内形成的话语结果当作一种普世的规律，忽略掉曾经存在的复杂对立

---

[1] Morris Weitz, "The Role of Theory in Aesthetics", *The Journal of Aesthetics and art Criticism*, 1956(1), pp.27-35.

冲突和规则的变形、运动，而将一段时期的暂时性的规则上升为普世的规律，这就是问题出现的根源。只有把形而上学式的判断和研究还原为考古学式的研究，才能把文学史问题放在一个适合的位置上，否则就可能出现史实的歪曲。

虽然文学不是知识，但围绕文学形成的各种理论和看法却是知识的来源，我们以为在文学中直接体验到的是内容，是文学的真情，但从知识考古学来看，为什么是这样的真情，而不是那样的真情构成了文学的内容，这不是文学自身就能解释的问题。回到文学产生的那段典范时段去理解，有利于剖析文学产生的真正状况。对于文学的产生也有两种不同的观念。一种观念持历史主义视野，主张文学的发生与文字的发生合一，这在各种文学史教材中都有反映。一种观念认为必须是"文学的自觉"，才能真正算作文学的发生，所以，这一时间点可以如鲁迅在《中国小说史略》中那样，划在魏晋，也可以如现代研究者那样，将之放在晚清，因为只有这时，才产生现代意义上的文学，而我们平时所说的"文学"其实指的都是现代意义上的文学。这也是考察现代文学史书写的真正含义。

从上面的分析可以看到，文学的历史阶段划分都各有所论，对文本性质的判断自然也更有不同。可以说，文学性质的讨论中存在着激烈的争议，到底什么是文学，如何判断文学作品，这是最基础的问题，也是一个最困难的问题。一般来说，一个学科里最基本的问题往往是最困难的问题，比如在文学研究中，文学及其本性看起来是最基本的问题，其他问题应该以此为基点进行分析论证，但事实上，这一基本问题却往往在分析和研究中最后才得到解决，甚至到最后都难以解决。这一点看起来难以理解，但其实是一种普遍的情况，几乎每一个学科都存在这样的难题。这也跟学科理论探讨的性质密切相关。我们往往看到了学科的成熟状态，并且把这种状态认作理所当然的，历来如此的，其实任何一个学科都存在着演变史。一个所谓的"基本问题"在演变史中，往往是由一大堆相关的问题组织在一起之后提炼出来的，这一问题似乎应该成为基础，但从考古学的角度看，这往往是最后才能解答的，必须做大量的周边工作，才能解释这一基础状况。

与此连带的一个现象是，我们往往看到不同理论之间纷争不断，理论家们公说公有理，婆说婆有理，似乎人人都有道理，究竟应该相信哪个呢？难道同一个问题可以有很多正确答案吗？实际情况就是没有完美的理论和绝对的真理，这一点在人文学科中格外突出。

那种认为文学史研究无须任何前提就可进行的实证主义观点，乃是建立在一种错觉之上，好像受现时历史制约的研究可以同社会要求脱节。其实，研究范围的确定以及从大量流传下来的原始材料中遴选出所谓的"文学史实"，这本身就已包含着一种价值判断；至于在人们赋予那些被提高为文学史实的作品、作家、方向、潮流、流派以及阶段的意义中，这种价值判断的关联就更明显了。[1]

艺术、哲学、伦理这些本来就是很复杂多面的东西，研究者又有各自独特的性格气质和思考方式，因此对同一个问题可能有很多种回答，而这些回答并不能简单地用谁对谁错来判断，而是要看清楚他们分别是从怎样的层面和角度来思考问题的，以及他们是用什么样的方法来论述这个问题的，论述的过程是否严密和富有说服力。只有当你发现了其理论内部有逻辑漏洞时，才可以批判它，否定它。人文学科的理论没有标准答案，没有所谓绝对的正确和错误。课本上的理论或者老师讲的东西你未必一定要赞同，自己完全可以通过思考得出自己的结论，但关键要能够向大家证明，你推导出结论的每一个步骤都经得起推敲，对问题的每一个层次都做了足够的预设和分析。

简单地总结一下：理论是抽象的，但它不是让人背诵的教条，它面对生活中实际存在的事物和问题展开思考活动，思考的目的和过程同结论本身一样重要。人文学科的理论没有绝对的正误之说，好的理论是从某个角度出发对事物何以如此进行了足够的分层辨析，并对此进行了令人信服的论证。

五　文学是可理解的吗？

如果我们放弃文学本性的探讨，搁置文学本性之争，是否会导致文学变得不可理解了呢？文学基要主义者（所谓文学基要主义就是那种主张文学具有某种稳定的意义来源的观念，比如作者中心论、作品中心论或读者中心论等观念）

---

[1]　[德]瑙曼等：《作品、文学史与读者》，范大灿译，文化艺术出版社，1997年，第187页。

会认为如果不能澄清文学本性为何物，我们就根本不能理解文学的意义，文学的根本意义必须与文学本性的理解和研究结合在一起。一般来说，坚定的文学基要主义观念比较少见，更多的是调和性质的文学基要主义观念。但解构主义者会对基要论迎头痛击。在解构主义者看来，文学本性问题本来就不可论证，德里达在《书写与差异》和《论文字学》中指出，文字书写能否达到它所指称的对象是非常可疑的，也就是说，意义是否真正在语词中呈现出来，这是一个可疑的问题。如果文字不能与它所指向的对象形成固定的联系，那么文字的意义就将受到质疑，因为文字的意义是由其所指的对象赋予的。德里达的观念非常激进，他在大家习以为常的字词与物的固定联系之间切入怀疑的因子，引导我们认为任何意义都是不可靠的，是破碎的。德里达的力量在于提供本体性的质疑，他在整个世界构造上进行了彻底的意义颠覆，更不用说文学意义了。

在解构主义之后，文学还是可理解的吗？

有一种观念认为，如果文学不提供一种固定的意义的话，那么文学到底是什么就无法真正得到理解。这样的观念，在文学研究和文学阅读理解当中很常见，如果我们细细剖析，就会发现导致这种观念的原因是非常复杂的。主张作家意义来源论的人会认为作者是文学作品意义的来源，作者的意图或意向决定了文学作品意义的基本方向，这一点往往体现在作家社会史研究中，比如社会历史文论往往持有这种观点，另外，19世纪法国文论家圣伯夫也是作家痕迹研究的代表。形式主义和结构主义更倾向于将文学意义放入作品中，研究作品的修辞格和文类关联以及作品。新批评提出"细读"的工作方法，更是将作品提高到文学意义的"唯一"承载体的地位。读者接受文论认为只有读者的阅读和批评才最终完成了作品，在此之前，仅仅存在一个充满空白点的文本，只有填充了这些空白，跨越阻碍，才能完成文本的意义，同时文本也成为一个完整的作品。读者接受文论提高了读者的地位，放弃对作者意图的追寻，同时，作品从主导和支配的地位上滑落下来，成为读者的一个劳作对象，其中的变化是颇值得玩味的。

如果我们把文学看作一个动态的过程，作家决定论更认同作家与作品之间的直接关联，并将意义主要放在这一过程中，读者通过作品与作家相连，这就默认了与文学意义的关联较弱；作品决定论果断地切断了作品与作家、读者的关联,将意义放在作品内部,同时也是对文学过程的否定;而读者接受文论则将意义放在读者与作品的互动上,作家的地位被弱化了。按照艾布拉姆斯的观点,除了这一过程中的三要素外,还存在世界要素,这一要素其实是存在于其他三要素的分析之中的。每一个要素都摆脱不了世界的浸入。

上面所列观念只是基本的倾向,具体的文论观念往往并不这么直截了当,具有综合的弹性。列出这样的倾向是为了让整个分析的思路清晰化,同时也可以直指理论的核心,直接揭示理论所强调的根本出发点,以及我们是怎样沿着这一出发点进行理论分析和判断的。

六 文学的多维

文学的意义从来没有一个永恒不变的标准,它也不仅仅是某种或某几种理论声明所能决定的。如果我们相信了一种理论声明,那么也可能由于相似的理由去相信其他的理论声明。每一种理论声明都具有自身内部的自洽性,而且每一种理论都有它面对的范围,在此范围之内阐释力很强,一旦脱离开这个范围,阐释力就变弱。理论并不带来必然的客观理解,有时候,理论解释显得相当主观,这在某种程度上削弱了我们理解文学意义的信心。这是一个实际情况。

后理论从1990年代开始兴起,一定程度上是对理论的无限衍生的反抗,部分理论家提出以经验对抗理论(尤其是文化理论)的建议,认为理论过分增殖,反而遮盖了对直接经验的理解。我们应该直接面对经验,抛弃理论的束缚。可以说,这是理论时代来临之后的必然反应,理论越兴盛,越会在内部产生反抗力。而提出后理论的理论家们也用吊诡的方式表明他们的态度:再没有理论家愿意提出理论之死了,因为要想论证理论之死,我们必须再次求诸理论。

如果说文学是一片试验田地,那么理论就是种植田地的方式,我们无法想象田地未经规划,只是随意丢几颗稻谷就会长成茂盛的庄稼。一旦文学这片田地成为我们文化生活当中的突出现象,成为某部分人群的必需品,它就缺少不了规划,缺少不了理论阐发和指引,无论文学创作者喜爱或不喜爱。正如种植的田地可以有多种类型一样,文学的样态也可以有多种，它根据不同的"地形""地貌"形成不同的类型，每一种类型都有它存在的理由。正如蒂博代所指出的，文学是一个共和国，共和国里如果只有一种声音是不可思议的，那只能是强权制度，只要在共和国里，就会有不同观念的争吵，这包括不同理论之间的争吵。比如作家不喜欢理论家，百姓讨厌批评家的指手画脚，批评家对作家和百姓的劝诫等等。如果没有这些，就不存在一个健康的文学共和国。而处于共和国之内的文学研习者所能做的事情绝不是遵从某种观念就够了，他应该广泛研习，尽量获得相关知识，增强自己的判断力，在面对具体文本的时候能够提出自己的观点，在面对抽象的整体性问题的时候能够用理性的方式来论辩，这才是我们期待的。[1] 而文学，正是在这样的多维空间之中，随着文本的增加和相关理论问题的不断出现，拓展着它的疆域，哪怕真的如同卡勒所说的那样，我们不再能够对文学提出有价值的意见，而且开始对文学漠不关心了，这时文学依然有它的轨迹，可能与现在的形态完全不同。对于进入文学、热爱文学、享受文学、思考文学的人来说，这也许是可以接受的。因为文学本来就是一个敞开的空地，供人们来来往往，或热爱或偶然地耕耘它。

七 马克思主义对文学理论研究的指导意义

我们明确地意识到，任何一种文论观念都离不开马克思主义原理的指导，这里所阐述的文论观念虽然主要是西方诸种文学理论观念的历史性梳理和阐发，但无疑是当代中国马克思主义文论观念的一个有机构成部分。在我们的理解中，马克思主义的根本精神是实践，这一实践是广阔的，向生活实际无限敞开；马克思主义文论观念同样是广阔的，各种具体的文学实践全面包含在马克思主义的基本原理中，是马克思主义基本原理的自然生发。在这里，我们不仅考察文学的形式化一面，还考察文学的社会文化与伦理一面，形式与社会内容的有机结合是本教材的自觉追求。正是在马克思主义基本原理的指导下，我们不仅研究文学史理论和文学结构，也力图探究新形式、新技术下产生的新媒介与文学的关系，力图在变动不居的

---

[1] ［法］蒂博代：《六说文学批评》，赵坚译，生活·读书·新知三联书店，2002年。

各类文学现象中把握文学的实质。

按照马克思主义原理,文学艺术与现实生活的关系是一种反映关系,这一反映可以理解为一种再认识,是基于现实生活和现实世界而进行的再认识,再加工,我们绝不会从中得出一种镜子式的映射,而是从中感悟到水晶石般的映射。在这样一种映射当中,我们发现了文学艺术与现实生活、现实世界的多重结合,而且正是在这一结合中,我们发现不仅实际生活本身会带给我们愉快感,不同的结合方式和表达方式也带给我们无穷的愉快感。运用马克思主义原理来考察各种文学解读方式,我们发现了各种解读方式犹如水晶石一般折射出生活的各个方面,而这些方面本来隐藏在生活中,并不为我们所认识,所发现,文学艺术正是将这些隐藏起来的东西显现出来,并且将之看作生活中重要的一面,或者是生活的本质,这些"本质"都是生活意义的具体展现。各种文学理论观念都力图解释文学艺术的某种状况,但正如马克思所说的,"哲学家们只是用不同的方式解释世界,而问题在于改变世界"[1]。在这里,我们也力图将解释文学世界与探索新文学世界结合起来,寻找两者之间的有机结合,以求更好地揭示文学世界的实质情况。当然,这里只是一种努力学习和运用马克思主义基本原理的结果,至于学习和运用的效果怎样,是否达到了预期的目标,还要交给读者们来判断。如果读者们能够在其中有所得,有所收获,这就达到了我们的预期目标,也起到探索和传授文学知识,展现马克思主义基本原理的力量的意义。这一点,正是本教材所努力做的。凭借马克思主义基本原理的指导,我们发现意义,创造意义,描述意义,文艺创造与作品和阅读一起共同构成了一个坚实的文艺领域,为社会文化的整体塑造贡献力量。

---

[1] 马克思:《关于费尔巴哈的提纲》,《马克思恩格斯文集》第1卷,北京:人民出版社,2009年,第502页。

第一编

文学的结构

第一章 作　者

　　作者问题初看起来是不言自明的,只有作者创作出作品,我们才可能对作品进行阅读,进而产生文学的意义。这样的观念是相当朴素而直接的,但在现代文论中,这样的观念受到了挑战。我们发现,对于作者这样看起来如此明显的问题,其实背后各种观念盘根错节,难以理清。如果从知识范式的角度考察作者问题,我们可以看到,主要有四种主导理论观念,它们分别是:作者作为制作者(maker)、作者作为创造者(creator)、作者作为生产者(producer)、作者作为书写者(scripter)。需要在这里特别指出的是,这并不等于说西方文论的历史进程中只存在这四种作者理论观念,这里只是强调,在诸多的作者理论中,这四种理论具有真正的主导性、典范性,具有真正的"哥白尼式革命"的意义;其他的作者理论要么不具有"范式转型"的意义,要么就是这四种主导范式的某种"变异""变形"或"拼贴"。

一　作者作为制作者

　　古希腊是西方作者理论的源头,它初步奠定了西方作者理论的基本范式,此后的作者理论都可以从中找到其理论范式与形态的胚胎和萌芽。正如安德鲁·本奈特所论:"许多现代作者范畴内的基本区别和范式都是在古希腊出现的,用这种方式或许可以引发我们对作者观念的不同思考。"[1]因而,为了更好地从历史的角度理解和把握作者理论范式在不同时期的转型,我们有必要"追根溯源",即回到其理论范式的源头,回到最具理论

---

[1] Andrew Bennett, *The Author*, London and New York:Routledge, 2005, pp.31-32.

代表性的柏拉图和亚里士多德等的相关论述中。

古希腊时期的理论术语中没有现代意义上的"作者"而只有"诗人"这个概念，因而今日关注的古希腊作者理论其实就是有关诗人的论述。诗人问题构成了这一时期诗学理论的核心，何谓诗人与何谓诗这两个问题是一而二和二而一的关系。根据西方学者的考证，诗在古希腊有两个主要意涵：其一，诗(poiesis)即技艺。对古希腊人而言，作诗就如同鞋匠做鞋，厨师烹饪一样有赖于某种特殊的技能，属于特定的技艺活动、制作活动。诗派生于动词"制作"(poiein)，从事制作活动的人即制作者(poietes)，从事制作活动所需的技艺即poietike，制作活动的结果即poiema，诗人即从事某种特殊制作活动的制作者。其二，诗即缪斯(mousike)。由于缪斯作为文艺女神具有灵感、神赐等诸多意涵，作诗就是神灵凭附之后的某种难以言说的迷狂活动，诗人即传说中的"信使"赫尔墨斯。由此看来，"诗歌的概念自古便被分为两类：一类被视作技艺，一类被视作预言，但通常它都只限于语言"[1]，与此相应，诗人在这两种不同的活动中自然就被"构建"为两种迥然相异的形象，被"赋予"了两种截然不同的"身份"：前者是一个自身"内在"拥有某种技能的制作者，后者则是一个自身被某种"外在"神力所左右的代言者或预言者。[2] 简言之，"制作者"与"预言者"这两种原初形象在历史进程中经历了不同的转换与变形，对后世作者理论的发展产生了极为深远的影响。

具体而言，古希腊的这两种作者形象都可以从柏拉图的相关理论阐释中得到充分证明。我们来看"床喻说"[3]对作者问题的相关论述。柏拉图从其"理式"[4]哲学出发，在《理想国》中通过"理式之床""木匠之床""画家之床"这一极为生动的递进式比喻，将作者塑造成为"影像制作者"："从荷马起，一切诗人都只是摹仿者……都只得到影像，并不曾抓住真理。"[5]

---

[1] [波兰]塔塔尔凯维奇：《西方六大美学观念史》，刘文潭译，上海译文出版社，2006年，第121页。

[2] 详见陈中梅：《柏拉图诗学和艺术思想研究》，商务印书馆，1999年，第224页。

[3] 柏拉图在《理想国》中以"床"作为比喻，通过理式之床、木匠之床、画家之床来论述其哲学理论，我们将其简称为"床喻说"，具体见《柏拉图文艺对话集》，朱光潜译，人民文学出版社，1980年，第55—58页。

[4] idea的中译有多种表述，我们采用朱光潜的译法。

[5] 《柏拉图文艺对话集》，朱光潜译，人民文学出版社，1980年，第76页。

依据"床喻说",柏拉图对何谓诗歌与何谓诗人给出了明确的界定:"我们给各种技艺起了不同的名称,只有那种与音律有关的技艺我们才称之为诗歌,而这个名称实际上是各种技艺的总称。只有一种技艺现在称作诗歌,而那些从事这门技艺的人就是所谓的诗人。"[1] 换句话说,柏拉图认为诗人与从事其他技艺活动者的主要区别就在于诗人拥有使用语言文字的特殊技艺,其技艺的特殊性其实就是驾驭语言的禀赋与能力,语言成为诗人"描摹世界"的一种特殊方式,成为再现"现实"的有效工具和手段,语言的能力当然也决定了其"描摹力"与"再现力"的边界与限度,"借助文字的帮助,绘出各种技艺的颜色,而他的听众也只凭文字来判断……因为文字有了韵律,有了节奏和乐调,听众也就信以为真"[2]。

我们再来看"磁石说"对作者问题的相关论述。与"床喻说"塑造的"影像制作者"完全不同的是,柏拉图的"磁石说"[3]将诗人塑造成了"神之代言者"或"预言者"。依据"磁石说",颂诗人伊安:

> 那些创作史诗的人都是非常杰出的,他们的才能决不是来自某一门技艺,而是来自灵感,他们在拥有灵感的时候,把那些令人敬佩的诗句全都说了出来……只有神灵附体,诗人才能作诗或发预言……那些美好的诗歌不是人写的,不是人的作品,而是神写的,是神的作品,诗人只是神的代言人,神依附在诗人身上,支配着诗人。[4]

与"床喻说"相比,"磁石说"的"作诗"不再是技艺而是灵魂出窍的"入神"活动,不再是自觉的、理性的"预期目标"的实现而是非自觉的、非理性的"惊异结果"的发生。

柏拉图的"床喻说"与"磁石说"两者之间既有同质性又有异质性,它们是同中有异和异中有同的关系。首先,两者都是从诗人所应具有的诗性特质和精神品格来理解和把握诗歌创作活动,这是其同质性的一面;如果"床喻说"突出的是作者问题域中有关技艺、理性、意识等方面,"磁

---

[1] 《柏拉图全集》第2卷,王晓朝译,人民出版社,2002年,第247页。
[2] 《柏拉图文艺对话集》,朱光潜译,人民文学出版社,1980年,第76页。
[3] 其他的类似概括还有灵感说、神灵凭附说、迷狂说等,我们在此将其简称为"磁石说"。
[4] 《柏拉图全集》第1卷,王晓朝译,人民出版社,2002年,第304—305页。

石说"则突出的是作者问题域中有关灵感、非理性、无意识等内容，这是其异质性的一面。其次，从形象塑造与身份认同角度看，"床喻说"将诗人塑造为"影像制作者"，即真理的摹仿者，而"磁石说"将诗人构建为"神之代言者"，即真理的传播者，这是其异质性的一面；但是，这两种不同的作者形象、作者身份所拥有的都还只是"意见"，而非"知识"（真理），即两者都属于"现象"而非"本质"，都还不是真理的"生产者"，这又是其同质性的一面。此外，在柏拉图看来，由于诗不摹仿心灵世界中那个善的部分而是迎合了人性中的低劣部分，在诗与哲学的真理之争中，拥有"意见"的诗人自然而然就大大逊于拥有真理的"哲人"。概言之，柏拉图在"床喻说"和"磁石说"中塑造的两种不同作者形象恰恰表明了其思想的深刻性，这种深刻性表明他已洞察到了这两种形象就如同一张纸的两面不是彼此对立性的而是一个悖论性的存在，不是一个单纯性的而是一个复杂性的存在，它揭示出了作者问题的"外在性"与"内在性"之间既彼此对立又相互统一的关系。

柏拉图诗学理论论述的重心主要在"磁石说"而非"床喻说"上。与此形成鲜明对比的是，亚里士多德鲜有对"磁石说"的相关理论思考，而将关注的重心聚焦于其师柏拉图的"床喻说"，并对这一理论作了选择性的接受与发展。

亚里士多德在《诗学》中主要讨论的是作为"制作者"的作者，但有选择性地"悬置"了柏拉图有关"预言者"的作者理论。亚里士多德对柏拉图的"床喻说"作了一些根本性的修正，主要表现在以下两个方面。第一，由于哲学思想存在从观念论到实在论的转变，对摹仿的本质认识不同：柏拉图认为，诗人只是对"理式"的摹仿的摹仿，即只是格律、影像等的制作者，因而只能将其看作一种游戏；与此相反，亚里士多德认为，诗艺的产生与人的摹仿天性有关，它一方面是人区别于动物的一种本能，另一方面也能够给人带来快乐，诗人主要是情节而非格律的制作者。第二，对诗人、诗的功能的认识不同：柏拉图通过"诗与哲学之争"等问题的论述表明，诗只是某种"意见"的传递而非真理的生产，因此作为制作者的诗人只是"影像制作者"而非真理的生产者；亚里士多德则通过"诗与哲学之争"到"诗与历史之争"的问题转换及其相关论述表明，诗描述"可能"之事而历史描述"已然"之事，因而诗比历史更具普遍性，更具真实性，作为"情节制作者"的悲剧诗人不仅是真理的言说者,更是真理的生产者,因而将被柏拉图所剥夺的"真理生产者"身份赋予诗人。简言之,在古希腊时期,诗的功能经历了从柏拉图的"表象之真"到亚里士多德的"本质之真"的转换,诗人的身份经历了从真理的摹仿者、传递者到真理的拥有者、生产者的嬗变。

"作者作为制作者"这一理论范式的"关键词"是"摹仿"。根据该范式,"作诗"主要是一种技艺活动、制作活动,这种活动取决于"作诗者"的技艺水平即使用语言、文字刻画、抒写事物的才情和禀赋,作者就如同一面魔力无穷的镜子,矢志不移地通过"描摹"活动来"再现"对象世界。因此,古希腊时期并不推崇"原创"而推崇"规范""典范",衡量一位作者是否"伟大"的标准就是看其是否体现了一种"完美",即是否惟妙惟肖地呈现了生动又具体的"现实";衡量其是否真实、是否客观的根据则是"摹本"与"原本"相比能否产生"真假难辨""以假乱真"的接受效应。因此,"摹仿""再现""客观""世界"等就构成了"作者作为制作者"这一理论范式的核心范畴群;真实性、真理性、客观性、现实性等则构成其始终不断探究的总问题;做到客观是其文学实践活动始终遵循的基本原则,实现"逼真"则是其追求的最高美学理想。

二　作者作为创造者

一般认为,现代的作者观念肇端于文艺复兴时期,鼎盛于浪漫主义时期,其标志就是"作者作为创造者"这一新的理论范式的产生。

文艺复兴这一"人的发现"时期是孕育现代作者观念的真正起点,文艺复兴作为分水岭的划时代意义可以从政治、经济、商业、技术等各个方面得到具体体现。[1]自文艺复兴时期以来,"现代人"的内涵不断被丰富,不同理论从不同角度赋予其新的意涵,诸如"经济人""审美人""自然人""社会人"等等。简言之,尽管文艺复兴时期的"人学"理论打破了基督教神学的知识坚冰,但只有近代的主体性哲学才真正确立了"作者作

---

[1] 现代作者观念的形成是政治、经济、法律、科学、宗教改革等多方合力的结果,需要专文对此问题进行探究。

为创造者"的理论根基，浪漫主义则是这一理论范式形成的标志。

18世纪下半叶，在文论领域完全确立作者作为"创造者"的地位，其标志就是浪漫主义的兴起。这种新的作者观念和理论范式一直延续至今。[1] 扬格1759年在《论独创性的写作》一文中首次提出了作者理论"新纲领"：文学不是模仿而是独创；独创性是文学天才的本质特征；想象力和情感力则是独创性的具体内容。扬格最重要的理论贡献之一就在于，他力图严格区分作为模仿者的作者和具有独创性的作者，体现了一种新时代的理论自觉，这种自觉意识也体现在他对天才、情感和想象等的重视上。康德哲学的"哥白尼式"革命同样体现在他1790年的《判断力批判》中。康德认为，作者不是别的什么而是天才，所谓天才就是天赋的才能，就是天生的心灵禀赋，它给艺术制定法规。[2] 具体而言，天才意味着以下四个方面的内涵：（1）它不是后天习得的才能，而是一种与生俱来的能力，独创性则是其最最核心的标志。（2）这种独创性绝非一种天马行空、随心所欲的胡言乱语，它还必须具有某种典范性、示范性。（3）作为作品的创造者，他对其自身的创造过程并不了然于胸，过程具有某种神秘性、不可思议性。（4）这种天才的能力仅限于美的艺术领域，它只能给美的艺术而不能给科学订立法规。[3] 此外，康德还特别指出，天才是和摹仿的精神完全对立的。[4] 由此不难看出，到了18世纪中叶，在对作者观念的认识上，独创取代了模仿、主体取代了客体、表现取代了再现，成为作者概念新的本质内涵。

浪漫主义诗人的诗论同样体现了作者理论"新纲领"的精神实质。比如，对华兹华斯来说，"诗人是以一个人的身份向人们讲话。他是一个人，比一般人具有更敏锐的感受性，具有更多的热忱和温情，他更了解人的本性，而且有着更开阔的灵魂；他喜欢自己的热情和意志，内在的活力使他比别人快乐得多；他高兴观察宇宙现象中的相似的热情和意志，并且习惯

---

[1] [美]保罗·奥斯卡·克里斯特勒：《文艺复兴时期的思想与艺术》，邵宏译，东方出版社，2008年，第246—247页。

[2] [德]康德：《判断力批判》（上卷），宗白华译，商务印书馆，1996年，第152—153页。

[3] 同上书，第153—154页。

[4] 同上书，第154页。

于在没有找到它们的地方自己去创造"[1]。"一切好诗都是强烈情感的自然流露……在这些诗中,是情感给予动作和情节以重要性,而不是动作和情节给予情感以重要性。"[2] 比如,对柯勒律治而言,"什么是诗?这差不多等于问:什么是诗人?解决了后一个问题,也就答复了前一个问题。因为诗是诗的天才的特产,是由诗的天才对诗人心中的形象、思想、感情,一面加以支持,一面加以改变而成的。……良知是诗才的躯体,幻想是它的衣衫,运动是它的生命,而想象则是它的灵魂,无所不在,贯穿一切,把一切塑成为一个有风姿、有意义的整体。"[3] 再比如,雪莱认为,诗即"想象的表现"[4],诗人是世界上未经公认的立法者[5]。

综上所述,天才、自我、主体、主体性、创造性、独创性、想象、情感、表现等已成为主体性哲学、浪漫主义诗论等理论各自的"关键词"与核心问题。也就是说,主体性哲学已经从思想观念上完成了对作者理论的重塑与构建,浪漫主义则将这种思想和观念具体化在了文学活动的各个环节中,它"塑造了一个崭新而绝对的人的形象。具有典型意义的是,它把这种超验的东西与一个理想的世界和人类社会联系了起来。正是在浪漫主义的文学中,人第一次被看作自己的创造者"[6]。

三 作者作为生产者

"作者作为生产者"这一理论范式是资本主义发展到一定历史阶段的必然结果。与"作者作为创造者"相比,新范式的理论根基不再是基督教神学和主体性哲学而是政治与经济,无论是概念范畴还是话语方式等都与前两种理论范式迥然相异,诸如生产与消费,产品、商品与资本,物质生

---

[1] [英]华兹华斯:《〈抒情歌谣集〉一八〇〇年版序言》,伍蠡甫主编:《西方文论选》(下卷),上海译文出版社,1979年,第10页。

[2] 同上书,第5—6页。

[3] [英]柯勒律治:《文学传记》第十四章,伍蠡甫主编:《西方文论选》(下卷),上海译文出版社,1979年,第31—34页。

[4] [英]雪莱:《诗辩》,伍蠡甫主编:《西方文论选》(下卷),上海译文出版社,1979年,第51页。

[5] 同上书,第56页。

[6] [英]雷蒙德·威廉斯:《现代悲剧》,丁尔苏译,译林出版社,2007年,第63页。

产与精神生产，生产力与生产关系，经济基础与上层建筑等等经济学所使用的基本范畴和概念成为文学艺术领域的基本语汇和关键词。

尽管马克思和恩格斯并没有根据他们的政治经济学理论对文学艺术以及作者问题等问题作过全面而系统的论述，但也对其中的一些重要问题进行了具体剖析，主要体现在以下三个方面。

(1) 艺术是"生产的一些特殊方式"，艺术生产作为艺术生产等观点的提出及阐释。马克思第一次明确将艺术纳入"生产"的范畴，艺术不仅受生产的普遍规律支配而且也有其自身的特殊规律。在《1857—1858年经济学手稿》的"导言"中，马克思把这种特殊性明确概括为"艺术生产"，并在论述物质生产和艺术生产基本关系的基础上，特别强调两者之间的不平衡性和艺术生产作为艺术生产的特殊性之所在，"关于艺术，大家知道，它的一定的繁盛时期决不是同社会的一般发展成比例的，因而也决不是同仿佛是社会组织的骨骼的物质基础的一般发展成比例的。例如，拿希腊人或莎士比亚同现代人相比。就某些艺术形式，例如史诗来说，甚至谁都承认：当艺术生产一旦作为艺术生产出现，它们就再不能以那种在世界史上划时代的、古典的形式创造出来；因此，在艺术本身的领域内，某些有重大意义的艺术形式只有在艺术发展的不发达阶段上才是可能的"[1]。

(2) 对分工、劳动组织与艺术、艺术家之间关系的透彻分析。在《德意志意识形态》中，马克思、恩格斯指出，艺术家的艺术活动绝非孤立的自我活动，恰恰相反，这种活动与特定社会组织、某一历史时期的社会分工等密不可分，"莫扎特的'安魂曲'大部分不是莫扎特自己作的，而是其他作曲家作的和完成的；而拉斐尔本人'完成'的壁画却只占他的壁画中的一小部分……和其他任何一个艺术家一样，拉斐尔也受到他以前的艺术所达到的技术成就、社会组织、当地的分工以及与当地有交往的世界各国的分工等条件的制约。像拉斐尔这样的个人是否能顺利地发展他的天才，这就完全取决于需要，而这种需要又取决于分工以及由分工产生的人们所受教育的条件……由于分工，艺术天才完全集中在个别人身上，因而广大群众的艺术天才受到压抑。"[2]

---

[1] 《马克思恩格斯全集》第30卷，人民出版社，1995年，第51页。

[2] 《马克思恩格斯全集》第3卷，人民出版社，1960年，第458—460页。

（3）对作家在资本主义生产方式中缘何就是"生产劳动者"，其劳动缘何就是"生产性的"等问题的精辟论述。在马克思看来，"作家所以是生产劳动者，并不是因为他生产出观念，而是因为他使出版他的著作的书商发财，或者说，他是一个资本家的雇佣劳动者"[1]。问题在于，作家的同一种劳动在何种情况下既可以是生产劳动也可以是非生产劳动，它们之间是如何转换的，转换的根据何在？马克思以密尔顿、无产者作家以及卖唱的歌女为例作了具体分析，"密尔顿创作《失乐园》得到5镑，他是非生产劳动者。相反，为书商提供工厂式劳动的作家，则是生产劳动者。密尔顿出于同春蚕吐丝一样的必要而创作《失乐园》。那是他的天性的能动表现。后来，他把作品卖了5镑。但是，在书商指示下编写书籍（例如政治经济学大纲）的莱比锡的一位无产者作家却是生产劳动者，因为他的产品从一开始就从属于资本，只是为了增加资本的价值才完成的。一个自行卖唱的歌女是非生产劳动者。但是，同一个歌女，被剧院老板雇用，老板为了赚钱而让她去唱歌，她就是生产劳动者，因为她生产资本"[2]。简言之，在资本主义生产条件下，作家的劳动如果不是出自天性而是为他人生产资本和商品，这种劳动就是生产劳动，就是"生产性"的，在这样的生产关系中，作者就是一个具有雇佣劳动性质的生产者。

大体而言，18世纪末至19世纪40年代是作者作为生产者这一理论范式的孕育期，19世纪中后期至20世纪初是其初步形成期，20世纪30年代以来则是其发展、兴盛期。那么20世纪以来对作者问题的相关阐释又会呈现出怎样的整体理论取向？

具体而言，第一种理论取向注重在生产力和生产关系这一理论构架中来思考作者问题，并将关注的重点放在生产力尤其是技术变革对文学的内容和形式等方面的深刻影响，比如，本雅明1934年的《作者作为生产者》和1936年的《机械复制时代的艺术作品》。本雅明认为，要考察一部作品和时代的生产关系，其最好的切入视角是作品在一个时代的作家生产关系中具有的作用，而技术则是一个辩证的出发点；对于作为生产者的作家而言，技术的进步是他政治进步的基础；技术的变革也会促使审美理想、审

---

[1]《马克思恩格斯全集》第33卷，人民出版社，2004年，第143页。
[2]《马克思恩格斯全集》第26卷，人民出版社，1972年，第432页。

美价值的转向，比如灵韵与震惊、膜拜价值与展示价值等等。

第二种理论取向注重在经济基础和上层建筑这一理论构架中来思考作者问题，而在这一理论构架中又呈现出或者偏重经济基础或者偏重上层建筑这两种不同的理论取向。马舍雷1966年出版的《文学生产理论》就十分注重从上层建筑层面尤其是意识形态这一视角来探究作者问题，具体体现在他对"创造"和"生产"等范畴的具体分析上。他认为，将作者构建为创造者是人文主义意识形态的典型体现，它采取了位置替换、循环论证的做法，但并未对"创造"这一意识形态本身提出质疑，这是因为"各种各样的'创造'理论都忽视了'制作的过程'(the process of making)；他们遗漏了任何对生产的描述"。[1] 正如伊格尔顿所论，布莱希特、本雅明和马舍雷等将作者视为生产者而非浪漫主义的创造者，体现了马克思主义政治经济学在作者问题上的基本理论主张，"他们反对浪漫主义把作家当作创造者这一概念——认为他象上帝似的，平空地、神秘地变出东西来……作家实质上是生产者，加工一定的材料，制造成新的产品。作家不能制造他所加工的材料：形式、含义、神话、象征、思想意识都是现成的，好象汽车装配厂工人用半成品制造产品"[2]。

综上所述，如果说"作者作为创造者"这一理论将作者塑造成一个自由自在、无拘无束、疏离于社会的天才，那么"作者作为生产者"这一理论则将作者放置在具体的社会和现实之中，突出作者的社会性、历史性，实现了由前者的"无限"作者到后者的"有限"作者的理论转换。

四　作者作为书写者

"作者作为书写者"这一理论范式是20世纪语言学转向的必然结果。首先，需要对语言学转向的狭义概念与广义概念进行重新界定。在以往的相关研究中，狭义主要指以弗雷格、罗素、维特根斯坦、维也纳学派等为代表的语言哲学，广义则主要指以结构主义为代表的20世纪其他哲学运动中呈现出来的语言走向。我们把探究的重心放在广义层面。

---

[1] Pierre Macherey, *A Theory of Literary Production*, Routledge & Kegan Paul Ltd, 1978.pp.66-68.

[2] ［英］伊格尔顿：《马克思主义与文学批评》，文宝译，人民文学出版社，1980年，第74页。

在语言学转向这一整体背景下，语言成为文学领域内作者理论的轴心问题。因而，无论将语言看作一种存在还是一种表意形式，无论将其看作一种科学话语还是一种诗性言说，无论将其看作一种分析手段还是一种用法，语言始终是焦点，诸如语言与言语、语言与作者、语言与世界、语言与文本、语言与读者的关系等等构成了一种新的理论话语系统。从作者理论范式看，"作为创造者的作者"在浪漫主义时代完成建构后一直被视为现代作者的经典形象。但自20世纪初以来，这种作者形象就不断遭到质疑和批判，比如，在作者与作品的关系问题上，保尔·瓦莱里认为作品不仅独立于作者而且还创造出作者本身；在T.S.艾略特看来，诗不再是作者情感的放纵而是逃避情感，不再是作者个性的表现而是逃避个性；对温姆萨特和比尔兹利而言，我们需要将诗和诗的来源进行明确区分；等等。上述论断充分表明，以往关于作者与作品关系的阐释成为需要重新思考的重大理论问题。

如果在语言学转向这一整体语境中来透视作者问题，那么就会呈现出两条主要研究路径：一是赫施等在秉承古典解释学传统基础上，主要借鉴、吸纳语言哲学、现象学和语言学等三种不同的理论资源来"保卫作者"；二是巴特、福柯等以语言学理论、结构主义以及历史唯物主义作为最主要的思想资源，提出了"作者作为书写者"以及"作者功能"等新的作者观。

我们先来看第一种理论路径。对作者问题而言，1967年具有特别的意义：美国的赫施[1]提出要"保卫作者"，而法国的巴特则宣布"作者已死"。赫施把以狄尔泰为代表的古典解释学原则建立在弗雷格的语言哲学、胡塞尔的早期现象学、索绪尔的语言学以及维特根斯坦的《哲学研究》等理论基础上，以此方式来对抗以海德格尔、伽达默尔等为代表的现代解释学，进而达到捍卫传统作者形象的理论诉求。

赫施鲜明地表达了自己的理论立场：既反对以T.S.艾略特等为先驱的新批评，也反对以海德格尔等为代表的作者观，之所以出现相对主义、心

---

[1] 伽达默尔《真理与方法》（1960）问世后，赫施就写了系列文章进行批判。《解释的有效性》全书共分五章：第一章，保卫作者；第二章，含义和意味；第三章，范型概念；第四章，理解、解释和批评；第五章，有效性验定及其原则。还有三个附录：客观的解释、伽达默尔有关解释的理论、对类型的一个说明。

理主义、主观主义等种种理论困境,"很大程度上源于作者无关紧要的理论……正是作者作为本文涵义的决定性要素被彻底否定之后,人们才渐渐觉察到了,没有任何一个评判解释之正确性的合适原则存在"[1]。赫施认为,作品的涵义就是作者意指的涵义,而读者的相关阅读体验则构成了作品的意谓;涵义与意谓之间是客观性与主观性、一和多的关系,作者是作品意义客观性的根据和保证。问题在于,赫施如何才能从理论上确定作者"意指的涵义"就是"作品的涵义",又如何才能确定读者把握到的就是"作品的涵义"而不是读者自身的阅读体验即"作品的意谓"?赫施主要做了以下两个方面的理论建构与阐释工作。

其一,对弗雷格涵义理论[2]的借鉴与修正。早在1960年,赫施就在《客观的阐释》一文中指出,"对涵义和意谓的区分最早是由弗雷格在其题为《论涵义和意谓》的论文中作出的……可是,弗雷格只看到了不同涵义具有相同的意谓,但同样重要的是,相同的涵义有时也会有不同的意谓"[3]。以弗雷格为肇端的语言哲学在探究问题时不是从"概念"或"语词"而是从"句子"出发,但赫施的相关论证依然是围绕"语词"来探讨意义问题的,"我对这个区分的阐明,旨在证实,作者所欲求的,由本文得到复现的涵义是恒定不变的而且是可复制的"[4]。

其二,为了强化其基本理论主张的说服力,赫施不仅借鉴了胡塞尔在《逻辑研究》中对词义等的现象学分析[5],还通过对索绪尔有关语言和言语区分的相关剖析[6],以及对维特根斯坦在《哲学研究》中有关语言游戏等思想的再解释,强调文本"要么体现了作者意指的词义,要么就根本没

---

[1] [美]赫施:《解释的有效性》,王才勇译,生活·读书·新知三联书店,1991年,第11—12页。

[2] 德语 Ueber Sinn und Bedeutung 的翻译情况比较复杂。国内哲学界目前主要有《论涵义和指称》《意义和意谓》《涵义和意谓》等译法。关于 Sinn,原来也有学者译为"意义",现在已统一译为"涵义";关于 Bedeutung 的翻译情况相对要复杂些,有的译为"指称",有的译为"意谓",也有的译为"所指"等。为了便于理解,我们将引自《解释的有效性》中的"含义""意义"一律更改为"涵义""意谓"。

[3] [美]赫施:《解释的有效性》,王才勇译,生活·读书·新知三联书店,1991年,第241页。

[4] 同上书,第248页。

[5] 同上书,第49、61、249—253页。

[6] 同上书,第81—82页。

有体现任何一种确定的词义"[1],"把本文涵义界定为作者意指涵义的解释者,正象人们常常所断言的那样,并不会束缚住涵义,他这样做只是排除了非属作者意指涵义的东西"[2]。

如果说赫施对语言哲学、现象学与现代语言学等思想理论的吸纳旨在"巩固"作者的主体性,那么巴特和福柯则把它们作为"消解"作者主体性的有效理论工具,他们十分典型地代表了作者理论的两个极端立场。

我们再来看第二种理论路径。与赫施的三大思想资源相比,巴特和福柯对作者问题的探究主要是以语言学和结构主义理论为基础,他们的这种选择体现了1950—1960年代法国思想界的普遍状况,列维－斯特劳斯的人类学、拉康的精神分析学、阿尔都塞的马克思主义等均无一例外地以结构主义作为各自学说的前置词。结构主义在1966年达到了其顶峰,比如福柯的《词与物》在当年所产生的巨大影响;1967年则是结构与后结构的分水岭,《论文字学》和《书写与差异》于当年同时出版则标志着德里达既是第一个质疑结构主义之人又是第一个开启后结构主义之人,经过之后的1968年五月风暴的洗礼,稳定的、封闭的结构被打破了,法国思想界从此进入了后结构主义时代。[3]

(1)巴特。与福柯反对将自己视为结构主义者相反,巴特从未拒绝过这个身份。1950年代初期到1960年代中后期的巴特主要是个结构主义者,其结构主义的作者观集中体现在1967年的《作者之死》一文中。《作者之死》的问题框架是索绪尔式的,其论证方法也十分索绪尔化。下面我们从三个层面作具体论述。

其一,巴特把索绪尔的"语言和言语""共时和历时"等范畴用于对作者、书写者的具体分析后认为,作者的消亡与书写者的出场并行不悖。在他看来,"语言学就这样提供了有价值的分析手段,使作者归于毁灭。从语言学上说,作者只是写作这行为,就像'我'不是别的,仅是说起'我'

---

[1] [美]赫施:《解释的有效性》,王才勇译,生活·读书·新知三联书店,1991年,第269页。

[2] 同上书,第256页。

[3] [法]弗朗索瓦·多斯:《从结构到解构:法国20世纪思想主潮》(下),季广茂译,中央编译出版社,2004年,第23页。

而已。语言只知道'主体',不知'个人'为何物"[1]。索绪尔把人类的言语活动分为语言与言语两种,认为"语言和言语是相互依存的;语言既是言语的工具,又是言语的产物"[2];只有语言才是语言学研究的唯一对象,只有共时的而非历时的方法才是研究语言学的恰切方法;等等。如此一来,只有语言、结构、形式、系统等才是语言学研究的对象与范畴,而"主体即使没有被化约为沉寂之物,也被化约成了无意义之物而被毫不含糊地抛弃了"[3]。因此,诸如个人的缺失、主体的退隐、作者的消亡等惊人之论的确是索绪尔语言学在文学领域的实践所必然产生的理论效应。

其二,巴特认为,书写者与文本之间的"同生关系"必然取代以往作者与作品之间的"父子关系"。索绪尔指出,语言符号连接的不是事物和名称,而是概念和音响形象,用所指和能指分别代替概念和音响形象的好处是既能表明它们之间的对立,又能表明它们和它们所从属的整体间的对立;所指和能指的关系犹如一张纸的两面互为存在、缺一不可,这种关系在符号内部完全是任意的,但在符号外部却是强制性、社会性的,"符号的任意性又可以使我们更好地了解为什么社会事实能够独自创造一个语言系统。价值只依习惯和普遍同意而存在,所以要确立价值就一定要有集体,个人是不能确定任何价值的"[4]。我们把索绪尔的上述观点具体转化为巴特的话语方式:在语言结构中,只有语言才是主体,书写者不过是它的一个功能形式而已;在语言结构中,其"所指"已被高高"悬置",书写者的写作所体现出来的只是它的"能指"功能,"写作不停地安放意义,又不停地使意义蒸发"其实就是能指链的不断延伸或"能指的自我嬉戏"。因此,巴特依据语言学理论在为我们描述新的言语活动者即书写者之后,又为我们描述了新的"写作观"和文本观:语言结构中的写作(writing)既不是摹写也不是表现,它不是及物的而是非及物的;作为写作"编织物"的文本

---

[1] 罗兰·巴特:《作者之死》,赵毅衡编选:《符号学文学论文集》,百花文艺出版社,2004年,第509页。书中作者名译为"罗兰·巴尔特"。

[2] [瑞士]费尔迪南·德·索绪尔:《普通语言学教程》,高名凯译,商务印书馆,2001年,第41页。

[3] [法]弗朗索瓦·多斯:《从结构到解构:法国20世纪思想主潮》(上),季广茂译,中央编译出版社,2004年,第68页。

[4] [瑞士]费尔迪南·德·索绪尔:《普通语言学教程》,高名凯译,商务印书馆,2001年,第159页。

不再是一根由语词组成的线而是由多种写作混合、争执组成的多维空间,在这样的文本空间里,根本就不存在以往写作所谓的起源性等问题。

其三,如何理解"读者的诞生必须以作者的死亡为代价"这一论断?究其实际,巴特的"读者"既非传统理论的"个体读者"也绝非现代理论的"理想读者"或"暗隐读者",巴特的"读者"不是"实指"而是"虚指",指的是由他所主张的"新写作"即语言的"不及物"活动或"能指链"围绕被悬置的"所指"而形成的文本"空间";[1] 语言结构对书写者意味着写作即阅读,反之,对读者则意味着阅读即写作,书写者与读者不过是语言结构功能实现的不同"载体"或形式而已,两者之间的这种"互逆性"也不过是语言结构特性的具体表征,因而只有语言而不是书写者与读者才是真正的主体。总之,巴特认为,以雷蒙·比卡等为代表的古典批评从来只关注作者而不关注读者,此时对读者的关注是"假",对抗他不同于传统的"新写作"(new writing)才是"真",为了确保其"新写作"拥有"未来"就必须推翻"读者的诞生必须以作者的死亡为代价"这样一个由古典批评虚构出来的神话。

(2)福柯。与巴特比,福柯显然并不直接受惠于索绪尔,他拒绝被人冠以"结构主义""四个火枪手"等类似封号,认为自己"从来不是弗洛伊德派的,亦非马克思主义者,而且也从来不是结构主义者"[2]。那么,我们关心的主要问题是,福柯在1969年的《什么是作者》一文中,究竟运用了何种理论资源与方法来探究作者问题?对福柯而言,尽管确实很难用一种主义或一种学说概括其丰富而复杂的思想,但还是可以对其思想进行基本理论定位。从福柯的思想来源看,哲学方面除接受法国本土影响外,黑格尔、马克思、海德格尔尤其是尼采等德国思想家的影响更为深刻,语言学方面除接受结构主义语言学影响外,还受到了马拉美、布朗肖等法国文学批评的影响。从福柯思想的阶段性发展看,存在着由1966年

---

[1] 巴特无疑受到了德里达的解构和克里斯蒂娃的互文性或文本间性的影响,但这时的他还是在结构之内即相对"封闭的文本"而不是文本之间谈论作者、读者等问题。此外,福柯在1966年的《词与物》中从哲学上断言作为人的主体已不复存在,只存在对语言的书写,这一思想也影响了巴特。一言以蔽之,巴特的思想踪迹是从结构主义的封闭文本走向后结构主义的开放文本而不是从文本走向读者。

[2] [法]福柯:《结构主义与后结构主义》,杜小真编选:《福柯集》,上海远东出版社,2003年,第489页。

《词与物》中呈现出来的"认识型"向1969年《知识考古学》中呈现出来的"话语实践型"的显著转变。福柯的这一转变对其同年的作者论题所产生的直接影响是不言而喻的。下面拟从两个方面对此问题作粗略分析。

其一,"话语实践"的提出、界定与意义。何谓话语实践?一般认为,福柯的话语既不是索绪尔以及结构主义的语言或词语,也不是讲述语言的主体即意识哲学的先验主体或经验主体,而是一种本身具有连贯性和连续性的实践。[1] 简言之,由符号序列的陈述整体构成即福柯的话语实践,它对主体而言指的不是主体的行为而是主体必须服从的外部规则,它对语言而言指的不是表达、命题等而是产生它们的前提条件。

话语实践的重要性就在于:福柯在赋予结构以某种历史性的同时也赋予历史以某种结构性;结构的历史性意味着结构就不再是一种纯形式化的符号系统,历史的结构化则意味着历史不再是线性的而是片段化、断裂性的存在,结构的历史性与历史的结构性是一种交互性的存在。在福柯看来,把断裂、界限、极限、序列、转换等概念引入整个历史分析中,这不仅是程序问题也是理论问题;[2] 如果说思想史把差异、断裂等当作谬误或者圈套加以消除,那么考古学则不以消除差异为目的,而是要分析差异;[3] 如果思想史追求的是同一性、连续性、确定性,那么考古学则注重运用"拓扑学"而非"类型学"的方法对差异性、非连续性、不确定性等进行考察,并将前者建立在后者的基础上而不是相反。从这个意义上讲,福柯不再把语言学或哲学阐释学作为其理论与方法"非此即彼"的选项,而是选择"游走"于第三条道路即结构主义与历史唯物主义之间。[4]

其二,话语实践与作者问题。福柯在《什么是作者》中首先表明了他的基本理论立场:仅仅通过重复诸如"上帝已死""作者消失"等口号还不够。很显然,这一理论立场意味着福柯并不完全认同巴特此前在《作者

---

[1] [法]米歇尔·福柯:《知识考古学》,谢强、马月译,生活·读书·新知三联书店,1998年,第218页。

[2] 同上书,第23页。

[3] 同上书,第220—221页。

[4] [法]弗朗索瓦·多斯:《从结构到解构:法国20世纪思想主潮》(下),季广茂译,中央编译出版社,2004年,第323页。

之死》中所表达的相关观点；他认为我们需要换一个新的路径来重新审视作者问题，也就是说，需要从话语实践这一理论路径来探究作者危机所引发的诸多问题。不难看出，福柯探讨的既不是赫施的个体作者，这个作者是有血有肉的真实存在；它也不是巴特的书写者，这个书写者与文本一同产生并被禁锢在文本中而"与世隔绝"；与此相反，福柯的作者是对关于"生产""构建"作者的某些条件和规则的考察，这样的作者既不是个人也不是语言而是话语存在的一种功能即作者—功能。

总之，福柯在作者问题上有两方面的突出理论贡献。一方面，福柯改变了对问题进行发问的方式。从思维方式看，福柯的关系思维明显有别于赫施、巴特等的实体思维；前者体现出来的是一种辩证的方法论，后者虽然也主张关系论但其实是还原论，最终体现出来的还是形而上的方法论。众所周知，思维方式的不同决定了问题的发问方式也会不同，而发问方式从"什么"（what）到"如何"（how）的转变无疑为作者问题开启了一种新的研究路径。比如，赫施与巴特两人都特别注重"谁在说"中的"谁"，不同的是，赫施以弗雷格、胡塞尔、索绪尔等人的理论来证明这个"谁"就是"作者"，而巴特则以马拉美、瓦莱里、普鲁斯特以及超现实主义等为例来论证这个"谁"只能是"语言"，因而尽管他们在某种结构关系中思考的问题及其答案可能有所不同，但思维方式都是实体性、还原性的。对福柯来说，"谁在说又有什么关系"表明他没有再"纠结于""谁"而是将重心转移到了"如何"上，即不再从抽象的、孤立的视角而是在具体的历史境遇、习俗惯例中来分析构建作者的诸多不同要素。同理，思维方式与发问方式的不同必然导致对问题关注层面以及对其解答的不同：福柯的关系思维关注的是功能作者，与此相反，赫施、巴特的实体思维则关注的是实体作者（尽管赫施的实体是个人，巴特的实体是语言）。第二，福柯并没有像赫施那样顽强地"捍卫"也没有像巴特那样激进地"消灭"个人主体，而是从话语实践层面对主体进行重新阐释。主体与历史、结构、话语等范畴一样始终构成了福柯知识谱系的关键词，如他所言，"主体不应该完全抛弃，而应该重新考虑，不是恢复原始主体这题目，而是要抓住其功能，它在讲述中的干预作用，它的从属系统……总之，必须剥夺主体（及类似主体）的创造作用，把它作为讲述的复杂而可变的功能提来分析。作者——我称之为'作者—功能体'的东西——毫无疑问只是主体可能的规格之一"[1]。

在上述四种主导范式中，正如一些学者所论，由于当代哲学文化主要由生产范式和语言范式两种解释框架所主导，作者作为生产者和作者作为书写者这两种范式目前依然居于主导地位。由哲学、经济学、语言学等范式革命所形成的四种主导理论范式表明，根本就不存在亘古不变的作者身份、作者形象，它们都是某种历史性的构建，都是一种社会性的存在。不同的作者范式是对作者问题的不同理论解答，尽管存在着某种理论原则的对立、切入视角的对立等，但这种对立绝不是逻辑上的对立，它们都是对某一作者问题情境的理论回应。我们对作者理论的探究是对"过去"某些"已然"范式的回顾与反思，而不是对未来某种"可能"范式的展望和预测。在这样一个由"印刷人"与"图像人"共处的消费社会、互联网时代里，新的作者身份、作者形象正在不断地被构建、被塑造，这就要求我们对此问题持续进行探索。

扩展阅读书目

1. Pierre Macherey, *A Theory of Literary Production*, Routledge & Kegan Paul Ltd, 1978.
2. [英] 爱德华·扬格：《试论独创性作品》，袁可嘉译，人民文学出版社，1963年。
3. [古希腊] 柏拉图：《柏拉图文艺对话集》，朱光潜译，人民文学出版社，1980年。
4. 陈中梅：《柏拉图诗学和艺术思想研究》，商务印书馆，1999年。
5. [瑞士] 费尔迪南·德·索绪尔：《普通语言学教程》，高名凯译，商务印书馆，2001年。
6. [法] 弗朗索瓦·多斯：《从结构到解构：法国20世纪思想主潮》，季广茂译，中央编译出版社，2004年。
7. [美] 赫施：《解释的有效性》，王才勇译，生活·读书·新知三联书店，1991年。
8. [德] 康德：《判断力批判》（上卷），宗白华译，商务印书馆，1996年。
9. [英] 雷蒙德·威廉斯：《现代悲剧》，丁尔苏译，译林出版社，2007年。
10. [法] 米歇尔·福柯：《知识考古学》，谢强、马月译，生活·读书·新知三联书店，1998年。

---

[1] [法] 米歇尔·福柯：《什么是作者?》，赵毅衡编选：《符号学文学论文集》，百花文艺出版社，2004年，第523页。

11. [英]塞尔登编:《文学批评理论:从柏拉图到现在》,刘象愚等译,北京大学出版社,2003年。
12. [波兰]塔塔尔凯维奇:《西方六大美学观念史》,刘文潭译,上海译文出版社,2006年。
13. [德]瓦尔特·本雅明:《作为生产者的作者》,王炳钧、陈永国等译,河南大学出版社,2014年。
14. [英]伊格尔顿:《马克思主义与文学批评》,文宝译,人民文学出版社,1980年。
15. 赵毅衡编选:《符号学文学论文集》,百花文艺出版社,2004年。

第二章 作品与文本

在整个文学系统中，文学作品处于最关键的位置上，它是作者、读者、世界的枢纽，没有作品，其他部分就无从谈起。一般认为，文学作品是由作者创作，并由读者阅读确认的，它来源于生活世界，是对各种具体的和抽象的生活的反射。如果我们把这个系统看作人的身体，那么，作者部分是头脑，是创造者，是灵魂的赋予者，而作品是身体，是灵魂的呈现部分，而世界构成身体血肉来源的材料，读者则是作品"成人礼"仪式的参与者，他们与作者一同见证了作品的真正面世与成熟。20世纪以来，文学的叙事理论提醒我们要更关注作品的写作方式，而不仅仅是它所呈现的内容。

一 文学作品的分层

一般来说，作品的分层也与分类一样有很多种，此处不再一一列出，而主要介绍一种目前比较得到认可的分层方式。波兰哲学家英加登在《论文学作品》中将文学作品分成声音以及更高级的现象的层面、句子意义和全部句群意义的层面、图式化外观层、句子描绘的意向事态层以及"形而上性质"层面。[1] 韦勒克、沃伦合著的《文学理论》吸收了英加登的分层方法，并做了一定的简化，相对简洁，易于理解，他们提出文学作品可以分为声音层、意义层、再表现的事物层，即小说的"世界"、人物、背景等等，以及形而上学层。[2] 这种分层的方式不仅适用于小说，对其他文学

---

[1] ［波］英加登：《论文学作品》，张振辉译，河南大学出版社，2008年，第49页。
[2] ［美］韦勒克、［美］沃伦：《文学理论》，刘象愚等译，江苏教育出版社，2005年，第168页。

门类也很有启发性，具体解释如下：

1. 语音层：字词、句子的组合。其他各种艺术类别也有各自的物质性表现手段，比如绘画的色彩、线条，音乐的音符等等。这是文学作品的物质基础。

2. 意义层：这是基础层次，我们一般谈论文学的时候都是从此开始。这里有一个关键问题：意义来自何处？按照再现论和表现论的区分，如果是有一个客观的东西作为样本，文学再现它，那么意义就来自外部世界；如果是抒发了内心情感，那么意义就来自内心。当然，文学作品作为文学语言与外部世界的一个交汇处，文学语言具有虚构功能，所以作品的意义可能既不是纯粹来自外部世界，也不是纯粹来自内心，这种观点在现代文论中会得到较普遍的认同。

3. 再现的事物层：是由字词句子共同呈现出来的事件，共同组成的统一的客体表象。这个层次往往是我们平时讨论最多的层面。比如某出戏曲里的一句唱词："小姐移步出了房"，假如错唱成"小姐移步出了窗"，那就整个变了一个样子，形成一种崭新的事物表象。读者根据文本给予的引导形成对事物的整体意向，并就此引发想象力的自由发挥，结果往往会突破文本，形成新的意义，这些能够让读者想象力自由发挥的地方是所谓不定点。不定点不是作者思考不周所致，而是文本的必然规律，它存在于任何文学作品中。在诗歌当中，这样的不定点比较多，往往需要我们发挥想象力去填补那些想说却没有说出来的意思，这就给读者留出很大的发挥余地，可以去填补不定点，用自己的经验填补中间的空白，形成个人对作品的看法。在作品分层这里，主要强调作品本身的结构，这是作品意义的重要来源，读者在其中发挥着巨大的作用，但英加登式的作品分层，还没有走到读者反应论那样激进的程度，他还相信作品的结构力量超出读者的解读力量，只有到了读者反应论那里，才发掘了英加登观念中读者阅读的潜能，读者解读力量才超出作品结构的力量。

4. 形而上学层：是弥散在整部作品中的某种形而上气质，比如崇高、悲剧、神圣、可怕等等。形而上学层往往形成一种超出具体文学表现手段的美学意向，引发哲理性思考，进而引起对人生和生活的反思。这一层面在具体的文学批评和文学理论中是最受关注的层面。

二　文学作品的结构方式

伊瑟尔受到英加登的强烈影响，他的读者接受理论主要从现象学发展而来，强调阅读活动的重要性，认为文学作品主要在阅读中展现自身的意义。伊瑟尔与英加登最大的不同在于，他区分了文本与作品。正是依赖这一区分，伊瑟尔的"未定点"概念比英加登更进一步。英加登的作品分层相对强调静态的层次呈现，未定点存在于各个层面上，读者以个人独特的阅读经验补充这些未定点，从而完成整个作品，又形成各不相同的作品意义。伊瑟尔则认为未经读者阅读的就不是完整的作品，文本敞开自己，吸引读者进入，读者的阅读是文本的内在要求。因此，伊瑟尔的未定点概念更强调文本具有一种内在的召唤结构，读者与文本是对话交流的关系，这种交流存在于阅读活动中，只有经过读者的阅读才完成整部作品。

那么，什么是召唤结构呢？伊瑟尔指出召唤结构由两个部分辩证地构成。第一，文本中存在着空白，只有靠读者的阅读才能填补这些空白，但这些空白又不是固定不变的，它们随着阅读行动而改变。伊瑟尔指出，虚构文本的空白具有典型的结构，其功能在于引起读者的建构活动，这种活动的实施使交互影响的文本内容变得明晰起来。如果英加登的未定点概念还有些确定的意思，那么伊瑟尔的"空白"概念则完全去掉了确定的意味，它指的是"文本整体系统中的空白之处"[1]，更强调文本空白与读者的互动关系。文本存在着空白，这就构成对读者的一种召唤，而读者会响应这种召唤，进入文本并展开具体的阅读。读者的阅读有他自己的期待视域，他会按照自己的期待视域来解读文本，阅读的过程又会不断地改变其视域。因此，阅读就是读者按照自己的期待视域理解文本并发展其期待视域的过程。所以空白存在于文本与读者之间，是读者阅读视野与文本既有结构之间的差异。有的文本有意扩大这一差异，比如《商第传》就采取了这样的策略，扩大文本的陌生性，促使读者带着自己的阅读期待，并赋予文本更为丰富复杂的意义，以此建构起一个完整的作品。这样的阅读，反而会激发读者更大的兴趣。

---

[1] [德]沃尔夫冈·伊瑟尔：《阅读活动——审美反应理论》，金元浦、周宁译，中国社会科学出版社，1991年，第220页。

第二，召唤结构的另一因素是否定。空白是文本对读者的吸引，而否定是文本对读者的某种阻碍，当然这一阻碍不是把读者拒之门外，而是让读者发现自己与文本的距离，进而引起读者的阅读兴趣。每个文本都有它独特的艺术规则和形态，而读者自身也有较为稳定的期待视域，这两者必有距离或间隔。读者刚进入文本的时候，往往会在这些与自己期待视域不一致的艺术规则面前感到窘迫，会产生一定的不适应，但这恰恰有助于激发他们的阅读兴趣。《商第传》中充满了反对传统叙事方式的手法，在很大程度上对读者理解文本构成了阻碍，但正是这种阻碍的存在，超出期待视域的部分才更有新奇感，太熟悉的文本形式反而会降低阅读快感。这与俄国形式主义的"陌生化"概念有些相近。读者面对阻碍的时候会主动调节自己的期待视域来适应文本，形成与文本的主动交流关系。所以，艺术会教给人很多东西，可以是生活的感悟，可以是情感的交流，也可以是某些社会文化的观念。这样，"文学文本的空白既能为宣传家、商人所用，也可用于审美目的"[1]。

在伊瑟尔的召唤结构理论中，期待空白和否定构成相互促进和转化的辩证关系。空白潜在地引导读者进入文本，具有吸引的性质；而否定则明确地让读者发现自己与文本的距离，具有阻碍的性质。只是否定的阻碍并不是完全拒绝，而是在吸引之上的阻碍。读者受到文本空白的吸引进入文本，并不是一下子就理解文本了，而是遇到文本对阅读的阻碍，正是在克服阻碍中不断进行理解，并构成往复的过程，丰富对文本的阅读理解。在潜—显、吸引—阻碍之间，读者完成了文本意义的建构，文本也完成了自己的使命，成为一个完整的文本。

伊瑟尔的作品结构理论提高了读者在作品意义建构中的地位，这也为文学意义找到一个新的方向。与之相比，艾布拉姆斯的作品结构观念更清晰，更容易把握，对文学研究工作产生了更普泛的影响。

在《镜与灯》中，艾布拉姆斯提出了文学结构四要素，

> 每一件艺术品总要涉及四个要点，几乎所有力求周密的理论总会

---

[1] [德]沃尔夫冈·伊瑟尔：《阅读活动——审美反应理论》，金元浦、周宁译，中国社会科学出版社，1991年，第234页。

在大体上对这四个要素加以区辨，使人一目了然。第一个要素是**作品**，即艺术产品本身。由于作品是人为的产品，所以第二个共同要素便是生产者，即**艺术家**。第三，一般认为作品总得有一个直接或间接地导源于现实事物的主题——总会涉及、表现、反映某种客观状态或者与此有关的东西。这第三个要素便可以认为是由人物和行动、思想和情感、物质和事件或者超越感觉的本质所构成，常常用"自然"这个通用词来表示，我们却不妨换用一个涵义更广的中性词——**世界**。最后一个要素是**欣赏者**，即听众、观众、读者。作品为他们而写，或至少会引起他们的关注。[1]

这通常被称为艺术家（作者）、作品、世界、欣赏者（读者）四要素。一般来说，我们往往把作者、作品、读者当作一个完整的文学流程，世界并不作为独立的一维与之并列，艾布拉姆斯将世界独立出来看待，实际上是提醒我们，世界一直与作品并立，作品与世界形成的关联，在整个文学流程中，不断分散到作者、作品和读者等三个方面，它一直在场，只是会变换面目。下面主要从作者、作品、读者三个层面来讨论其相互关联，其中，作品概念如何转换为文本概念是现代文论中一个至关重要的问题，而世界方面的探讨可以说是由后面几章的问题研究来完成的。

三　作者、作品和读者

在文学系统中，作品处于怎样的位置？它和作者以及欣赏者是什么关系？也许我们会理所当然地认为，文学作品的位置自然是在作者和欣赏者之间，它是联结点，是文学活动的中心。的确，这是文学作品的一种位置，但这种位置其实是现代文学观带给我们的。每一种主要的文学观念对文学作品位置的看法都不尽相同。社会历史研究法、思想研究法、文化研究法有相似之处，都把文学作品当作社会历史状况、时代思想、社会文化状况的透镜，当作理解社会历史文化的中介，文学作品的位置在整个系统中是"世界"这个要素的附庸。心理研究法认为作品是人的内心情感或

---

[1]　［美］艾布拉姆斯：《镜与灯》，郦稚牛等译，北京大学出版社，2004年，第4页。

精神状态的呈现，作者研究法认为作品是作者情感的表达，这两种观念都比较传统，它们的共同点是强调作者因素，作品的位置在整个文学系统中是依附于"作者"这个要素的。现代接受美学更强调读者的存在，认为如果没有欣赏者接受作品中的审美意蕴，作品的审美价值得不到实现，文学活动就不能真正完成，这种观点就把作品的存在价值依赖于作品接受者的活动了。上面这些研究法都是外部研究法，是以一个外部标准来衡量文学作品。除此以外还有内部研究法，比如新批评主张的切断作者与作品的关系，把注意力完全投注在作品本身。这些观念都有道理，其实理论在引导我们看到某些东西的同时也必然会遮蔽另外一些东西。

先来看传统的作者中心论，这种理论认为作者对文学作品具有绝对的主宰地位，因为作者面对自然的独创性，我们才能看到优秀作品的问世。[1]作者本人对作品的看法是最权威的，这种观点即使到现在仍然为许多人所信奉，这恰恰表明传统文论并没有完全丧失生命力，因为它的确是基于某些非常重要的文学现象而进行的思考。如果沿着这个理论观点继续深入下去，接下来就应该弄明白两个问题：第一，作者怎样进行创造，创造过程有什么特性？第二，谁是作者？前一个问题是传统文论中常见的，后一个问题在现代文论中较为常见。传统文论会认为无论怎样，文学作品本身并不就是文学，作者才是文学作品的创造者，是文学的源头，有时甚至有比较极端一些的观点，认为作者的内心情感就是文学创造，将内心情感形诸笔端的只是这个文学创造的一部分。比如极端意象派的观念。

先谈第一个问题。如果文学就是作者内心的情感，那么接下来的问题是，怎么保证读者讲到的是文学？这可以引向两种彻底相反的说法。一种说法是读者能够理解作者，但是他的理解可能会有偏差，也许只有像作者本人一样的天才鉴赏者才能够彻底理解作者。但凭什么信任这个天才的鉴赏者？怎么知道他读出来的东西就和作者自己想的一样？当然，我们可以说作者自己可以理解自己，他是自己作品的最好读者。但这也会产生两个困难：第一，既然如此，作者为什么还要煞费苦心地创造文学作品？如果他不是为了追求读者的理解，那又是为了什么？第二，作者谈论自己的作品时，其可信度有多少？难道就不存在文学作品溢出作者设想的情况吗？

---

[1] [英]爱德华·扬格：《试论独创性作品》，袁可嘉译，人民文学出版社，1963年，第5页。

另一种说法是根本没有读者能够理解作者。那么既然如此，读者还要围着文学作品做什么呢？愚笨的读者自以为自己懂得文学作品，实际上什么也没懂，聪明的读者知道自己什么也没懂，但他不过是把文学作品当作一个借以抒发心情的兴发点，以此取悦一下自己而已。如果果真如此，那么我们围绕文学进行的全部理论思考也都是白费力气了。

认为文学存在于读者阅读中的是接受美学或者叫读者反应文论。德国著名文艺理论家罗伯特·姚斯1967年发表的《文学史作为文学理论的挑战》[1]一文，被认为是接受美学形成的宣言。姚斯认为现存的文学理论，比如马克思主义和形式主义文论等，都只是一种静态的研究模式，它们都缺乏读者这个最重要的维度，如果缺乏读者对文学史的参与，那么只凭一种理论观点建构起来的文学史就只能是为预先设定好的观念寻找历史例证，用事实图解先在观念的做法很可能会阉割历史的真相。"按照传统的理论，审美距离被理解成一种单向的、与某处的对象之间的关系完全是沉思的、无利害的。这么一来，接受者的那种作用就完全被剥夺了。"[2] 要重塑文学史真面目的姚斯，认为读者接受才是塑造历史的真正动力，任何对作品意义的当代解读都不可避免地受到前代人接受的影响，历代读者的接受共同塑造了一部作品今天所呈现给我们的意义，因此，文学史从根本上说就是持续不断的接受史和影响史。

按照读者接受理论，文学史不是恒定不变的，其中关于作品判断的许多观点以及审美观念都会被改写。我们书写文学史的时候总是习惯于从现代人的审美和理论趣味出发组织文学史实，这样一来就可能会遮盖该作品在历史接受过程中的丰富性和复杂性，遮蔽了该作品在不同历史时代的接受者那里的不同情况。所以姚斯认为我们不能只顾及当代人的视域，更重要的是应该充分注意一部作品被读者接受时的历史状况。比如，一部作品刚刚诞生时是否满足了当时人们的期待？后代人与前代人对这部作品的反应是否相同？期间究竟发生了哪些改变？一般来说，一个时代的通俗作品是最符合那个时代的阅读品味的，而经典名作往往要超过那个时代的阅读

---

[1] ［德］姚斯、［美］霍拉勃：《接受美学与接受理论》，周宁、金元浦译，辽宁人民出版社，1987年。

[2] ［德］耀斯（姚斯）：《审美经验与文学解释学》，顾建光、顾静宇、张乐天译，上海译文出版社，1997年，第139页。

品味。姚斯举了一个饶有趣味的例子。法国作家福楼拜1857年创作《包法利夫人》的同时，他的朋友费多创作了《范妮》。从作品情节和创作方法来看，两者颇多相近之处。他们都描写了通奸的故事，费多让一个30岁女人的年轻情人嫉妒这个女人的丈夫。尽管她的欲望已得到满足，她还是在痛苦的折磨中去世。福楼拜写的是女主角的丈夫品质端方但个性枯燥无味，最终女主角走向了死亡。他们借用传统的三角关系，写出新的伦理期待，这一期待与当时社会的伦理状况是尖锐对立的，因而引起了强烈的反响。但两部作品并没有取得同样程度的成功。尽管福楼拜的小说招致了一场有碍风化的诉讼案，《包法利夫人》问世之初，与费多的小说《范妮》一年发行13版相比，仍然大为逊色。然而时光流转，费多的作品早已被人遗忘，而福楼拜的《包法利夫人》却列位经典。

对此，姚斯做出了文学接受史的分析。他认为，费多的《范妮》更适应那个时代读者的口味，流行的思想与被社会的时尚水准所压抑的愿望交织在一起，引发人们的好奇心，削弱了道德义愤。而福楼拜在形式上的创新，他的"非人格叙述"（不动情）的原则过于让当时的读者震惊，相对来讲要求更高的文学能力来接受。因此，在《包法利夫人》问世之初，只有少数慧眼之士将其当作小说史上的转折点来理解、欣赏。如今它已经享有了世界声誉，它所创造的小说读者群终于拥护这种新的期待标准。这种标准反而使费多的作品显得花里胡哨，抒情忏悔过于陈词滥调，《范妮》最终只得落入昨日畅销书之列。[1]

传统文论主张文学作品中总有一个作者原意在解释过程中发挥着关键作用，但正是这一点让读者接受理论感到不满。他们认为这是作者霸权的表现，作品一旦形成就具有其独立性，所谓追溯作者原意是一种不恰当的行为，只能达到一种虚假的作者原意。而作品在作者创作完成后也并没有真正完成，必须通过欣赏者的接受，将其中的审美价值阐发出来，才能真正成为作品。于是，当接受美学理论高扬读者重要性时走了另一个极端，完全取消了创作者对于作品的意义，把欣赏者当成了作品的绝对主宰，同时又抹杀了对作品相对客观的阐释标准和审美价值判断标准。产生这种极

---

[1] 详见[德]姚斯、[美]霍拉勃：《接受美学与接受理论》，周宁、金元浦译，辽宁人民出版社，1987年，第34—35页。

端化理解的根源在于混淆了天才与普通趣味的界限,以大众的凡庸趣味来瓦解文学的神圣,使低俗趣味靠着一种主体意识的民主假象得到了自我表达的权利,所谓"趣味无争辩"的说法也包含着同样的弊病。

有些理论家力图解决这个难题。美国学者赫施指出,如果我们以为读者在作品中读到的是作者心中的涵义,那么就错了。赫施把作者心中的涵义与作者在作品中表现的涵义区分开,主张我们能看到的就是作者在作品中通过语词表述出来的涵义,而作者心中的涵义并不是解释者要理会的东西。"也许作者从未有过这样的意图:用他的语词去表达当时意识中所发生的所有东西。每个作者都知道,他用语言所制作的表达形式只能表达由语词构成的涵义,也就是说,他所表达的涵义会被所使用的语词传达出其它的内容。对本文的解释只探究着可共有的,也就是说,可传达的涵义,我在创作中所想到的所有东西,并不是都能通过我的用词而传达给他人的。"[1]

赫施的观点在很大程度上纠正了接受理论的偏差,但也存在一些困难,最大的困难就是他的理论中要求有一个能够理解作者原意的理想读者存在。但这个理想读者不是指审美体验能力高超的人,他应该是一个编纂学者:他能够对作者所表达的领域有深刻的认识和充足的知识,他能够在大量的材料中间分清楚哪些是与自己要面对的对象有关的,哪些是无关的,再小心翼翼地把这些有关的材料组织在一起,形成一个大致的范围,划分出大致的界线,进而确定出一个基本词义。可以想见,这个理想读者最需要的品质不是对整个文本的审美直觉能力,而是收集基本词义范围的能力,他有很好的批评史才华,但不必有深刻的审美体会,因此,在那个作者表达的文本中,他能够确切地找到一些确定的涵义,因为别的人也是这么说的,或曾经这么说过。但这样一来,又偏离开对文学作品的真正感悟,毕竟,文学作品不是机械操作手册。

四 作为本体的文学作品

20 世纪以来文学作品又成了文学系统的核心,作者的天才总要通过

---

[1] [美]赫施:《解释的有效性》,王才勇译,生活·读书·新知三联书店,1991年,第27页。

作品才能得到确认,欣赏者的阐释总要依赖于作品才能完成,文学的全部魅力都蕴涵在作品自身之中。认为文学存在于作品中的学派主要是俄国形式主义和英美新批评,其中新批评的观点更强烈一些。

俄国形式主义以什克洛夫斯基为代表。还在上大学的时候,就写了一篇著名的文章《作为手法的艺术》,被誉为"形式主义的宣言"[1]。在这篇文章里,什克洛夫斯基对主张形象思维的传统文学理论观点做出了严厉批评,他认为形象思维完全把我们引入了一条错误道路,一旦主张形象思维,人们就会关注诗人内心中激荡着什么样的情感,产生了什么样的形象。作者为了防止文学形象变成俗套,丧失对欣赏者的吸引力,总是会不断改变它们。什克洛夫斯基认为,传统诗论把诗歌中的文学形象错误地当作了形象变更的序列,而实际情况却是,这些形象本身其实并没有发生什么变化,而是作者塑造这些形象的修辞手法发生了变化。在他看来,文学即手法,作者要做的是不断变化文学手法,使作品产生陌生化效果,增加欣赏者感受形象的难度,延长感受形象的时间,让读者产生新奇感。正是因为延长了感受过程,我们就获得了对生活进行沉思的机会,文学的目的也就达到了。这样的看法有些接近于人类学文学理论的母题观念,只是人类学角度关心母题本身的内涵,而什克洛夫斯基关心的是表达母题的方式。

形式主义把诗引向修辞手法,新批评更进一步,认为文学作品即文学的本体,舍此无他。之所以会说一个人是作者,完全是因为他创作出了文学作品,而不是因为他激情澎湃,或内心中新奇的意象层出不穷。"新批评"取名自美国梵德比尔大学文学教授约翰·克罗·兰色姆(John Crowe Ransom)1941年出版的《新批评》一书。兰色姆在书中用"新批评"来指称T. S. 艾略特、I. A. 瑞恰慈和I. 温特斯三位批评家,并对他们颇有微词,并力图提出一种新的批评方法。后来"新批评"的帽子落在了兰色姆和他的几个学生等人头上,进而成为一个方便的标签,用来标志一大群观点各异甚至互相矛盾的批评家。现在一般公认的新批评家是T. S. 艾略特和I. A. 瑞恰慈、兰色姆、艾伦·塔特(Allen Tate)、克林斯·布鲁克斯(Cleanth Brooks)、罗伯特·潘·沃伦(Robert Penn Warren),以及稍后一些的韦姆萨特

---

[1] [俄]什克洛夫斯基:《作为手法的艺术》,[俄]什克洛夫斯基等:《俄国形式主义文论选》,方珊等译,生活·读书·新知三联书店,1989年。

(William K. Wimsatt)和雷内·韦勒克（Rene Wellek）。前两人是新批评的前驱，中间四人是新批评的开拓者与实干家，后两人则有更浓的理论家色彩。现在新批评已经有些陨落，正在兴盛的是西方马克思主义批评和文化研究。但是，新批评的当代代表人物布鲁姆的《西方正典》依然是一部有影响力的著作。

新批评派特别强调非个人化。比如著名诗人T.S.艾略特认为，成为一个好诗人不是去抒发自己的心灵，而是在传统中寻找共鸣。他写了一篇有名的文章《传统与个人才能》，强调必须学习传统，"诗人，任何艺术的艺术家，谁也不能单独地具有他完全的意义。他的重要性以及我们对他的鉴赏就是鉴赏他和已往诗人以及艺术家的关系。你不能把他单独地评价；你得把他放在前人之间来对照，来比较"[1]。

新批评把文本树立为本体，这主要是兰色姆的功劳，不过兰色姆有些犹豫，他在把文本树为本体的同时，也认为诗的本体性来自复原"本源世界"（original world），这就显得有点儿不彻底了。

新批评的主张还很多，除了T.S.艾略特的"非个人化"观点，瑞恰兹的批评实践树立了新批评"细读"的典范。所谓"细读"（close reading）是指以文本为中心，用语义分析方法解读文学作品，并强调文学作品是一个有机的整体，每个部分影响着其他部分，批评家的职责就是细致读出文本中每一细微的变化和修辞效果。后来瑞恰兹的学生燕卜逊用含混的类型来解读诗歌，产生了极大的影响。布鲁克斯更是将细读发挥到极致，在《精致的瓮》中，他细读了十首诗，各以一章的篇幅用悖论、反讽、含混、意象等文学理论术语加以详细的分析，这是一本书的规模，真是让人叹为观止。虽然这样的做法在现今已经如明日黄花，但这种细读的功夫却是很有启发。

在考察了以文学作品为结点的各种关系以后，我们重新回到这个问题：文学性究竟存在于哪里？作者的创作？欣赏者的阐释？还是文学作品本身的结构？似乎每一个回答都有不足之处。下面的解释也许更合适些：文学既不存在于作者那里，也不存在于作品中，也不存在于读者那里，文学存在于从作者到作品再到读者的一个流程之中，文学活动这个场域才是文学性能够被思考的基本和必要条件。这么说不是中庸之道，因为它是在

---

[1] 赵毅衡编选：《"新批评"文集》，中国社会科学出版社，1988年，第26页。

破除一些现成之见后得出的结论，倒是那些现成之见因为符合我们的日常感知，反而更容易被认作真理，妨碍了我们对其进行更进一步的追问。

五　不同于作品的文本

文本（text，又译"本文"）是一个不同于作品（work）的概念。如果要用一句话概括二者的不同，那就是：文本是一个既有物质性又有精神性的存在，而作品则只是一个精神性的存在。

比方说，鲁迅写了一篇小说《狂人日记》，那么这篇小说到底是一个作品，还是"文本"？可以这样理解：假如你走进图书馆，看到书架上摆了一本书，书名《狂人日记》，作者鲁迅，那么，此时的这本书，还是"文本"。如果你从书架上取下这本书，并打开它，进行阅读，你感觉到自己发现了小说的意义，或者感受到不同于教材中所说的一些其他东西，那么，此时这本书就是作品。也就是说，我们一般用"文本"来指称其文学意义未生发前的存在状态，而用"作品"来指称文学意义生发后的存在状态。文学是否产生了"意义"，是区分文本与作品的分水岭。

问题是，为什么要做出这个区别呢？因为人们对文学意义的来源理解不同。有人认为，文学的意义来源于作者，不管读者有没有阅读文学，其意义总已被作者放进文学里，读者的作用在于发现或激活已放于文学中的意义。西方19世纪浪漫主义运动兴起之前的主流观念"摹仿说"，以及各种各样的作者"意图"理论、"知人论世"说、"文如其人"说，所持的正是这种观点。也有人认为，文学的意义在于读者的阅读，没有读者的阅读，文学的存在和一块石头的存在没有两样，正是读者的阅读，才赋予僵硬的文学存在以意义。西方的解释学美学、接受美学等，所持的正是这种观点。还有人认为，文学的意义不仅与作者、读者有关，更与文学之外的意识形态、传播机制、传播介质等有关，正是后者，赋予文学以全新的意义，使文学呈现为一种永不完成的意义开放形态。西方马克思主义、后结构主义、解构主义、新文本主义等，所持的正是这种观点。

我们仍以《狂人日记》为例略作说明。如果你觉得不管这篇小说是写在羊皮纸上还是互联网上，不管它是印刷体横写还是毛笔体竖写，也不管它是书面阅读还是茶肆艺人讲说，更不管它是用哪一种语言写作，它之所以是它，是由于它有独特的人物形象、叙事技巧、主题意义等超越物质要素之上的精神性，那么，你就是在作品的意义上理解小说；相反，如果你觉得这些外在的物质要素，会影响到小说精神意义的表达，那么，你就是在文本的意义上理解小说。

由此我们可以看出，文本是一个大于作品的概念。

在文学批评的发展中，文本概念经历了一个由语义区隔抵牾逐渐走向趋同发展的过程。大致来讲，20世纪上半叶的多数文学理论，比如俄国形式主义、英美新批评、结构主义理论，其谈论文本概念主要是在文学的语言层面言说，认为文学的意义主要在于文学的语言及其语言的内在结构之中，而不在于其他外在因素，比如作者、社会、时代要素等。我们阅读文学，就是要通过文本这个文学内在媒介，去发现潜藏于文学文本语言及其要素关联之中的东西，而这个东西，则是相对客观固定的。

到了20世纪上半叶至六七十年代的解释学美学、接受美学、后结构主义、解构主义理论等，虽然也承认文学与文学研究的本体是文本，也承认语言及语言要素与结构会影响文学意义的表达，但并不认为文学文本是一个具有客观封闭涵义的东西，相反，文本是一个编织物，其意义会随时代、阅读者、解释者、意识形态等文学外在要素而变迁。也就是说，文学的意义，是我们通过文本内外要素的理解赋予文学的，文学文本本身无意义可言。而文学文本一旦获得了意义，它便成了作品。因此，在他们看来，文本的存在形态本身，也相应地表现为一种动态变化而非固定静态的形态。如果我们从文学存在形态的角度看，文学意义的获得过程，实际上也就是文学由文本形态转变为作品形态的过程。

1980年代后，西方兴起了一种文本学理论，叫"新文本主义"（New Textualism）。[1] 新文本主义理论与前面两个阶段文本理论的最大不同，在于它将文学的物质载体、文本衍生物与文本传播手段作为文学意义的中心，

---

[1] 所谓"新文本主义"，按照美国新文本主义学者安妮·赫莉（Ann Hollinshead Hurley）的看法，就是指以文本的物理属性为理论研究基点，以文本的出版历史及传播状况为理论研究进路，通过追溯文本诞生的历史文化语境与物质生产语境，挖掘潜藏于文本背后的社会、政治、经济、阶级、性别、文化等因素对于文本意义的主导性建构作用，揭示文本存在形态的复杂性与多样性，认同文本之外的因素，而非作者的意图，是文本意义的源泉的一种文本与文学批评理论。[*Women Editing/Editing Women: Early Modern Women Writers and the New Textualism*, Edited by Ann Hollinshead Hurley and Chanita Goodblatt, Cambridge Scholars Publishing, 2009, pp.xi-xii.]

而不像此前那样，将文学的意义诉诸文本语言的语义内涵或者因时、因地、因人的迁移变化。细而言之，它是以文本的生产与传播为中心，将文本的内形式，如序言、献诗、题词、评校、旁注、疏证、插图、链接、旁白、多媒介等，与文本的外形式，如编者、资助人、出版社、出版地、印刷排版、装帧设计、页面风格、卷册目次、图书分类等，一起视为文本意义的决定因素。也就是说，在新文本主义看来，文本的意义既不是作者意图决定的，也不是作者创作的固定作品决定的，而是由作者、作品、编校者、出版者、发行者等诸多文本内外要素共同决定的，并且认为作者与文本之外的因素，对于文本意义的生成，起到关键性作用。

让我们结合"新文本主义"的不同文本理论，来举例说明。

理论一：文本编者会影响到文本意义的表达。

例子：几乎所有的现代编者在编辑英国诗人、剧作者克里斯托弗·马洛（Christopher Marlowe）的《帖木儿大帝》（*Tamburlaine*）时，都会将描述主人公的关键词语"snowy"修改为"sinewy"甚或"snowy-white"，以此突出主人公作为勇士与征服者的角色，并且巧妙地将主人公由原本的伊斯兰式典型形象，转变为像正统英国人一样拥有白色肤种的英雄。

理论二：文本编排次序会影响到文本意义的表达。

例子：我们将李白的《蜀道难》编入《李白诗选》，就跟编入《唐诗选编》或《历代山水诗选编》，具有不同的意义：前者倾向于表现诗歌自身的审美特质，关注的是诗歌自身的审美意象；后者则进入唐代诗歌或历代山水诗歌的整体历史语境中，表现诗歌自身的意义张力。

理论三：文本编辑语境，会影响到文本意义的表达。

例子：中国经典文本《阿凡提借锅》。当中国的官方出版者将其编入小学语文课本，与美国专业性出版者将其编入《中国民间故事》（*Chinese Folk Tales*），竟然生发出两种截然不同的阅读效果，产生两种不同的作品意涵，一为"聪慧"，一为"狡诈"：前者基于中国当代集体性地对封建地主阶级的普遍性仇视，后者基于美国当代文化的个体性人格内涵：无论何人何时何事，撒谎欺骗都代表了"恶"的人格内涵。

实际上，比之于传统的文本理论，1980年代后出现的新文本主义文本理论，对于身处媒介时代、人工智能与数字人文语境中的文学与文学批评而言，更有其用武之地。事实也是，它在今天逐渐发展为一种具有强大阐释效力的理论。

从作者的角度讲,新文本主义强调作者的混杂性(Hybrid),通过引入读者、编辑、批评家等经典文学理论所言的"非作者"要素,参与作品的创造,建构一个"共同作者"(co-author),来祛除传统意义上作者的主体性与原创性。而以网络文学为代表的新媒介文学,其作为文学创造的"作者",也不再限于传统文学意义上作为文学创造主体性的单纯"作者",而是由作者、读者、批评家等诸多文学活动主体共同参与了作品的创造或再创造。

从作品的角度讲,新文本主义认同原作品之外的读者评点、编辑校改、翻译创造、专业评价、美工设计等"非文本"因素为作品的内在组成部分,从而使作品成为一个开放的结构。而网络文学或新媒介文学,同样重视作品之外的非文本因素,认为这些因素也是作品的内在构成要素。比如它非常重视读者因素对文本意义的建构,很多网络文学作品,读者可以通过不同章节阅读次序的自由组合,结构出情节各异、主题不同的作品来。这样,作品本身就打破了传统的线性叙事结构,而成了流动的、多变的,甚至破碎的动态结构。

从语境的角度讲,新媒介文学的文本与语境的关系更加密切。新文本主义常讲的一句话是"语境之外无文本"。在新文本主义看来,不管是印刷时代的文学,还是数字时代的新媒介文学,文本之外的各种因素,包括文本存在的外在语境,对于文本意义的建构具有重要作用。我们可以从新媒介文学的存在方式或表达方式略作说明。新媒介文学,本质上是一种数字文学(Digital Literature),它以虚拟二元符号为基本结构单位,以人—机交互作用为基本表达形态。这种独特的结构与表达方式,决定了它的"文本"形态,不同于纸媒文学的那种稳固的、完成的线性文本形态,而是游动的、非线性的、未完成的"超文本"形态,要使其成为一种稳固的、完成的文本形态,既需要机器将虚拟的抽象数字,转化为具象的文字(图、音)形态,又需要读者作为主体的积极阅读与意义建构。也就是说,在新媒介文学中,"文本"="原始文本+具象显现+读者阅读/身心参与"="超文本"。这也意味着,纸媒文学原本具有的文本与语境的明确边界,在新媒介文学中消失了,语境本身构成了新媒介文学文本的存在要素。

举这些例子意在说明,我们应高度重视新媒介、人工智能与数字人文时代文学文本的创造问题。因为这个时代新文学文本的出现，打破了传统纸媒文学的单一文字表达形态，而使文学向多元混杂的复合形态转型。也就是说，新媒介文学，将同时整合文字、图像、声音，甚至气味作为文学表达的基本构成要素，使文学成为一种全新的复合文本形态。这种文本形态，继原始艺术后又一次把人的各种感知、理解与领悟能力整合起来，使文学由单纯的想象静观跃升为多种官能参与创造。文学活动由此直接成为人的丰富创造性活动，这为技术化时代"单向度"的人向"全面发展的人"的转型，提供了新的可能。

由此也意味着，包括新媒介文学在内的未来文学文本创造，必须基于人的五官感觉的集体性参与表达，必须全面展示人的现实生存的多样化诉求，必须超越灵与肉、物质与精神的简单择一思维，必须消融主题与风格、形式与内容的表达张力，使文学成为物质时代、媒介时代、符号时代人的基本生存镜像。这是新媒介出现后文学不得不面临的选择。留给经典作者所要完成的工作，不是轻蔑懈怠，不是推诿抗拒，而是积极参与到新媒介文学创作的时代洪流中去，开启新的文学时代与文学人生。

总之，随着文本概念内涵的时代移转，文学的文本存在形态本身，也经历了一个由静态文本到动态文本，再到超文本的发展过程；而文学文本的意义，也指向更加开放、更加多元的未完成性。

六　新文本主义的文本分析法

新文本主义舍弃结构主义式的纯文本分析努力，抵制文本非物质因素对文本意义的霸占，重新还原文本的原初生发语境，突出文本物质性因素对于文本意义的重新建构，提出了自己的方法论原则：第一，在文本形式与内容不协调时，形式优先；第二，当文本观念与文本历史相冲突时，历史优先；第三，在作者意图与读者意图相背离时，读者意图优先；第四，在出版目的与传播目的相乖讹，传播目的优先；第五，当原始版本与衍变版本不一致时，新近版本优先。

基于如上原则，新文本主义学者杰罗姆·麦加恩提出了新文本批评的一般文本分析法：首先，找出批评文本的主题、主旨，并运用社会历史学的研究方法，确定"文本的原始要素"。其次，找出文本对应的语境及其表现特征，划定文本的"生产与再生产次级要素"。最后，将第一个步骤所得要素进行范畴的分类，组成范畴系列；再将该范畴系列放入第二个步骤所得进行回归分析，解析其具体涵义，厘定"文本批评的最直接要素"。[1]根据新文本主义，只有进入第三步骤的分析，文本的真正涵义与隐含意义才会渐次明晰。具体来讲：

第一步骤：确定"文本的原始要素"，包括：

（1）作者

（2）其他参与文本生产进程的人物或群体（比如合作者、编者、抄写员等）

（3）原始文本不同的生产阶段或时期（各阶段相关参与要素明确的功用、目的、特征等）

（4）原始文本生产进程中的材料、手段、模式（比如物理的、心理的、意识形态的等）

显然，第一步骤中这种类似于培根式的早期理性主义哲学分析模式在文本分析领域的移用，只是文本分析的预备工作，目的也只是获得文本批评的基本素材。

第二步骤：确定"文本生产与再生产的次级要素"，分为两类：

（1）作者生前作品的再生产阶段诸要素

（2）作者身后作品的再生产阶段诸要素

如上两类均可涵括第一步骤中的全部或部分原始要素序列，从而便于使第一步骤所含的原始要素语境化。按照新文本主义，原始要素只有进入具体的生发语境，其意义才能确定。因为语境的不同，即可导致意义的不同；由此衍生的一个直接后果，是对文本关联要素分析重点的变化。比如，要分析作者，经典的文本批评秉持"知人论世"的分析方法，企图通过追索作者的出身背景、教育经历、社会环境、人生遭际、价值观念等要素来还原作者创作的真实意图，并以作者意图确定文本意图。而若将作者置入第二步骤划定的语境，那么，分析的重点将是作者的具体"再生产"过程，而非稳固的作者本人。换句话说，通过分析作者在不同读者、不同阶级、不同群体、不同机构、不同意识形态中所呈现的观念序列，使著作

---

[1] Jerome McGann, ed., *Textual Criticism and Literary Interpretation*, University of Chicago Press, 1985, pp.191-193.

权意义上的作者退离文本分析的中心，而第一序列中所枚举的"其他参与文本生产进程的人物或群体"，则成为文本分析的新中心。同理，对作品的分析，第二步骤的语境化分析，也会使那种一贯戮力于作品形式与内容的经典文本分析，移易为对作品的"再生产"如何影响作品本身意义的分析。这种语境化的回归分析，当然并不止于单纯的技术策略，它毋宁有其观念革新意义："历史的某种模式，在文本中以一种完整文学化的形式得以表达；而对这些形式的批评性分析，则反过来引导我们透过纷繁复杂的人类现象及社会历史模型洞察出人类文学活动的真义。"[1]

第三步骤：确定"文本批评的最直接要素"。

这主要指批评活动本身所包含的一些技术性要素，它常以某一类型的批评面目来呈现，表现为对文本文献、编辑、词汇、评论等不同要素的专业性具体分析，特别是对"文本语词形式变化"与"文本语境内涵变化"。[2]

当通过文本批评来揭示文本语词的变化时，其意义并不仅仅在于说明不同文本的不同语境会生发不同的涵义，而毋宁是要说明作品自身包含的意义冲突、张力。比如，一直被英语世界广泛誉为是继 T. S. 艾略特之后最重要的英语诗人奥登（W. H. Auden）的作品《1939 年 9 月 1 日》，首次发表于《新共和国》杂志。但由于诗人对这个诗篇并不满意，故而在 1949 年收入《奥登诗选》中，删除了原诗的第二诗节，甚至后来诗人直接禁止这首诗的出版。今天我们所看到的由爱德华·门德尔森（Edward Mendelson）所编选的《奥登诗集》，就删略了这个诗篇。[3] 新文本主义学者举证这个例子意在说明，何以当我们阅读一部作品的任何一个语词文本时，其他语词文本也必须同样诗意地在场，否则其意义就会含混难现。再比如当代美国著名诗人玛丽安·穆尔（Marianne Moore）的代表作《诗》（Poetry），最初发表时为 30 行诗，此后在 1935 年与 1951 年出版的《玛丽安·穆尔诗选》中，这个规模得以延续。然而，到了 1967 年出版的《玛丽安·穆尔诗歌

---

[1] Jerome McGann, ed., *Textual Criticism and Literary Interpretation*, University of Chicago Press, 1985, p.193.

[2] Ibid., p.194.

[3] Edward Mendelson, ed., *The Complete Works of W. H. Auden*. Princeton University Press, 2008.

全集》中，原初的诗歌被作者本人删减到只剩 3 行。[1] 今天，这个只有 3 行规模的诗歌文本已被欧美学界认为是权威版本，尽管仍有 30 行版本的流传。举证这个例子，当然不只是要说明不同文本体现不同意义，而毋宁是要揭示，在缺乏对该作品其余文本阅读的情况下，将会妨碍我们对该文本意义的理解：我们阅读玛丽安·穆尔诗歌文本的活动，实际就是要求两个文本的亲密邂逅与意义生发，因为作为读者的我们，并不单纯是文本意义的释读者，而毋宁同时就是文本意义的建构者，是文本内在意义向外延伸的执行者；而作为文本创造主体的作者，也不在于要表达一种明显的写作意图，它毋宁是要创造一种文本的张力——在这种张力中，文本的多元意义生发才有可能。

扩展阅读书目

1. Ann Hollinshead Hurley and Chanita Goodblatt Ed., *Women Editing/Editing Women: Early Modern Women Writers and the New Textualism*, Cambridge Scholars Publishing, 2009.
2. Edward Mendelson, ed., *The Complete Works of W. H. Auden*. Princeton University Press, 2008.
3. Jerome McGann, ed., *Textual Criticism and Literary Interpretation*, University of Chicago Press, 1985.
4. Marianne Moore, *Collected Poems*, Macmillan Company, 1951; Marianne Moore, *The Complete Poems of Marianne Moore*, Penguin Group Incorporated, 1967.
5. [美] 赫施：《解释的有效性》，王才勇译，生活·读书·新知三联书店，1991 年。
6. 胡经之、张首映主编：《西方二十世纪文论选 第三卷 读者系统》，中国社会科学出版社，1989 年。
7. [美] 迈克尔·莱恩：《文学作品的多重解读》，赵炎秋译，北京大学出版社，2006 年。
8. [德] 瑙曼等：《作品、文学史与读者》，范大灿译，文化艺术出版社，1997 年。

---

[1] Marianne Moore, *Collected Poems*, Macmillan Company, 1951; Marianne Moore, *The Complete Poems of Marianne Moore*, Penguin Group Incorporated, 1967.

9. [英]塞尔登等:《当代文学理论导读》,刘象愚译,北京大学出版社,2006年。
10. [俄]什克洛夫斯基等:《俄国形式主义文论选》,方珊等译,生活·读书·新知三联书店,1989年。
11. [美]韦勒克、[美]沃伦:《文学理论》,刘象愚等译,江苏教育出版社,2005年。
12. [德]沃尔夫冈·伊瑟尔:《阅读活动——审美反应理论》,金元浦、周宁译,中国社会科学出版社,1991年。
13. 阎嘉主编:《文学理论精粹读本》,中国人民大学出版社,2006年。
14. [波]英加登:《论文学作品》,张振辉译,河南大学出版社,2008年。

第三章　文学阅读

　　大体而论，占据文学研究中心地带的一直是作品、作者和创作过程，有关读者与阅读的问题真正引发理论家的兴趣，并得以广泛吸纳各路学术资源，还是相当晚近的事情，确切地说是在"阐释学—接受美学—读者反应理论"这个文论序列成型之后。仅就西方而言，强调读者的理论话语可以分为三种类型：其一是现代阐释学和接受美学这种相对"纯理论"的层面，重在对阐释过程进行美学、历史与语言的探讨，代表人物是伽达默尔、保罗·利科、罗伯特·姚斯、沃尔夫冈·伊瑟尔等；其二是以对读者的意识活动或阅读反应的研究，打造具有可操作性的文学批评方法，瑞士的"日内瓦学派"批评家和美国的斯坦利·费什皆可归入此路；其三是一系列强烈凸显特定读者身份的批评方法，如女性主义批评、黑人批评、后殖民批评等。前两种类型承接了美学与文学理论中对审美经验的探究，强调读者在阅读过程中的能动地位，却又致力于将此能动性与文本和传统相统一；后一种则以读者作为打破现有文学秩序的革命性力量，体现出后结构主义与文化研究的直接影响。1960 年代以来，后结构主义者不断挑战作者的权威，米歇尔·福柯质疑作者究竟是什么，罗兰·巴特则干脆宣布作者死了，而且他相信，假如读者的诞生必须以作者的死亡为代价，许多人将心甘情愿地偿付这一代价；其次，文化研究的兴起及其对身份政治的重视，使得有关"人类共通感"的想象难乎为继，尤其在皮埃尔·布尔迪厄之后，趣味的差异与"区隔"代替审美自律成为文学阅读的事实前提；最后，在大学文学课堂上，英美"新批评"所建立的"文本中心"的教学模式备受责难，日益多元的校园文化构成使得"西方正典"不再拥有天经地义的权威，"立场"代替"修养"成为课堂讨论的关键词。在很大程度上，文学理论的焦点问题由"写什么""谁来写""怎么写"转向了"怎么读"。

在此理论视角下,老问题被重新讨论,新问题也被不断提出来,思考的深度和广度不断增加,终于成就了当代文学理论中一个生机勃勃的领域。

一　阅读与文学

　　加拿大作家阿尔维托·曼古埃尔的《阅读史》一书,对古往今来人类阅读活动的种种情态做了生动描述。书中一章写"私人阅读",专门讨论当人们独自读书时,最舒服的读书场所是哪里,最惬意的读书姿势是怎样的,在这件事上古人与今人又有什么不同。这类问题似乎无关大体,但我们的确喜欢说"读书要有读书的样子",没有这个样子,影响的不仅仅是读书的效果,甚至让人感觉会唐突所读的书。如果一个人穿着沙滩裤、人字拖,在阳光明媚的海滩上读陀思妥耶夫斯基的《罪与罚》,旁人会怀疑他是否真能读得进去;相反,《追忆似水年华》中的少年马塞尔总是在夏天躲进昏暗的内室掌灯读书,这种读书方式与这部由回忆与想象构成的小说显得十分契合。这类判断没有实证性的理由,作为常识却十分有力,我们相信特定的书要求特定的阅读方式,不仅仅是适当的阅读场所和阅读姿势,更要有与之相匹配的观念、理论或方法,这是它被正确理解的前提。

　　不过,此种常识只有在涉及"文学之为文学"的问题时才特别有价值。倘若读的是法院的判决书,虽然在不同场合、以不同心态读感受也会不一样,却并不是作为"读者"的感受,而只是"人"的感受。读这份判决书的时间或长或短,都不影响所读对象的意义。一部《红楼梦》,倘若作为汉语教材,只需辨识文字;作为文学作品,则要把握"意味"或者"意蕴",这需要读者自行寻找线索,理清头绪,联接因果,阅读在此时更近于整理。所以流行的说法是,文学阅读必须是重读,第一遍读文字,第二遍才是读文学。意大利作家卡尔维诺就经典所说的话适用于普遍的文学阅读:经典是正在重读的书,经典是每次重读都像初读那样带来发现的书;经典是永不会耗尽它要向读者说的东西的书。[1] 文学作品不是简单地传达字面意思,而是不断生发出新的意蕴,所以需要读者一次次地回到作品。

---

[1]　[意]伊塔诺·卡尔维诺:《为什么读经典》,黄灿然译,译林出版社,2006年,第1—10页。

这不是如古典阐释学所设想的求取唯一的正解，而是以读者自身不断增长的经验与文学作品展开对话。美国文论家赫施在《解释的有效性》一书中提出"涵义"（meaning，依据作者的意旨）与"意谓"（implication，依据读者的目的）、解释（针对涵义）与批评（针对意谓）的区分，以维护作者的权威并对读者的自由加以限制；但是对一个具体的读者来说，什么是作品本身的意谓，什么是他引申和添加上去的意谓，实在很难把握清晰的界限。这不仅因为在阅读过程中会发生客体的内化和主体的投射，使得内与外难以辨认，还因为读者的目标往往是在阅读过程中生成的。同时，我们也必须放弃这一期待：存在一个完全明了作者意图的**理想读者**。甚至作者本人也不能够确定自己就是这样的读者，当他作为自己作品的读者出场，以解释说服他人赞同其理解时，他与其他读者的处境并无不同。除非涉及事实性的问题，他所依凭的只能是文学阅读的经验，而非作为作者所掌握的"内部消息"。

文学阅读对读者经验的重视，可以与一种开放的作品观统一起来。意大利作家、理论家艾伯特·艾柯认为，文学作品并不是封闭的、静态的意义系统，而是始终处于运动之中，召唤着读者同作者一起创作作品。有些作品表面上看已经完成，其内部关系却在不断地演变中，欣赏者在理解其全部刺激时必须去发现、选择这些演变。不管作家本人是否根据明确或不明确的必要的理论去创作，每一次阅读都会使作品按照一种前景、一种口味、一种个人的演绎再生一次。在这个意义上，"一本书既没有开头也没有结尾：最多它只是装作这样"。[1] 接受美学的代表人物沃尔夫冈·伊瑟尔认为，文学作品有艺术与审美两极，前者是指作者写就的文本，后者是指由读者理解的文本，作品就在两者之间运动。一个文学文本所呈现的意义，只是在确定的文本结构和不确定的理解活动之间所发生的偶然事件。伊瑟尔就此构想出"隐含读者"的概念，"隐含读者"不是一个实体，而是文本结构的功能或者说倾向。这个文本结构不是通常所谓情节结构，而是作品在为自身建立的"透视角度"或者说"图式结构"。阅读之所以是可能的，是因为作品的文本结构引导着我们如何读；而读的结果之所以有差异，则是因为文本结构必须具体化，而这需要真实读者通过想象去建构意义的有机体。在伊瑟尔看来，文学作品更像是戏剧脚本，阅读则是一场

---

[1] ［意］艾柯：《开放的作品》，刘儒庭译，新星出版社，2005年，第26页。

需要发挥演员能动性和创造力的演出。在此演出中，读者自由地表现自己，但却要依照脚本的导引去表现，此种自律与他律的统一，便形成所谓阅读经验。阅读非文学的材料当然也需要经验，但只有在文学阅读中，读者的经验才会真正参与到文本意义的生成之中。是否喜欢某个读者对文学作品的读法是一回事，是否承认文学作品的意义依赖读者的阅读是另一回事。正如一部莎士比亚的悲剧被搬上舞台，即便不改动情节，也会因演绎者的不同而呈现各种版本，我们只能说哪种版本更受欢迎，而不能说哪种版本更正确。[1]

阐释总是以"意图"作为标的，但它并非意图的猜想而是意义的定位。我们的确需要找到一些门径进入作品的世界，作家本人提供的信息非常重要，却不可迷信盲从。即便对作者本人的情况一无所知，读者也能有理有据地构想出某种意图，这不是凭借对作者个人的揣度，而是凭借对特定作品所依赖的符号系统的考察。我们不能拿那些文学之外的证据来直接证实作品的意义应该如何，阐释的关键，在于阐释者所设定的"作者意图"能在多大程度上成为"符号意义"，也就是说，能否从作品所形成的符号系统中获得支持，得到一个恰当的定位。这种定位至少可以分出三个层次，分别对应三个符号系统：特定作品，该作家的主要作品，该作家所处的文学世界（既包括作家同时代的文学状况，也包括他所继承的文学传统）。系统虽是意义的框架，但未必就是现成地摆在那里，可以实证性地用于意义的阐释，事实上，特定作品与符号系统之间有一种"阐释学的循环"：一方面，系统为特定作品定位；另一方面，特定作品又召唤适合自己的系统。

艾柯、理查德·罗蒂以及乔纳森·卡勒曾有过一场著名的讨论，后汇成《诠释与过度诠释》一书。艾柯的观点是：虽然阐释者在解读文学文本时能够起到积极作用，但是阅读不管如何"开放"，都必须有所制约。艾柯据此提出了一个"**作品意图**"的概念。作品意图区别于作者意图和读者意图，其基本理念是将文本视为一个连贯性的整体，这不仅仅指作品内部的整体性，还指作品所处的整个话语系统，"即这种语言所产生的'文化

---

[1] 若要深入了解伊瑟尔的相关论述，可参考伊瑟尔：《阅读行为》，金元浦等译，湖南文艺出版社，1991年，另参考金元浦：《接受反应文论》第四章"阅读：双向交互作用的动态构成——伊瑟尔的主要美学思想"，山东教育出版社，2002年。

成规'以及从读者的角度出发对文本进行阐释的全部历史"[1]。不过，罗蒂就此提出两重质疑。第一，罗蒂认为，我们事实上并不能清晰地区分"语境"与"对象"，因为若非将某个对象放在其他想要谈论的事物中，就没法谈论这一对象。比方说我们想讨论鲁迅的《野草》，就必然会讨论到鲁迅的其他作品以及《野草》的写作背景、鲁迅的性格等等，根本就不可能"就《野草》谈《野草》"，更不用说"阐释"。罗蒂指出，此处所涉及的不过是两组命题之间的差别，一组使用的词汇是已经设定好的、没有争议的（即语境），另一组使用的词汇的涵义则有待商榷（即阐释对象）。这样一种二元关系，显然不同于我们对"把作品放入特定语境中"这件事的想象，后者的边界理当是清楚的，什么是《野草》的写作背景，什么是《野草》本身，似乎一目了然；但是我们确实会面对这个问题，梳理《野草》的写作背景，是否本身就是在阐释文本呢？否则我们怎么知道哪些是有价值的"背景"？第二，罗蒂认为，阐释的连贯性不是一个可以被客观描述的存在，而是在阐释车轮最后一圈的转动中突然获得的。也就是说，并不是先有一个阐释，然后用连贯性去衡量它；而是当我们获得一个阐释时，也就把握住了这个连贯性。或者这样理解，当我们在文学作品中把握住一个意义整体时，也就知道了怎样去描述它，并不存在这么一个点，可以据之将所描述和分析的对象与我们的描述和分析区别开来。连贯性并不是阐释的衡量标准，而是阐释的指导原则，阐释一开始就在寻求连贯性，但是在真正的意义阐释的层面（而非表层事实），并没有判定连贯性的客观标准。

正是各类客观标准的缺席，使得文学阅读经验的增长具有了一种人格养成的意义。如果一个中学生说他读懂了《红楼梦》，我们不妨听听他懂得了什么，他为什么会觉得自己懂了，所懂的东西对他有什么意义。即便我们不认同他所懂的东西，也不能简单地否定其价值。而如果一个人宣称他懂得了某一物理定理，结果发现他完全理解错了，那么他就只是浪费时间。鲁迅就《红楼梦》说的一段话非常有名："单是命意，就因读者的眼光而有种种：经学家看见《易》，道学家看见淫，才子看见缠绵，革命家看见排满，流言家看见宫闱秘事。"[2] 这段话的原意是说读者在阅读文学

---

[1] [意]艾柯等：《诠释与过度诠释》，王宇根译，生活·读书·新知三联书店，2005年，第72页。

[2] 《鲁迅全集》第8卷，人民文学出版社，2005年，第179页。

作品时，总会受到先入之见的影响；不过现代阐释学还会强调另一方面：倘若完全排斥先入之见，则不能形成任何有价值的洞见。重要的不是偏见本身，而是处理偏见的方式。如果一个人拿起《红楼梦》一翻，发现有男欢女爱的描写，立即斥为"毒草"，这就算不上真正意义上的文学阅读，此处没有因为阅读而"发生"任何事件，而只是将现成的偏见展示出来。此种阅读所针对的不是作为文学作品的《红楼梦》，而是《红楼梦》这本书中所包含的文字材料。读者果真把文学当文学来读，就要去体认文学形象。所谓体认，是感性与理性、想象与分析相结合的亲身见证；而所谓自己，是具有独立、完整的人格形象且愿意因阅读而被刷新体验的个体。一如罗蒂所言，阅读是批评家与作者、人物、情节、诗节或某个古牍残片的"遭遇"，"这些东西改变了批评家对'她是谁、她擅长于什么、她想怎样对待她自己'等一系列问题的看法；这种遭遇重新调整或改变了她的意图和目的"。阅读所关乎的是爱和恨，"伟大的爱或伟大的恨正是那种可以通过改变我们的目的，改变我们所遇到的人、事和文本的用途而改变我们自身的东西"。[1]

这当然不是说能够对读者产生精神上的影响的便是文学作品。事实上，从文学作品中所获得的启示，并不像教义、格言或者励志故事那样能够直接指导人如何更好地生活。美国批评家哈罗德·布鲁姆说："我转向阅读，是作为一种孤独的习惯，而不是作为一项教育事业"，是"为自己而读，而不是为那种被假定为超越自我的利益而读"。[2] 不过，这并不意味着读者要将现实世界与文学的虚构世界分隔开来。事实上，文学阅读要求读者具备特别的智慧：一方面愿意沉入虚构世界，从中获得丰富而饱满的体验；另一方面又能够洞察这个虚构世界与现实世界所存在的种种差异。他不认为两者可以完全打通，却对它们的联系保持开放的态度；他知道是"我"在阅读，但这个"我"既是又不是他自身。土耳其作家奥尔罕·帕慕克指出，写作和阅读的美妙体验容易受到两类读者的破坏或忽视，一类是"绝对天真的读者，他们总是把文本当作自传或乔装的生活体验编年史

---

[1] [意]艾柯等：《诠释与过度诠释》，王宇根译，生活·读书·新知三联书店，2005年，第115—116页。

[2] [美]哈罗德·布鲁姆：《如何读，为什么读》，黄灿然译，译林出版社，2011年，第5、7页。

来看,无论你曾多少次提醒他们阅读的是一部小说";另一类是"绝对感伤——反思性的读者,他们认为一切文本都是构造和虚构,无论你曾多少次提醒他们所阅读的是你最坦诚的自传"。[1] 帕慕克认为这两种人都体会不到阅读小说的乐趣,而他所主张的是一种"叩其两端而竭焉"的辩证态度。果能如此,文学阅读便成为不可替代的人生体验,而此种体验越丰富,对文学之为文学的认识也就越深刻。

二 作为专业的阅读

哈罗德·布鲁姆是大名鼎鼎的文学教授,但他反感大学那种专业阅读的方式。在他看来,专业读书的可悲之处在于,读者再难品尝到青少年时代所体验的那种阅读乐趣。与之相呼应的,以色列作家阿摩司·奥兹极力渲染文学阅读的"悠闲的乐趣",而对那种边读书边分析的做法痛加针砭:

> 这正是文学界的有些人对我们做的:他们什么都分析到了,分析得令人作呕,技巧、主题、逆喻和转喻、寓言和内涵、隐含的犹太典故、潜在的心理基调及社会含义、原型人物和重大的主题,等等等等。他们单单把阅读的乐趣阉割掉了——只是一点点——免得它碍事;以便让我们记住,文学不是玩游戏,而一般来说,生活也不是野餐。[2]

奥兹所赞赏的,似乎正是陶渊明式的"好读书,不求甚解"的态度。不过,虽然奥兹以"游戏""野餐"来理解文学阅读,但当他将自己的阅读感受写出来时,我们也会觉得那是极为专业的。他的《故事开始了》一书专门研究文学名著的开头,一部部作品信手拈来,说到妙处神采飞扬,这需要深厚的文学修养和高超的叙述技艺,并不像表面看来那样轻松。同样,布鲁姆虽然反对专业阅读,却主张追求"具有较深刻美学意义的乐

---

[1] [土耳其]奥尔罕·帕慕克:《天真的和感伤的小说家》,彭发胜译,上海人民出版社,2012年,第51页。

[2] [以色列]阿摩司·奥兹:《故事开始了:文学随笔集》,杨振同译,译林出版社,2011年,第143页。

趣"，"一种有难度的乐趣"，他认为这是一种属于读者的"崇高感"。[1] 毋庸讳言，如果文学阅读所追求的是深刻的美学意义，则须耗费更多的心力，由此很容易让人疲倦。一般读者若要体会弗吉尼亚·伍尔夫的境界，即"天堂就是持续不断、毫无倦意的阅读"[2]，恐怕只能阅读通俗小说。身兼牛津大学文学教授和科幻小说作家身份的 C.S. 路易斯曾区分**"盲于文学的读者"**和**"敏于文学的读者"**，他认为前者的特征是只喜欢读故事，而且偏好进展迅速的叙事，只要事件，不要描写，对文体风格毫无意识。他们阅读文学作品的目的是感受悬念的刺激，而对文学才华缺乏敏感，无怪乎"盲于文学的读者"基本上不读诗。

敏于文学的读者往往强调对文学审美质地的直接感受，推至极致则可以称之为唯美主义式阅读。罗兰·巴特在描述"文本的快乐"时区分了"悦"与"醉"，前者有点像人们通常所说的审美愉悦，后者则是一种迷狂状态，一种属于读者的难以言说的自由感。美国作家、批评家苏珊·桑塔格则主张建立一种"艺术色情学"，她极力抨击所谓"艺术阐释学"（以庸俗社会学和弗洛伊德精神分析学为代表），因为后者总是站在某个"高于"或者"深于"艺术形象的点上解释作品，而在她看来，"批评的功能应该是显示它如何是这样，甚至是它本来就是这样，而不是显示它意味着什么"[3]。不管是巴特、桑塔格抑或奥兹，都主张阅读不能站在作品之外，而必须真正进入作品内部，用想象力和激情去把握作品；然而，要达到这种随心所欲的状态，读者必须是对文学形式有着敏锐鉴赏力的行家里手。

由此我们看到这一矛盾：读者通过专业阅读的训练不断提升自己的感受力，却又希望忘记这种训练，追求纯粹的阅读之乐。美国批评家希利斯·米勒鼓吹读者应该"天真地、孩子般地投身到阅读中去，没有怀疑、保留或者质询"，虽然他知道大部分读者不可能这么天真，但他认为可以努力把"不信"搁置起来，直到这种搁置不再是意志自觉努力的结果，成为自发的，不需要预谋的。[4] 不过米勒承认，在一次具体的阅读行为中始

---

[1] [美]布鲁姆：《如何读，为什么读》，黄灿然译，译林出版社，2011年，第6—14页。
[2] 转引自[美]桑塔格：《重点所在》，陶洁等译，上海译文出版社，2004年，第315页。
[3] [美]苏珊·桑塔格：《反对阐释》，程巍译，上海译文出版社，2003年，第17页。
[4] [美]希利斯·米勒：《文学死了吗》，秦立彦译，广西师范大学出版社，2007年，第175页。

终存在两种阅读方式的冲突:"天真的"方式与"去神秘化"的方式。前者是要信,后者则是怀疑、分析、探究。米勒将"去神秘化"的阅读又分为两种类型:一种可以称为**修辞阅读**,这种阅读密切注意魔法生效所用的语言技巧,如比喻是如何使用,视角如何变化等等(这也是桑塔格认为的阅读之"重点所在");另一种则是**批判阅读**,质疑文学作品如何灌输关于阶级、种族或性别关系的信条。"修辞阅读"所包含的矛盾是我们不仅要明白文学作品在"说什么",还要洞察文学作品是"怎么说"的,就好像一边听人说话,一边还得注意别人怎么遣词造句;"批判阅读"则意味着要在接受文学作品所传达的观念与情感的同时,对之保持警惕的态度和批判的能力。比方读一部赞美女性奉献精神的小说,不管初读时如何感动,我们都必须尽快开始质疑:这种将女性"圣母化"的做法,是否仍然是男性中心主义的表现?

此种批判阅读是专业批评中引人注目也广受非议的类型。C.S. 刘易斯的看法是,从作品中寻找可分析、批判的观念的做法,不过是"使用"文学,即把文学作品当工具,而非真正"接受"文学,以文学自身为目的——后者才是文学阅读的真谛。布鲁姆的批评则更为激烈,他将那种怀有强烈意识形态关切的阅读称为"憎恨学派",因为它不是要唤起对文学杰作的敬仰,而是要挑动对其他群体的憎恨。他的主张是,不要总想着批判莎士比亚的男性中心主义,而应该开放自己,去直接面对莎士比亚最强有力的作品,因为阅读是在追求比自己的心灵更原创的心灵。这些都是有益的劝诫,但是话说回来,"批判阅读"并非就是不正常的,使天然的神圣之物成为反思、批判的对象,乃是现代人文学术的秉性。这种秉性集中体现于"理论"一词,今天的专业阅读某种意义上就是理论阅读,而此处所谓理论是在结构主义和符号学成为人文学科的基本方法论之后发展起来的富于批判性的思维模式,用乔纳森·卡勒的说法就是一种"向文学或其他话语实践中创造意义的范畴提出质疑"的活动。[1] 理论家的工作就是探究信念得以产生的机制,就文学研究来说,这意味着努力去理解文学的符号机制,理解文学形式所包含着的诸种策略。正是因为专注于惯例,批评家把文学作品看作一系列加诸读者理解力的活动,在对文本的分析中,对读者

---

[1] [美]乔纳森·卡勒:《文学理论入门》,李平译,译林出版社,2008 年,第 16 页。

活动的描述就变得越来越重要，而这也就促生了"作为一个女人来阅读"这样的观念。在一些激进的批评家看来，特定身份的读者可以开创新的阅读经验，进而挑战那些引导他们阅读的文学和政治的种种假设。还有一些批评家虽然不那么强调读者的身份，但同样相信某种特别的阅读方式可以带来政治与伦理上的巨大效应。有时候这会显得过于浪漫，罗蒂曾以解构主义批评家保罗·德·曼和早期的希利斯·米勒为例，嘲讽了那种"阅读乌托邦"：

> 在今天，"仔细阅读"的观念已经替代了先前的"科学方法"观念。文学崇拜替代了科学崇拜。我们听到的不再是，只有接受了自然科学家的态度和习惯，生活和政治才可能变得更好；而是：只有接受了文学批评家的态度和习惯，生活和政治才可能变得更好。例如，德·曼的好朋友和追随者米勒就曾经指出，"如果所有的男女都成为德·曼意义上的好的读者，那么人与人之间的普遍和平和正义的黄金时代就会来临"。[1]

在罗蒂看来，这种以阅读改变政治的想法未免太书生气。他像布鲁姆一样强调文学杰作具有启示价值，但他并不想把文学的启示与政治的行动混为一谈，后者面向的是公共领域，而前者针对的是个人，它是一种"情感的教育"，即让读者被作品打动，从而在某种程度上改变自身。问题是很多批评家开口闭口都是理论，相信理论性的阅读能够带来政治效应，但很少有人真的被作品打动了，书本身对他们根本就不重要，批评家原有的目的也丝毫没有因为阅读而发生改变。罗蒂这一判断遭到卡勒的批评，后者相信，对阅读过程中的种种机制的研究并不妨碍文学阅读，他引用罗兰·巴特的话说，那些不去下功夫反复阅读作品文本的人注定会到处听到同样的故事，因为他们所认出的只是已经存在于他们头脑中的、他们已经知道了的东西。但是，布鲁姆、罗蒂一方可以反驳说，相信所有的女性共有一种阅读经验，这何尝不会造就陈词滥调？在此问题上的争执使我们注意到这一矛盾：一方面，以文学为专业的读者格外需要从作品中读出特别

---

[1] [美]罗蒂：《后哲学文化》，黄勇译，上海译文出版社，2004年，第142页。

的意义，甚至越特别就越有趣；另一方面，不能被放到某个清晰的理论框架中的意义又总是让他们不放心。理论阅读总带着一种理性主义气质，相信我们总能把问题搞清楚，哪怕对象是文学。但是正如艾略特所说，在所有伟大的诗歌中，不管我们对诗人的了解有多么全面，总会存在某些无法解释的东西，并且是至关重要的东西。法国作家、批评家布朗肖也认为，阅读"更要求无知而不是知"，它要求"某种由巨大的无知所赋予的知"，知识"在忘我中必须每次去取得、接受"，阅读一部作品，从中学到或能够学到的恰恰是无法言说的内容，而不是满足自己对知识的渴求。[1]

事实就是，在专业阅读中，"神秘化"与"去神秘化"是同样有力的倾向，要在理论上将两者统一起来，并不是容易的事情。瑞士"日内瓦学派"的主将之一、批评家让·斯塔罗宾斯基提出一种现象学的设想，即从一种受制于作品内在规律的、没有预防的阅读，到面对作品及其所处的历史的自主的思考，然后"回到事实本身"，"使全部阅读始终是一种无成见的阅读，是一种简单的相遇，这种阅读上不曾有一丝系统预谋和理论前提的阴影"，由此形成的"**批评轨迹**"甚至不需要写到批评著作之中，而是可以出现在以批评著作为终点的准备工作中。[2] 同样深受现象学影响的美国学者阿诺德·贝林特则有另一种思路，他认为我们讨论文学阅读时把注意力过多地放在了"意义"上，以至于把阅读与阐释混为一谈，并且把有关意义如何生成的理论作为文学阅读的经验看待，事实上理论绝不是经验，将文学作为一种语言经验来领会，意味着要掌控全体，把作者、文本和读者作为文学过程的参与者纳入进来，文学的风格、意象、语法和情节主干都融入文学经验的过程之中，没有哪个部分是孤立的，阅读的最基本状态不是合作而是同一。[3] 天真的阅读与反思性的阅读在理论层面上相互冲突，但在经验的层面上可以统一起来，因为经验不是信念与反思的对立，而是新的信念与旧的信念的对立。读者反应批评的代表人物斯坦利·费什是更典型的实用主义者，他也讨论了意义与经验的关系，他认为

---

[1] [英]安德鲁·本尼特：《文学的无知：理论之后的文学理论》，李永新、汪正龙译，河南大学出版社，2014年，第211—212页。

[2] [瑞士]让·斯塔罗宾斯基：《镜中的忧郁：关于波德莱尔的三篇阐释》，郭宏安译，华东师范大学出版社，2012年，第193—194页。

[3] [美]阿诺德·贝林特：《艺术与介入》，李媛媛译，商务印书馆，2013年，第178页。

一个句子(段落、一部小说、一首诗)的意义同句子中间的意义并无直接联系，读者对一个句子的全部经验才是它的意义。费什据此提出他对**"理想读者"**的理解，后者要符合三项要求：(1)能够熟练地讲写成作品文本的那种语言；(2)充分地掌握"一个成熟的……听者在其理解过程中所必需的语义知识"，包括词组搭配的可能性、成语、专业以及其他方言行话之类的知识(亦即作为使用语言的人和作为理解者所具有的经验)；(3)具有必需的文学能力，即指作为一个读者，他对文学话语的特性(包括种种形式技巧)有着丰富的经验。[1]这样的读者才能够对文学做出恰当的反应，它不是要努力做到无知，而恰恰是要尽可能的博学多识，因为只有**博识读者**才能明白自己所受到的限制，才能意识到一个"阐释的共同体"对他所提出的要求。知识有用，但那种对阅读的机制进行研究所得出的理论无用，不管我们对阅读这件事有了怎样的新见解，还是会照既定的方式去读莎士比亚。只有信念可以改变信念，实践可以改变实践，想通过改换理论立场一举改变文学作品的意义，其实只是改变了对所读到的东西的判断而已。费什相信，我们可以有不同的判断却又分享同一阅读经验，后者不是仅凭反思意识就可以影响的东西。

乔纳森·卡勒作为深受后结构主义影响的理论家，对费什等人的观点并不认同，他尤其反对实用主义的一元论，仿佛主客之分已被完全打破，读者和作品在无所不包的经验中融为一体。不过对于理论阅读的弊端，卡勒也颇有反省。他近年来提出"理论中的文学"的说法，虽继续强调对文学作种族、性别阅读的重要性，却同时主张此类阅读必须在有关"文学性"的考量下进行。在他看来，阅读文学基于一种特殊的兴趣，即希望在文学作品中发现一种既抽象、程式化又具体、特殊的东西。我们可以将文学形象抽象出来，对之进行反思与批判，但是当它们出现在作品中时，是与特定的语言和叙述结构不可分离的。[2]与其拿理论反思文学，不如说理论的"剩余物"就是文学，后者消极的理解是未被理论耗尽、理论无法完全解释的东西；积极的理解则是经过理论的还原后所获得的绝对自明物，即一

---

[1] [美]斯坦利·费什：《读者反应批评：理论与实践》，文楚安译，中国社会科学出版社，1998年，第165页。

[2] [美]乔纳森·卡勒：《理论中的文学》，徐亮等译，华东师范大学出版社，2019年，第22页。

种不能被化约的原发性的情境。不难看出，天真的阅读与专业的阅读始终是一对矛盾，阅读过程中，"向后"或者"向上"的反思与那种解除心防、直面文学本身的虔信也很难彼此克服。我们不必急于在概念上将专业阅读所包含的种种对立一举解决，而大可以在具体的阅读实践中去调节和平衡它们。

三 为了阅读的批评

　　C.S. 刘易斯主张，文学教育不应该教学生从事文学批评，在他看来，急于批评会让学生习惯以自己的尺度裁夺作品，而不是真正去阅读作品。这当然是有益的提醒，但是美国批评家莱昂奈尔·特里林的看法同样值得重视：谈论文学像创作和阅读一样自然，因为文学体验乃是共有的，它要求通过论述被人分享。特里林主张多写简短的随笔以评鉴作品，目的是让阅读行为更像是一种体验，一种触碰、摩挲与掂量。批评的实践可以成为有益的训练，不仅有助于激活阅读经验，也有助于深入思考有关文学阅读的理论难题。一般认为，艺术批评包括三种不同的工作：描述、解释和评价。有关解释前面已经说得比较多了，此处专论描述和评价问题。

　　1. 描述的难题：事实与感受

　　所谓描述，即指明文学作品中的基本事实：作品提供了什么，或者说在作品中发生了什么。《红楼梦》中贾宝玉爱上了林黛玉，后来贾宝玉娶了薛宝钗，林黛玉死了，贾宝玉出家了……仅仅把这一情节复述出来，还不算描述。描述是描述作品的"质地"，简而言之，就是作品好在哪里，与众不同的地方在哪里，是什么使得这部作品成为文学作品，等等。描述是为进一步分析做准备，但描述要让人信服，本身不是一件容易的事情。不难理解，有关文学质地的描述只能是一种"表现性描述"，换句话说就是"对主观感觉的客观描述"。有两个困难是在批评实践中必须正视的，一是描述所使用的概念涵义不确定，以至于我们往往觉得自己语汇贫乏，总找不到一个合适的形容词；二是客观描述总和主观评价纠缠在一起，我们明明是要描述，听起来却像是评价。

　　不妨用一个实例来说明。假设两位读者就卡夫卡和契诃夫的小说展开对话：

A：我特别喜欢卡夫卡的小说。

B：我还是更喜欢契诃夫的精确与高贵。

A：你把精确和高贵看作契诃夫的专利？谁能在这两点上比得上卡夫卡？

B：好吧，我换一个说法，我喜欢契诃夫那种单纯……

A：比卡夫卡更单纯？

B：我不大能欣赏卡夫卡，我喜欢契诃夫的清晰，仿佛世界本来就应该是这个样子。

A：卡夫卡呢？在卡夫卡的作品中，没有任何不清晰的地方，恰是因为清晰，故而产生了丰富。

B：你不能不承认卡夫卡是太晦涩了……

A：对所有人而言吗？不管他们懂不懂现代小说？

B：好吧，我喜欢契诃夫只是因为他的小说让我喜欢，我没有资格对卡夫卡作什么评判。

诚如贡布里希所言，"我们的语言是为迥然不同的目的而发展起来的，众所周知，它不能够详细说明感觉质量，更不用说那种作为结果而产生的'质量'了，而这种'质量'，我们不必因为不能用词句准确说明而怀疑它的存在"[1]。单纯、高贵、简洁、精确、真实、和谐、匀称、清晰、轻快等常被用于一种"客观的描述"，但它们所指向的都是一种介乎主观感觉和客观事实之间的东西，因而很自然地游走于描述和评价之间。文艺批评中的评价远比我们想象的要多得多，但它们往往以事实描述的面目出现。我们当作基本事实的，也许恰恰是最不能够说服人的。比方评论一个作家"语感好"，这是需要非常认真对待的一个评语，不能将它当作不言自明的前提看待，也许你认为语感好的，别人认为很差，这类例子不胜枚举。比较好的做法，是尽力将读者带向你所认为的"事实"，而不只是抛出一个结论。比方诗人兼评论家黄灿然的《最初的契约》一文，评论对象是中国当代诗人多多，其中讲到一首诗《居民》中的段落：

---

[1] [英]恩斯特·贡布里希：《理想与偶像》，范景中等译，上海人民美术出版社，1987年，第310页。

在没有时间的睡眠里
他们刮脸，我们就听到提琴声
他们划桨，地球就停转
他们不划，他们不划

我们就没有醒来的可能

这首诗的中心意象是河流，诗的音乐就是在河上划船的节奏。当诗人说"他们划桨，地球就停转"时，那节奏就使我们看见（是看见）那桨划了一下，又停了一下；接着"他们不划，他们不划"，事实上我们从这个节奏里看见的却是他们用力连划了两下。在用力连划了两下之后，划桨者把桨停下，让船自己行驶，而"我们就没有醒来的可能"的空行及其带来的节奏刚好就是那只船自己在行驶。真神哪！[1]

在黄灿然这段评论中，基本上没有多少评价性的语言，而只是引领读者去体会多多诗歌特有的节奏感。尤其是解说两下"不划"等于划了两下，空行相当于划船的间隙，堪称神来之笔，这种解说胜过一大篇抽象的评论。好的描述是让人"看"，而不是让人"了解"，它要能够把读者带向形象和思想相互召唤的状态，以精辟而又节制的分析，细腻地展示某个富有魅力的文学形象是如何构成的。要尽量避免以笼统的形容打发掉关乎文学质地的细节，而要将文学作品从各种笼统的概念的罗网中拯救出来，使之真正成为可感知的对象，所以文学的描述一定要赋予作品以"触感"。这并不是说我们能够用某个词将感受完全固定，就像牢牢抓住一件玉器；而更像是抓住一块玉石，而玉就在其中。

2. 评价的难题：鉴赏与评判

C.S. 刘易斯认为，对文学阅读来说，那种有关高低好坏的评价性批评没什么用处，不妨暂时戒除。但是，在阅读文学作品时，要完全避免作价值判断——或判断作品的好坏，或比较作品的优劣——几乎是不可能的。这种评价可以不宣示出来，但它本身是一件"公共事务"，因为趣味是训

---

[1] 黄灿然：《最初的契约》，见多多《多多诗选》，花城出版社，2005年，第261页。

练出来的,在一个人做评价时,他人和文学传统其实都是"在场"的。不过即便如此,某个人觉得是好作品的,其他人未必会有同样的感觉,这跟不同的人——包括同一个人不同时期——可能有不同的阐释是一个道理。主观上认为一部作品好是一回事,认为它值得作为杰作向他人推荐是另一回事,前者只需要感动,后者则需要理由。

中国传统文学批评在品评作家时往往三言两语,却褒贬分明,高下判然。王国维写《人间词话》,其中颇多"酷评",比方他论周邦彦:"词之雅、郑,在神不在貌。永叔、少游虽作艳语,终有品格。方之美成,便有淑女与倡伎之别。""美成词深远之致不及欧、秦。唯言情体物,穷极工巧,故不失为第一流之作者。但恨创调之才多,创意之才少耳。"[1] 这些评语很少辅以详尽的解说,所以常常被其他学者质疑。不过《人间词话》的重点不在这些具体的评价,而在于支持这些评价的"境界"说,后者大大超越了已有"词话"的范式,是一个熔铸中西的现代理论建构,有力地支持了那些具体的评价。用来支持评价的理由,往往正是评价的重心。相比能否做出更准确的评价来说,批评者能否承担自己评价的理由并使其产生积极的效应(强化某种理念,推动某种创造),可能更为重要。但这并不是说一套富于创造性的理论言说足以构成特定文学评价的充分理由,而只是使得这一评价相对容易被他人接受或者容忍。有时我们言之凿凿,理由说得非常精彩,但是反省后会发现,之所以想给某个对象好评或者差评,终究是基于特定的阅读感受,或者说,评价只是使阅读更顺利地进行的手段。我们并没有十足的把握说,这一刻的阅读感受能够被确立为一个自明的前提,作为衡量作品高下的标准,那种有关"必须相信自己第一感觉"的告诫,所带来的风险并不比拒绝相信第一感觉来得小些。

评价一部作品的好坏不易,评价多部作品的好坏则更难,很多时候宁可不去做这种比较。只有当几个对象呈现出各自不同的特点时,我们才会希望对它们做一高下判断,而这个时候判断却又很难做出。不妨问自己这样的问题:什么时候你会说一部作品比另一部作品好,什么时候你会说它们是不同的?为什么郭敬明和莎士比亚如此不同,我们还是认为莎士比亚远远超过郭敬明?再问,下面这些作家,哪些是可以比较高下的,哪些是

---

[1] 《王国维文集》第 1 卷,姚淦铭、王燕编,中国文史出版社,1997 年,第 148—149 页。

不同的以至于无法进行比较？

> 莎士比亚和关汉卿？
> 关汉卿和鲁迅？
> 鲁迅和张爱玲？
> 张爱玲和张悦然？
> 张悦然和郭敬明？
> 郭敬明和莎士比亚？

可能我们觉得前面每一项中的两位作家都是"不同的"，但最后还是来到郭敬明和莎士比亚面前。这中间有个逻辑转换，当郭敬明和莎士比亚比较时，莎士比亚已经不是一个特定的作家，而就是文学成就的最高标准；而当莎士比亚与关汉卿比较时，我们的注意力又全放在莎士比亚和关汉卿各自的独特性上了。为了更好地说明相关问题，不妨建立这样一组区分：鉴赏与评判。所谓鉴赏，是站在特定对象的立场上去解释和评说作品整体的意义和效果；所谓评判，是拿某些相对明确的普遍标准去衡量作品的某些方面所达到的程度。有理由认为，我们所做的评价往往包含了鉴赏与评判两种逻辑或者说视角，但是仍然可以适当做一些区分。比方看下面这些评价：

> 1）整部小说情节发展紧凑而跌宕，各线索安排错落有致，叙事技巧相当成熟。
> 2）这个人物总体来说有些苍白，而且不太真实。
> 3）这部作品有很多民俗风情的展示，文化含量高。
> 4）张爱玲的小说囿于市井人情，难以容纳更为宽广的社会生活。

这些评价是鉴赏还是评判？检验的窍门是，如果你说某作品不好，别人说"你根本没弄懂！"或者，"各人有各人的看法吧！"那就是鉴赏，如例1和例2。而如果别人说："你这么说不公平！"则往往是评判，如例3和例4。评判有可靠而又确定的标准，所以是客观的；但是它又是以外在的标准去要求对象，所以又是主观的。鉴赏没有可靠、确定的标准，所以鉴赏是主观的；但它又认为自己是客观的，因为它以对象为依据。这样区分似乎把事情越说越复杂，但在实践中一运用就会发现它的好处，比方分别用鉴赏和评判的眼光看待郭敬明和莎士比亚的高下比较问题：

（一）以鉴赏的眼光看
1）郭敬明的《幻城》为孤独的一代人营造出一个凄美的、梦幻般的世界。
2）莎士比亚将目光投射到人性的最深处。
3）郭敬明的语言有一种独特的魔力，神秘、华丽而又感伤。
4）莎士比亚的语言是智慧的语言，是才华、学识的自由释放。
结论：一代有一代之文学，不可轻视"80后"作家。

（二）以评判的眼光看
1）莎士比亚展现出远为深厚的文化素养。
2）莎士比亚在语言风格的多样性上表现出超人的才华。
3）莎士比亚创造了更多令人难忘的艺术形象。
4）莎士比亚表现了更为广阔的社会生活……
结论：莎士比亚是比郭敬明远为伟大的作家。

那么，到底用什么道理来证明莎士比亚比郭敬明伟大呢？就此问题，首先要说的是，即便没有找到无可辩驳的理由，也不意味着莎士比亚在人类文化世界中与郭敬明等值，我们不需要急于给出某个道理。文学阅读不要把太多精力浪费在为某个高下评价寻找理由上，因为我们给出评价的方式本身就不可靠。有时明明只是对一个作品的鉴赏，我们却借此判定此作品相比别的作品有多出色；有时明知用某个标准评判某一作品不公平，但因为这个标准有权威而且我们需要这种权威，于是随意使用它。这当然不能阻止批评者对文学作品给出自己的评价，但他一定要有足够的自我警惕。我们有时总觉得在评价的问题上，仅仅说"我更喜欢"显得不够权威和自信，这其实没有什么道理。文学批评最终就是要让人看到一种真正意义上的欣赏，而不是将世间作品分出三六九等，代替读者做出选择。而如果你确实需要引入某种外在的标准，比方说希望一部小说有更多的现实关怀，那么你就把它作为一个考量的参数提出来，但是不要将其作为放之四海而皆准的文学标准。文学评价不是排斥主观性，而是拒绝没有价值的主观性，一种有关怀、有追求、有内在逻辑的主观性并不损害客观性，而就是客观性的一种表现。反过来，如果为了要维护某个客观标准而苛求作品，反而暴露出标准自身的缺陷。文学评价的工作不等于给一个形容词，与其频繁使用"毫无疑问，这是近年来中国小说的最大收获""这是不可救药的庸人之作""我认为他已经跻身于中国当代最杰出的诗人之列"等评语，不如先耐心地将作品中我们认为好的东西呈现出来。用英国批评家I. A. 瑞恰慈的说法就是，价值是不能证明的，除了由于那有价值的东西之传达。这一道理当然不只是对批评家有用，事实上，作为普通读者，我们对它的体会越深刻，也就越能理解阅读的意义。

扩展阅读书目

1. [加拿大] 阿尔维托·曼古埃尔：《阅读史》，吴昌洁译，商务印书馆，2002年。
2. [意大利] 安伯托·艾柯：《开放的作品》，刘儒庭译，新星出版社，2005年。
3. [意大利] 安伯托·艾柯等：《诠释与过度诠释》，王宇根译，生活·读书·新知三联书店，2005年。
4. [英] 安德鲁·本尼特：《文学的无知：理论之后的文学理论》，李永新、汪正龙译，河南大学出版社，2014年。
5. [土耳其] 奥尔罕·帕慕克：《天真的和感伤的小说家》，彭发胜译，上海人民出版社，2012年。
6. [英]C.S.路易斯：《文艺评论的实验》，邓军海译，华东师范大学出版社，2015年。
7. [美] 哈罗德·布鲁姆：《如何读，为什么读》，黄灿然译，译林出版社，2011年。
8. [德] 汉斯·罗伯特·耀斯：《审美经验与文学解释学》，顾建光等译，上海译文出版社，1997年。
9. [美] 赫施：《解释的有效性》，王才勇译，生活·读书·新知三联书店，1991年。
10. 刘小枫选编：《接受美学译文集》，生活·读书·新知三联书店，1989年。
11. [美] 斯坦利·费什：《读者反应批评：理论与实践》，文楚安译，中国社会科学出版社，1998年。
12. [美] 苏珊·桑塔格：《反对阐释》，程巍译，上海译文出版社，2003年。
13. [德] 沃·伊瑟尔：《阅读行为》，金惠敏等译，湖南文艺出版社，1991年。
14. [美] 希利斯·米勒：《文学死了吗》，秦立彦译，广西师范大学出版社，2007年。

第二编

文学基本问题

第四章　文学语言

文学是一种语言的艺术，语言既是文学文本的具体存在形式，也是整个文学活动得以展开的基础和依据。作家的创作以文学语言的生成作为直接目标，读者的接受则以对文学语言的感知作为必要的前提，因此，文学语言是文学研究的一个基本问题。离开了语言，人类的文学活动以及对文学活动的认识都将陷于虚空。对于文学语言的地位、形态、特征和结构进行说明，是我们这一章的主要任务。

一　文学活动与语言

无论是面对一首诗，还是一篇小说，首先呈现在我们眼前的就是它的语言。语言是我们感受文学时的"第一遭遇"，也是作家进行创作的"第一经历"。语言不仅是作家塑造艺术形象、表达审美意识的物质媒介，也是文学得以存在的基础和依据，是构成文学活动的"第一要素"。

但长期以来，人们并没有充分认识到语言在文学活动中的重要地位，往往习惯于将语言视为文学活动的手段、工具、媒介或载体，或视作相对于内容来说不那么重要的形式。我们知道，工具再重要，也重要不过使用工具达到的"目的"，"载体"再重要，也重要不过通过载体所表达的东西。文学语言的重要地位在"工具论""载体论"的视野中也因此得不到充分认识。20世纪西方哲学领域发生的"语言学转向"（linguistic turn），使语言成为哲学研究的重心，并从根本上更新了人们的语言观念，语言由原来的思想工具，变成了思想的"本体"。哲学领域的语言观念的变革，直接影响到文学观念和文学研究方式的变革。在20世纪以来的西方文论思想中，也出现了一种"语言本体论"。**在这种"本体论"的视野中，文学作品的语言**

不再是摹仿世界或表现情感的"工具",或负载作品之外的更为重要的东西的"媒介"或"载体",而是文学活动的本体,是文学作品本身,它具有独立自主的存在、价值和目的。文学研究因此也应立足于文学作品的语言,致力于发现使文学成为文学的东西,或潜藏于语言形式中的更为深层的意义。在这种观念的影响下,无论是中国当代文论界还是文学界,也都开始了对传统的"工具论""载体论"的反思,注意到了文学语言的重要性。如当代作家汪曾祺就明确强调说:"语言不仅是形式,也是内容","语言不只是载体,是本体";[1]"语言应该提高到内容的高度来认识……语言是小说的本体,不是附加的,可有可无的。从这个意义上说,写小说就是写语言"[2]。

但从总体上来看,国内学界对于文学语言的关注仍不够充分,不少学者仍未能充分意识到语言对于文学活动的重要意义。也有一些学者错误地以为,新的"文化转向"思潮的到来,标志着与"语言学转向"相关的对文学语言的重视已经成为历史。殊不知,文学语言在文学活动中的地位,从根本上说,与"语言学转向"之类哲学思潮并无必然关联,而是由语言本身的性质和地位决定的。我们知道,语言既是最基本的文化载体,又是最基本的文化现象;既是构成文学的最基本元素,又是文学最直接的存在方式。文学、文化以至我们的存在无论什么时候也摆脱不开与语言的关系。关于这一点,我们的古人早有认识。如《尚书·尧典》中就有"诗言志,歌永言"的命题,突出强调了诗与言的关系。这一观念也铭刻在"诗"这一汉字的构字法之中。"诗"古文作"訨",也可作"誌"。拆开来看,"诗"("誌")也就是由"言"和"志"构成。而中国古代在探讨"诗""文"为何物这一问题时,遵循的也正是这种从"心"到"言"再到"诗"("文")的思路。《毛诗序》中有:"在心为志,发言为诗。"刘勰在《文心雕龙·原道》中说:"心生而言立,言立而文明。"朱熹说:"诗者,人心之感物而形于言之余也"(《诗集传序》)。这些看法都表明"语言"是诗文得以"成""立"的根据。

---

[1] 汪曾祺:《语言·思想·结构》,《汪曾祺全集》六,北京师范大学出版社,1998年,第74页。

[2] 汪曾祺:《中国文学的语言问题》,《汪曾祺全集》四,北京师范大学出版社,1998年,第217页。

正是依据文学语言与文学活动之间不可分割的内在关联，我们可进一步得出以下认识：语言，虽是文学活动赖以存在的物质基础，虽具有传达作家思想情感的媒介性，但绝不是外在于文学的工具，而是文学活动的直接现实，它与作家的思想情感一起构成了文学的血肉之躯；语言，本身就是作家所创造的审美世界的一部分，而非"得意"后就可忘掉或就能忘掉的东西，正如钱锺书所说的，在诗歌中"得意不能忘言"，"诗也者，有象之言，依象以成言；舍象忘言，是无诗矣，变象易言，是别为一诗甚且非诗矣"。[1]

语言是文学文本的直接存在形式，是文学生成活动的一个基本元素，那文学中的语言是以怎样的形态来存在的呢？概括地说，文学中的语言也即文学语言不是语言的一般形态，而是语言的特殊存在形态，它是作为特殊的话语系统而存在的。

提到"话语"这一概念，不能不提到20世纪初索绪尔（F.de Saussure，1857—1913）对"语言"和"言语"进行的著名区分。在通常的情况下，人们都是笼统地谈论语言的。但索绪尔认为，人类的语言活动（langage, speech）实际上存在着"语言"（langue, language）和"言语"（parole, speaking）两个层面。"语言"是指由词汇和语法组成的结构系统，它是每一个语言使用者都必须共同遵守的"规则体系"或"社会制度"，"言语"则是个人对"语言"的具体使用，是一种个人性、"异质性"活动。索绪尔尽管也谈到"语言"和"言语"之间的联系，但他更为注重的是二者之间的对立。但索绪尔之后的结构主义尤其是后结构主义者，则致力于打破"语言"与"言语"之间的严格区分。在他们看来，"语言"与"言语"并不像索绪尔所说的那样界限分明，言语并不是纯粹的个人行为，它也受规则制约，它是社会性的语言结构在个人性的言语活动中的具体实现，是一种实现了的语言。对于这种实现了的语言，人们有时仍称之为"言语"，有时则用另外一个概念，"话语"（discourse）来称呼。由于"话语"一词使用的广泛性，在不同的语境中，在不同的理论家那里，话语一词的涵义都不尽相同，但有一点是可以肯定的，"话语"是"语言"和"言语"之间得以结合的产物。这样，当代文学理论在描述语言现象时，就有三个概念：语言、言语、话

---

[1] 钱锺书：《管锥编》第一册，中华书局，1979年，第12页。

语。根据通常的理解，"语言"侧重的是语言系统或语言结构；"言语"侧重的是个人的言语行为和言语活动，"话语"侧重的则是个人运用语言的结果或产物。"话语"作为个人运用语言的结果，它是语言的实际形态。在话语中存在着社会性的语言结构和个人性的言语活动之间的交融。明确了"语言""言语"和"话语"之间的区别，我们就可以看出，文学语言作为作家运用语言的结果，是以具体的话语形态存在的。但由于习惯的作用，我们这里还是把它称为文学语言。

但仅仅指明文学语言以一种具体的话语形态存在，还没有揭示出属于文学语言自身的存在特征。同样是语言的具体形态，文学语言既不同于科学语言，也与日常的说话不同。尽管文学家和任何人一样，在使用语言时也要面临一个约定性的符号系统，面对一套强制性的规则体系，但为了审美和艺术表现的目的，他可以比任何人都不遵守成规，不断打破语言的约定性，对语言进行更本己的、更具创造性和自由性的使用。因此，我们可以说，文学语言是作家通过对语言的创造性、个体性使用，充分调动语言的审美潜力创造出来的一种特殊的话语系统。要想真正认识这个话语系统的特殊性，还必须具体说明文学语言的特征。

二 文学语言与非文学语言

当我们谈到文学语言的特征时，一般地说，是以承认文学语言具有特殊性，文学语言与非文学语言存在着区别为前提的。这一前提在早些时候或许并不存在什么问题，但在今天的语境中却并非是不言自明的。因为自20世纪西方哲学出现"语言学转向"以来，西方的哲学、文学语言观也发生了深刻的变革，在这种变革中出现了一种越来越明显的强调语言的原初诗性本质，消解文学语言与非文学语言之间界限的倾向。这使得在当今的文学理论界，虽然强调文学语言与非文学语言存在着区别的观点仍占主导地位，但那种否定二者之间区别的观点也是存在的。概括起来说，在文学语言与非文学语言的关系问题上，20世纪以来的西方理论界主要存在三种较为典型的态度。

第一种态度以俄国形式主义、结构主义和英美新批评派为代表，他们坚持文学语言与普通语言的对立与区分，把文学语言看成一种特殊的形式系统或特殊的功能用途。俄国形式主义理论家艾亨巴乌姆曾指出:"把'诗歌的'语言与'实用'的语言加以对比,就是这样的具有方法论意义的方法","这种对比成为形式主义者研究诗学基本问题的出发点"。[1] 俄国形式主义的"陌生化""文学性"等概念,都是基于把诗歌语言作为一种特殊的语言体系,作为实用语言的对立面提出来的。结构主义诗学的代表人物托多罗夫也在这条思路上,特别强调文学话语与普通语言不能同日而语。英美"新批评"在文学语言的研究方法上与俄国形式主义、结构主义尽管有诸多不同,但在强调文学语言与非文学语言的区分上,却有某种基本的一致之处。"新批评"代表人物瑞恰兹也认为"存在着两种判然有别的语言用法。但是由于语言理论在一切学科中是最受忽视的,实际上两种用法几乎历来未作区别。然而为了诗歌理论,也为了理解大量诗论文字的比较狭隘的目的,我们有必要清楚地把握住这两种用法之间的差异"。[2]

在西方20世纪以来的"语言学转向"中,还存在着一种与上述态度直接对立的、消解文学语言与非文学语言之间的区分的倾向。这就是强调语言本身所固有的原初诗性、文学性、艺术性或修辞性本质的诗化语言观的倾向。如意大利哲学家克罗齐就认为"语言即艺术"。在克罗齐看来,"语言活动并不是思维和逻辑的表现,而是幻想,亦即体现为形象的高度激情的表现,因此,它同诗的活动融为一体,彼此互为同义语"[3]。克罗齐的这种语言观可以从18世纪德国语言学家洪堡的语言学思想和意大利思想家维柯的语言起源理论中找到来源。维柯"发现各种语言和文字的起源都有一个原则:原始的诸异教民族,由于一种已经证实过的本性上的必然,都是些用诗性文字(poetic characters)来说话的诗人"[4],原始民族的语言充满情感、想象、隐喻和象征,它本身就是"诗"。不过维柯谈论的还只是原始语言的诗性特征,洪堡还只是把语言的创造与艺术的创造进行类比,

---

[1] 转引自张杰编选:《巴赫金集》,上海远东出版社,1998年,第300页。
[2] [英]瑞恰兹:《文学批评原理》,杨自伍译,百花洲文艺出版社,1992年,第238页。书中作者名译为"瑞恰慈"。
[3] [意]克罗齐:《美学或艺术和语言哲学》,黄文捷译,中国社会科学出版社,1992年,第41页。
[4] [意]维柯:《新科学》,朱光潜译,人民文学出版社,1986年,第28页。

而克罗齐则把原始语言的诗性扩大到一般语言，并把语言与艺术、语言学与美学完全等同。

与克罗齐把所有语言都等同于艺术有所不同，而德国哲学家海德格尔则认为语言"在本质上"是诗，语言是"原诗"，诗与语言都是源于存在之思的运作，都是使存在达至澄明和敞开的光亮，是把人与天地万物聚集起来的家园，原本意义上的语言与诗、与思有一体性，它具有一种存在论上的诗意。用海德格尔的话说，本质意义上的"语言是存在的家园"和"人在大地上诗意栖居"的方式。法国后结构主义的代表人物德里达则力图表明，所有的概念都在隐喻中运作并总是拥有一个隐喻性质的起源。不仅日常语言中储存着大量的已经死去的隐喻，哲学文本的语言也为隐喻所左右。受到德里达直接影响并从尼采那里吸取营养的美国解构主义大师保罗·德·曼，更是明确把"修辞性""文学性"看成语言的本质特点。如果所有语言都使用隐喻、修辞，所有语言都先天地具有诗性、文学性、艺术性，"诗""文学"将不再是一种特殊的文体，"诗性""文学性"等也不再是文学语言的特有属性，这必然导致"文学语言"与"非文学语言"的界限难以清晰划分。

除以上两种相对立的态度之外，还有一种相对折中的观点。这种观点一方面承认语言在产生之初具有的诗性、隐喻性本质，另一方面又把发展完善的语言与艺术作为不同的符号形式进行区分。德国哲学家卡西尔的象征形式哲学坚持的正是这一思路。卡西尔通过对语言与神话的研究指出，语言与神话同属一母所生，原初的语言和神话一样，都是一种隐喻思维，都具有先于逻辑的、以情感为基质的原初表现功能。但随着文明的进程，语言的这一倾向逐渐减弱，它的逻辑力量被提升出来，语言先于逻辑的隐喻功能只是被保留在文学艺术活动中。因此，他还是把"语言"与"艺术"作为不同符号形式进行了区分。

在以上三种思路中，第一种思路强调文学语言与非文学语言之间的根本区别，第二种思路则消解文学语言与非文学语言之间的本质对立，这两种思路可以说都有其合理之处，但如果推向极端，每一种又都有其局限和不足。如果把文学语言与实用语言严格对立起来，借助于这一方法，"我们知道的不是诗歌语言本身，而是它与生活实用语言相区别和相异的东西"。"而它们的相似之处以及诗歌语言中与上述对立无关的和保持中立的特点却得不到研究。"[1]而诗化语言观在消解文学语言与非文学语言本质区别的同时，则也取消了对文学语言的特质进行专门研究的可能性。另外，它完全否定语言的逻辑功能，也具有明显的偏颇之处。相比之下，那种既承认文学语言与非文学语言的本源相通，又承认二者后天分野的观点更具有合理性。

实际上，文学语言既非与语言的一般本性截然对立的语言形态，亦非与其他言语类型浑然不可区分。语言作为一种言语活动都具有情感性、想象性、隐喻性这些原初的诗性特征，文学语言并不从根本上独立于人类语言活动的一般本性，也不存在一种与其他言语类型截然对立的文学言语类型。只是随着人类理智的发展，随着语言无止境的重复性使用，随着社会分工和人类生活活动的多样化，从历史发展过程来看，语言的原初诗性开始下降，语言在世代的重复中日益变成一种高度约定性的体系，成为不用思索就能习得的现成性的工具，语言似乎总是已经"完成"了的语言，语言产生之初的那些原初诗性特征，在这种已经完成了的语言运用中似乎开始衰落下去了。加上语言使用意向的不同，语言的一些情感性、想象性、隐喻性等诗性特征在有些言语活动中也会被有意识地抑制。虽然语言的这种原初诗性特征在一些言语活动中会被有意识地抑制，但在另一些言语活动中则会被有意识地加强，这"另一些言语活动"就是"文学言语活动"。也正是由于在各种言语活动中，由于主体运用语言的意向不同，运用语言的方式不同，便产生出了不同的话语形态或类型。这样来看，我们应该把"特殊使用"与"原初诗性"结合起来去界定文学语言的特征。从这一意义上说，文学言语活动也可以说是以语言的特殊使用，对语言原初诗性创造性的回溯、突显和强化的活动。诗人、作家正是通过对语言的特殊使用，把日常语言中被磨损、被抑制了的诗性创造性地突显出来，并获得了一些属于文学语言自身的特征。诗人、作家对语言的"特殊使用"被俄国形式主义者概括为"陌生化"，而那种真正属于文学语言自身的特征，则是文学语言的"内指性"。

---

[1] 张杰编选：《巴赫金集》，上海远东出版社，1998年，第299—300页。

三 文学语言的内指性

当我们这里谈到文学语言的"内指性"时，它至少具有两个层面的涵义。它首先是指文学语言主要指向人的内在世界。英国"新批派"的代表人物 I.A. 瑞恰兹，曾从不同的语言运用中概括出两种最基本的语言用途：一种是为了指称事实世界，引导真假判断使用语言；另一种是为了表现主观世界，激起某种情感态度使用语言。在瑞恰兹看来，科学语言主要是用于指称事实的，具有客观性；文学语言则主要是用于表现主观世界的，具有情感性。尽管这种划分尚嫌笼统，但它对于说明文学语言与科学语言的基本区别，对于说明文学内指性还是很有启发意义的。它说明科学语言主要是客观性、外指性的，文学语言主要是情感性、内指性的，它主要指向人的主观的内在世界。我们知道，人类科学活动的最主要目的，在于获取关于客观世界的真理，科学语言也因此必须立足于客观世界，力求达到对外界态势的确切指谓和描述，而不能让主体的感情影响和歪曲客观事物的本来面目。文学活动的主要目的不在于为人提供关于世界的客观知识，而是要表达人们对世界的审美感受和认识。文学语言尽管也要描写外在事物，但在文学语言中出现的一切事物，如日月星辰，山川草木，都已经不是纯客观的物理存在，而是与主观的世界相遇的产物。文学语言不是从纯然外在的角度来呈现这些事物的，而是从它对人的意义上，从它与人的内在的诗意情感关系上来加以表现的。如果那个事物，没有对作家的心灵产生触动，不与作家的内在心理发生关联，它就不会进入作品之中。因此在文学作品中出现的所有现象，都受到作者内在情绪的浸染，融入了作者的情感心理内容，是一种复杂的主客混融的存在物。这就是说，文学语言偏重于对语言的内在性、表现性运用，它主要不是指向外部世界的客观存在，而是要表现这种客观存在在主体的内心世界激起的感受和态度，因此与科学语言相比，它具有更突出的指向人纯内在世界的"内指性"特征。

文学语言作为更突出地指向人的内在世界的语言活动，它也是按照艺术世界的诗意情感逻辑自主构造的，是在想象和虚构的层面上自主运作的。尽管文学语言与现实世界在根本上存在着深刻的关联，但文学语言作为一种情感性、想象性、虚构性话语却可以超越对象世界的真实性和逻辑必然性的限制，与外在的客观世界没有一一对应关系。人们也不能用对象世界的存在和逻辑去判断文学语言的真假，文学语言的真假指向文学语言所构筑的艺术世界自身。文学语言就像一个自我指称的"反身代词"，它有时并不需要求助于外界而可以自行证明自己。文学语言这种不假外求的自我指涉性（self-reference），就是文学语言"内指性"的第二个层面的涵义。瑞恰兹把文学语言视作一种"伪陈述"，雅各布森认为文学语言具有"非指称性"，罗兰·巴特强调文学写作的"不及物性"，实际上都是在这个层面上谈论文学语言的"内指性"。

正因为文学语言具有内指性，我们不能指望在现实世界中发现艺术世界中出现的一切，也不能用现实世界的逻辑衡量艺术世界的逻辑。在现实的指称性语言中，判断语言的真假，一是要看语言指涉的对象是不是现实世界中的真实存在，二是要看语言的组织方式是不是合乎现实世界的逻辑。如果符合这两点，一段话或一句话就是"真"的，否则就是"错"的、"假"的。但文学语言却并不是这样的逻辑命题，也不能如此从外部加以判断的。如在现实世界中，人的白发再长也长不过"三千丈"，人的能量再大也不能"把全宇宙来吞了"，但李白在《秋浦歌》中可以说："白发三千丈，缘愁似个长"；郭沫若在《天狗》中可以说："我是一条天狗"，"我把全宇宙来吞了"。对于这些极度夸张的语句，并不能因为它与客观事实或与客观逻辑不符而受到人们的指责，相反，它却因为符合情感和想象逻辑，以及与文学语言所构筑的那个艺术世界的整体氛围和情境相统一，而充满诗意的真实和魅力。

同时，正因为文学语言具有指向自身的内指性，有时候文学不仅可以超越一切现实的真值标准，它还可以超越一切现实的外在目的，而单纯靠把人们的目光吸引到文学作品的表达形式上而获得自身的存在价值。对于文学语言的这一特征，法国象征主义诗人瓦莱里早就用"走路"与"跳舞"的比喻进行过说明。他说："走路像散文一样，有一个明确的目的。这个行为的目标是我们所希望达到的某处地方。""跳舞完全是另一回事"，"跳舞并不是要跳到哪里去"，"跳舞是一套动作，但是这套动作本身就是目的"。[1] 也许正是受到瓦莱里的影响，俄国形式主义者什克洛夫斯基也曾使用"走路"与"舞蹈"来区分"散文"与"诗"的艺术，比喻性地说明文学语言的这种内指性。根据这种观点，一首诗，如果借助一定手法让自

---

[1] 伍蠡甫主编：《现代西方文论选》，上海译文出版社，1983年，第35—36页。

身的语言得到极端地突出，使得读者不能不被它的表达形式所吸引的话，即使不知道它指称了什么样的实在，也不知道它表现了什么样的情感，也仍可能具有较高的文学价值。如杜甫的诗句"香稻啄余鹦鹉粒，碧梧栖老凤凰枝"，这种奇特的表达方式对于表意或许没有太大意义，以至于有人说它"藻绣太过，肌肤太肥，造语牵率而情不接，结响奏合而意未调"[1]，但这独特的句式本身就具有艺术吸引力，自具文学价值。

四　文学语言的陌生化

如果说文学语言主要不是指向外在世界和外在目的，而是指向它自身的艺术世界和语言表达，它必须以不同寻常的形式才能实现这一功能。这种不同寻常，被俄国形式主义者命名为"陌生化"(de-familiarize)。"陌生化"作为一个艺术范畴最早出现在德国戏剧家布莱希特的戏剧理论中，而作为描述文学语言特质的术语，则是由俄国形式主义者什克洛夫斯基首先提出来的。在什克洛夫斯基看来，文学语言的"陌生化"是与普通语言的"自动化"相对立的。所谓"自动化"语言，是指那种由于反复使用而习惯化，再也引不起人们注意的过分熟悉的语言。"陌生化"的语言，是指那种力求通过对语言的新奇的、反常的使用，以唤起对世界的新奇感受的语言。就像什克洛夫斯基所说的，"那种被称为艺术的东西的存在，正是为了唤回人对生活的感受，使人感受到事物，使石头更成其为石头。……艺术的手法是事物'反常化'(остранение)的手法"[2]，是把形式复杂化以增加审美感知的困难和时限的手法。

在文学语言中，陌生化的手法是多种多样的。首先，作家既可以通过一种语言的"倒退"程序，从而给习见的事物以不习见的称谓；也可以通过词语活用、隐喻象征等修辞手法，赋予寻常的语词以不寻常的涵义。我们知道，在语言的常规使用中，人们往往都是使用现成的语词来表达现成的意义，如用"月亮"来表达月亮，用"太阳"来表达太阳。但在文学创造中，作家却往往放弃已有事物的现有名称，为这个事物重新寻找一个语

---

[1] 参见仇兆鳌注：《杜诗详注》，中华书局，1979年，第1499页。
[2] ［俄］什克洛夫斯基：《作为手法的艺术》，见什克洛夫斯基等：《俄国形式主义文论选》，方珊等译，生活·读书·新知三联书店，1989年，第6页。

词,或从初见者的角度加以描述,或者打破这个词语的固有意义,给他派上一种新的用法。如莫言在他的小说中,就往往不直呼事物的名称,而是描绘事物,而且他在描绘这一事物时,所使用的也不是人们通常会使用的词汇。如在《丰乳肥臀》中,他不把天使直接称为"天使",而是说教堂"墙上悬挂着一些因为年久而丧失了色彩的油画,画上画着一些光屁股的小孩,他们都生着肉翅膀,胖得像红皮大地瓜"。后来才知道他的名字叫"天使"。他也不把基督耶稣直呼为"基督耶稣",而是说"教堂尽头,是一个砖砌的台子,台子上吊着一种用沉重坚硬的枣木雕成的光腚男人,由于雕刻技术太差,或者由于枣木质地太硬,所以这吊着的男人基本上不像人。后来我知道这根枣木就是我们的基督耶稣,一个了不起的大英雄、大善人"。在《红高粱家族》中,他这样描写人物相貌:"父亲眉毛短促,嘴唇单薄";"吼叫的人三十出头,面孔像刀削的一样,皮肤焦黄,下巴漫长"。当读者看到这种新奇的说法和描述时,就会产生一种特别的未曾有过的体验事物的陌生化的感觉。

其次,作家还可以运用反讽、悖论等修辞方式,或通过语序倒置、成分省略、异常搭配等违反思维逻辑和语法常规的语言组合,对正常语言进行有组织的扭曲,从而达到一种陌生化效果。我们知道,在普通话语中,人们必须按照一定的语法规则和思维逻辑组织句子。而在文学语言的组合中,这种思维逻辑和语法规范常常被打破。如鲁迅在他的《野草·墓碣文》中说:"于浩歌狂热之际中寒;于天上看见深渊。于一切眼中看见无所有;于无所希望中得救。"郭沫若在《凤凰涅槃》中写道:"一切的一,芬芳。/一的一切,芬芳。/芬芳便是你,芬芳便是我/芬芳便是他,芬芳便是火。"以上所引语句,既不避免矛盾,也不忌讳同语反复,让人看到的是一组打破思维逻辑和语法常规的反常的、陌生化的语言组合。

最后,在叙事性作品中,作家还时常通过独特的叙事视角等手法达到一种多重的陌生化效果。如托尔斯泰作品中通过一个小姑娘的眼光来写军事会议,假托一匹马的叙述来写人际关系等,都达到这样的陌生化效果。通过陌生化方式呈现出来的看似"陌生"的东西实际上正是事物的原始形态或本来面目。这些本真的新鲜的经验,却往往在习惯化的语言中被压抑下去了。文学语言的陌生化,通过对正常语言的扭曲以引起人的注意,从而打破自动化语言在人心理上造成的麻木不仁的状态,更新人的感觉意识,这无论对于文学形式的创新还是对于文学功能的实现来说，都具有不可忽视的意义。但文学语言的陌生化并不仅仅是为了展示语言自身并引起读者震惊，它也应服从于作者审美表现的目的。同时，陌生化运用也有个"度"的问题。如果"过度"陌生，令人难以接受，也会影响作品的艺术效果。另外，还需注意的是，并非所有文学作品的语言都是以陌生化取胜的，有些作品的语言似乎并没有多少违反常规之处，却也别有一番清新自然的魅力。

五　文学语言的可逆性

前面谈到了文学语言的陌生化，其实文学语言之所以能成为一种陌生化的语言，与文学语言的另一个突出特征——可逆性——直接相关。可逆性是与单向度性、不可逆性相对的。"可逆性"与"不可逆性"在文学理论中目前或许并不是一个常见术语，但在物理学、逻辑学、语言学以及日常生活中都会经常使用到。在日常生活中，我们会说到这条路是单行线，不可逆行，时间是一条单行道，不可倒转。物理学中会谈到时间的不可逆性，逻辑学中会谈到命题的不可逆性。所谓不"可逆"的命题是指那种只能正推不能反推的命题。在形式逻辑中只有"重言式"命题，即在任何情况下都为真的命题才是可逆的。语言学家索绪尔也曾谈到语言的不可逆性。但我们发现，文学语言作为对语言的特殊使用，作为一种陌生化的语言，则打破了这种种不可逆性。语言在这里前进与后退并行，肯定与否定交错，它既不避免矛盾也不忌讳同语反复，它只是这样行进着，充满时间的逆流和意义的张力和逆转。和常规语言的那种单向度相对，我们就把文学语言的这种特征称作"可逆性"。文学语言的可逆性，表现在表达意义的可逆性和形式结构的可逆性两个方面。

1. 表达意义的可逆性

我们知道，在特定的言语活动中，语言总是有所意指，也就是说，说一番话或一句话总是代表某种意思或具有某种意图，一个纯粹的感叹词也不是无用的，他也许是在发泄或抒情。这就是说语言具有表达的意向性。在语言的常规使用中，语言的表达意向往往是单向的。尽管在词典中存在着一词多义的情况，但无论是在日常交流还是在科学活动中，我们都是在限定性的语境中使用语言，以避免歧义和误解，使语言的意义保持在一个向度上。同时，我们都会力图消除语言内部的否定性，趋向单向的肯定性目标，以免在说一番话时，自拆台脚，削弱逻辑力量。在表达意向上遵循着单向度的语言，能指和所指、符号与对象之间往往是一种固定统一的关系。比如，在普通的常规使用中，我们通常用"月亮"这个词来指称月亮这种事物，用"太阳"来表示太阳这种东西。我们也总是力求用意和用语之间的直接契合，或尽量缩短二者之间的距离。但在文学艺术中，这种统一关系被可逆性的语言"爆破"了。

文学语言经常通过使用反讽、悖论，或者把反讽、悖论置入隐喻、象征的手法，形成一种或称"悖反隐喻"的手法，把相互矛盾、反对或冲突的情感、观念或思绪当作具有同一性的东西组织在同一句、同一段或同一个篇章的话语之中，使得表达意义由于张力的推动在两个极性概念之间游移不定，往复运动，从而无法最终完成。这就是意义的可逆性。把反讽、悖论置入隐喻、象征之中而形成的"悖反隐喻"，是这种可逆性语言最典型的表现形态；把"矛盾性"置入"同一性"之中，是其重要的思维特征；生存困境和内心矛盾则是这种可逆性语言形成的现实土壤和心理根源；最大限度地扩张审美想象空间，最大限度地追求审美表现的多义化、朦胧化效果，也是可逆性语言形成的一个重要原因。

按照美国"新批评"派理论家克林斯·布鲁克思的解释，悖论是指诗语中一切相反相成、似是而非、包含着"重迭、差异、矛盾"的言论；反讽则是"语境对一个陈述语的明显歪曲"。[1] 所谓"语境对一个陈述语的明显歪曲"，实际上也就是指，通过上下文表现出的语境意义与一句话的字面意义存在着明显差异的现象。它也可以说是从整体语境中体现出来的"所言"与"所指"之间的冲突、错位与差距。"反讽"和"悖论"尽管存在着这样一些差别，但二者具有根本的相通之处，因为它们都是以"矛盾性"为构成原则的。与反讽、悖论不同，隐喻、象征的构成则主要是以"同一性"为基础，只是这种"同一"不是事实上的同一，它主要是基于主体"感觉"到的同一，而在不同的事物之间建立起新的联系。把反讽、悖论置入隐喻、象征之中，因此也可以说是把矛盾性置入同一性之中。把矛盾性置入同一性之中，是文学语言打破语言单向度的利器，它可以使文学语言超

---

[1] 见赵毅衡编选：《"新批评"文集》，中国社会科学出版社，1988年，第320、335页。

越任何形式逻辑的真值标准，它可以使文学的表达意义从 A 移到 B，也可以从 B 移到 A，它是 A 也是非 A，它不是 A 也不是非 A，这种亦此亦彼、非此非彼、亦是亦非或既非亦非的语言，充满着矛盾和混乱，并且在前进中，否定往往实行着对肯定的"反戈"。正是在反戈一击中，能指和所指的固定关系被瓦解，用意和用语的距离被拉开，科学语言的那种单向度的表达意向性被打破，从而出现了具有无限可能性的意义潜区，事物的恒定意义变得难以把握。如舒婷《思念》中所写的："一幅色彩缤纷但缺乏线条的挂图／一题清纯然而无解的代数／一具独弦琴，拨动檐雨的念珠／一双达不到彼岸的桨橹。"可以看出，"挂图""代数""桨橹"等都是"思念"的隐喻，但我们发现每一个隐喻中几乎都包含着悖论式的矛盾，因为"挂图"色彩缤纷但缺乏线条，"代数"清纯然而无解，有"桨橹"却达不到彼岸。在这里几乎每一个肯定都包含了否定，每一个希望都预示了绝望，作者对所做的描绘不断地进行替换，在每一句中又来回摇摆，让人感到既被难以排解的思念所笼绕，却又难以说出"思念"到底是什么。这正是那种悖反隐喻也即那种可逆性语言的意义效果。

悖反隐喻等修辞手法不仅普遍地存在于诗歌语言中，也在小说语言中广泛运用。只是在面对小说语言时，我们不要仅仅以"词"或"句子"为单位，还应扩展到"情节段"，或深入作品整体所表现出来的思想观念之中，去发现事件与事件、观念与观念之间的悖论性、反讽性的矛盾、冲突或对立关系。某些作家也可能更倾向于运用反讽、悖论或隐喻的手法，但它并不仅仅是某一个作家作品的特有风格，而是文学语言从根本上就具有的特征。这也决定了文学语言的意义可逆性具有某种普遍性。文学语言意义的可逆性与悖反隐喻等修辞手法的使用直接相关，但它并不只是由语言修辞方式造成的，它的生成实际上根植于人的生存困境和内心矛盾之中。

2. 形式结构的可逆性

文学语言的可逆性不仅体现在表达意义上，也体现在文学语言的形式结构中。瑞士语言学家索绪尔在谈到语言线性原则时曾经说，语言具有"借自时间的特征：（a）它体现一个长度，（b）这长度只能在一个向度上测定：它是一条线"[1]。这就是说，具体的语言是在时间过程中实现的，

---

[1] ［瑞士］索绪尔：《普通语言学教程》，高名凯译，商务印书馆，1980 年，第 106 页。

像时间具有单向度性或不可逆性一样，在时间中的语言也是具有不可逆性的。在现实的言语过程中，我们的确没法同时说出两个语词，只能让语词一个挨一个地排列在时间的链条上依次出现。而且在现实世界中，我们也只能任凭时间流逝，谁也不可能让时光真正倒流。但对于文学家来说，人虽然不能同时说出两个语词，虽然不能从根本上超越时间的那种单向度性，但却可以通过特殊的文学手法和语言策略，象征性地打破线性时间的不可逆性，从而也打破语言的不可逆性，创造出一种"时间逆流"和"言语逆流"，让时间具有一种"非时间性"，语言具有一种"非线性"特征。由于我们实质上是看不见时间的，因此也是看不见"时间逆流"的。时间总是通过时间之中的事物的变化流逝来显现的，如果一种事物虽存在于时间之中，它却并不随着时间的流逝而流逝，而是面对吞噬一切，把一切都卷入生成变化、卷入短暂性之中的时间却还能够反复出现、坚持到底、始终如一的话，那么时间对于它来说，也就停止了作用。因此，对于作家来说，他抗拒不可逆时间的法宝就是运用语言手段不断地"重复"在时间中出现的东西，这时时间虽在流淌，但时间已经丧失了时间的涵义，成为一种非线性发展的、不断向原点返回的可逆的时间。与这种可逆的时间相关，便有了文学语言的可逆性结构。这种可逆性的结构，在语言向前发展的维度中置入向后回溯的维度，使得语言无论在语义上还是在形式上都不断向起点回复。可逆结构的生成同样具有复杂的原因，但直接看来主要是由"反复回环"的语言手段造成的。

所谓"反复回环"，就是相同或相似的语言要素或语言构成方式在文学文本中不断重复出现。由于在文本各处出现的反复，一般都会在开头和结尾出现，形成回环现象，"反复"和"回环"也因此经常被联系起来作为一种艺术手段来看。反复回环作为一种艺术手段，在小说、诗歌等各种文类中都会经常见到。英国批评家布尔顿在《诗歌解剖》中说："一旦开始讨论诗歌中的组合模式，我们就无时不在讨论重复。节奏、尾韵、头韵和内部和应都是声音的重复；但完整的词或词组的重复则既是理性形式也是感性形式的一部分。"[1] 对于诗歌语言来说，声音、字词、语句等方面的重复是非常普遍的，但诗歌语言的反复现象还不只是表现在个别的"字

---

[1] ［英］布尔顿：《诗歌解剖》，傅浩译，生活·读书·新知三联书店，1992年，第102页。

词"或"声音"上，也表现在整体性的语言结构形式方面。但不管是局部性反复还是整体性反复，都创造出一种不断回逆的时间，使得文学语言的结构具有可逆性特点。如《诗经·蒹葭》：

> 蒹葭苍苍，白露为霜。所谓伊人，在水一方。溯洄从之，道阻且长。溯游从之，宛在水中央。/ 蒹葭凄凄，白露未晞。所谓伊人，在水之湄。溯洄从之，道阻且跻。溯游从之，宛在水中坻。/ 蒹葭采采，白露未已。所谓伊人，在水之涘。溯洄从之，道阻且右。溯游从之，宛在水中沚。

全诗共三章，每章前两句都以相似的景物描写也即对清秋季节、漫无边际的蒹葭的描写起兴，反复渲染一种怅惘凄清的意境。每章后六句则都抒写诗人对隔水相望的"伊人"反复求索、渴慕追思的情景以及追寻而不得的无限怅惘之情。在这里，诗歌文本的语言无论如何向前发展，它都没有走出诗歌一开始设置的那个"原点"。那就是诗人无论怎样努力，无论是"溯游从之"还是"溯洄从之"，所谓"伊人"都远在那个他永远不能抵达的"可望而不可即"的地方。

反复回环造成的可逆性结构，不仅普遍存在于中国古代的诗歌语言中，也广泛存在于现当代的诗歌语言中。如台湾著名诗人纪弦的《你的名字》，当代先锋派诗人韩冬的《你见过大海》，整首诗翻来覆去都是在说"你的名字"，"你见过大海"，那种可逆性结构得到极端突显。可逆性结构虽在诗歌语言中更为突出，但它同时也是小说语言结构的特点。否则，就不会有叙事学中的专门术语——话语反复。"话语反复"是指在本文时间的发展中，对同一个事件的反复叙述。与此相连，还有"事件反复"。"事件反复"是指在故事时间的发展中，具有相同特征的某一类事件反复出现。故事时间是故事本身发生发展所经历的时间，本文时间则是指讲述故事的话语所占用的时间或篇幅。"事件反复"虽然属于故事内容的层面，但由于事件的反复出现最终也必然依赖于话语对它的反复讲述，因此也可把它归入广义的"话语反复"中。同时，不管是哪种反复，都创造出一种可逆的时间，都使得在文本时间的延进中，事件和话语并不向前发展而是向起点回返，从而使小说语言的结构具有一种可逆性特点。只是在理解小说语言的可逆性结构时，我们也不能仅仅停留在"词"或"句子"之间的关系上，也需要上升到更大的语言单位，上升到语段与语段之间的安排。当我们上升到语段时就会发现，各类叙事作品的语言都会使用到话语反复，只是使用的程度不同。

话语反复的现象在西方现代、后现代派小说中表现得极为明显。如美国现代派作家福克纳在其《押沙龙！押沙龙！》中，对主要事件亨利·萨特彭谋杀查尔斯·鲍恩，共叙述了39次；在其《喧哗与骚动》中，则对凯蒂母女的悲剧这一核心事件，从班吉、昆丁、杰生以及作者四个不同的角度进行了反复讲述。西方传统的与中国现当代的现实主义小说实际上也经常使用话语反复。如陈忠实承继现实主义传统的长篇力作《白鹿原》，就对"白鹿原"传说进行了多次讲述。

中国传统小说则更是普遍使用话语反复的手段。其对话语反复的使用表现在"大结构"和"细结构"两个层面。从"大结构"上来看，中国传统小说比较普遍地存在着"首尾大照应"；从"细结构"即从段落与段落之间的细部关系来看，中国传统小说这一段落与那一段落之间往往不是以连续性取胜，而是更多地体现出一种相似性和类同性。如《西游记》中唐僧师徒在上西天取经"走"的过程中，经历了具有"类同性"的九九八十一难，一路上为非作歹的种种妖魔鬼怪和为孙悟空师徒排疑解难的各方神仙，总是按照一定的路数在大同小异的地点和时机反复出现。而《三国演义》《水浒传》《红楼梦》等小说中也都包含着形形色色的"重复"。也难怪美国汉学家浦安迪把"反复"看成中国古典小说章法的"不二法门"了。正是存在这两种结构层面上的"反复"，使得中国传统叙事作品的语言具有明显的、不断向原点回返的、"一部如一句"（毛宗岗语）的可逆性特点。

文学语言的可逆性结构虽然直接表现为语言形式上的反复回环，具有把错综复杂的文学因素统一起来并加强表达效果的美学功能，但它的生成还具有更深层次的原因。那就是作者之所以使用反复回环的方式，不断地"重复"本来是处于时间过程中的某种东西，或者是不断地回到过去的某个起点，那种东西那个起点，一定俘获或占据了他的意识，对于他来说具有不同寻常的、永恒不变的意义。因此我们可以说，促使可逆性结构生成的深层原因是作者在某种"瞬间意识"支配下的、对某种具有"同一性"

的恒定意义的执着追求。如在《喧哗与骚动》中，终生处在"南方神话"影响之下的福克纳之所以对凯蒂母女的悲剧进行反复讲述，原因之一乃在于《喧哗与骚动》反映的是美国南方庄园主康普生家族逐渐走向衰落的历史，而凯蒂身上则集中体现了康普生家族衰落的社会内容。在这里，凯蒂作为失去的美好过去的象征，占据着作者灵魂的腹地，对于他具有永恒的意义。于是，话语反复作为抗拒时间进程的有力武器，试图捕捉住某种永恒的东西，它试图让某些已逝的东西"回来"，把某些易逝的东西"留住"。

扩展阅读书目

1. [俄]巴赫金：《陀斯妥耶夫斯基诗学问题》，白春仁等译，生活·读书·新知三联书店，1988年。
2. [德]海德格尔：《诗·语言·思》，彭富春译，文化艺术出版社，1991年。
3. [德]卡西尔：《语言与神话》，甘阳译，生活·读书·新知三联书店，1988年。
4. 李荣启：《文学语言学》，人民出版社，2005年。
5. 鲁枢元：《超越语言》，中国社会科学出版社，1990年。
6. 马大康：《诗性语言研究》，中国社会科学出版社，2005年。
7. [法]热奈特：《叙事话语 新叙事话语》，王文融译，中国社会科学出版社，1990年。
8. [美]塞尔：《表达与意义：言语行为理论研究》，王加为等译，商务印书馆，2017年。
9. [俄]什克洛夫斯基等：《俄国形式主义文论选》，方姗等译，生活·读书·新知三联书店，1989年。
10. [瑞士]索绪尔：《普通语言学教程》，高名凯译，商务印书馆，1980年。
11. [意]维柯：《新科学》，朱光潜译，人民文学出版社，1986年。
12. 赵奎英：《混沌的秩序——审美语言基本问题研究》，花城出版社，2003年。
13. 赵宪章、王汶成主编：《艺术与语言的关系研究》，人民出版社，2013年。
14. 赵毅衡编选：《"新批评"文集》，中国社会科学出版社，1988年。
15. 周宪：《超越文学》，生活·读书·新知三联书店，1997年。

第五章 文学与文类

"文类"(genre)一词,源自法语,20世纪初才进入英语世界。作为文学分类术语,文类总括文学作品分类的种种情形,中外文学史上文类名称琳琅满目,不胜枚举,例如四言诗、五言诗、悲剧、喜剧、史诗、戏剧、小说、家庭悲剧、严肃喜剧、正剧、长篇小说、历史小说、抒情诗、叙事诗、散文、骈文之类皆是,分类标准多样,分类目的各异,加之林林总总文类名称背后又与文学创作、接受、批评等诸多方面存有千丝万缕、无法割断的复杂联系,因此,文类构成文学理论不可或缺并饶有趣味的基本内容之一。

一 中国文类传统

文类在我国先秦时期显现为一种广义的文章类别,文类的源起与日常实用紧密相依。《尚书》根据文章用途和特点,形成了诸如典、谟、誓、诰、训等不同类型。《周礼·春官·大祝》中著名的"六辞"说:"作六辞,以通上下亲疏远近,一曰祠,二曰命,三曰诰,四曰会,五曰祷,六曰诔。"《毛诗·鄘风·定之方中·传》有"九能"说:"建邦能命龟,田能施命,作器能铭,使能造命,升高能赋,师旅能誓,山川能说,丧纪能诔,祭祀能语,君子能此九者,可谓有德音,可以为大夫。"不难发现,两说无不着眼于文字与日常生活之间紧密的实用联系(占卜、畋猎、制器、出征、祭祀、出使等)而作出的功能性区分。《礼记》中还有一些涉及文章类型方面的记述,如:《曾子问》中"贱不诔贵,幼不诔长"的诔文写作准则;《祭统》中论"铭"的内涵特征:"夫鼎有铭,铭者,自名也,自名以称扬其先祖之美,而明著之后世者也。为先祖者,莫不有美焉,莫不有恶焉。铭之义,称美不称恶，此孝子孝孙之心也。唯贤者能之。"

随着文学独立性的凸显，文学作品日益从实用型应用文章中剥离，文类相应也由零散性、杂糅性逐渐转向规模化、集中性，不再拘囿于日常实用，文类探讨的理论质态明显增强。西汉《毛诗大序》据《周礼·春官·大师》中的"六诗"说提出诗歌"六义"说，孔颖达疏曰："风雅颂者，《诗》篇之异体，赋比兴者，《诗》文之异辞耳。"这里的风、雅、颂是对纯文学的最早分类。班固在刘歆《七略》基础上撰写《汉书·艺文志》，除六艺、诸子、兵书、术数、方技各类图书外，特立"诗赋略"，并序诗赋为五类：屈原赋之属、陆贾赋之属、荀卿赋之属、杂赋、歌诗。梁萧统《文选》在序言中也表达了"事出于沉思，义归乎翰藻"的选文标准，注意到了文学作品与其他类型文章的区分。同时，基于蔡邕、挚虞、李充等人对先秦时期文章类型讨论的总结提高，巍巍巨著《文心雕龙》应运而生。全书近一半篇幅是对文章类型的专门论述，结构之规整、内容之系统，盛况空前。刘勰《文心雕龙》之于文类发展的重要历史意义在于：海纳百川式的精心梳理总结，奠立了后世源远流长的文类意识。另外如曹丕《典论·论文》和陆机《文赋》开文类风格论、风格论文类之先河，影响至为深远。前者写道："夫文本同而末异，盖奏议宜雅，书论宜理，铭诔尚实，诗赋欲丽。此四科不同，故能之者偏也；唯通才能备其体。"后者论及诗赋风格时说："诗缘情而绮靡，赋体物而浏亮。""诗笔说""文笔说"的兴起正是文学寻求走向自觉、独立过程的集中反映。"诗笔说"出自《颜氏家训·慕贤》"君王比赐书翰，及写诗笔，殊为传手"句；它如萧纲《与湘东王书》中有"至如近世谢朓、沈约之诗，任昉、陆倕之笔，斯实文章之冠冕，述作之楷模"，将文章区分为诗（有韵）与散文（无韵）两类。《文心雕龙·总术》对"文笔说"如此记述："今之常言，有文有笔，以为无韵者笔也，有韵者文也。"而此时的有韵之"文"仍旧包括诗、赋以及铭、赞、诔、碑等众多类型在内，"诗笔"或"文笔"皆属文章范畴。萧绎《金楼子·立言》又从审美抒情的角度，推进了诗赋等文类与注重实用性质的应用文章类型（如章奏）之间的差异。

隋唐至元的漫长世纪，尽管《文薮》《文苑英华》《唐文粹》《元丰类稿》《元文类》等各种诗文选集仍杂当时实用文章在内，但是对于文类问题的探讨则与前代不同，步入了比较纯粹的文学研究范畴，研究中心的纯文学化倾向越发显著，诗、文、词三种文类成为理论探讨的焦点对象；反映在探讨深度上，文类之间界限与越界成为批评家们始终关注的核心问题。以杜甫为代表的"以诗为文"、韩愈为代表的"以文为诗"、秦观为代表的"以词为诗"、苏轼为代表的"以诗为词"（后世出现的"以诗为曲""以词为曲"亦此余风）一时成为当时及后来文学理论批评的热点话题，一大批文人学士，沈括、王正仲、黄庭坚、陈师道、吕惠卿、陈善、王灼、王若虚、李清照以及明清时期的陆时雍、李开先、李东阳、俞彦、何文焕、吴衡照、吴乔等等，纷纷加入文类界限与越界问题的大讨论，观点之悖异，立场之相左，人数之众多，实属稀见，蔚为盛事。受此影响，其他间接讨论诗、文、词三文类异同的人数更是难以胜数。例如，关于"以文为诗"，沈括就和吕惠卿发生了一次面对面的直接交锋，场面相当尴尬——"沈括存中、吕惠卿吉甫、王存正仲、李常公择，治平中，同在馆下谈诗。存中曰：'韩退之诗乃押韵之文尔，虽健美富赡，而格不近诗。'吉甫曰：'诗正当如是，我谓诗人以来未有如退之者。'正仲是存中，公择是吉甫，四人交相诘难，久而不决。"陈师道在《后山诗话》里也认为："退之以文为诗，子瞻以诗为词，如教坊雷大使之舞，虽极天下之工，要非本色。"文类之间界限与越界的立场态度，带来的另一个不可避免的、可能更为重要的副产品，则是对于自身立场的进一步阐释，亦即文类本体论的揭示。这一副产品不但于文类理论发展有深远影响，而且对整个文学理论发展起着重要推动作用。例如李清照正是基于批判苏轼、王安石、曾几"以诗为词"即"句读不葺之诗"，促使其深入思考"词"作为一种独立文类的本质特点，提出词"别是一家"的著名观点。而王若虚、元好问等人则在反思人们批判"以文为诗""以诗为文""以诗为词"的基础上，提出了诸文类本同而用异的观点。元好问就认为："诗与文，特言语之别称耳。有所记述之谓文，吟咏情性之谓诗。其为言语则一也。"

　　文类问题的讨论带来了文类本体论的热潮。这股热潮在涌入明清之后，产生了两大影响：一是大量诗文选本的出现。《元诗体要》《明文衡》《唐宋十大家类选》《六朝文絜》《金文最》《古文辞类纂》等等相继问世，其数量占据了中国古代选本的大半壁江山。这是古代对文类意识再次强调的重要体现。二是继挚虞《文章流别志论》、刘勰《文心雕龙》等集中专论文类的著作之后，再次出现了以吴讷《文章辨体》和徐师曾《文体明辨》

为代表的专论著作。二书不但在研究对象范围上，大大超越了前二者，分别为 59 种和 127 种，而且明确把文类意识提高到了历史新高度。例如吴讷和徐师曾自觉把"文辞以体制为先""夫文章之有体裁，犹宫室之有制度，器皿之有法式也"奉为全书的核心指导思想，以正变发展观描述文类源流的历史轨迹。于是，文类之于创作、批评的首要地位日益成为人们的共识，引领时代之风潮。例如："诗赋各有体制"（谢榛）、"作古诗先须辨体"（王世懋）、"文章之有体也，此陶冶之型范，而方圆之规矩也"（顾尔行）、"近人作词，尚端庄者如诗，尚流利者如曲。不知词自有界限，越其界限，即非词"（孙麟趾），众说可证。与此同时，一种认为文类之间同异兼具的辩证观点也日渐成熟，引起不少共鸣，比如陈善、王世贞、查礼、刘体仁等人。王世贞《艺苑卮言》里主张创作之妙在于文类的活用，文类规范是创作的起点而非终点："诗有常体，工自体中。文无常规，巧运规外。"文类之间界限，"合而离，离而合，有悟存焉"。查礼《铜鼓书堂词话·施岳词》里提出文类关系的"不即不离"观："词不同乎诗而后佳，然词不离乎诗方能雅。"其中尤以李渔为代表。在《窥词管见》一文中，李渔对于文学范围内诗、词、曲三大文类及其关系进行的辩证分析，意识清晰、立论公允、视角全面、见解独到，构成了这一时期乃至中国古代文类观的高峰。李渔此文虽着眼于论词，实是基于诗词曲三大文类辩证统一的整体观，自始至终贯穿着同异共存的客观、科学的研究态度。一方面从差异出发，坚持"词之关键，首在有别于诗固已"；另一方面又立足共性，主张"诗词未论美恶，先要使人可解"。在论述的具体层面上，小至字词，大至取意，创作与接受兼顾，叙述与腔调并举，多发前人之所未发，充分体现出他丰富的实践经验和深厚的理论学养。

中国古代几千年的文类传统是一笔重要的历史财富。在如此丰茂的土壤之上，在中西风气交相激荡的时代氛围中，进入近现代范畴的文类研究出现了几许亮色，一是文类数量空前繁多。诗歌、小说、散文、戏剧、杂文、小品文、报告文学、特写、速写、连环图画小说、科幻小说等等，古今中外的文类实现了历史大汇合。文类研究对象的爆发与突破，必将带给文类理论的发展和成熟以重要契机。二是参与人数空前鼎盛。一大批耳熟能详的大家、名家纷纷加入文类问题的探讨之中，如梁启超、陈独秀、蔡元培、郭沫若、王国维、鲁迅、叶圣陶、郑振铎、胡风、朱光潜、何其芳、老舍、曹禺等,他们都自立新说,就文类划分、文类本质、文类发展等方面提出富有建设性的观点,积极推动文类理论向前发展,从而奠定了以诗歌、散文、戏剧、小说为对象的文类四分法的主导划分模式。三是理论思考与实践功用的高度结合。古代的文类讨论基本上有两个重心:文类发展源流、文类特征及其相互关系。文类与创作的实用关系研究自进入近代以后,才日益成为研究的重中之重。这一特征的表现之一是文类问题研究中一批重要作家的出场,鲁迅、老舍、柳青、杨朔、魏巍等都紧密联系自身创作实践表达了文类之于创作的复杂关系。比如鲁迅在《〈鲁迅自选集〉·自序》中就说:"有了小感触,就写些短文,夸大点说,就是散文诗……得到较整齐的材料,则还是做短篇小说。"另一表现是,文类问题作为文学理论基本问题,成为众多文学理论著作、教材不可或缺的章节。

二 西方文类传统与当代观念

在古希腊,文类的发生发展也与丰富繁盛的文学创作、日常社会生活联系紧密。史诗《奥德赛》中,人们把音乐和歌曲这些娱乐视为"宴会的冠冕",借牧猪奴尤迈奥之口,还把"能用诗歌给人娱乐的天才乐师"奉为"在茫茫大地上到处受人欢迎"的人之一。奥德修自己也说:"在世间凡人当中,乐师是受到尊荣礼敬的,因为诗歌女神宠爱他们,教给他们歌唱的艺术。"这些有利的社会条件无疑极大地调动了文学创作者的内在积极性,为此时期文类数量的不断新生奠定了坚实基础。故而在史诗《伊利亚特》中,我们会看到"阿开奥斯人的儿子们整天唱悦耳的颂歌,/赞美远射的神",会闻见"人们在火炬的闪光照耀下正把新娘们/从闺房送到街心,唱起响亮的婚歌",会有感于"那白臂的安德罗马克双手抱住那杀敌的/赫克托尔的头,在她们当中领唱挽歌",等等。有"喜剧之父"美誉的阿里斯托芬在《云》《蛙》《马蜂》《地母节妇女》《预赛》《阿卡奈人》等喜剧作品中不时出现"酒令歌""酒神颂歌""赞歌""哀歌""饮酒歌""挽歌""悲剧""抒情诗"等文类的明确字眼,例如"墨勒托斯的饮酒歌、卡里亚的双管乐,以及挽歌、舞曲""他会写悲剧""他正在写抒情诗""你们要用另一些赞歌来歌唱水果丰登的女神""唱着夜莺的哀歌"等。

英国学者斯塔斯在其《批评的希腊哲学史》一书中指出:"在世界史

上,柏拉图是头一个人,创立了一个伟大的包罗一切的体系……所以他的哲学实在是希腊思想的集大成。"[1] 与哲学发展情况相仿的是,古希腊时期的文类理论发展到柏拉图时,也进入了一个崭新阶段。柏拉图留给后人影响最大的可能还是"三分法"的发明。在《理想国》中,他从文学的表现方式出发,区分出以"完全模仿"为表现方式的悲剧和喜剧文类,以"纯粹叙述"为表现方式的抒情诗文类以及"模仿兼叙述"为表现方式的史诗文类。换用柏拉图别种表述方式,亦即戏剧和抒情诗都是采用"单纯体裁"——模仿或叙述,而史诗则是采用"混合体裁"。自此,久盛不衰、风靡至今的西方"三分法"展现于世人面前。特别是亚里士多德的名著《诗学》,开篇就表明自己的目的是把"关于诗的艺术本身、它的种类、各种类的特殊功能,各种类有多少成分,这些成分是什么性质"等问题作为首要考察对象。从摹仿的媒介、对象和方式出发,把诗分为史诗、抒情诗和戏剧三大类,并就异同进行了详细甄别,文类发展及文类之间(主要是史诗和戏剧)的异同、等级等问题第一次得到了集中性的专门阐述,奠定了后世文类问题的基本理论框架,影响巨大,意义深远。随后贺拉斯在《诗艺》中也表达了自己文类观,如"每种体裁都应该遵守规定的用处"。古希腊罗马开创的史诗、抒情诗和戏剧的文类划分观,史诗悲剧位高誉重的文类等级观,恪守自我、不相逾越的文类界限观,从萌芽到成熟的文类封闭发展观等文类理论传统,经中世纪、文艺复兴、新古典主义,直至 18 世纪末 19 世纪初才受到真正的动摇。

自启蒙主义运动开始,尤其是浪漫主义时期,对创造、天才、个性、主观等范畴的高度强调,"文类"作为一定作品群体的类型概念,被指漠视具体文学作品的独特性,从而成为一切真正文学作品的公敌。所以在直觉主义代表 H. 柏格森看来,文学艺术的目的"总是在于个性的东西",务必要"清除传统的社会公认的类概念"。[2] 克罗齐的反抗态度更为极端,他说:"就各种艺术作美学的分类那一切企图都是荒谬的……讨论艺术分

---

[1] [英] 斯塔斯:《批评的希腊哲学史》,庆泽彭译,华东师范大学出版社,2006 年,第 129 页。

[2] 伍蠡甫等编:《西方文论选》(下卷),上海译文出版社,1979 年,第 280、278 页。

类与系统的书籍若是完全付之一炬，并不是什么损失。"[1]克罗齐等人的偏激姿态，在某种程度上，大大唤起了人们重新反思和研究文类的兴趣和热情。凯瑟尔对此评论道："刚好克罗齐尖锐的否定发生了肯定的作用。几十年以来，种类的问题，这个千年古老的，我们可以说，最古老的文艺学的问题直接地被推进科学兴趣的中心。"[2]

在现代西方文论界从俄国形式主义经英美"新批评"，再到神话—原型批评、结构主义、接受文论、解构主义等蔚为壮观的系列文论大潮中，文类再次成为诗学不可回避的重要范畴之一，文类理论也顺利完成了从古典向现代的嬗变与转型。

文类在俄国形式主义理论体系中占据着不可小觑的显著地位。艾亨鲍姆就指出：在文学史研究方面，"我们特别重视文学类别的形式及其替代"[3]。英国学者A.杰弗逊也指出："尽管形式主义文学科学的研究对象是文学性而不是个别作品，但其主要影响之一却是对体裁的不断关注。"[4] 俄国形式主义的理论初衷是为了抵制和反对文学研究中的外部简单决定论，倡导以词语构造形式这一内部研究来为文学的审美独立性正名。但是由于强调过度，割裂形式与内容的有机联系，被冠以明显带有贬义色彩的"形式主义"的称呼。在俄国形式主义看来，文类就是由词汇构成的独特结构、由主导艺术手法（即主导程序）和其他非主导艺术手法（即自由程序）共同构成的统一体。由于文类与形成某种文类的结构或艺术手法之间存在历史演变关系，例如尤·迪尼亚诺夫在著名的《论文学的演变》[5]（1927）一文中举例说，格律形式要素曾经是诗的主导手法，是区别诗与散文的标志；后来出现了有格律的散文，格律于是不再具有区分意义，格律这一曾经的主导程序随着文学发展自然就褪变为非主导的自由程序。又如就小说

---

[1] [意]克罗齐：《美学原理·美学纲要》，朱光潜等译，外国文学出版社，1983年，第124页。

[2] [瑞士]沃尔夫冈·凯塞尔：《语言的艺术作品——文艺学引论》，陈铨译，上海译文出版社，1984年，第439页。

[3] [法]茨维坦·托多罗夫编选：《俄苏形式主义文论选》，蔡鸿滨译，中国社会科学出版社，1989年，第53页。]

[4] [英]A.杰弗逊、[英]D.罗比等：《现代西方文学理论流派》，李广成译，北京大学出版社，1992年，第36页。

[5] [法]茨维坦·托多罗夫编选：《俄苏形式主义文论选》，蔡鸿滨译，中国社会科学出版社，1989年，第100—115页。

这一文类而言，欧洲19世纪小说与13世纪小说相比，广泛使用描写、心理肖像和对话的手法在后者就非主导程序；而且判断小说这一文类的主导程序，就发生了由曲折的爱情故事这一单一要求，变化为篇幅的长短和情节的如何开展。文类与艺术手法（程序）之间的这一性质特点，让饱受诟病和责难的俄国形式主义顿时具有了历史性、动态性。文类研究让俄国形式主义实现了自我重生。

兴起于1930年代的"新批评"派属于典型的"细读"批评，主张切断文本与作者、世界、读者及其他文本的外在联系，蜷伏于孤立文本，反对将文类纳入自己的考察范围。艾伦·退特主张："我们得回到诗本身，绝不能离开诗。"[1] 维姆萨特也说："艺术作品是一个单独存在的，并就某种意义上说是自足的或自有目的的实体。"[2] 这一旗帜鲜明的对待文类的否定态度构成了"新批评"派与其他形式主义学派经常发生争论的焦点之一。作为对形式主义的反动，尤其对于绝对文本中心的不满，1940年代，在芝加哥共事的一批批评家，如克兰、基斯特、麦凯恩、麦克莱恩等，重新找回了亚里士多德诗学传统的当下有效性，正如其代表人物克兰在一篇序言中所说，他们主要探讨的是"亚里士多德诗学方法……的现代发展和运用"。他们强调对人的重视，强调文学批评应该提倡采取"多元"方法，反对新批评派的"一元批评论"。这就引起了克兰等芝加哥学派与新批评派之间的大争论，核心论题就是文类问题，因此，芝加哥学派又被新批评派和后世批评家称之为新亚里士多德派或"文类批评派"（generic criticism）。芝加哥学派尽管没有达到期望中的影响力，但是对于20世纪文类理论复兴却功不可没。对此，文学理论批评史界曾有一段非常公允中肯的历史评价："克兰和他的同事们发展起来的新亚里士多德派观点在强调理论、历史观点和学科性方面是很有价值的。不过，它却没有激发出多少实用批评的成就。这个学派的领袖们所企望的生气勃勃的运动始终没有发展，不

---

[1] ［美］艾伦·退特：《作为知识的文学》，赵毅衡编选：《"新批评"文集》，卞之琳等译，百花文艺出版社，2001年，第147页。

[2] ［美］维姆萨特：《推敲客体》，赵毅衡编选：《"新批评"文集》，卞之琳等译，百花文艺出版社，2001年，第570页。

过,他们的著作无疑促动了人们对类型批评重新发生兴趣。"[1]事实的发展也确如学界所评价的那样:韦勒克、沃伦在合著的《文学理论》(1942)中首次把"文学类型"设立专章进行论述;影响最大的莫过于诺思罗普·弗莱第一次自觉从文类视角开展文学批评研究,出版专著《批评的剖析》(1957),借"剖析"来超越和纠正古希腊以来的文类批评传统,此书的主旨甚至被一些学者直接解读为"类型的理论"(格莱勃斯泰因)。

发生在20世纪下半叶的结构主义诗学、接受文论不再把研究重心仅仅停留在孤立的文本之中,而是实现了从文本到读者的重心转移。文类相应地成为读者一极不容忽视的重要内涵之一。

结构主义诗学以索绪尔语言学研究作为自身方法论参照,借用乔姆斯基"能力"与"表现"概念,提出"文学能力"(literature competence)这一范畴,全力探讨"使文学之所以成为文学的程式"。它不关心意义,而是关心产生意义的条件。出于研究之便利,"文学能力"的考察主要停留在读者方面,是读者自身掌握的阅读程式把文本视为诗歌、小说、戏剧等具体文类。而文本的文类归属则构成了读者阅读程式的主要内容之一,成为联结文本与读者两极的纽带。在这方面,卡勒《结构主义诗学》一书中作了非常详细的阐述:"体裁不是语言的特殊分类,而是不同类别的期待",一种文类理论"必须试图解释,主宰文学的阅读和写作的功能性类型特征是什么。喜剧之所以存在,正是因为把某作品当作喜剧来阅读的这种期望与读悲剧或史诗不相同";"文学类型的划分应该建立在一种阅读理论的基础之上。因此,恰当的分类只是那些用于解释作品对读者提供可接受意义的范围的分类"。[2]所以,这时的文类已经彻底从古希腊传统中的定义性、规则性角色转化为一个阐释性、中介性范畴。

以姚斯、伊瑟尔等为代表的接受文论,把历时性读者对于作品的接受视为作品历史生命之关键。姚斯说:"一部文学作品的历史生命如果没有接受者的积极参与是不可思议的","一部文学作品,并不是一个自身独立、向每一时代的每一读者均提供同样的观点的客体。它不是一尊纪念碑,形

---

[1] 转引自[美]威尔弗雷德·L.古尔灵等:《文学批评方法手册》,姚锦清等译,春风文艺出版社,1988年,第340—341页。

[2] [美]乔纳森·卡勒:《结构主义诗学》,盛宁译,中国社会科学出版社,1991年,第194、205、182页。

而上学地展示其超时代的本质。它更多地像一部管弦乐谱,在其演奏中不断获得读者新的反响"。于是接受文论从读者是历史的读者,是"具有接受能力的读者"这一立场出发,提出读者积累的与世传承的文学经验传统积极发挥着一种期待视野的功能,实施对文学文本的消费与接受。对象文本因为打破或顺应这种期待视野而获得不同文学价值。"每一部作品都属于一种类型。"在对读者发生作用的文学经验传统之中,与结构主义诗学相似,文类同样构成了读者期待视野之一维,同样发挥了联结同属特定文类的先在文本与后续文本的中介功能,并通过这种由文类搭建的关系,实现重新认识和定义文类的反作用,从而形成迥异于传统文学史的新型接受文学史。姚斯这样说道:"一个相应的、不断建立和改变视野的过程,也决定着个别本文与形成流派的后继诸本文间的关系。这一新的本文唤起了读者(听众)的期待视野和由先前本文所形成的准则,而这一期待视野和这一准则处于不断变化、修正、改变,甚至再生产之中。变化和修正决定了它们的范围,而改变和再生产则决定了类型结构的界限。"作者通过作品文本对读者发出的接受期望,即使没有明显的信号,也可以借三个一般前提因素来获知,其中之一就是文类属性:"通过熟悉的标准或类型的内在诗学"。[1]

20世纪,流派纷呈、风潮多变。按杰姆逊的后现代主义文化理论,西方资本主义社会经历了帝国主义阶段以后,在20世纪中叶左右开始步入晚期资本主义阶段,社会文化也实现了从现代主义向后现代主义的转型。崇尚深度消失、边界融合的后现代主义各家,如伊哈布·哈桑、林达·哈奇、查尔斯·纽曼等等,认为文类在今天开始走向浑整难分的杂糅状态,文类界限日益变得暧昧不清。在文类理论传统中,文类曾经扮演的定义、评判和阐释作品的重要角色功能被彻底颠覆。在文化研究这一学术大潮的冲击之下,文学及其研究本身的合法性首先成为一个必须直面的问题,这势必又增添了文类处境之尴尬。因此,以"互文性""构建型式""文本类型性"为代表的替代范畴逐渐闯入人们视野,掀起了继克罗齐之后的又一场反文类运动。同时,受韩礼得(Halliday)系统功能语言学、巴赫金

---

[1] [德] 姚斯等:《接受美学与接受理论》,周宁等译,辽宁人民出版社,1987年,第24、26、97、100、29、31页。

对话理论、社会行为理论等理论风潮的影响，修辞学上的言语类型日渐活跃；走出文学作品，施展拳脚于语言学、教育学、写作学、政治学、大众传媒研究以及宗教、体育、商务、医药等诸多文化行为领域内的文化文本之中。文类有被言语类型取代之虞。不过，与此同时，我们又注意到：伴随着晚期资本主义文化工业的兴起与发展，加之互联网时代的推波助澜，当下又出现了各种文类的井喷，例如推理小说、玄幻小说、穿越小说、职场小说、恐怖小说、耽美小说、官场小说、网游小说、军事小说、生态小说、商战小说、青春疼痛小说等，蔚然大观，成为当前大众审美文化中一道不可忽视的风景。对文类抑扬态度共存的状况，表明文类又走到了令人为之深思的运命关口。

三　文类的基本问题

文类作为文学理论基本问题之一，文类数目繁多，文类关系纷杂，既关涉文学创作、文学作品、文学接受、文学批评等所有文学活动层面，又纵贯传统、现代、后现代等文学流变的不同时空。点虽小，但是辐射力广、穿透力强。综而言之，文类基本问题主要包括文类本质论、文类划分论、文类发展论、文类等级论、文类界限论、缺类现象论等方面。

文类本质论是关于文类是什么的本体研究。目前学界存在一些分歧，影响较大的几种观点有：

契约论。这种观点认为，文类在作者、文本、接受者之间建立起一种契约关系，连接创作与接受，使得文本的创作、解读、批评等文学活动成为可能。其中又可以分为读者与文本、作者与文本、批评者与文本等系列契约关系。如热拉尔·热奈特、E. D. 赫施、姚斯、乔纳森·卡勒、S. 利文斯通等人就从文本与读者关系角度提出："不同文类详细说明文本与读者之间达到的不同'契约'。"[1]

公共机构论。这是一个类比，与契约论有紧密关联，可视为契约论的延伸。这是因为文类以文本为中心，与作者、读者、批评家等方面缔结的契约关系，不禁昭示了文类的公共性：文类提供了一个集创作、欣赏、交

---

[1] Livingstone, Sonia, and Lunt, Peter, *Talk on Television*, London: Routledge, 1994, p.252.

流、批评等功能于一体的公共区域。在这一点上，F. 杰姆逊的态度清晰而明确，他说："本质上，文类是文学的'公共机构'(institution)，或一个作家和特定团体之间的社会契约，作用是去详细说明一定的文化制品的正确用途。"[1] 美国学者 H. 列文、韦勒克、沃伦等人也表示赞同此说，认为"文学的种类是一个'公共机构'，正象教会、大学或国家都是公共机构一样。它不象一个动物或甚至一所建筑、小教堂、图书馆或一个州议会大厦那样存在着，而是象一个公共机构一样存在着。一个人可以在现存的公共机构中工作和表现自己，可以创立一些新的机构或尽可能与机构融洽相处但不参加其政治组织或各种仪式；也可以加入某些机构，然后又去改造它们"[2]。

互文论。这种观点认为文类是对文本之间关系的一种揭示。代表人物有 K. 威尔斯、J. 哈德利、D. 博金斯、方丹等学者。威尔斯直截了当地指出，文类是"一个互文的（intertextual）概念"[3]。博金斯则说："我们必须分类，否则我们就会陷入一堆没有关联的文本（details）中而无法去理解它们。"[4] 方丹也认为，文类"恰好把可以在时间之外进行分析的单个作品与所有已存在的作品之过去联系起来"。所有这些都肯定了文类具有的互文性质。特别是在法国符号学家克里斯蒂娃于 1960 年代末提出"互文性"范畴之后，以热奈特和方丹为代表的一批学者甚至有借此取代"文类"之意。方丹就认为，由于文类都有将某一作品与过去作品进行比较的使命，所以把互文性看成是思考文类的最后阶段似乎是合理的。[5]

共同程序论。这是俄国形式主义提出的重要观点，他们认为文学作品的本质"在于词语材料的艺术构成"[6]。诗学的任务是研究文学作品的结

---

[1] Jameson, Fredric, *The Political Unconscious: Narrative as a Socially Symbolic Act*, Ithaca: Cornell UP, 1981, p.106.

[2] ［美］雷·韦勒克、奥·沃伦：《文学理论》，刘象愚等译，生活·读书·新知三联书店，1984 年，第 256—257 页。

[3] Wales, Katie, *A Dictionary of Stylistics*, London:longman, 1989, p.259.

[4] Perkins, David. "Literary Classifications: How Have They Been Made?" In *Theoretical Issues in Literary History*, Ed. David Perkins, Cambridge (MA): Harvard UP, 1991, p.252.

[5] ［法］达维德·方丹：《诗学：文学形式通论》，陈静译，天津人民出版社，2003 年，第 115、129 页。

[6] ［俄］鲍里斯·托马舍夫斯基：《艺术语与实用语》，维克多·什克洛夫斯基等：《俄国形式主义文论选》，方珊等译，生活·读书·新知三联书店，1989 年，第 84 页。

构方式，即用以唤起审美情感的"特殊程序"，这些程序的同异导致了文学作品的分化，从而形成不同的文类。每一文类都由一些组织作品结构的主导程序支配其他自由程序而成。这些主导程序相对于同属一文类的文学作品而言，就是该文类的共同程序。所以文类可以定义为"具有共同程序系统（该系统含有主导的、起联合作用的特征程序）的文学作品在发生学角度上的聚合"[1]。

文类划分论是关于文学作品类别归属、文类划分术语序列、划分文类之间关系等方面的研究。在文学作品类别归属上，向来有中外"二分法"（散文与诗/韵文）、"三分法""四分法"传统。文类划分术语序列试图区别对待不同层阶的文类划分，例如从戏剧到喜剧再到家庭喜剧之类就是一个分类序列，有学者主张都用"文类"概括即可，有学者则主张称"戏剧"为"文类"，建议另造不同术语以对应其下的二、三级再划分。在划分文类之间关系上，从柏拉图开始，"三分法"就被刻上了对立统一的辩证基因，直至黑格尔、别林斯基等人，莫不如此，例如别林斯基就这样说道："叙事诗歌和抒情诗歌是现实世界的两个完全背道而驰的抽象极端；戏剧诗歌则是这两个极端在生动而又独立的第三者中的汇合（结晶）。"[2]

文类发展论是关于文类起源、发展、嬗变等方面的研究。例如刘勰《文心雕龙》中设《宗经》一章，认为"经也者，恒久之至道，不刊之鸿教也"，所以"赋颂歌赞，则诗立其本"，《诗经》成为众多文类的不竭泉源和不朽典范，所谓"百家腾跃，终入环内"。北齐颜之推《颜氏家训·文章》继承了刘勰宗经思想，提出"文出五经"论，认为："夫文章者，原出《五经》"，如"歌咏赋颂，生于《诗》者也"之属。明代徐师曾、袁宗道等人也指出"骚、赋、乐府、古歌行、近体之类，则源于《诗》"。正是上述这些背景和因素的作用，不仅奠定了诗在我国文类等级中的至高地位，更是规划好了《诗》与其他文类的源流关系，于是，楚骚"乃《雅》《颂》之博徒，而词赋之英杰也"；"赋自《诗》出"，"受命于诗人，拓宇于《楚辞》也"；"填词者，文之余也""诗余"也；曲为"词余""词家之支流也"，

---

[1] [俄]托马舍夫斯基：《主题》，维克多·什克洛夫斯基等：《俄国形式主义文论选》，方珊等译，生活·读书·新知三联书店，1989年，第147页。

[2] [俄]别林斯基：《诗歌的分类和分科》，《别林斯基选集》第3卷，满涛译，上海译文出版社，1980年，第5页。

正所谓从诗三百、骚、乐府、诗到词、曲，"其体屡变而不穷，其实皆古诗之流也"。顾炎武、王国维等人则提出一种"穷则变、变则通"的文类发展观："盖文体通行既久，染指遂多，自成习套。豪杰之士，亦难于其中自出新意，故遁而作他体，以自解脱。一切文体所以始盛终衰者，皆由于此。"[1] 而古希腊的文学创作由于氤氲于浓郁的神话氛围中，文类起源、发生学上的"神赋"说应运而生，《奥德赛》中的乐师菲弥奥就说"上天灌注到我心里各样诗歌"；"乐师在天神指示下表演他的艺术，开始歌唱"。诸神在产生文学之际，亦自然产生了诸种不同文类的文学。亚里士多德《诗学》提出一种封闭的文类发展观，认为一种文类伴随着其构成成分的逐渐完善到位，该文类也就固定不再变化。他说：

> 总之，悲剧是从临时口占发展出来的（悲剧如此，喜剧亦然，前者是从酒神颂的临时口占发展出来的，后者是从下等表演的临时口占发展出来的……），后来逐渐发展，每出现一个新的成分，诗人们就加以促进；经过许多演变，悲剧才具有了它自身的性质，此后就不再发展了。[2]

文类等级论是关于不同文类之间等级现象以及文类身份认同的研究。早期的文章类型的等级与日常使用的社会等级密不可分，例如"典"在《尚书》中只运用于古帝圣君如尧、舜这样的个别对象，且在全书目录上也是排在首位；汉代蔡邕《独断》中也指出，天子言群臣之用的文章类型有策、诏、制、戒一类，而公卿百官上天子之用的文章类型有章、奏、表、驳议等，不可混乱。此后，文类等级更多地与不同文学理论观念相关。亚里士多德《诗学》中根据摹仿对象的差别，提出悲剧高于喜剧，因为"喜剧总是摹仿比我们今天的人坏的人，悲剧总是摹仿比我们今天的人好的人"。[3] 又如汉代扬雄《法言·吾子》里区分的"诗人之赋丽以则，辞人之赋丽以淫"。扬雄认为以屈原为代表的前者在追求词藻华丽艳美之时，知道以儒家倡导的诗教为归；而以宋玉、枚乘等人为代表的"辞人之赋"则徒有词华。所以扬雄认为"诗人之赋"要优于"辞人之赋"，当以前者为创作典范。

---

[1] 王国维著《人间词话》卷上，上海古籍出版社，1998年，第13页。
[2] 亚理斯多德：《诗学》，罗念生译，上海人民出版社，2006年。
[3] 同上书，第20页。

不仅如此,不同的文学观念还会导致对同一种文类的等级问题认识上的对立或矛盾。在中国古代文类传统中,诗、文等级是较高的,词、曲、小说等只能名之曰文章"小道""末技""小技",处于文类等级底层,甚至置于禁毁行列,命运可想而知。钦定《四库全书》总目代表着中国封建社会所倡导的正统的文学批评观念,集部五十一"词曲类"中云:"词曲二体在文章、技艺之间,厥品颇卑,作者弗贵,特才华之士以绮语相高耳。"明清两代的俞彦、冯煦等人也指出说:"词于不朽之业,最为小乘""词为文章末技"。明中叶以降,随着经济上资本主义的萌芽,陆王心学传播渐广,崇情尚真的文学之风日炽,于是李贽高举"童心说","公安三袁"倡导性灵说,纷纷强调"物真则贵",真文学都是个人性情的自然流露,反对封建统治者对文学一味施加的教化功能以及对诗、文等文类的特别推举,认为戏曲、小说等文类才是真性情的流露,才是真文学,所以它们的文学地位得到了空前提高,甚至超越了一切其他文类。王骥德《曲律》中就说:"诗不如词,词不如曲,故是渐近人情。"祁彪佳《孟子塞五种曲序》也说:"盖诗以道性情,而能道性情者莫如曲。"李贽、袁宏道等人对《西厢记》《水浒传》等之前不值一哂的戏曲和小说给予了极高赞誉。袁宏道就说,在《水浒》面前,《六经》《史记》等经典也黯然失色,自愧弗如:"少年工谐谑,颇溺《滑稽传》。后来读《水浒》,文字益奇变。《六经》非至文,马迁失组练。"李贽《童心说》则把戏曲和小说抬高到和诗、文同样的高度,以为都是"古今至文"。因此,随着文学理论思潮的演进,文类等级图式也会相应得到调整变换。复就西方文论发展情况而言,在模仿说占主导的前浪漫主义时期,悲剧和史诗高于喜剧、抒情诗;待到强调主体情感表现的浪漫主义时期,抒情诗就被推上了文类等级的顶峰,"史诗和悲剧自亚里士多德以来第一次失去了它们在各种诗歌类型中的主导地位,抒情诗起而代之,成了一般诗歌的原型和唯一最有代表性的形式"[1]。而随着19世纪现实主义文学与批判现实主义文学的兴起,小说则一跃成为文类等级的制高点,如同左拉和别林斯基等人所言:"如果17世纪曾经是戏剧的世纪,那么19世纪将是小说的世纪。""长篇和中篇小说现在居于其他

---

[1] [美]M. H. 艾布拉姆斯:《镜与灯——浪漫主义文论及批评传统》,郦稚牛等译,北京大学出版社,2004年,第97页。

一切类别的诗的首位","把文学的一切其他类别不是整个排挤掉,就是推到了末位";"现代长篇小说的任务是复制出全部赤裸裸真实的现实。因此,很自然地,长篇小说超过一切其他种类的文学,独赢得社会的垂青"。

文类界限论是关于不同文类之间差别关系的研究。丰富多彩的客观现实需要借助众多拥有各自界限的文类来予以呈现,复杂多变的人类情感需要借助众多拥有各自界限的不同文类来抒发。文类界限的客观存在是现实世界精彩程度的折射,也是人类内心世界丰富程度的证明。文类也是文学史把握层出不穷的文学作品不可或缺的工具。文学史是文学作品不断推陈出新的历史,更是诸种文类风云际会的历史。诸多文类界限的客观存在就像一个又一个金圈,环环相扣,连接起文学史的躯体。文类界限的客观存在不仅是对众多文学作品差异的指示说明,也是对"史"的直观注解。于是,当我们打开文学史目录,西方会有从古希腊罗马、文艺复兴、新古典主义直到启蒙主义、浪漫主义、现实主义、现代和后现代主义等不同文学发展阶段的诸如荷马史诗、悲剧、喜剧、悲喜混杂剧、严肃戏剧、正剧、田园诗、爱情诗、意识流小说、实验小说、荒诞派戏剧、现代主义文学、后现代主义文学等文类名称;我国会有从《诗》、骚、乐府、古赋、律赋、俳赋、五言诗、七言诗、词、院本、杂剧、南戏、传奇、话本、章回小说、朦胧诗、伤痕小说、先锋小说、穿越小说等文类名称。它们可谓是一帧帧文学史的缩影。拘囿于一个个作品而不扩展到文类的层面,文学理论只能呈现为零散琐碎的平面游离状态,理论必将丧失其一般性指导的生命力。正为此故,达维德·方丹指出:"所有诗学道路都通向体裁","不参照体裁就不可能对文学作普遍性的论述,因为体裁就是文学和普遍性之间的桥梁"。[1] 但是,又不可将文类之间的界限绝对化,倡言文类界限的绝对性就等于无视诸文类共同的文学属性传统,等于斩断了新旧文类之间错综复杂的多维关联。故而坚持文类界限的辩证特征,正是对于文学传统的认可和尊重。科恩说:"一种文类不能独立存在;它与其他文类之间产生竞争、对比、补充、争论和关联。"[2] 托多罗夫说:"一个新体裁总是一个

---

[1] [法]达维德·方丹:《诗学:文学形式通论》,陈静译,天津人民出版社,2003年,第107页。

[2] Cohen, Ralph, "History and Genre," *New Literary History 17*(1986):207.

或几个旧体裁的变形。"[1]杰米尔逊也说:"历史地看,特定文类是从先前文类而来,杂交文类是从存在的文类创造出来的。"[2]其他如楚骚"乃《雅》《颂》之博徒,而词赋之英杰也";"词不同乎诗而后佳,然词不离乎诗方能雅";"诗、词、曲,固三而一也",三者"界限愈严,本真愈失";"诗词同工而异曲,共源而分派"等等古今中外的不同表述,无不是对文类界限辩证特征的明确体察以及对文类传统作用的一致肯定。

缺类现象论是关于某个文类或某些文类在此国家或民族存在而在彼国家或民族阙如现象的研究。它是比较文学研究的基本问题之一,也是文类学研究的重要内容之一。缺类现象的考察不仅关乎文学自身的诸多特点,还与一定的社会时代关系密切,牵涉面广,头绪复杂,既令人兴趣盎然,又必须严谨细致。例如18世纪法国人杜赫德(Jean Baptiste Du Halde)以中国元杂剧《赵氏孤儿》西译为媒,批评说:在中国,戏剧跟小说没有多少差别,悲剧跟喜剧也没有多少差别,目的都是劝善惩恶。他因此提出了"中国无悲剧"的命题。后来有人从大团圆结局进一步确认说:"事实上,戏剧在中国几乎就是喜剧的同义词。中国的剧作家总是喜欢善得善报、恶得恶报的大团圆结尾。"因此"仅仅元代(即不到一百年时间)就有五百多部剧作,但其中没有一部可以真正算得悲剧"。[3]不过,又有其他一些学者认为大团圆结局并非中国古代独有,大团圆结局不能作为评判是否悲剧的唯一标准,"中国无悲剧"命题不成立,例如:"欧洲希腊悲剧有不少以团圆结束,但到莎士比亚以后,就大都以主人公的不幸收场。我国古典悲剧以大团圆结局的要比欧洲多。"[4]

四 余论

我国传统文学理论教材中一直广泛使用"体裁""文体"等范畴,"文类"

---

[1] [法]托多罗夫:《体裁的由来》,《巴赫金、对话理论及其他》,蒋子华等译,百花文艺出版社,2001年,第24页。

[2] Qtd.in Devitt, Amy J. "Integrating Rhetorical and Literary Theories of Genre," *College English* 62.6 (July 2000): 701.

[3] 朱光潜:《悲剧心理学》,张隆溪译,人民文学出版社,1983年,第218页。

[4] 王季思:"前言",王季思主编:《中国十大古典悲剧集》(上),上海文艺出版社,1982年,第20页。

一词自1980年代才进入我国文论界视野。加之当前不但对于"体裁"与"文体"的内涵认识以及两者关系的研究言人人殊,就是它们与"文类"的关系认识也还存有较大淆乱。我们采用"文类"一词,旨在强调对文学作品进行分类的行为及结果,"文类"可谓"文学类型"的简称。值得一提的是,我国古代文论中与"文类"意义相近的概念分别来自明清两代的徐师曾和包世臣的表述。徐师曾在《文体明辨序说》中说:"盖自秦汉而下,文愈盛;文愈盛,故类愈增;类愈增,故体愈众;体愈众,故辩当愈严。"这里"文"泛指文章,"类"乃"体"的上级范畴。包世臣在《与杨季子论文书》中说:"文类既殊,体裁各别,然惟言事与记事为最难。言事之文,必先洞悉所事之条理原委,抉明正义,然后述得失之所以然,而条画其补救之方。记事之文,必先表明缘起,而深究得失之故,然后述其本末,则是非明白,不惑将来。凡此二类,固非率尔所能。"这里是比较完整的文学分类意义上的"文类",只是包世贞所说的"文类"还仅限于与诗歌相对的散文范畴。

对于文类基本问题,这里只是作了初步的简要介绍,其实,不仅各个基本问题内部还有诸多复杂细节值得深入研究,而且各个基本问题之间也非割裂的单独存在,而是往往共同附着于特定文学理论系统而彼此发生关联。除此而外,文类研究还常常会对文学理论其他一些范畴、问题的探究提供重要的启迪和借鉴作用,所谓"横看成岭侧成峰"是也,并已日渐引发学术界的研究兴趣。戴维·高曼曾在21世纪初总结文类研究现状时这样说道:"在文类理论方面,尽管已经做出了一些非常重要的工作,但并不稳定:对任何一位重要的理论家或批评运动而言,文类理论并没有成为持续不变的优先选择对象。结果,当前的文学理论家发现他们自身对于文学研究最基础的部分还知之甚少。"[1] 由此可见,文类研究前景广阔,方兴未艾。

扩展阅读书目

1. Duff, David, ed. *Modern Genre Theory*, Harlow: Pearson Education-Longman, 2000.
2. 陈多、叶长海选注:《中国历代剧论选注》,湖南文艺出版社,1987年。

---

[1] David Gorman, "Modern Genre Theory", In *Poetics Today* 22:4 (Winter 2001), p.853.

3. 陈军：《文类基本问题研究》，北京大学出版社，2013 年。

4. [法]达维德·方丹：《诗学：文学形式通论》，陈静译，天津人民出版社，2003 年。

5. [美]雷·韦勒克、奥·沃伦：《文学理论》，刘象愚等译，生活·读书·新知三联书店，1984 年。

6. [梁]刘勰著，陆侃如、牟世金注：《文心雕龙译注》（全二册），齐鲁书社，1982 年。

7. [加]马克·昂热诺等：《问题与观点：20 世纪文学理论综论》，史忠义等译，百花文艺出版社，2000 年。

8. 童庆炳：《文体与文体的创造》，云南人民出版社，1994 年。

9. [法]托多罗夫：《巴赫金、对话理论及其他》，蒋子华、张萍译，百花文艺出版社，2001 年。

10. [美]威尔弗雷德·L.古尔灵等：《文学批评方法手册》，姚锦清、黄虹炜等译，春风文艺出版社，1988 年。

11. 吴承学：《中国古代文体形态研究》，中山大学出版社，2000 年。

12. 吴承学：《中国古代文体学研究》，人民出版社，2011 年。

13. [美]乌尔利希·韦斯坦因：《比较文学与文学理论》，刘象愚译，辽宁人民出版社，1987 年。

14. [明]吴讷、徐师曾：《文章辨体序说·文体明辨序说》，人民文学出版社，1962 年。

15. [古希腊]亚里士多德、贺拉斯：《诗学·诗艺》，罗念生、杨周翰译，人民文学出版社，1962 年。

第六章　文学叙事

关于叙事的思考古已有之，但是叙事学成为系统的理论形态是20世纪60年代兴起的结构主义叙事学，以及80年代之后以人类文化、社会科学研究、传播活动为对象的后经典叙事学。

一　叙事概述

叙事最初是口传文化和纸本文学中讲故事的方式，后来演变成社会文化多个领域和人文社会科学共同关注的文化现象。

西方叙事研究的发端可以追溯到柏拉图。柏拉图在《理想国》第三卷中通过苏格拉底之口讨论故事的形式和风格的时候对叙事和模仿进行了区分，叙事（diegesis）是叙述者自己讲故事，摹仿（mimesis）是叙述者与人物同化，直接模仿和引用人物对话的叙事。[1]这说明叙事包括叙述者、故事、叙述行为、叙述角度等要素。20世纪俄国形式主义、英美新批评，特别是法国结构主义对叙事进行了系统的研究，使叙事学成为一门科学。法国结构主义叙事学家热奈特辨析了叙事的三层含义：（1）"指的是承担叙述一个或一系列事件的叙述陈述，口头或书面的话语"，（2）"指的是真实或虚构的、作为话语对象的接连发生的事件，以及事件之间连贯、反衬、重复等等不同的关系"，（3）指某人讲述某事的叙述行为。[2]按照美国学者

---

[1] 参见［古希腊］柏拉图：《理想国》，郭斌和、张竹明译，商务印书馆，1986年，第94—95页。

[2] ［法］热奈特：《叙事话语 新叙事话语》，王文融译，中国社会科学出版社，1990年，第6页。

普林斯的说法,"叙事是一个或数个(公开或半公开的)叙述者向另一个或数个(公开或半公开的)受众讲述(作为结果或者过程、对象或者行为、结构或者结构过程)一个或多个真实的或虚构的事件"[1]。

可见,叙事包含双重结构:被告知的层面与讲述层面。前者指的是叙述者意欲使我们相信发生了的事件或行为,后者指这些事件被叙述的方式,即讲述的组织形态。俄国形式主义分别称之为故事(fabula)与情节(sjuzhet),这里的情节不仅涵盖对事件的安排,也包括打断和拖延叙事的方法。法国结构主义分别称这两个层面为叙事(récit histoire)与话语(discours)。用美国叙事学家查特曼的话说,叙事和话语对应的是叙事的"故事层面"和"表达层面"。[2]

美国叙事理论家斯科尔斯认为,"情节可被定义为叙事文学中动态的、连续的元素","……经验性叙事,具有两种主要情节形式:(1)历史化形式。它基于历史上有一个具有前因后果的事件或一组相互联系的事件序列,将其从那些次要的、偶然的环境因素中剥离出来,并以一则叙事的形式而独立存在;(2)传记体形式。它以一个实际人物的出生、经历和死亡为叙事构架。"[3]。英国作家、批评家福斯特曾经举例说,"国王死了,不久王后也死去"是故事,而"国王死了,不久王后因伤心而死"就是情节。[4]也就是说,情节不仅包含两个时间上相互关联的事件,还包含着因果性的连接,叙事是与时间和因果性相关的线性行为系列。一件事情与另一件事情之间逻辑的或因果的连接,构成了叙事的基本方面。由于法国结构主义者将作品当作一个封闭、完成、绝对的对象来看待,他们并不重视对作品具体情节的研究,而关注从一部部作品中抽象出来的"一般"情节,所以他们已经不大使用"情节"这一术语,而用实际上大于情节的话语涵盖了先前"情节"说法中所包含的内容。

法国结构主义在俄国形式主义、新批评之后将叙事研究上升为系统的理论形态,即叙事学。叙事学(narratology)一词最早出自法国学者托多罗

---

[1] Gerald Prince, *Dictionary of Narratology*, Lincoln:University of Nebraska Press, 1987, p.58.

[2] [美]西摩·查特曼:《故事与话语》,徐强译,中国人民大学出版社,2013年,第130页。

[3] [美]斯科尔斯、费伦、凯洛格:《叙事的本质》,于雷译,南京大学出版社,2015年,第219页。

[4] [英]福斯特:《小说面面观》,苏炳文译,花城出版社,1987年,第75页。

夫的《〈十日谈〉的语法》(1969) 一书，通常被认为是关于叙事、叙事结构及这两者如何影响我们的知觉的理论及研究。以结构主义为代表的经典叙事学主要致力于研究叙述角度、叙述时间、叙述语法、叙述接受者等。叙事学研究经历了受结构主义语言学影响的以文学作品为研究中心的经典叙事学和其后跨文化、跨学科的后经典叙事学两个阶段。经典叙事学发端于20世纪20年代末俄国形式主义者普洛普对民间故事的研究以及40年代新批评派布鲁克斯和沃伦对短篇小说的研究，后来在60年代由法国结构主义者热奈特、罗兰·巴特、托多罗夫、格雷马斯等人推延至故事、小说和神话的研究，并影响到美国学者普林斯、查特曼以及荷兰学者巴尔等人，具有形式主义批评的明显印记。从批评实践来看，经典叙事学似乎更适宜于分析民间故事、短篇小说及神话，对长篇小说的分析就打折扣，较少涉及戏剧、电影等的叙事问题。80年代之后兴盛起来的后经典叙事学突破了叙事研究的语言学框架，把触角延伸至电影、戏剧、音乐、历史、教育、新闻、心理、网络甚至音乐等领域。

后经典叙事学克服了经典叙事学语言学框架造成的封闭性，一方面注意到叙事与欲望、种族、性别、伦理、意识形态等的关系，另一方面，走向历史、教育、电影、新闻、传播和大众媒体等领域，研究跨学科、跨媒介、跨文化叙事。当然，即便到了第二个阶段，经典叙事学研究仍然还在发展演化之中。也就是说，经典叙事学与后经典叙事学并非前后对立、此消彼长，而是相互补充、互动共存。

二 经典叙事学

经典叙事学遵循索绪尔对"语言"和"言语"的区分，把具体的故事看作由某种共同符号系统支持的具体故事信息。由于索绪尔认为"语言"高于"言语"，关注语言符号系统的结构元素和组合原则，因而"叙事学家们同样也将一般叙事置于具体叙事之上，主要关注点是基本结构单位（人物、状态、事件，等等）在组合、排列、转换成具体叙事文本时所依照的跨文本符号系统原则"。"叙事学的基本假设是，人们能够把形形色色的艺术品当作故事来阐释，是因为隐隐约约有一个共同的叙事模式。因此叙事学分析的存在理由是，它能够对潜存于人们直觉到的故事知识中的模式特性做出明确的描述,对人类叙事能力的构成情况做出说明"。[1] 下面我们分别从叙事功能或叙事语法、叙事时间、叙述角度、叙述者等几个方面做一番介绍。

1. 叙事功能项与叙事语法

俄国形式主义者普洛普在《民间故事形态学》中研究了 100 篇俄国民间故事。他发现,虽然这些民间故事变化多样,但只包含了 31 种行动方式或功能项。这就使得按照人物的功能项来研究故事成为可能。由此普洛普得出了研究俄国民间故事的四个原则:(1)"人物的功能项在故事中是一个稳定的、持续不变的因素,它们不依赖于人物如何实现这些功能项。这些功能项构成了一个故事的基础性的组成部分。"(2)"民间故事中已知功能项的数量是有限的"。(3)"功能项的秩序总是一致的。"(4)"就其结构而言,所有的民间故事都属于一个类型。"[2] 若干功能项构成特定的行动域(spheres of action)。上述民间故事的叙事功能项可划分为七个行动域:对手(villain)、施与者(donor)、协助者(helper)、被追求者和她的父亲(a sought-for person and her farther)、派遣者(dispatcher)、主人公(hero)、假主人公(false hero)。普洛普认为,行动域是与人物相对应的,一个人物可以同时涉及几个不同的行动域,而一个行动域也可以分派给几个不同的人物。这里所说的"行动域"大致相当于格雷马斯后来所说的"行动元"(actant)。

格雷马斯沿袭并改造了普洛普的说法。不是根据人物是什么,而是根据人物做什么——行动元,来对人物进行分类。他指出,作品的语义世界作为"一个内在的句法世界,能够生成句法表征层上更大的单位。我们提议用'行动元'来命名可分解成一个个独立单位的义子,用'述谓'来命名那类起整合作用的义子。……在整个语义世界中,述谓先验地预设了行动元的存在,但在微观世界的内部,一个完整的述谓清单则后天地构成了行动元"[3]。也就是说,行动元不是一个社会学的或意识形态的规定,而

---

[1] [美]戴维・赫尔曼:《叙事理论的历史》,见[美]詹姆斯・费伦等主编:《当代叙事理论指南》,申丹等译,北京大学出版社,2007 年,第 4、17 页。

[2] V.Propp, *Morphology of the Folktale*, Austin:University of Texas Press, 1968, pp.21-23.

[3] [法]格雷马斯:《结构语义学》,吴泓缈译,生活・读书・新知三联书店,1999 年,第 172—173 页。图式参见该书第 257 页。

是一个句法关系单位。通常行动元固然与行为者有关,"行动元这一术语表明彼此关联的一类行为者。这些相互关系由每一行动元对于事件的关系而决定"。但这一点不是主要的,重要的是"行为者作为一种特殊的叙述单位这一语义功能"。[1] 格雷马斯以之对叙事结构进行分析。人物是交际、欲望与考验三大语义轴的组成部分并成对安排的,所以作品中的人物世界服从于叙述过程中反映出来的聚合结构。在《结构语义学》一书中,格雷马斯合并了普洛普的两个人物类型——施与者与协助者为辅助者,提出了六个行动元:发送者／接受者,主体／客体,辅助者／反对者。其图式如下:

发送者→客体→接受者
↑
辅助者→主体→反对者

主体的行为蕴含着具有行为的能力,在叙事展开过程中起行动元作用,正是行动元作用覆盖了整个叙事话语,给叙事话语以动力,并决定了角色人物与行动元之间的关系。虽然每一个行动元都承担着特定的功能项系列,但行动元与具体的人物角色不完全一致,一个行动元可能由一个角色担任,也可以由数个人物(夫妻、父子、双胞胎、老奶奶与小孙子等)来担任,反过来,一个角色也可以具有多个行动元的功能。行动元与角色处于不同的层面,"如果行动元这概念具有句法性质,角色这概念至少初看不属于句法而属于语义范畴;一个角色能起行动元的功能不是因为叙述句法就是因为语言子句法对它起了作用"[2]。角色只是叙事话语的中介层,相当于名词性的词汇学单位。角色可以承担语义功能,具有某种统一性,但他在叙事结构中随情节主题变化会采取种种不同的行动,因而会发生行动元的转换。在中国古典小说《西游记》中,跟随唐僧取经的孙悟空、猪八戒、沙僧尽管角色不同,却属于同一个行动元——协助者。但事情并非一

---

[1] [荷兰] 巴尔:《叙述学:叙事理论导论》,谭君强译,中国社会科学出版社,1995年,第90页。

[2] [法] 格雷马斯:《行动元、角色和形象》,见张寅德编选:《叙述学研究》,中国社会科学出版社,1989年,第128页。着重号系原文所有。

开始就如此。猪八戒、沙僧原先都是唐僧取经路上的障碍，属于另一个行动元——反对者。随着情节的进展，他们俩才成了唐僧取经的助手，即协助者，这就是行动元的转换。

托多罗夫进而主张，需要提出一种新的概念，把叙事研究"建立在语言与叙事紧密统一的基础上，这种统一迫使我们修正对语言和叙事的看法"[1]，这就是叙事语法概念。因为叙述总是由一个一个句子组成的，每一个文本都可视为一个放大了的句子，因此他把句法分析引入叙事情节与叙事结构研究，即执行者比作名词，行动比作动词，属性比作形容词。一个完整的文本是由五个叙述句组成的，即最初的完整状态、该状态的恶化、主人公陷入困境、摆脱困境的办法和与最初状态相似的最终状态。在这个过程中，行动元的主要角色是施动者与受动者，承担句法功能，做主语与宾语，而谓语是各种各样的，可以是出现于句子形成之前的形容词，也可以由与句子同时出现的动词来承担。其中基本谓语是人物的自主行为，自主行为的存在不需要以任何其他行为的完成为前提，派生谓语是人物的反应行为，反应行为附属于已经出现的自主行为。

托多罗夫以《十日谈》为例证，对上述理论作了进一步阐明与应用。《十日谈》里的故事从句法上看是由人物（名词）、属性（形容词）和行动（动词）构成陈述。陈述是句法的基本要素，有五种基本语式：直陈式（indicative）、必定式（obligative）、祈愿式（optative）、条件式（condition）和推测式（predictive）。直陈式表达已经发生的事件，其他四种是表达尚未发生的潜伏着的行为的语式，其中必定式是构成社会法则的非个人的代码意愿，祈愿式与人物渴望采取的行动有关，条件式使两个分句产生牵连关系，推测式表现可能发生的事物的逻辑，每个语句代表一个故事情节。超出语句的句法单位成为序列（sequence），序列根据语句间的关系建立起文本的逻辑关系。

故事从逻辑关系看有两大类，一类是"避免惩罚型"，其模式是平衡——不平衡——平衡。如彼罗娜与情人偷情的故事（《十日谈》VII2）。彼罗娜常趁做泥瓦匠的丈夫不在，与情人会面。但没料到有一天丈夫突然

---

[1] Tzvetan Todorov, *The Poetics of Prose*, Ithaca:Cornell University Press, 1980, p.119. 美国叙事学家普林斯（Gerald Prince）在《叙事学》中，认为叙事存在"某种内在化了的规则"，"叙事语法就是描述这些规则或能够产生同样结果的一系列的表达与公式"（参见[美]普林斯《叙事学》，徐强译，中国人民大学出版社，2013年，第79页）。

提前回了家,彼罗娜赶紧把情人藏进一个木桶里,等丈夫进屋,就说有人想买家里的木桶,正在看货。丈夫信以为真,暗自高兴,于是爬进木桶清洗污垢。这时,彼罗娜趴在桶口上,她的情人便趁机和她发生了性关系。在这个故事里,彼罗娜、丈夫、情人都是叙事专有名词,情人和丈夫两个词还表明了某种状态,即和彼罗娜关系的合法性如何,具有形容词功能。故事的开场是平衡状态:彼罗娜是泥瓦匠的妻子,没权与别的男人相好。紧接着发生了彼罗娜与情人幽会这一违反常理的事。这是一个动词,可用"违反、违背"(法规)这样的语法动词来表示,由此产生了不平衡。下面有两种恢复平衡的可能性:惩罚不忠的妻子,或者妻子设法逃避惩罚。彼罗娜采取了第二种办法,逃避了惩罚。这里便有了另一个动词"转变"。最后还有一个状态,即一个形容词:女人有权满足她的愿望这一新法则的建立。第二类是"转变型",其模式是不平衡——平衡。托多罗夫认为,"这个不平衡并不是某个特殊的行动引起的(一个动词),而是由人物的品性决定的(一个形容词)"[1]。我们举一个中国文学中的例子。鲁迅的小说《在酒楼上》写魏连殳接受新思想后处处碰壁,最后又退回到原来的生活状态,躬行先前所憎恶、所反对的一切,就属于转变型。

2. 叙述时间

叙述时间主要处理的是叙述者对故事所处的相对位置。从表面上看,叙述时间似乎理所当然地处于它所讲述的故事之后,"很久很久以前,有一个人……"这是我们所熟悉的古典叙事文学(故事、童话、小说等)处理时间的方法,也是最常见的方法。但是实际上,讲述未发生事件的预叙以及现在时的叙述在近代以来也不少见。同时由于过去时的叙事行为可以被分解,插入的叙述也是常见的。叙述时间是一种语言时间,它虽然与物理时间有关,但不同于物理的自然时间。罗兰·巴特曾经从话语表达的角度谈到两种时间:物理的或日历的时间与语言的时间。在物理的时间中,话语系统对应着说话者的暂时性和说话起源的现场性,而叙事文本中的时间则是语言学的时间,语言学的时间不同于物理的或日历的时间。[2] 也就是

---

[1] [法]托多罗夫:《从〈十日谈〉看叙事作品语法》,见张寅德编选:《叙述学研究》,中国社会科学出版社,1989年,第186—187页。

[2] Roland Barthes, "To Write:Intransitive Verb?", in *The Structuralist Controversy*, Richard Macksey and Eugenio Donato(ed.).Baltimore:The Johns Hopkins University Press, 1972, pp.136-137.

说，物理时间具有向前推移的线性的不可逆的性质，有具体事物与场景的变迁为参照。而叙事作品中的时间不与现实时间相对应，它所处理的是一个符号时间。

热奈特认为从时间位置上可划分四类叙事行为：事后叙述、事先叙述、同时叙述与插入叙述。现在时的运用按照偏向故事还是偏向叙述话语可向两个方向发展。偏向故事，可形成行为主义叙述的客观化效果，它在新小说家如罗伯-格里耶的作品中是常见的，它可造成叙述行为的消失。而偏向话语，只是内心独白式叙事，行为与事件只不过是一个幌子，最终被取消。

热奈特以"时序"(order) 来表示虚构文本中故事的时间顺序与这些事件在叙事作品中的时间顺序之间的关系。他提出，叙事实际上处理的是基本按顺时序发展的"初级叙事文"与逆时序叙述、追叙、预叙等构成的"第二叙事文"的关系。但是叙事与故事严格的等时状态又是无法衡量的，于是热奈特设想，要研究故事时长与叙事文时长之间的均衡状态，就要研究叙述"时长"(duration)，即叙事速度无限的变化形式在时间上是如何分配和组织的，叙事速度被界说为故事长度（以年、月、日、时、分等为单位）和用来描述它的文本长度（以页、行等为单位）之间的关系。热奈特承认这种分析不是很严谨，只是在宏观的结构层次上适用。为此他提出了概略（summary）、停顿（pause）、省略（elipsis）、场景（scene）四大基本的叙述时间运动形式的划分。其中概略是用几段或几页叙述较长的几天、几月或几年的日子，情节和话语都不带细节，如"两年过去了"；停顿是叙述者为了给读者提供某些信息，丢开故事进程不管，描写其他的场面，如描写人的相貌或景物；省略是用简短的叙述跨越式地迈过较长的时段，如"贫穷惨痛的两年过去了，在这两年中，她失去了两个孩子，失了业，由于无法付房租而被撵了出去"；场景则是故事时间大致等于事件时间，是戏剧性情节的集中点。[1] 此后，荷兰文学理论家米克·巴尔（Mieke Bal）在其与热奈特论战的《叙述学：叙事理论导论》一书中，在此基础上还加上了第五种叙述时间运动形式：减缓（slow-down）。按照巴尔的说法，减缓的发展

---

[1] 参见[法]热奈特：《叙事话语 新叙事话语》，王文融译，中国社会科学出版社，1990年，第59—70页。

速度是与概略直接相对的，比如"在制造悬念的时刻，减缓可以起到放大镜那样的作用"[1]。比如武侠小说中对比试武功的描写，类似电影中的慢镜头。

托多罗夫认为，"叙事特有的变化将时间分割成断续的单位；纯连续时间不同于叙述事件的时间"[2]。叙事时间处理的问题有三个方面。第一，叙事的先后顺序：叙述时间顺序与被叙述事件顺序不可能完全平行，这就有预叙和倒叙。这是因为叙述的轴心是一维的，而被叙述（想象）现象的轴心是多维的，可能引起两种基本的时间倒错，倒叙的回溯和预叙的提前。第二，文本本身与文本所描述的事件之间的时间关系可以从阅读文本的延续性，即耗时量来计算。这一点他借鉴了热奈特的观点。这又分几种不同情况：在描写与议论中，会出现时间的延宕或停顿，或者某一段"实际"时间在叙述中被跳过，即省略，或两个时间轴心完全等价，这种情况较为少见，或叙述时间"长于"被叙述时间的"膨胀"以及短于被叙述时间的一笔带过。第三，说明叙述时间同被叙述事件关系的还有频率特征。这又有三种情况：单一性，对单一故事时刻的单一话语呈现，文本的一个成分相应于一个事件；重复性，文本的若干成分相应于同一个事件，书信体小说擅长制造这种效果；综合性，文本的一个成分描述类似事件的反复发生。[3]

3. 叙述角度

叙述角度的选择不仅具有文体意义，还表明艺术感知方式的变化。美国学者韦恩·布斯在《小说修辞学》中认为，各种叙述视角体现了不同的信息表达方式并影响着读者的判断，比如内视点可以创造一种不受中介的阻碍直接接近人物的幻觉，就像简·奥斯汀的《爱玛》将爱玛作为叙述者便拉近了我们与爱玛的距离。"简·奥斯汀开创了连续不断运用造成同情的内心观察这一方法……来减少有缺点的主人公与读者之间平行的

---

[1] [荷兰]巴尔：《叙事学：叙事理论导论》，谭君强译，中国社会科学出版社，1995年，第85页。

[2] [法]托多罗夫：《巴赫金、对话理论及其他》，蒋子华等译，百花文艺出版社，2001年，第41页。

[3] 参见[法]托多罗夫：《文学作品分析》，见张寅德编：《叙述学研究》，中国社会科学出版社，1989年，第62—63页。

情感反应。"[1]

在《理解小说》中，新批评派的布鲁克斯与沃伦对叙述角度发表了自己的看法。他们提出"叙述焦点"（fucus of narration）这一术语并将之等同于视点（point of view）："叙述焦点与谁讲故事有关。我们可以作出四个基本区分：（1）一个人物以第一人称讲述他自己的故事；（2）一个人物以第一人称讲述他所观察到的故事；（3）作者以纯客观的态度从动作、言辞、姿态诸方面进行讲述，不进入人物内心，也不发表评论；（4）作者有充分的自由进入人物内心讲述故事并发表自己的评论。这四种叙事类型可以被称为（1）第一人称；（2）第一人称观察者；（3）作者—观察者和全知全能的作者。"[2] 从叙事学观点看，布鲁克斯和沃伦对叙述角度的分析存在着局限性，因为他们简单地将视点问题等同于人称问题，其实这二者既有关联，又有区别。

结构主义叙事学不单独研究人称问题，而是将人称纳入对叙述视点及叙事人物关系的处理之中。托多罗夫区别了三种不同的叙述视角：（1）叙述者＞人物（"从后面观察"），叙述者比他的人物知道得更多，这是古典作品常用的叙述模式。（2）叙述者＝人物（"同时"观察），叙述者和人物知道得同样多，叙述可以根据第一或第三人称，但总是根据同一个人物对事件的观察。卡夫卡的《城堡》开始用第一人称，结尾用第二人称，但叙述语式未变。有的叙述者则跟随一个或几个人物。还可以像福克纳那样是从一个人物或他大脑入手的"剖析"式的有意识叙述。(3)叙述者＜人物（"从外部观察"），叙述者比任何一个人知道得都少，这一叙述类型较少，只出现于 20 世纪。[3]

热奈特在《叙事话语》中则提出了另一种说法。他认为，不可将叙述者的地位问题与视角问题混为一谈，因为主人公讲他的故事和分析家式的无所不知的作者讲故事都有可能使用内视角；同样，旁观者讲主人公的故事和作者从外部讲故事都有可能使外视角。所以，简单地谈论"第一人

---

[1] ［美］韦恩·布斯：《小说修辞学》，华明等译，北京大学出版社，1987 年，第 278 页。

[2] C.Brooks and R.P.Warren, *Understanding Fiction*, New Jersy:Prentice-Hall, 1979, p.511.

[3] 参见［法］托多罗夫：《诗学》初版，中译文见赵毅衡编：《符号学文学论文集》，百花文艺出版社，2004 年，第 207 页。托多罗夫承认还有许多中间状态的复杂情况，又见该书修订版，T.Todorov, *Introduction to Poetics*, Minneapolis:University of Minnesota Press, 1981, pp.33-37。

称""第三人称"是没有意义的。鉴于叙事作品的功能从根本上说是讲述一个故事，严格说来，它唯一的代表性语式只能是直陈式，它必定会根据某个观察点去讲述故事。在以直接或不那么直接的方式向读者提供或多或少的细节时，叙事文与其所述事件会保持或远或近的距离。为此，他提出要从语式即观察点而不是从语态（谁是叙述者）来看待叙述角度问题。为了避免"视点""观察点"这些术语曾有的视觉涵义，他使用了他自称与布鲁克斯与沃伦的说法比较相近的"聚焦"（focalization）一词。这样便有了三分法：一是无焦点或零度焦点（zero focalization）叙述，即托多罗夫所说的叙述者＞人物的情况。它相当于英美批评家所说的"全知全能的叙述者的叙述"，古典作品一般属于这一类。二是内在式焦点（internal focalization）叙述，它相当于托多罗夫所说的叙述者＝人物的情况。这个焦点可以是固定的，也可以是变化的（例如在福楼拜的小说《包法利夫人》中，焦点先是对向查理，然后是爱玛，之后又是查理），还可以是多元的，比如在书信体小说中，同一个事件由若干个人物通过他们的通信叙述好几遍。但除非在内心独白式文本或类似罗伯－格里耶所创作的那样有限的文本中，内在式焦点叙事才能充分实现。三是外在式焦点（external focalization）叙述，它相当于托多罗夫所说的叙述者＜人物的情况。主人公在我们面前行动，而我们不知道他的思想和情感。[1] 侦探、冒险小说致力于以一个谜团造成趣味，喜欢采用此类叙述。热奈特将叙述者的地位与视点问题分开来谈，解决了一个长期以来叙事理论中一个争论不休、悬而未决的问题。

4. 叙述者、作者、隐含的作者

俄国形式主义者托马舍夫斯基较早提出有两种叙事：全知全能的（omniscient）叙述与有限的（limited）叙述。在全知全能的叙事中，作者知道一切，包括人物隐秘的心理；而在有限的叙事中，整个故事是通过一个处于信息感知者的立场上的叙述者的心灵来表现的。但他对叙述者与作者未作区分。

托多罗夫曾经给叙述者下了个定义，即叙述者是"所有创造小说工作的代理"，"叙述者代表判断事物的准则：他或者隐藏或者揭示人物的思想，

---

[1] [法] 热奈特：《叙事话语 新叙事话语》，王文融译，中国社会科学出版社，1990年，第129—130页。

从而使我们接受他的'心理学'观点;他选择对人物话语的直述或转述,以及叙述时间的正常顺序或有意颠倒"。但是叙述者在小说中的介入程度可以十分不同。托多罗夫认为,"只有讲述人公开出现时才能称作叙述者,而在一般情况下则叫作隐含的作者"。[1]"隐含的作者"(implied author)的概念最早是由美国学者韦恩·布斯提出的。他说,"在他(按:指作者)写作时,他不是创造一个理想的、非个性的'一般人',而是一个'他自己'的隐含的替身,不同于我们在其他人的作品中遇到的那些隐含的作者。对于某些小说家来说,的确,他们写作时似乎是发现或创造他们自己。……不管我们把这个隐含的作者称为'正式书记员',还是采用最近由凯瑟琳·蒂洛森所复活的术语——作者的第二自我,但很清楚,读者在这个人物身上取得的画像是作者最重要的效果之一"[2]。从布斯的论述看,他大致上是把隐含的作者视为支持写作的价值观,即作者的执行者。

热奈特虽然不太赞同布斯"隐含的作者"的说法,但他也认为,传统上把叙述主体与"写作"主体、叙述行为与视点、叙述文的接受者与读者相混同的做法是不合适的,叙述者本人在这里是一个虚构的角色。不仅作者不同于叙述者,虚构文本的叙述情境也不等于真实的写作情境。他从叙述层次(故事外或内)和与故事的关系(不同或相同故事)两个方面确定叙述者的位置,将叙述者分为四个基本类型:(1)故事外不同故事的叙述者,不是他所叙述事件中的一个人物,这相当于所谓"全知全能的叙述者",如荷马。(2)故事外相同虚构域的叙述者,例如法国作家勒萨日的《吉尔·布拉斯》,作者位于叙述域外,但所叙述事件是对自我经历的追溯性叙述。(3)故事内的不同故事的叙述者。如《一千零一夜》中的山鲁佐德,她是第二度叙述者,讲述与本人无关的故事。(4)故事内相同故事的叙述者。如荷马史诗《奥德赛》中卷九到卷十二中的奥德修斯,他是第二度叙述者,讲他自己的故事。[3]

在热奈特看来,叙述者有五个功能:其一是故事,与之有关的是纯粹的叙述功能。这是叙述者最基本的功能。其二是叙述文本,在这里叙述者

---

[1] T.Todorov, *Introduction to Poetics*, Minneapolis:University of Minnesota Press, 1981, pp.38-39.

[2] [美]韦恩·布斯:《小说修辞学》,华明等译,北京大学出版社,1987年,第80页。

[3] [法]热奈特:《叙事话语 新叙事话语》,王文融译,中国社会科学出版社,1990年,第175页。

在某种元叙述的话语中起组织作用，如标志出话语的衔接、关联、内在联系。其三是叙述情境本身，它要建立起叙述者与出现的、不出现的或潜在的叙述接受者的关系。其四是叙述者转向他自己，表现叙述者对他所讲的故事的参与，他与故事的关系。其五是叙述者的思想功能。[1] 该功能表现为叙述者对故事的进一步干预，如对事件的评论。虽然叙述者对思想功能占有绝对的支配权，但要用之慎重，因为这是唯一的不一定属于叙述者的功能。

三　后经典叙事学

经典叙事学是基于语言的叙事研究，以文学虚构为核心，即一个完成的、静态的、线性的因果序列。后经典叙事学超出了经典叙事学的语言学框架，其中一个重要走向是打破形式主义的中立性，引入社会历史维度和价值判断，研究叙事与欲望、性别、种族、伦理及意识形态等的关系。例如，美国叙事理论家彼得·布鲁克斯认为，在富有想象力的文学作品中，身体总是幻想的对象，既是意指活动独特的他者又是这种意指活动的对象，"叙述的欲望作为故事及其讲述的双向动力学，转而指向对于身体的认识和拥有。叙述寻求建立这样一种身体符号学，把身体标记或者铭刻为一个语言学的、叙述的符号"[2]。而女性主义叙事理论家苏珊·兰瑟认为，叙事包含了意识形态，应该"把叙事技巧不仅看成是意识形态的产物，而且还是意识形态本身"[3]。她主张叙事学要研究叙述者语言形式上的性别，即女性声音。另一叙事理论家詹姆斯·费伦认为，故事有伦理维度，讲故事也有伦理维度，需要研究故事的伦理维度及其与讲故事的伦理维度的关系。[4]

---

[1] [法]热奈特：《叙事话语　新叙事话语》，王文融译，中国社会科学出版社，1990年，第180—182页。

[2] [美]彼得·布鲁克斯：《身体活——现代叙述中的欲望对象》，朱生坚译，新星出版社，2005年，第10页。

[3] [美]苏珊·兰瑟：《虚构的权威——女性作家与叙述声音》，黄必康译，北京大学出版社，2002年，第4页。

[4] 参见[美]詹姆斯·费伦：《作为修辞的叙事——技巧、读者、伦理、意识形态》，陈永国译，北京大学出版社，2002年，第92—93页。

后经典叙事学的另一个重要走向是突破文本中心主义，走向跨媒介、跨学科、跨文化。早在 20 世纪 70 年代，西摩·查特曼在《故事与话语》中就研究了电影的叙事问题，并把文学叙事与电影叙事进行了比较，指出就时间而言电影叙事更多地依从于物理时间，"电影只出现于现在时间中⋯⋯在其纯粹的、未剪辑状态下是绝对系于真实时间的"[1]。而从媒体发展来看，广播、电视和网络直播已经打破了叙事过去时的回顾取向，把现在时作为主要的叙事形式，试图在生活的前瞻性与叙事的回顾性之间寻找平衡，这为探讨指向未来和多种可能世界的叙事形态提供了可能。

20 世纪八九十年代以来，随着计算机技术的发展，网络文学异军突起，改变了叙事和叙事学研究的面貌。1981 年纳尔逊首次提出超文本（hypertext）概念，即"非相续著述，即分叉的、允许读者做出选择、最好在交互屏幕上阅读的文本。正如通常所想象的那样，它是一个通过链接而关联起来的系列文本块体，那些链接为读者提供了不同的路径"[2]。纳尔逊认为超文本叙事的基本特征是多重链接。乔治·兰道指出，电子超文本写作追求创作与欣赏的互动效应，改变了先前叙事的线性序列以及因果性、完整性，颠覆了传统创作的情节安排、人物刻画与背景设置，"超文本对基于线性的叙事和所有文学形式提出了挑战，对亚里士多德以来盛行的关于情节和故事的思想提出了质疑"[3]。例如雪莱·杰克逊（Shelley Jackson）的《拼贴女孩》（*Patchwork Girl*，1995）以玛丽·雪莱（Mary Shelley）的《弗兰肯斯坦》（*Frankenstein*，又译《科学怪人》）为背景，内容是玛丽·雪莱创造的女性拼凑人的故事。女性的身体被分裂成碎片，读者在阅读过程中可以不断发现线索，碎片会逐渐出现，最终形成一个完整的人体。

跨媒介叙事研究的代表人物之一玛丽-劳尔·瑞安指出，"最丰富的故事世界容许在用户—计算机实时互动中产生有意义的叙事行动。在这种系统中，设计师让能够产生多样行为的能动者占据故事世界，用户则通过

---

[1] [美] 西摩·查特曼：《故事与话语》，徐强译，中国人民大学出版社，2013 年，第 69 页。

[2] Ted Nelson, *Literary Machines: The report on, and of, Project Xanadu concerning word processing, electronic publishing, hypertext, thinker toys, tomorrow's intellectual revolution, and certain other topics including knowledge, education and freedom*. Sausalito: Mindful Press, 1981.35.

[3] George Landow, *Hypertext2.0:The Convergence of Contemporary Critical Theory and Technology*.Baltimore:Johns Hopkins University Press, 1997, p.181.

激活这些行为而创造故事,这些行为影响其他能动者,改变系统的总体状态,并通过反馈循环开辟新的行动和反应的可能性"[1]。比如蒂娜·拉森(Deena Larsen)的《石泉镇》(*Marble Springs*,2008)首页上显现一幅城镇的地图,其中建筑道路都是可以点击的图像式链接:这些链接会把读者带到与这个地点有关的描述中去,最终使读者形成对镇子的整体认识。

跨媒介、跨文化叙事研究已经取得了重要进展。2004年玛丽-劳尔·瑞安主编的《跨媒介叙事》一书出版,书中,她把各种非文字的媒介如图画、电影、音乐、数字等纳入叙事研究之中。[2] 到了2005年,瑞安把叙事具体化为四类:讲述类,如小说、口头故事;模仿类,如电影、戏剧;参与类,如互动戏剧、儿童游戏;模拟类:通过使用引擎输入而创生故事。中国学者赵毅衡2013年提出"广义叙述学"概念,把叙事分为五类:(1)记录类:文字、言语、图像、雕塑;(2)记录演示类:胶卷与数字录制(纪录片、故事片、演出录像等);(3)演示类:身体、影像、实物、言语(电视与广播现场直播、演说、戏剧、比赛、游戏、电子游戏等);(4)类演示类:心像(梦、幻觉等);(5)意动类:任何媒介(广告、许诺、算命、预测等)。[3]

跨学科的叙事研究也已经蔓延到历史学、教育学、心理学、人类学、哲学等领域。新历史主义代表人物海登·怀特便认为历史也是一种叙事,"历史叙事不仅是有关历史事件和进程的模型,而且也是一些隐喻陈述,因而暗示了历史事件和进程与故事类型之间的相似关系,我们习惯上就是用这些故事类型来赋予我们的生活事件以文化意义的"[4]。以色列心理学家利布里奇等的《叙事研究:阅读、分析和诠释》(1999)把叙事视为人类体验世界的方式,重在对叙事材料及其意义的研究,"做群体间的比较分析,了解一种社会现象或者一段历史,探究个性等"[5]。美国教育学者克

---

[1] [美]玛丽-劳尔·瑞安:《故事的变身》,张新军译,译林出版社2014年版,第102—103页。

[2] Marie-Laure Ryan,(eds),*Naarrative Across Media:The Languages od Storytelling*,Norman:University of Nebraska Press, 2004.

[3] 参见赵毅衡:《广义叙述学》,四川大学出版社,2013年,第1页。

[4] [美]海登·怀特:《话语的转义》,董立河译,大象出版社,2011年,第95—96页。

[5] [以]利布里奇:《叙事研究:阅读、分析和诠释》,王红艳等译,重庆大学出版社,2008年,第2页。

兰迪宁主编的《叙事探究——原理、技术与实例》(2000)探讨了叙事作为社会素材的加工如何影响人们的心理构造，引导个体的生活方向，在塑造或绘制人一生的自我认同过程中起着重要作用。[1]在利科那里，叙事具有了人类学的意味，成为人们理解他人、自身并采取行动的中介。语言的传递或游戏属于叙述的秩序，"自始它就具有社会的和公众的本质：当这种语言传授还没有被提升到文学叙事或者历史叙事的地位时，叙述首先出现在相互交往的日常谈话中；此外，这种叙述使用的语言自始就是大家所通用的语言。最后，我们与叙述的关系首先是一种倾听的关系：别人给我们讲述故事之后，我们才能够获得讲述的能力，更不要说讲述自己的能力。这种语言及叙述的传授要求对个体记忆占优先地位的论点作出重要修正。"[2]这些都说明叙事研究的领域在不断地扩大，人们对叙事的认识也在不断地深化。需要说明的是，到了后经典叙事学阶段，先前受到结构主义影响的经典叙事学仍然在继续发展当中，不断有新成果问世。

扩展阅读书目

1. [荷兰] 巴尔：《叙述学：叙事理论导论》，谭君强译，中国社会科学出版社，1995年。

2. [美] 彼得·布鲁克斯：《身体活——现代叙述中的欲望对象》，朱生坚译，新星出版社，2005年。

3. 傅修延：《中国叙事学》，北京大学出版社，2015年。

4. [以色列] 里蒙－凯南：《叙事虚构作品》，姚锦清等译，生活·读书·新知三联书店，1989年。

5. 罗钢：《叙事学导论》，云南人民出版社，1994年。

6. [美] 玛丽－劳尔·瑞安：《故事的变身》，张新军译，译林出版社，2014年。

7. [美] 普林斯，《叙事学》，徐强译，中国人民大学出版社，2013年。

8. [法] 热奈特：《叙事话语 新叙事话语》，王文融译，中国社会科学出版社，1990年。

9. 申丹等：《英美小说叙事理论研究》，北京大学出版社，2005年。

---

[1] 参见 [美] 克兰迪宁主编：《叙事探究——原理、技术与实例》，鞠玉翠等译，北京师范大学出版社，2012年，第130—160页。

[2] [法] 利科等：《过去之谜》，綦甲福等译，山东大学出版社，2009年，第40页。

10. [美] 斯科尔斯等：《叙事的本质》，于雷译，南京大学出版社，2014年。
11. 王泰来等编译：《叙事美学》，重庆出版社，1987年。
12. [美] 西摩·查特曼：《故事与话语》，徐强译，中国人民大学出版社，2013年。
13. [美] 詹姆斯·费伦等主编：《当代叙事理论指南》，申丹等译，北京大学出版社，2007年。
14. 张寅德编选：《叙述学研究》，中国社会科学出版社，1989年。
15. 赵毅衡：《广义叙述学》，四川大学出版社，2013年。

第七章　文学隐喻

隐喻是用某个语词暗示某种意义并实现交流的语言或符号现象。美国语言学家莱考夫认为，"隐喻的本质就是通过另一种事物来理解和体验当前的事物"[1]。从符号学的观点看，"如果一个符号，在它出现的特殊场合，是用来指示这样一个对象，这个对象不是符号真正地凭它的意味来指示的，而却具有符号的所指示所具有的某些性质，那么，这个符号就是隐喻的（metaphorical）。把汽车叫作甲虫，或者把一个人的照片叫作一个人，这就是隐喻地应用了'甲虫'和'人'这两个词"[2]。从文学的角度看，隐喻是偏离本义的表达方式。隐喻在诗歌里应用最为普遍，以至于人们常说，"没有隐喻，就没有诗歌"。但是实际上，隐喻在小说、散文、戏剧、故事、寓言、神话等中也不鲜见，甚至也存在于演说、政论和科学著作中。可以说，隐喻不仅是重要的修辞手段和文学手法，也是重要的美学、文化和人类思维现象。

一　隐喻概述

"隐喻"（metaphor）这个词源自希腊文"*metapherein*"，意思是"转移"或"传送"，"它指一套特殊的语言过程。通过这一过程，一物的若干方面被'带到'或转移到另一物之上，以至第二物被说得仿佛就是第一物"[3]。

---

[1]　[美]莱考夫、约翰逊：《我们赖以生存的隐喻》，何文忠译，浙江大学出版社，2015年，第3页。

[2]　[美]莫里斯：《指号、语言和行为》，罗兰、周易译，上海译文出版社，1989年，第266—267页。译文略有改动。

[3]　[美]特伦斯·霍克斯：《论隐喻》，高丙中译，昆仑出版社，1992年，第1页。

也就是说，在隐喻中，字面上表示某个事物的一个词或表达，可以不需要进行比较而应用于另外一个完全不同的事物。如《诗经·周南·桃夭》中的诗句"桃之夭夭，灼灼其华，之子于归，宜其室家"，盛开的桃花与新嫁娘之间有某种相似性，以桃花表示新嫁娘，就是隐喻。在《修辞学》（一译《修辞术》）中，亚里士多德把隐喻视为语言转义的一种方式，隐喻是通过引入两个分离的事物的明确的比较，脱离了字面意义而充当了一个相似物的替代品。亚里士多德提出了关于隐喻的两个原则，其一是"隐喻关系不应太远，在使用隐喻来称谓那些没有名称的事物时，应当从切近的、属于同一种类的词汇中选字"，这就是隐喻理论史上著名的相似性原则；其二是"隐喻还取材于美好的事物"，即隐喻作为转义应当产生令人愉快、耳目一新的效果。[1] 正因为亚里士多德视隐喻为一种语言转义现象，他把明喻也当作隐喻的一个类别。陈望道也认为，隐喻和明喻"原本没有什么区别，都是由于思想对象同取譬事物之间有类似点构成"。感情激越时用明喻较多，而当"譬喻这一面的观念高强时，譬喻总是采用譬喻越占主位的隐喻或借喻"。[2]

但是无论从语义表达，还是从接受效果上看，隐喻和明喻还是有区别的。单就语义表达来说，"明喻与隐喻之间的最明显的差别是，一切明喻都是真的，而大多数隐喻是假的"[3]。因为明喻将具有某种共同特征的两种事物连接起来，本体、喻体和比喻词同时出现。而隐喻的形成则经历了一个先把具体事物类型化或抽象化，再与另一与此事物相似的事物进行类比或关联的过程。例如，当我们说，"他像一头猪"，说的是这个人懒惰、愚蠢、邋遢等，具有猪的特征。而当我们说"他是一头猪"时，我们知道他明明不是一头猪，而是暗示他具有另外一种事物的特征。这个语句中看起来的不合理和矛盾促使我们用隐喻的方式来理解。比起明喻来，隐喻省略或淡化了比喻词，经历了语义转换，所以，从修辞学上说，隐喻是比明喻更深一层的比喻。中国先秦墨子从论辩的角度谈到了"取类"。《墨子·小取》中说，"以名举实，以辞抒意，以说出故。以类取，以类予"。

---

[1] [古希腊] 亚里士多德：《修辞术》，颜一译，中国人民大学出版社，2003年，第167页。
[2] 陈望道：《修辞学发凡》，复旦大学出版社，2010年，第64—65页。
[3] [美] 戴维森：《隐喻的含意》，见 [美] 马蒂尼奇编：《语言哲学》，牟博等译，商务印书馆，1998年，第859页。

这里,"故"为原因,"类"指的是推理、比喻,"故""类"是墨子论辩术的两大支柱。《荀子·非相》也说,"谈说之术……分别以喻之,譬称以明之",也是强调比喻、隐喻的解说功能。这说明中西方最早关于比喻、隐喻的研究有相似的修辞学背景。

无论是亚里士多德,还是墨子、荀子、陈望道,主要还是在语词的修辞格或者论辩术的范围内讨论隐喻(比喻),突出的是喻体对本体日常用法的偏离特征。实际上,隐喻也是一种重要的话语现象、认知现象和美学现象,涉及"所有层次的语言策略:单词、句子、话语、文本、风格"[1]。利科认为,隐喻是对语义的不断更新活动,不仅在语词,更在句子、话语及认知的层面上带来新质。

二 相似性、语境互动与认知

隐喻形成的基本原理有不同的说法。最早,也最为流行的隐喻理论是本体与喻体的相似论,后来又出现了喻体和喻旨的互动论,以及重视隐喻对世界的认识关系的认知论。

西方传统的隐喻理论是由亚里士多德所奠定的。亚里士多德在《诗学》里说,"隐喻就是把属于别的事物的名词借来运用","运用好隐喻,依赖于认识事物的相似之处"。[2] 这种研究方式可称为相似性思路,该思路假定了用于比较事物的特征先在于隐喻,隐喻的使用既可以借此物来指代与认识彼物,还可以加强语言的修辞力量与风格的生动性。这样,隐喻便与类比、转移、借用、替代联系在一起。在古典修辞学中,隐喻尤其借助于相似性。"相似性首先出现在观念之间,词语是观念的名称……其次,它与偏离构成同一过程的正反两个方面。再次,它是指代领域的内在联系。最后,它是解述的指南,而解述在恢复本义时取消了比喻。"[3] 隐喻作为比喻的一种,包含了把两个事物进行关联、比较和替代的精神过程,形成了不同的表现形态,这一点在诗歌艺术中尤为明显。如《诗经·关雎》中

---

[1] [法]利科:《活的隐喻》,汪堂家译,上海人民出版社,2004年,第14页。

[2] Aristotle, *Poetics*, translated by Greald F.Else, Ann Arbor:The University of Michigan Press, 1980, p.57, p.61.

[3] [法]利科:《活的隐喻》,汪堂家译,上海人民出版社,2004年,第239页。

的"关关雎鸠,在河之洲;窈窕淑女,君子好逑",用雎鸠求鱼来暗示男子追求女子。青青河畔雎鸠在静静守候小鱼的到来和男子向心仪的女子表白,具有相似性。而对于这首诗的解读,就要破解这相似性。中国古典诗词中对比兴手法的应用就利用了相似性原理,以彼物言此物,先言他物以引起所咏之词,所以常常包含了隐喻。但是,虽然类比是中西方隐喻共同的作用原理,但具体的导向却不尽相同。加拿大学者高辛勇认为,"西方偏好隐喻是因为它的思维作用和它的导向超越的作用。中国的比则侧重于它的解说功用"[1]。西方的隐喻强调本体和喻体之间的距离,重视在不同事物之间建立联系;中国受到天人合一思维方式的影响,隐喻的建构致力于拉近本体和喻体之间的距离,走向了"比"的"类同"。无论是道家的"物化",还是儒家的"比德",都有这个倾向。正如汉代王符所说,"夫譬喻也者,生于直告之不明,故假物之然否以彰之"(《潜夫论·释难》)。而西方学者尽管承认隐喻是"依靠'内部'和'外部'特征之间的一定程度的一致性的修辞手段",却主张隐喻自身的独立价值,"隐喻忽略了带有它意味着的实体的虚构的、文本的成分。隐喻假设了这样一个世界,在这个世界中,内在于和外在于文本的事件、语言的字面形式和比喻形式可以区别开来,字面形式和比喻形式是可以分离的特性,因而可以互相转换和替代"。[2]

到了20世纪,隐喻研究出现了另一种路径,即英国学者瑞恰兹等人提出和倡导的互动论。互动论是瑞恰兹在1936年出版的《修辞哲学》中提出来的。他认为隐喻是通过喻体或媒介(vehicle)与喻旨(tenor)的相互作用形成的,其中喻体就是"形象",喻旨则是"喻体或形象所表示的根本的观念或基本的主题"。隐喻的形成并不取决于本体和喻体两个要素的相似,而是保持了在语词或简单表达式中同时起作用的不同事物的两种观念。在瑞恰兹那里,喻旨是隐含的观念,喻体是通过其符号理解第一种观念的观念,隐喻是给我们提供了表示一个东西的两个观念的语词。"当我们运用隐喻的时候,我们已经用一个词或短语将两个不同事物的思想有效地结合并支撑起来的,其意义是它们相互作用的产物。"[3] 在此基础上,

---

[1] [加] 高辛勇:《修辞学与文学阅读》,北京大学出版社,1997年,第71页。
[2] [美] 保尔·德·曼:《阅读的寓言》,沈勇译,天津人民出版社,2008年,第160页。
[3] I.A.Richards, *The Philosophy of Rhetoric*, New York:Oxford University Press , 1965, p.97, p.93.

瑞恰兹给隐喻下了个定义,"隐喻看起来是一种语言的存在,一种语词的转换与错位,从根本上说,隐喻是一种不同思想交流中间发生的挪用,一种语境之间的交易"[1]。瑞恰兹认为,喻体和喻旨之所以能够互动,在于二者有"共同点"(ground)。他举的例子是莎士比亚的戏剧《哈姆雷特》中哈姆雷特说的一句话:"这些家伙会像我做的那样在天地之间爬行吗?"(Hamlet:"What would such fellows as I do crawling between earth and heaven?") 在这里,爬行是喻体,喻旨是哈姆雷特挽乾坤于既倒的艰难使命。又比如近些年,中国有人称呼某些好发不着边际的议论的学者为"砖家"来表示专家,就是因为在当下部分高级知识分子存在着道德滑坡、学术研究偏离中立性的现象,正是在这样一种语境中,原本不相干的专家-砖家发生了语言挪用与语境交易,形成互动式隐喻。当然,在专家-砖家的例子中,也存在着同音词的相似性这个共同点。再比如美国诗人狄金森的诗《一只小鸟沿小径走来》把小鸟在空中飞翔比作小船在大海中航行:

> 他的双桨划开了大海
> 形成了一条银白色的缝隙

"他"指小鸟,双桨指小鸟的翅膀,大海中划桨是喻体,喻旨是在天空中飞翔。船的双桨在大海中划动和小鸟鼓动双翅在天空中飞翔有共同点,形成互动式隐喻。

我们知道,古典隐喻理论把主语或第一成分视为本义(本体),喻义是用来做比喻的第二个成分(喻体)。瑞恰兹的互动论其实是把喻体当作本义,发生意义变化的是喻旨。可见互动论的最大特点是建立了本体、喻体及喻旨的三角关系。在这个三角关系中淡化了本体,强调语境对语词本义的优先性,内容(喻旨)与表达手段(喻体)同时出现以及它们的相互作用,凸显了语境在隐喻中的地位,是对古典隐喻理论的突破。

不过,互动论没有对本体、喻体及喻旨的三角关系进行进一步的论证,比如在喻体和喻旨已经有共同点的情况下,本体和喻体之间还需不需要相似性?如果仍然需要相似性,怎样建立相似性?还有,喻体和喻旨的

---

[1]　I. A.Richards, *The Philosophy of Rhetoric*, New York:Oxford University Press , 1965, p.94.

共同点，与本体和喻体的相似性又是什么关系？这些问题没有解决。

先前的隐喻理论无论是相似论还是互动论，都有一个致命的缺陷，就是把隐喻局限于语词，至多是语境，只是把隐喻视为日常语言的变形，隐喻的相似性仅仅被理解为本体与喻体的相似性，或者喻体和喻旨的共同点，没有从根本上摆脱修辞学的藩篱，忽视了隐喻与世界的认识关系，未能上升到思维和认知层面。

20世纪下半叶以来，越来越多的人从认知的角度研究隐喻，即把隐喻视为一种与心脑科学、神经系统、思维过程有关的认知现象，重视隐喻本体与喻体相关经验的匹配与重组。如美国的莱可夫、卡勒等人对隐喻的机理进行了深入的研究，把隐喻上升为概念构筑方式、人类的思维方式甚至生存方式的一部分。莱可夫认为，隐喻是一种思维方式，植根于人类的概念结构，在语言中普遍存在，是以一种经验来部分建构另一种经验的方式，"隐喻不仅仅是语言的事情，也就是说，不单是语词的事。相反，我们认为人类的思维过程在很大程度上是隐喻性的。我们所说的人类的概念系统是通过隐喻来构成和界定的，就是这个意思"。"不论是在语言上还是在思想和行动中，日常生活中隐喻无所不在，我们思想和行为所依据的概念系统本身是以隐喻为基础"。[1]大脑的神经结构网络决定了人类的概念和推理的类型，感觉器官、行为能力、大脑结构、文化以及与环境的关系共同决定了对世界的理解，概念和理性思维依赖于隐喻、意象、原型等，推理具有体验性和想象性，因而概念常常由隐喻来引导或界定。按照莱可夫的说法，隐喻的原理来自康德的图式理论，即如何将概念表达与作为感知及经验基础的框架相联系。其中隐喻的本体为目标域（或称靶域），喻体为源域，目标域较为抽象，源域较为具体，我们对世界的体验构筑了思想的认知图式，形成了隐喻的基础或前提。隐喻的本体或者目标域通过源域在隐含着某种经验的图式中呈现出来。

卡勒则从认知和风格两个层面看待隐喻，"字面意义与比喻意义不稳定性的区分，根本性的与偶然性的相似之间无法掌握的至关重要的区别，存在于思想与语言的系统及使用的作用过程之间的张力，这些被无法掌握

---

[1] [美]莱考夫、约翰逊：《我们赖以生存的隐喻》，何文忠译，浙江大学出版社，2015年，第3—4页。

的区分所揭示出来的多种多样的概念的压力和作用力创造出的空间,我们称为隐喻"[1]。从认知的角度看,人类思维活动具有隐喻性,隐喻从一个侧面体现了人类认识和思考事物的方式。隐喻的使用实际上是一个认识性的精神过程,是一种投射或者说对概念领域的图绘,概念的来源领域的结构部分投射到概念的目标领域的结构部分,通过这样一种转换改变和重组了我们感知或思考事物的方式。

以莱可夫为代表的认知论的隐喻理论突破了以戴维森为代表的分析哲学家从实证主义的语义逻辑如真和假来界定隐喻本义和喻义的偏向,也打破了先前的隐喻理论把隐喻视为对语词日常用法的偏离的说法,主张隐喻是一种思维方式和概念构筑方式,是理性和想象的结合,或者说想象的理性化。这凸显了隐喻的普遍性、能动性和创造性。

我们所考察的各种隐喻理论基本上都是以普通语言或日常语言为依据的,针对的是常规隐喻。虽然常规隐喻包括科学著作中的隐喻都有文学性,但是文学隐喻除了具有常规隐喻的特点之外,更富有个体性和原创性,因而也需要进行专门研究。

三 从常规隐喻到文学隐喻

隐喻可以根据不同的标准来划分类型。最常见的情况是按照隐喻是否与其他概念系统产生联系来划分,有活隐喻(alive metaphor)和死隐喻(dead metaphor)。活隐喻用以构建新奇的表达,是具有生命力的隐喻。死隐喻指的是原先属于隐喻,如今已经融入通用词汇或日常用语,人们已经不把它们视为隐喻的语言现象,如山腰、桌腿,等等。还有分为本体隐喻、方位隐喻和结构隐喻。其中本体隐喻是以自然物体及身体的经验为基础,把事件、活动、情感、想法看成实体和物质的隐喻方式(如"他是一头猪")。方位隐喻以空间方位为基础延伸至身体状况、社会地位、经济发展、情绪高低等的阐释(如"小明情绪低落""欧洲经济下行")。结构隐喻是以另一个概念来建构隐喻(如"一生是一天")。这是美国语言学家莱考夫等人在《我

---

[1] Jonathan Culler, *The Pursuit of Signs*, London:Routledge and Kegan, 1981, p.207.

们赖以生存的隐喻》中的划分法[1]。

我们在这里结合隐喻在日常生活、科学著作和文学作品中存在的一般情况，结合莱考夫等人的相关论述，把隐喻划分为文学作品之外的常规隐喻和文学隐喻两种类型。

常规隐喻是根据日常经验形成的隐喻，这些日常经验涉及时间、爱、快乐、劳动、地位、命运、道德，等等。由于这些经验不够具体，就需要进行形象化、隐喻化的界定。这就涉及身体的感知，我们与周围物质世界的互动，我们与其他人在文化中的互动等。隐喻可以对上述这些经验的结构特征进行描述，如"时间就是金钱，效率就是生命"，"爱是一次旅行"，"这场争论火药味很浓"。隐喻本体常常体现了对喻体多维元素的结构完形，例如，"这场争论火药味很浓"便包含了对"争论"和"战争"之间某些共同经验（对立双方的攻防，造成了痛苦与伤害等）的体认和表达，

但是仔细观察就会发现，常规隐喻本身也是丰富多彩的，有的常规隐喻不追求形象性，而是集具象与抽象于一身，类似于莱考夫所说的结构隐喻或概念隐喻。这些隐喻固然以相似性为基础，但又创造了新的相似性，通过引发某种结构相似性把原先隐藏或潜在的相似性揭示出来、凸显出来、延伸开来，比如人们经常说"思想是食粮""大脑是容器"，就是以消化吸收、容纳接受为相似性的基点，又开掘出营养化育、兼容并包等新的意义维度。这类隐喻在一定程度上超越了日常经验，通常以空间、时间、运动等人类体验的意象图式为基础，表现了隐喻表达下的认知结构。如毛泽东1957年在苏联访问时对留苏学生演讲中所说的"你们是早晨八九点钟的太阳"就是如此，把年轻人比喻成早晨八九点钟的太阳，积极向上、朝气蓬勃。这就不难理解，虽然这类隐喻我们把它视为常规隐喻，却不一定属于口头交际用语，而是更多地出现在科学著作、演讲或报告中。

总的来说，常规隐喻还是比较简单化的隐喻：第一，它一般属于语词或语句的修辞范围，建立在本体与喻体的某种对应关系上，以本体为主，通过类比、替代和转换来暗示或说明本体，常常不涉及喻旨这一维度；第二，它是孤立或局部使用的，混杂在日常用语或科学语言之中，起补充说

---

[1] 参见[美]莱考夫、约翰逊：《我们赖以生存的隐喻》，何文忠译，浙江大学出版社，2015年，第23—67页。

明或论证的作用；第三，它一般情况下通俗明了，可以通过日常经验或论说语境进行解读；第四，它是实用化的，其审美属性和文学修辞服从于交际或论证的需要。

文学隐喻超越了常规隐喻，致力于打破常规，建立了以本体为外壳、以喻体为中心、以喻旨为旨归的新型三角关系，因而是隐喻的高级形态。因为不遵循通常语义编码和解码的畅通规则，文学隐喻在本体、喻体关系的建立方面具有个体性、多样性和独创性，并在这个过程中发掘和重构喻体和喻旨的共同点，进而在本体和喻体之间构筑并造就了新的相似性。

首先，文学隐喻超越了修辞的语词选择甚至语境范畴，在文本中和其他多种文学手段、修辞方式并用，成为一种带有全局性和整体性的美学现象，并且作家对喻体的选择更富有个性化和独创性，常常包含了大胆的想象、意象的跳跃。即使隐喻意象的使用在整个作品中是局部的，但由于它构筑了新的意义层次，提升了作品的境界，所带来的审美效果仍然是整体性的。例如苏轼的诗《临江仙·夜饮东坡醒复醉》结尾两句："小舟从此逝，江海寄余生"，把自己想象成小舟遨游江海，表达苏轼谪居黄州时向往自由的心情，这种旷达的襟怀是以隐喻的形式表达的。再比如赵照演唱的歌曲《当你老了》中的歌词"风吹过来你的消息，这就是我心里的歌"，这个隐喻包含了意象跳跃和语义翻转，看起来不合常理，其实是想表明"我"和"你"心心相印，心有灵犀，传来你的消息说明你还健康地活着，这就是对我最大的安慰。这也就解释了为何隐喻常常和拟人、借代、对偶、排比等各种修辞手段结合在一起。例如苏轼的诗《和子由渑池怀旧》中的句子"泥上偶然留指爪，鸿飞那复计东西"，用雪泥、鸿爪作譬，比喻人生的飘忽不定，命运无常。其中有隐喻，有拟人、借代，还有对偶。再比如史铁生在其散文《我与地坛》中有一段关于地坛公园一年四季的隐喻，"如果以一天中的时间来对应四季，当然春天是早晨，夏天是中午，秋天是黄昏，冬天是夜晚。如果以乐器来对应四季，我想春天应该是小号，夏天是定音鼓，秋天是大提琴，冬天是圆号和长笛。要是以这园子里的声响来对应四季呢？那么，春天是祭坛上空飘着的鸽子的哨音，夏天是冗长的蝉歌和杨树叶子哗啦啦地对蝉歌的取笑，秋天是古殿檐头的风铃响，冬天是啄木鸟随意而空旷的啄木声。以园中的景物对应四季，春天是一径时而苍白时而黑润的小路,时而明朗时而阴晦的天上摇荡着串串杨花;夏天是一条条耀眼而灼人的石凳,或阴凉而爬满了青苔的石阶,阶下有果皮,阶上有半张被坐皱的报纸;秋天是一座青铜的大钟,在园子的西北角上曾丢弃着一座很大的铜钟,铜钟与这园子一般年纪,浑身挂满绿锈,文字已不清晰;冬天,是林中空地上几只羽毛蓬松的老麻雀。以心绪对应四季呢?春天是卧病的季节,否则人们不易发掘春天的残忍与渴望;夏天,情人们应该在这个季节里失恋,不然就似乎对不起爱情;秋天是外面买一颗盆花回家的时候,把花搁在阔别了的家中,并且打开窗户把阳光也放进屋里,慢慢回忆慢慢整理一些发过霉的东西;冬天伴着火炉和书,一遍遍坚定不死的决心,写一些并不发出的信。还可以用艺术形式对应四季,这样春天就是一幅画,夏天是一部长篇小说,秋天是一首短歌或诗,冬天是一群雕塑。以梦呢?以梦对应四季?春天是树尖上的呼喊,夏天是呼喊中的细雨,秋天是细雨中的土地,冬天是干净的土地上的一只孤零的烟斗。"在这里,关于四季的隐喻非常个性化,融入了作者的个人观察和体悟。显然,史铁生把地坛公园的万事万物和自己的人生遭遇以及对生命和大地的沉思联系在一起。

其次,文学中的隐喻有时候并不像常规隐喻那样鲜明突出、直截了当,而是和写实性意象、典故等结合在一起,具有隐蔽性,判断是否隐喻主要看它是否表达了深一层的意涵。有时候写实和隐喻没有明显的界限,表面上看起来写实的场景也可能是隐喻。如秦观被贬郴州后创作的词《踏莎行·郴州旅舍》后两句:"郴江幸自绕郴山,为谁流下潇湘去?"明写江景,实是由实而虚的隐喻,慨叹命运的作弄:你秦观一介书生,为何要卷入政治斗争的旋涡中去呢?

再次,由于多种表现手段并用,文学隐喻有时候具有多层次的累积性和累创性,形成语义表达的叠加效应。就诗歌来说,不仅含蓄性的意象可以形成隐喻,典故、象征、寓言等,都可以形成隐喻,文学的言外之意和语义张力常常和这类隐喻有关。陈子昂的诗《登幽州台歌》运用了燕昭王设幽州台招纳贤才的典故,因而这首诗"前不见古人,后不见来者"两句中"古人""来者"便成了隐喻,分别表示"燕昭王""像燕昭王那样求贤若渴的伯乐"。而柳宗元的诗《江雪》表面是写实的,实际是象征的,因为不在春秋的阴雨天却在冬天的大雪天钓鱼这一举动不符合常理,它表达了柳宗元参加王叔文改革失败后不与世俗同流合污的不屈服的心态。高尔基的散文《海燕》则明显是象征的，通过对海燕的书写表达了对革命者的赞颂与敬意。因此，象征乃至包括寓言可以说是整体的隐喻，隐喻的本体不出现，以喻体来表达喻旨。

最后，文学隐喻不仅会形成语义张力，还会形成独特的美学风格，如寓意、哲理、反讽等。这是因为，文学隐喻常常需要通过特别的时空压缩或延展、意象勾连、跳跃或变异，来表达情感，感悟人生。白居易诗歌《长恨歌》中的句子"在天愿作比翼鸟，在地愿为连理枝"，是把空间距离与人间情感相通相对比，以"比翼鸟""连理枝"表达忠贞不渝的爱情承诺。与之相反的是顾城的诗歌《远和近》：

你，
一会儿看我，
一会儿看云。
我觉得
你看我时很远，
你看云时很近。

诗歌用空间的远和近表明人和大自然之间亲近融洽，人和人之间却难以沟通，通过心理距离和物理距离的不和谐暗示人与人之间的心理隔阂。

文学隐喻还可以把某种相反相成的情境并置，形成语义对比或张力，构成反讽。例如，当代诗人伊沙的诗《车过黄河》，把母亲河黄河与小便对照，小便成了黄河的隐喻，颠覆了人们眼中黄河的崇高形象。再来看艾略特描写现代人精神空虚的诗作《空心人》中的句子，世界在这里不体面地告终：

世界就是这样告终
不是嘭的一声，而是嘘的一声。

同样，电影《金粉世家》主题歌《暗香》中的句子："心若在灿烂中死去，爱会在灰烬里重生"，心的死去成了爱的重生的条件。鲁迅的小说《幸福的家庭》也是如此。这篇小说实际上有两层，超叙述层是一个作家正在创作一个名为《幸福的家庭》的文本，想象中的小家庭温馨、幸福，具有小资情调。主叙述层则是作家妻子和孩子不断用生活琐事、衣食之忧来打扰作家，这就使作家的遐想成为对超叙述本身的反讽，生活自身的艰辛瓦解了作家关于"幸福的家庭"的构想，或者毋宁说，文本向我们演示"幸福的家庭"只是空中楼阁。这样，作家的构想就成了隐喻。可以看出，反讽性的隐喻尽管也借助于类比，但更多地依赖于语境作用。

四　隐喻的文化与美学功能

隐喻与语言的起源，与人类思维的发展有着密切的关系。维柯用"诗性智慧"来描述语言和诗歌的起源，而诗性智慧就与想象力、与隐喻有关，"这些原始人没有推理的能力，却浑身是强旺的感觉力和生动的想象力……因为能凭想象来创造，他们就叫做'诗人'"[1]。在卢梭看来，早期的语言就是隐喻性的，"古老的语言不是系统性的或理性的，而是生动的、象征性的"。他认为人类语言的早期形态是诗性的，然后才是理性的。"正如激情是使人开口说话的始因，比喻则是人的最初的表述方式。……最初人们说的只是诗；只是在相当长的时间之后，人们才学会推理。"[2]

但是这些说法又受到其他一些人的质疑，因为这等于说概念的引申义先于本义，而这在逻辑上是说不通的。概念的本义和引申义也许是共同发生的，语言乃至思维离不开修辞的作用，"思考只要涉及'概念'便涉及'比喻'的运作——'概念'其实都是'比喻'——所以语言的思考难以分别'直言'表义与'比喻'表义"[3]。

无论怎样看待隐喻的起源及发展，隐喻显然与人类以类比说明道理的修辞方式和思维方式有关。中国古人就非常重视援引相类似的例证来说明事理。《庄子·天下》篇所说的"以卮言为曼衍，以重言为真，以寓言为广"，其中"寓言"表面是假托别人的话去推广，其实在看似荒诞不经的故事里

---

[1]　[意] 维柯：《新科学》，朱光潜译，人民文学出版社，1986年，第161—162页。
[2]　[法] 卢梭：《论语言的起源》，洪涛译，上海人民出版社，2003年，第14、18页。
[3]　[加] 高辛勇：《修辞学与文学阅读》，北京大学出版社，1997年，第17页。

寄托了对人生的种种思考，体现了人类思维的隐喻性，庖丁解牛、佝偻者承蜩等就是著名的例证。汉代刘向《列女传·辩通传题序》云："惟若辩通，文辞可从，**连类引譬**，以投祸凶。""引譬连类"表明比喻和隐喻的使用不仅会产生美学效果，还与人类思维进行类比、转换和引申的能力有关。

隐喻与交流、隐喻与文化传统也有密切的关系。"隐喻是一种不依照字面意义进行交流的语言使用的变体，因此可以说，它是一种言在彼而意在此的表达方式。"[1] 我们以文学作品为例，文学隐喻追求含蓄蕴藉，形成了意义增生，对于增强文学的表达效果具有重要的意义，在诗歌、寓言、童话故事及象征类写作中居于核心地位。在文学隐喻本体、喻体和喻旨的三角关系中，喻体是中心，也是作家才情和文思的集中展现。文学隐喻致力于开掘喻体与本体多种多样的复杂关系，如"从喷泉里喷出来的都是水，从血管里流出来的都是血"（鲁迅：《而已集·革命文学》），本体和喻体为并列关系；"白发三千丈，缘愁似个长"（李白《秋浦歌》），本体和喻体是解释关系；"欲把西湖比西子，浓妆淡抹总相宜"（苏轼《饮湖上初晴后雨二首》），本体和喻体是修饰关系；等等。尽管如此，隐喻本体和喻体的关系是显性的、外露的，而喻体和喻旨关系常常是隐匿的、含蓄的。尤其在一些诗歌中，由于使用典故营造了另一个隐喻性的意义层级，表层的意象为第一层涵义，同时也是隐喻的喻体。典故作为喻体的一部分，是联接喻体和喻旨的中介，只有破译了典故的读者才能把握喻旨，进入第二层涵义。例如王粲的《七哀诗》第一首表面写实，表达自己离开战火纷飞、饥妇弃子的都城长安的心情。但该诗结尾四句"南登霸陵岸，回首望长安。悟彼下泉人，喟然伤心肝"，由于典故的运用暗含了隐喻，"霸陵岸"并非普通的景观，因为"霸陵"为一代明君汉文帝的墓地，"下泉人"表面说的是九泉之下的人，实际是指《诗经》中的《下泉》诗的作者，他写了一首怀念明君的诗《下泉》，因而这首诗隐含着历史与现实、太平与离乱、昏君与明君的对比，体现了对现实的感慨和忧愤。喻体的重要性在寓言、童话故事、象征类写作中更为突出。这类文本可以没有本体，却不能没有喻体。

---

[1] Ted Cohen, "Metaphor", in *The Oxford Handbook of Aesthetics*, edited by Jerrold Levinson, New York:Oxford University Press, 2003, p.366.

就广泛意义上来说，隐喻不仅仅是个语言问题，它还体现了不同文化传统的特点。美国学者古德曼说，"在隐喻中，一个术语其外延是根据习惯而定的，因此也就随时在习惯的影响之下来运用的：在这里，既有同先前的东西相脱离的成分，也有对先前东西的维护"[1]。例如中国人用梅、兰、竹、菊四君子比喻傲、幽、坚、淡就带有鲜明的民族特色，也体现了中国人的认知方式，由此形成了一些具有民族特色的隐喻模式。试看陆游《梅花绝句》之二写梅的风骨与清艳，也可以说是诗人自己的人格写照：

> 幽谷那堪更北枝，
> 年年自分着花迟。
> 高标逸韵君知否，
> 正在层冰积雪时。

同样，在西方基督教文化传统中，常常用蛇表示堕落，羔羊表示信徒，等；在中国儒家文化传统中，常常以夫妻关系表示君臣关系，等等，这些特定的隐喻模式，体现了某一文化传统的继承性和不同文化的差异。

隐喻不仅对文学创作至关重要，在文学阅读中也意义重大。一方面，由于文学隐喻建构在语义编码、解码方面不遵循通常语义编码和解码的畅通性原则，容易导致文学意义的增生。卡勒说："在诗歌阅读中，偏离真实性可视为隐喻。"[2] 就此来说，在文学阅读中特别是诗歌阅读中，含蓄性的意象、典故、象征、寓言等等的字面意义并不重要，它其实重在字面意义背后的隐含意义（喻旨）。我们以骆宾王的《在狱咏蝉》为例：

> 西陆蝉声唱，南冠客思深。
> 那堪玄鬓影，来对白头吟。
> 露重飞难进，风多响易沉。
> 无人信高洁，谁为表予心。

---

[1] [美]古德曼：《艺术语言》，褚朔维译，光明日报出版社，1990年，第80页。
[2] [美]卡勒：《结构主义诗学》，盛宁译，中国社会科学出版社，1998年，第285页。

这首咏物诗以蝉比兴，以蝉寓己，寓情于物，蝉人浑然一体，蝉的生活习性与骆宾王的当下处境互为参照，"西陆蝉声唱，南冠客思深"，"露重飞难进，风多响易沉"两句（甚至全诗）可以视为隐喻，明写蝉，实写骆宾王本人政治上受压抑，言论上不自由。

另一方面，文学阅读包括诗歌阅读又包含了阅读者的个人想象和人生体验，因而即使面对带有写实性的隐喻，也有可能出现隐喻解读中的"诗无达诂"现象，即读者未能确切理解喻体表达的喻旨而代之以另外一种理解，而这种理解在文学隐喻的解读中也可能具有一定的合理性，仍被允许存在。比如面对秦观的诗句"郴江幸自绕郴山，为谁流下潇湘去？"一个追求身边的异性而不成、处于失恋状态的解读者，有可能根据自己的人生经验认为这两句诗写的是"明明我近水楼台，我们两人更有缘分在一起，反而阴差阳错成了陌路人"，也不能说毫无道理。

进一步说，文学隐喻也是一把双刃剑。它固然增加了文学的语义张力和美学效果，但是也有可能造成晦涩与歧义，不易理解。大家所熟悉的李商隐的"无题"诗便是如此，由于运用了很多的典故、象征和隐喻，形成了朦胧美，但也以其隐晦曲折造成了解读障碍，读者把握不了其喻旨或喻义，千百年来聚讼纷纭，莫衷一是。

扩展阅读书目

1. Ted Cohen, "Metaphor", in *The Oxford Handbook of Aesthetics*, edited by Jerrold Levinson, New York:Oxford University Press, 2003.
2. [美] 保尔·德·曼：《阅读的寓言》，沈勇译，天津人民出版社，2008 年。
3. [美] 保罗·德曼：《隐喻认识论》，见《解构之图》，李自修等译，中国社会科学出版社，1998 年。
4. [加] 高辛勇：《修辞学与文学阅读》，北京大学出版社，1997 年。
5. 胡壮麟：《认知隐喻学》，北京大学出版社，2004 年。
6. [美] 霍克斯：《论隐喻》，高丙中译，昆仑出版社，1992 年。
7. [英] 库珀：《隐喻》，郭贵春、安军译，上海科技教育出版社，2007 年。
8. [美] 莱考夫、约翰逊：《我们赖以生存的隐喻》，何文忠译，浙江大学出版社，2015 年。
9. [法] 利科：《活的隐喻》，汪堂家译，上海人民出版社，2004 年。

10. 刘正光：《隐喻的认知研究》，湖南人民出版社，2007 年。
11. [法] 卢梭：《论语言的起源》，洪涛译，上海人民出版社，2003 年。
12. 束定芳：《隐喻学研究》，上海外语教育出版社，2000 年。
13. [意] 维柯：《新科学》，朱光潜译，人民文学出版社，1986 年。
14. [古希腊] 亚里士多德：《诗学》，罗念生译，人民文学出版社，2002 年。
15. [古希腊] 亚里士多德：《修辞术》，颜一译，中国人民大学出版社，2003 年。

第八章　文学与创伤

作为有生命的物种,人不得不经历"出生创伤"和"死亡创伤";与人的自然属性相对,社会制度、生活结构、人际关系、阶层矛盾等各种现实,在塑造"社会人"的同时也给人类带来诸多的伤害(卢梭曾称之为"文明的伤害"。如何看待以及如何应对这种伤害,几乎是18世纪中后期以来整个欧洲学界的共同目标)。一个个体,从生到死,实际上就是一种创伤经历。可以这么说,不管是自然创伤还是社会创伤,创伤都贯穿了人类生活的始终,它是人类最基本的精神活动和心理体验之一,也是各种关于存在的学说不得不面对的基本事实。正是因为创伤与人及人类生活的"天然姻亲"联系,创伤才与文学有了密不可分的关系。这种关系至少可以表现为四个方面:第一,创伤是文学发生的动机。第二,文学书写创伤,创伤是文学的主题和类型。第三,创伤经历的文学表征是有限的。第四,文学构建创伤记忆,创伤书写及创伤理论体现了文学的社会功能。基于"创伤"概念的多义性及创伤研究的复杂性,本章首先会对"创伤"概念的词义演变与研究范畴做一个大概的梳理,中间穿插对创伤研究的介绍,然后再从文学生产、文学类型、文学书写和文学功能四个方面谈及创伤对文学的影响,力求反映出创伤与文学之间的整体性、结构性关系。

一　"创伤"概念梳理

从词源学的角度来看,"创伤"(trauma)这个词最早出现在17世纪中期的医学文献中,它最初的意思是"伤口"(wound),特别是指身体上的伤口,创伤就是各种外界事件对人类身体的破坏。那个时候的医生们认为,人的身体本身有自我修复和治愈的功能,但假如创伤极其严重,超过了身体所能承受的限度，就会导致人的血管爆裂、神经系统受损，人的行为、心理和智力功能也会遭到破坏。19世纪70年代由尚-马丁·夏柯（Jean-Martin Charcot）开创的"歇斯底里症"研究就集中关注了创伤的病理学特征。

19世纪中后期，随着社会的发展，创伤的动因和类型发生了重大的变化，它越来越与机器生产、工业文明以及急速前进的现代生活联系在了一起。创伤被理解为工业化社会进程的不幸后果，与之相伴的，不再是令人震惊的生理"伤口"，而变成了"焦虑""病态"的精神"伤口"。夏柯的追随者之一弗洛伊德（Sigmund Freud）就致力于解释歇斯底里症患者形成精神创伤的原因和过程，他把创伤从病理学引入了精神分析学，把创伤的形成与受抑制的意识联系起来，提出了治疗创伤的关键就在于通过"对话""把含有症候意义的潜意识历程引入意识"[1]的观点。

第一次世界大战之后，创伤研究从精神和病理的层面转向了心理研究，对士兵在战争中所受的创伤进行分析与治疗成为当时创伤研究再度兴起的主要原因。从对当时被称为"炸弹休克"（shell shock）或"战斗精神官能症"的战争创伤，到后来对创伤的心理结构进行探讨，这一趋势在1980年达到高潮。1980年，美国精神分析学会（American Psychiatric Association）正式承认"创伤"现象的存在，并将其效应命名为"创伤后应激障碍"（Post-Traumatic Stress Disorder）。这一命名实际上意味着创伤不再仅仅局限于个体，在战争的激化下，它已经越来越成为一种不容忽视的、普遍化的社会现象，"集体创伤"而非"个体创伤"越来越成为当代创伤研究的重要目标。

第二次世界大战以及20世纪中后期各项社会运动的发展催生了创伤研究的新维度，在对纳粹屠犹、种族冲突与种族清洗、战争大屠杀等各种惨绝人寰的人类暴行进行反思的同时，"文化创伤"渐次取代了"自然创伤"越来越受到不同学科的关注，"创伤记忆"而不只是"创伤体验"也越来越成为创伤研究的焦点。1996年，美国学者卡西·卡鲁斯（Cathy Caruth）在她的专著《未认领的经历：创伤、叙事和历史》（Unclaimed Experience: Trauma, Narrative, and History）中正式提出了"创伤理论"（trauma theory）的概念。2004年，美国社会学家杰弗瑞·亚历山大（Jeffery C. Alexander）在他编辑出版的一本论文集《文化创伤与集体认同》（Cultural Trauma and Collective Identity）

---

[1] ［奥地利］弗洛伊德：《精神分析引论》，高觉敷译，商务印书馆，1984年，第220页。

中，正式提出了"文化创伤"(cultural trauma)的概念。当代创伤研究中的"创伤"越来越多义化，也越来越脱离或超越了它的自然维度，转向强调创伤的文化维度，也就是创伤被文化建构的过程与结果。自此之后，"文化"成了界定创伤的关键词，而创伤也成了文化社会学中的一部分。

　　在"创伤"词义及其使用范围的纵向演变中，还有一个关键的转折点需要我们注意，那就是弗洛伊德对创伤所作的精神分析学分析。他把创伤经历、记忆、叙事和行为等几个问题联系起来看待，认为人对创伤经历的接受和恢复基本上要靠两种方式来完成。一种是通过身体行为，也就是不断地重复创伤经历，把过去的经历当作现在的经验，这是一种行为记忆。另一种则需要言谈、对话和交流，即借助语言把创伤经历引入到一个可被表达的层面上，通过创伤叙事来解决创伤的问题。简单地说，创伤不外乎经由两种途径得到了展示，一种是身体途径，指直接的、感性的和形象的；一种是语言途径，指需要借助媒介的、理性的和话语的。从精神分析学的内涵和发展来看，弗洛伊德显然更强调语言交流的重要性。实际上，弗洛伊德试图借助"对话"来沟通被抑制的潜意识和意识，就意味着他把创伤区分成了创伤经历和创伤言说两个不同层面的问题。这样一来，创伤的问题就不再仅仅是创伤经历本身的问题了，它已经变成了创伤记忆的问题，而创伤研究也因此可以被替换为创伤记忆研究。创伤记忆研究既包含对创伤经历的研究，也就是对创伤本身的研究；也包含对创伤言说的研究，也就是对创伤表征的研究。前者基于"史"的本位，将创伤视为已然发生的事实，对事实的来源、事发环境、亲历者及其共同构成的已经过去的历史进行考证和梳理。第一次世界大战为这类研究提供了大量的事实依据，一战后关于战争创伤的研究也推动了医学、心理学以及传统历史学等多学科对创伤的理解。后者基于人的本位，对创伤经历和创伤记忆被讲述、被流传、被重新创造，最终对现实社会形成影响的过程进行反思。第二次世界大战深化了我们对人性的思考，而语言学的转向与史学研究从传统的总体史学向现代新史学的转型则为其提供了理论层面上的可行性。

　　一个概念（创伤）被区分为两个问题（事实和表征），这就为20世纪以来形成两种不同的创伤研究路径奠定了基础。事实研究关注细节和现场，主要涉及心理学和历史学；而表征研究注重反思和理解，主要涉及社会学和文学。下面我们所要讨论的文学与创伤的关系就主要围绕这两种路径展开。

二　创伤是文学发生的动机

通过文学书写来表达创伤，或者反过来说，创伤体验需要借助文学才能被展示——创伤和文学之间的这种因果关系基于两种相互交织的立场：第一，创伤主体的立场；第二，文学客体的立场。

对创伤主体来说，创伤意味着自我和现实之间失去了平衡，或者说，自我的生活世界不再完整，统一性被打破，自身的连贯性也被割裂，"我"因而无法再体会到"我"与环境及社会的圆融和谐感。自然灾害、家仇国恨、政治挫败、战争伤亡、背井离乡、社会变迁、流亡迁徙、悼亡、离愁别绪等等，无一不对主体造成这样的后果。创伤最初是发生在个体身上的，每个个体对创伤的体验和感受不同，也就会用不同的方式来表达它。有的人选择沉默，希望新的现实生活可以覆盖创伤经历、让自己完全康复；有的人选择不停地诉说，借助一遍遍地向他人复述自己的故事来缓解伤痛，寻求外在的帮助；有的人选择文字，在文字编织的世界里与过去再次相遇，通过语言来释放恐惧、找寻慰藉；有的人选择材料，通过收藏、设馆、旅行等实际的方式来平衡过去与现实之间的关系；有的人选择宗教，把苦难和对信仰的虔诚紧紧维系在一起；有的人选择放弃信仰，因为无法再把上帝之爱与残酷的人世磨难联结起来。总而言之，创伤无法被忽略、被无视。不管用怎样的方式，受到创伤的主体都不得不去面对和处理这段"不同寻常的过去"。

创伤需要被呈现、被宣泄、被释放，甚至被理解、被克服，只有这样，它才可能会对人的意识产生影响。但需要特别注意的是，创伤主体所要真正面对和处理的不是"原生态"的伤痛本身，而是对创伤经历的记忆，是混杂了事实、情绪与感受的创伤意识。所以说，创伤毫无疑问是一种伤害，是已成定局的事实，无法改变，但创伤主体的创伤意识却可以是一种有立场、有倾向的应对机制，甚至可以变成主体对其自身所经历过的伤害和痛苦的一种自主防御和自我保护。在弗洛伊德的精神分析那里，提取和释放一个个体对早期创伤体验的记忆，正是治愈癔症者的有效途径之一。

这就像人类趋利避害的本能一样，一方面，创伤经历会像一道伤疤一样长久地烙刻在一个个体的记忆中，提醒和暗示这个主体曾经有过怎样的过去；另一方面，创伤主体又试图通过控制这部分记忆来平衡创伤性的过去与现实之间的关系，通过压抑、释放、梳理或分析等多种手段来适应创伤体验对主体日常生活的介入，并最终趋向缓解痛苦甚至治愈创伤的目的。苏联教育家布隆斯基（P. P. Blosky）的研究就曾指出过，人类的记忆有助于自我防护，而"那些不愉快的经历不是被强塞进我们的潜意识里并消散在失忆的黑暗中；相反，它们常常是记忆所储存的最初的一些图像"，记住那些不愉快的经历，正是"为了避免日后重现痛苦、危险和担惊受怕的情形"。[1] 也就是说，主体应对创伤的理想目标是要最终克服创伤的消极面，使过去与现实能够正常相处。

由于文学的特殊性，文学表征成为创伤书写最重要的手段之一。从文学客体的立场来看，文学本身就是一种记忆和追忆。"'后之视今，亦犹今之视昔'，既然我能记得前人，就有理由希望后人会记住我，这种同过去以及将来的居间的联系，为作家提供了信心，从根本上起了规范的作用。"[2] 记忆决定了我们自身的身份认同。我们怎样理解自身，怎样对待现实社会以及我们最终能够成为什么，都取决于我们过往的经历以及这些经历和记忆之间的相互作用。创伤经历与创伤记忆当然也不例外。痛苦的创伤经历使人无法忘记，文学不仅要记住这些痛苦的经历，还希望能够"以史为鉴"，以文学书写一次次地复现和回忆过去的历史，通过对过去的反思警示后人，让个体和历史的悲剧不再重演。中国古典诗文中创伤写作的例子举不胜举，比如屈原的《离骚》《天问》和《惜诵》，所谓"惜诵以致愍兮，发愤以抒情"；司马迁忍辱负重，"发愤著书"；韩愈"不平则鸣"；欧阳修"穷而后工"；赵翼"国家不幸诗家幸，赋到沧桑句便工"；等等。创伤是文学写作的催化剂，书写创伤也是文学发生的重要动机。巴金在《随想录》中这样解释自己记录创伤的原因："没有人愿意忘记二十年前开始的大灾难，也没有人甘心再进'牛棚'，接受'深刻的教

---

[1] 转引自［荷兰］杜威·德拉埃斯马：《为什么随着年龄的增长时间过得越来越快——记忆如何塑造我们的过去》，张朝霞译，山东教育出版社，2006年，第21页。
[2] ［美］斯蒂芬·欧文：《追忆——中国古典文学中的往事再现》，郑学勤译，上海古籍出版社，1990年，第1页。

育'。我们解剖自己，只是为了弄清'浩劫'的来龙去脉，便于改正错误，不再上当受骗。分是非，辨真假，都必须从自己做起，不能把责任完全推给别人，免得将来重犯错误。"[1] 纳粹屠杀幸存者、犹太作家威塞尔（Elie Wiesel）在解释自己的创伤写作《夜》（*Night*，1960）时也同样深刻地指出，忘记遇难者就意味着他们被再次杀害。文学担负着保存记忆和历史的重大责任，书写创伤既是记忆，也是救赎。

三 创伤是文学的主题和类型

文学的重要内容之一就是书写创伤，古今中外，莫不如此。这其中除了文学本身的独特魅力之外，另一个不可忽视的原因大概就是创伤与人及人类生活的"天然姻亲"关系了。小到一个人的生老病死，大到民族的繁衍冲突，再大到国家的兴衰浮沉、朝代的更迭、社会的革命和转型，人类的生存和发展完全可以用"伤痕累累"来形容。人类不断地试错、纠错，永不停息地挑战自我的欲望，也不得不永无休止地承受各种创伤。欧美文学里有《圣经》中被上帝逐出伊甸园的卑微人类，有但丁《神曲》（*Divine Comedy*）中人为了天堂乐景而承受炼狱之苦的"迷失者"，有歌德笔下为解人生之谜与魔鬼签约的浮士德，有在政治、社会、爱情与自我的回旋中苦苦追索的于连，也有终其一生为生命和尊严而战的汤姆叔叔，有寄希望于用死亡来摆脱被奴役命运的女黑奴赛思；亚非拉文学中有马尔克斯笔下马康多小镇殖民、流血以及孤独的历史，有略萨《绿房子》里潮湿、阴郁、危险的热带雨林，有帕慕克《伊斯坦布尔：一座城市的记忆》中对消逝了的土耳其文化传统的"呼愁"，有大江健三郎对战争和人性的痛苦反思，也有鲁迅对家国的深刻绝望与愤怒。在任何时代、任何地域以及任何文化语境中，创伤的回音都从未中断过。

创伤是文学永恒的主题、经典的意象，创伤书写中隐含着人类成长最深刻的经验和秘密。假如我们以创伤主题为线索，重新梳理或重写文学史，我们一定会"发现"一个全新的文学史。比如说，按照创伤的本质不同，我们可以把创伤分为自然创伤和社会创伤；按照创伤的来源不同，我

---

[1] 巴金：《随想录》，作家出版社，2009年，第2页。

们又可以把创伤分为家庭创伤、民族创伤、种族创伤、战争创伤、政治创伤、伦理创伤、宗教创伤、情感创伤等；按照创伤的主体不同，我们还可以把创伤分为儿童创伤、女性创伤、士兵创伤……我们可以依据不同的区分标准分列出创伤的多种类型，而每一种标准和类型都有可能为我们审视和理解文学史提供新的启迪。人性是相通的，这是文学书写创伤并且得到他人的同情或理解，从而形成智识上的"共识"的重要基础。

但是，主题和类型不同，"创伤是文学的永恒主题"与"创伤是文学的独特类型"是两个并不完全相同的问题。后者不仅强调创伤是文学的内容和题材（这一点与前者相同），还关注创伤书写的特定主体，以及文学表现创伤的特殊手段。具体来说，创伤是文学的独特类型主要体现在三个方面：第一，创伤主体以创伤的亲历者、幸存者为主，逐渐扩大到创伤遗产的继承者及亲历者和幸存者的后代；第二，创作内容以创伤事件为原始素材，主要是对创伤历史的重现、回忆和反思；第三，创伤文学具有独特的叙事风格，有相对固定的情感模式。

事实上，创伤成为文学的一种类型是自20世纪以来才发生的事。一方面，这当然与创伤概念的应用范围从自然转向社会，以及创伤理论和文化创伤理论的渐次提出有关；另一方面，更为重要的，是与20世纪的历史语境及其社会生态有密切关联。20世纪是人类有史以来世界政治格局和社会制度变动最为剧烈的时代，也是战争、革命、种族冲突、殖民扩张不断，由此导致人类生活屡遭破坏和践踏的动荡百年。比如说，对于世界而言，纳粹对犹太人的大屠杀、波兰与乌克兰之间的暴力冲突及种族清洗、卢旺达大屠杀、斯里兰卡的种族冲突、南非的种族隔离制等种种野蛮的事件构成了历史的伤痕。对于中国而言，则有中法之役、鸦片战争、甲午战争、八国联军侵华战争、北洋军阀混战、抗日战争、国共两党内战等，20世纪的百年史也充满了深切的创伤体验。创伤本来应该是意外、是异常，但就整个20世纪的世界史来看，创伤却变成了20世纪人类生活的常态，这无一不证明了人类追求安全环境和理想生活的艰难，也反映出在20世纪讨论创伤的必要性和紧迫性。

总体上看，20世纪最重大也最突出的创伤有两种，一种是战争创伤，一种是政治创伤。这两者之间往往互有交叉，也互为因果，其最终所体现的不外乎是合法性的问题。虽然因为"政治"这个概念的含糊性，我们很难准确地界定究竟什么是政治创伤,但粗略地说,它大致可以指由政治运动所带来的伤害。政治创伤大概是中国紧切的现实问题。就以20世纪中国文学为例,这类作品大致包括反映反右运动的王蒙的《失态的季节》、林希的《1957:刻骨铭心的爱》、邵燕祥的《沉船》、杨显惠的《夹边沟纪事》、顾准的《顾准自传》、章诒和的《往事并不如烟》、韦君宜的《思痛录》、方方的《乌泥湖年谱:1957—1966》、高尔泰的《寻找家园》、丛维熙的《走向混沌》等。反映"文化大革命"的"伤痕文学""反思文学",部分"知青文学"作品等,如卢新华的《伤痕》、刘心武的《班主任》、古华的《芙蓉镇》、张贤亮的《绿化树》、叶辛的《蹉跎岁月》等。我们都知道,在任何一个存有阶级或阶层的时代或社会,其文学创作、历史教育、舆论宣传、社会活动、意识形态等都被要求遵从"政治的正确性",这是毫无疑问的事情,因为"政治的正确性"是统治阶层实施政治管理的基本要求。在有些国家,出于自我保护的需要,政治创伤的文学书写不但要经过一个和其他创伤书写相同的"叙事过程",还要对"政治的歧义"保持本能的警惕和提防,在这个叙事过程中加入"无意识"的"自我审查",对政治创伤记忆进行"双重建构"。这是一种非常有意思的创伤书写,它比其他创伤书写更追求政治表述的目的性,因此必然会涉及许多非文学的问题。大概也正是因为这样,政治创伤的文学书写还很不成熟。

相比而言,战争创伤的文学书写就要丰富得多。20世纪最大的主题就是战争,内战、殖民战争、两次世界大战、各种地方性的局部战争。战争就意味着杀戮和死亡,意味着人口的被迫流离和领土的侵占,也意味着生存的权利和尊严被剥夺、安全感不复存在。所有经受过战争磨难的国家和人民都要为之付出惨重的代价。与战争结伴而来的,是各式各样的革命,法国的、俄国的、中国的,基于国家统治需要的、重新规划未来社会方向的、制定或重构政治制度的。这些革命的中心都离不开国家、政府和政党,它们从各个不同的层面揭示了统治者获得统治合法性的过程。美国学者阿伦特就认为,战争与革命决定了20世纪的面貌,是当前世界的两个核心政治问题,比一切意识形态辩解都更具有生命力。

战争给人们留下了很多后遗症,描写战争创伤的文学作品也有很多。比如说,围绕第二次世界大战中纳粹对犹太人的大屠杀而展开写作的,有法籍犹太诗人保罗·策兰的长诗《死亡赋格》(*Fugue of Death*, 1945),他的诗歌充斥着丰富的死亡想象，他试图通过"绝望的对话"来思考历史浩劫带给个体生命的重负。德籍犹太少女安妮·弗兰克（Anne Frank）的《安妮日记》（*Anne Frank: The Diary of a Young Girl*，1947），这本日记在幸存者安妮父亲奥托·弗兰克的推动下于战后出版，它最终实现了作者的愿望，即"我希望我死后，仍能继续活着"。1986 年诺贝尔和平奖得主罗马尼亚裔的美国政治活动家埃利·威塞尔的自传性作品《夜》，就是为了"见证"和"记忆"而写，因为遗忘就意味着二次屠杀。2002 年诺贝尔文学奖得主匈牙利作家凯尔泰斯·伊姆雷（Kertész Imre）的大屠杀三部曲《无命运的人生》（*Fatelessness*,1975）、《惨败》（*Fiasco*，1988）和《给一个不会出生的孩子的祈祷》（*Kaddish for an Unborn Child*，1990）。瑞典文学院认为凯尔泰斯的写作"支撑起了个体对抗历史野蛮的独断专横的脆弱的经历"，他的努力使奥斯维辛展现了"现代历史中有关人类堕落的最后的真实"。在美国漫画家阿尔特·斯皮格尔曼（Art Spiegelman）的漫画小说《鼠族》（*Maus*,1986 & 1991，1992 年获得普利策文学奖）中，作者以"幸存者"的角度描述了他的波兰犹太人父母在德国纳粹统治期间的悲惨遭遇，通过他的家庭苦难史展示了犹太民族的悲惨命运和全人类的历史创伤。犹太裔意大利小说家、化学家普里莫·莱维（Primo Levi）的回忆录代表作有《这是不是一个人》（*If This is a Man/Survival in Auschwitz*，1947/1958）和《休战》（*The Truce/Reawakening*，1963）、短篇故事集《元素周期表》（*The Periodic Table*，1975）、文集《被淹没和被拯救的》（*The Drowned and the Saved*，1986）等。普里莫·莱维在奥斯维辛集中营里坚持了 11 个月，他的写作是克制而沉默的，是对集中营生活与历史罪恶的"冷静的探讨"。这些作家都是纳粹大屠杀的幸存者，集中营的经历不仅深刻地改变了他们的人生，而且永恒地规定了他们的写作目标——大屠杀是唯一的主题，对人性的思考是不可逃避的责任，他们致力于见证历史、传承记忆，在揭露战争疯狂和人性恶的同时也探索了个体与历史、政治与日常生活、极端情境下人的生存方式与目的等许多重大问题。

除了以大屠杀为主题的创伤文学，日本的原爆文学也是极其重要的战争创伤写作。美国在二战后期向日本的广岛和长崎投放了两颗原子弹，不仅使这两个城市遭受了毁灭性的灾难，也直接加速了二战的结束。战后众多日本作家以此事件为题材进行创作，构成了世界文学史上关于战争记忆和灾难记忆不可替代的重要一环。原爆文学的重要代表作家及其作品主要有原民喜的《夏之花》、大田洋子的《屍の街 半人間》、栗原贞子的《提起广岛这一刻》、堀田善卫的《审判》、饭田桃的《美国的英雄》、井伏鳟二的《黑雨》、大江健三郎的《广岛札记》等。在原爆文学的初期，作家们主要聚焦于被爆者和非被爆者两种视角，表达对核武器的强烈抵制和核问题的深刻隐忧；之后，日本作家逐渐跳脱出"受害者"的狭隘范围，在原爆写作中加入了"施害者"的视角，并把原爆事件放置在整个二战史和世界史的视野中进行剖析。而在以大江健三郎为代表的日本作家那里，原爆的历史事件不再是孤立的日本创伤体验，而成了警醒日本政府和民众，乃至世界人民反思人性、文明、现代性等重大问题的切入点。经过六十多年的发展，日本原爆文学也越来越成熟。

当然，表现战争创伤的文学书写还大量体现在西语世界的"反战文学"中，比如美国"迷惘的一代"及其重要代表作家海明威、菲茨杰拉德的作品，美国作家诺曼·梅勒（Norman Kingsley Mailer）的《裸者与死者》（*The Naked and the Dead*，1948）、《夜幕下的大军》（1968），美国小说家詹姆斯·R.琼斯（James Ramon Jones）的反映美国军队生活的长篇三部曲《从这里到永恒》（*From Here to Eternity*，1951）、《细细的红线》（*The Thin Red Line*，1962）和《吹哨》（*Whistle*，1978），美国作家海勒（Joseph Heller）的《第二十二条军规》（*Catch-22*，1961），美国作家冯内古特（Kurt Vonnegut）的《五号屠场》（*Slaughterhouse-Five*，1969），美国越战小说家提姆·奥布莱恩（Tim O'Brien）的《他们背负着的东西》（*The Things They Carried*，1990），德国作家雷马克（Remarque）的《西线无战事》（*All Quiet on the Western Front*，1929），白俄罗斯作家阿列克谢耶维奇（Svetlana Alexievich）的《锌皮娃娃兵》（*Zinc-Covered Boys*，1991）、《切尔诺贝利的悲鸣》（*Voices from Chernobyl*，1997）等。

战争创伤的文学书写与政治创伤的文学书写一样，都涉及正确性的问题，只不过后者主要关系到"政治的正确性"，而前者更多关系到"伦理或道德的正确性"。这是因为战争必然涉及"施害者"/"侵略者"与"受害者"/"反抗者"的对立性立场，虽然我们都承认世界上没有绝对正义的战争，但我们还是无法回避对战争性质的界定。然而，在人类的社会存在中，战争经验、战争反思和战争记忆往往又是最复杂、最难以界定或简单评判的事情。萨特在探讨战争创伤时曾经提出过一个"总体战争"的概念，他认为"所谓总体战争，不仅指要毁灭敌对的敌人，还要消灭一切可能的敌对/抵制势力。这种总体战争开始于战争工业，也包括国民工业、基础结构，甚至还包括国民"[1]。可以断言，假如我们仅仅遵从"伦理或道德的正确性"来分析人类迄今为止所经历过的重大战争，那就有可能得出关于战争的二元对立结论，比如正义与非正义、侵略者与受害者、敌人与我方等等，而这些二元对立的概念不仅粗暴地割裂了复杂多层面的战争整体，也会对真实发生过的战争历史形成遮蔽、掩盖甚至扭曲。真实的历史是由各种各样的细节交织混同构成的，在极端环境中，伦理或道德不仅不是唯一的解释，甚至未必是最重要或最主要的解释。对错、是非、善恶的分界也许反而是最模糊、最不稳定的。

四 创伤经历与文学表征之间的差距

从创伤经历到创伤记忆再到创伤书写，这个过程最简洁地展示了文学和创伤之间的结构性关系，但是，把个体性、私密化的创伤经历变成一种可供公开言说和交流的经验，这个过程却非常艰难。

第一，经历可以相同，但经验不能复制，从本质上说，个体之间的创伤意识是无法交流沟通的。比如说一个人在战争中受了伤，从战场上回来，他可以向别人展示他的伤口，但却无法准确无误地传达出他在战争中的恐惧感，而别人也不可能完全彻底地理解他所遭遇的经历。所谓的"感同身受"其实只是对创伤事件的模糊认知，是一种非常隐晦的"同情"或"移情"。

第二，即使作家们经受了同样的历史创伤事件（比如纳粹对犹太人的大屠杀或日本原子弹爆炸），有共同的创伤经历，但因为记忆主体的差异化和多元化，他们也不可能形成完全相同的创伤记忆。创伤记忆首先和根本上也还是一种个体记忆，即使所有的亲历者要记住的是同一件事情，即使这些个体记忆都被聚合起来成为绝大多数人的共同记忆，但如果没有对这些个体记忆进行"校准"或"修正"，也就是说没有把创伤经历上升为公共空间里可供开放性交流和自由讨论的话题，那这些所谓的共同记忆就还是不

---

[1] Berrthold Molden: "Vietnam, the New Left and the Holocaust: How the Cold War Changed Discourse on Genocide", in Aleida Assmann and Sebastian Conrad eds., *Memory in a Global Age: Discourses, Practices and Trajectories*, London & New York: Palgrave Macmillan, 2010, p.82.

能被分享。

第三，语言有其自身的逻辑，言说本身就是有限度的。事实、故事和叙事是三个不同的概念，而在事实和故事之间、在故事和叙事之间往往存在着我们难以跨越的鸿沟。叙事学理论家热拉尔·热奈特在他的经典著作《叙事话语》(Narrative Discourse, 1983)中对这个问题曾经有过非常细致的分析，但他也并没有为创作者提出解决的方案。不但如此，经过极恶的人类灾难之后，语言或审美更加显得苍白无力，阿多诺甚至认为那是"野蛮"的行为。所以我们才会说，创伤是沉默无言的、难以言说的。

第四，即使当我们克服障碍去书写那些难以言说的创伤，不同个体的文学书写之间也还是会有重大的差异。有的作家倾向于尽可能客观冷静地描述历史，如普里莫·莱维；而有的作家又故意采用种种虚构手段，如提姆·奥布莱恩。最终，关于创伤的真相仍然是不简单的。因为记忆是有选择性的，它在揭示的同时必然也要遮蔽，揭示那些被选择的过去，而遮蔽那些未被选择的历史。比如说，萨特在其著名的长篇随笔《占领下的巴黎》(Paris Under the Occupation) 中曾经细致地描述和讨论过处于非常态情境下的普通民众的日常生活及其与战争的关系问题。二战期间，法国曾一度战败，巴黎被德军占领长达四年之久。在巴黎被德国占领期间，法国人在"抽象的恐惧""沉默的耻辱"和"抵抗的绝望"中度过，但他们并不像外界媒体中宣传的那样，时时刻刻、从里到外都充满着清晰的仇恨、侮辱并为复仇摩拳擦掌，而作为胜利者的德国军人也并非每时每刻都面目狰狞。在暧昧而令人尴尬的共存状态下，德国士兵会在地铁车厢里给老人妇女让座，会规规矩矩甚至对法国小孩心生柔情，而法国人也会给迷路的德国人指路，会发出难得的笑声，与他们的敌人建立一种"不带同情心的相互依存关系"。而在等待被救援期间，法国人对冷眼旁观、背信弃义的英国盟友反而充满了期待和强烈的感情，并且因其被拯救的希望落空而对本应以朋友相处的英国盟友怀抱更激烈的怨恨和敌视。这是一种无法忍受而又不得不忍受的痛境，是一种既熟悉又抽象的虚空，是一种在"我活下来了……"的苍白概括中所蕴含着的无限复杂的失语。所以萨特才会深深地意识到解释的不可能，"怎样才能使一个始终未受奴役的国家的居民懂得被占领意味着什么？我们之间横着一道不可能用言语填平的鸿沟"。说者和听者之间没有共同的记忆。

第五,在创伤经历(创伤记忆)和创作者(创伤叙事)之间有差距,在创作者(理想与心态)和读者(期许与现实)之间也有本质性的落差。因为读者不仅希望借助创伤叙事来了解创伤的真相,还不可避免地要对它进行解读或判断,这种解读或判断关涉读者所处身的社会环境、现实政治需求,以及读者自身的生活阅历、知识背景、价值信念、情感倾向等各种复杂的因素,因此,它必然会因时、因地、因人而表现出形形色色的差异来。从创伤的历史真相到亲历者或幸存者的"见证文学",再到读者的阅读,原始创伤已经被"二次编码"了。相对于不同的创作主体而言,创伤记忆是"复数的一";而相对于同一个创伤叙事文本而言,读者是"绝对的复数"。任何文本都不是在真空中产生的,每一个文本都处在与其他文本的层层关系之中,因此每一个文本都有其自身的记忆(对所有其他文本的记忆),都会这样或那样地显露出其他文本的痕迹。因此,创伤记忆同时也是"被记忆",而这个创伤书写又与那个书写形成了互文共生的关系,这才是创伤书写据以依托的本来空间,也正是因为这样,创伤书写才不仅仅是一种关于真实性的叙事,它还具有强大的生产力,既可以生产意义,也可以生产价值。

这样一来,我们就不难理解为什么批评界对很多创伤文学作品都无法简单地褒贬评议了,因为意义生产和价值生产不仅关系到创伤表征的真实性问题,还不可避免地带出了创伤表征的正确性问题。换句话说,有些叙事虽然符合我们对历史的想象和理解,但却未必是真实发生过的,这些叙事"虽不真实但却正确",因为它们是根据人们的社会期待和现实需求来完成的,它们不仅对于维系幸存者的"见证"权威是正确的,而且对于整个社会的接受和认同也是正确的。比如德国学者阿莱达·阿斯曼(Aleida Assmann)曾分析过维乌科米尔斯基的自传体著作《童年回忆残片(1939—1948)》。作者为了避免成人的视角歪曲他在童年时所经过的事情,特意采用了"跟成年人的话语、反思思维和逻辑截然不同"的行文方式,尽管作为纳粹大屠杀的证据,"其真实可信性如今已受到指责和批驳",因为作者的很多回忆被证明是错误的,但这并不妨碍这本书在读者中获得极大的成功。[1]

---

[1] 参见[德]阿莱达·阿斯曼:《回忆有多真实?》,载于[德]哈拉尔德·韦尔策编:《社会记忆:历史、回忆、传承》,季斌等译,北京大学出版社,2007年,第66页。

相反，有些叙事虽然有可能确实在历史中存在过，但因为它们违背了大多数人对创伤历史的认知和情感期待，这些叙事就会变得"虽然真实但却不正确"，也因而不可能得到整个社会的承认，甚至它们的真实性也会遭到人们的质疑。当描述创伤的文学作品加入"施害者"的视角时，这样的情况就有可能发生。由此可见，创伤（经历）和文学（表征）之间的关系非常微妙，因为连接二者之间的主体（创伤主体与表征主体，绝大多数是幸存者和亲历者）其视角非常特殊。"我曾经在那里""我目睹事情的发生""我切身感受到"，目击或见证在此具有无可替代的力量。在创伤表征的过程中，后者无疑具有相当的"特权"和"优越性"，但我们绝不应当将这种特殊性极端化为垄断性的"认识装置"，我们应当既对亲历者的特殊视角保持信任和鼓励，又要对其实施特殊的方式和效果保持清醒和反思的意识，这样才能对沉重的创伤过去足够尊重。

五　创伤书写及文学的社会功能

对创伤经历的文学表征虽然是难的、有限度的，但不是不可行，也不是不可能的。站在反面的立场上看，恰恰是因为言说的困难，才越发显示出言说的重要性来。事实上，个体能够言说创伤，并把不可见的个人记忆和经验转换为话语表述，使之得以呈现，并且能够被分享或分担，这反而是言说的力量和治疗创伤的有效途径。所谓修复创伤不是指把本来沉默的创伤彻底掩埋在潜意识里，或者假装它从未发生，事实上这也根本不可能。而是在叙事的想象和建构中反复"咀嚼"创伤，把它从内心的深渊中拯救出来，赋予它具体的形态和面目，使它成为创伤主体现实生活的一部分。不仅如此，语言活动本来就是人类社会存在的本质，为了反思和修正历史的错误，从而也为了形成正确的和善的道德原则与社会常识，人类必须表达、交流和讨论，无论是在文学还是历史的层面上，各种方式的言说都是正当且必要的，否则，把罪恶和错误神秘化，"仅仅报以虔诚的沉默，有可能导致大恶问题从公共论坛上的'合理消失'"[1]。

---

[1] 徐贲：《人以什么理由来记忆》，吉林出版集团有限责任公司，2008年，第302页。

我们相信，对创伤经历的文学表征是非常必要也非常有效的，对创伤理论的研究也非常值得关注。因为创伤经历及创伤记忆可能与具体的个体、场所、诱因等有关，但创伤书写却是可以从这种"特别性""个体性"或"地域性"中被抽取出来的，演变为一种具有普遍意义的历史符号和标志。而借助这一符号和标志，我们不仅得以探寻具体情境及特定阶段的历史真相，还获得了反思现实甚至建构未来的能力，甚至可以重新审视历史的结构本身。换句话说，除了实际的治疗疗效，它还可以在方法论的层面上发挥影响。创伤书写及创伤理论研究把文学从狭隘的语言艺术中解放出来，赋予文学与历史、社会、伦理、政治、文化甚至哲学等不同学科以深刻而广泛的关联，也使文学形态日渐丰富，不再仅仅局限于传统的诗歌、小说、散文和戏剧，也包括了回忆录、自传、传记、书信、日记、访谈、口述等。创伤书写及创伤理论研究对文学最重要的贡献就是使文学重新回归为"人学"，并且把血肉丰满的，而不是抽象冰冷的"人"放置在了具体的社会和历史情境中加以拷问，使文学的社会功能得到了充分的体现。这种体现至少表现在三个方面：

第一，文学首先是一种"见证"。它保存了当事人或幸存者对于创伤经历最鲜活的印象，证明了过去确实曾经发生过，因此成为"有温度的历史"。即使因为创伤书写的主体具有情感倾向、道德立场和价值判断而使"见证"具有"天然的倾向性"，但这种"天然的倾向性"并不损害文学"见证"过去的合法性和有效性，这种"当事人的立场"或称"主观的客观性"反而更贴近我们的真实状况，也令我们对过去的叙述更有说服力。

第二，文学又是一种对现实历史的反思，这是文学最重要的社会功能。反思包含三个层面：首先是事实层面的反思，也就是对细节、对史实的求证。在这个层面，我们通常是以"回溯式"的叙事方式重讲历史故事。尽管在后现代史学观念的影响下，历史本身已不再被认为是一个坚固不变的抽象整体，越来越多的历史学家认同"作为复数的历史"，也越来越承认历史认识也应当包含合理的逻辑推论与有限度的历史想象，但这绝不等同于历史的实质就是历史虚无主义，而历史的"可文本化"也不能完全解构甚至消除历史的客观存在。所以说，虽然也许历史的真相无法完全获得，历史不可能被"真实地"再现，但我们依然相信并执着于无限地接近历史的真实。这也是我们能够在事实层面上反思创伤的基本依据。其次是伦理层面的反思，也就是探寻历史发生的动机，追问创伤形成的深层机制。在这个层面我们需要了解的是，创伤为什么会发生，不同的历史主体在其形成过程中扮演了怎样不同的角色，他们的影响有怎样的权重，创伤发生时的社会现实如何及其在历史过程中的独特性，创伤的实质是什么，等等。换句话说，我们在这个层面的工作目标不只是重现历史，而是在其基础上理解历史，是"历史的历史"，是勾勒被记忆塑造过的历史。最后是结构层面的反思，也就是剖析创伤记忆的文学表征，分析个体与集体、日常生活与社会制度、创伤的传播与历史化、历史遗产与现实需求、记住与遗忘、身份政治与社会记忆之间的复杂关系。在这个层面，起作用的不再是经验意义及个体意义上的创伤经历，而是从经验中提取出理论，把个体化的记忆放置到记忆的公共空间，以共享记忆取代记忆的碎片化。

第三，文学最终将指向对历史的导引和建构。这是一种未来导向的功能，是一种解构之后的建构，是对被创伤所中断了的历史的延续和修复。它最核心的内容就是把创伤"去情境化"，从而使之泛化为一个具有普遍意义的文化符号。假如不经过这样一个"符号扩展"的过程，创伤就无法更为广阔地发声，也无法获得人类的深度理解和认同，并且它也将阻碍创伤书写进入世界性的认识体系当中。

在创伤已然成为我们日常生活不可或缺的一部分甚至就是它本身时，创伤也会变成一个标杆、一种规则和一个方向。也许我们无法从根本上治愈创伤，但人类为了防止伤害再次发生所付出的一切努力，即便是错误和无效的努力，也不会是完全徒劳无益的。对创伤进行文学书写最终不是要以遮蔽"伤口"的形式重述历史，而是要以清洗"伤口"的形式重建人类新的道德共同体。这个新的道德共同体有能力形成集体的共识和道德规则，从而建立真正的道德常识，并在社会层面上自觉遵守，也有能力体现个体的特殊感知和集体意义上的文化同一性。最终，我们所期待的是，来自不同地域和族群的人们也许并没有共享一个创伤性的过去，但这并不影响他们作为人类的一部分，共同承担人性的苦难，并能够从这一共通的情感中找寻到对创伤性过去的一致认识。

扩展阅读书目

1. Alexander, Jeffery C., et al., *Cultural Trauma and Collective Identity*. Berkeley, CA: University of California Press, 2004.

2. Assmann, Aleida & Sebastian Conrad, eds., *Memory in a Global Age: Discourses, Practices and Trajectories*, London & New York: Palgrave Macmillan, 2010.

3. Buelens, Gert, Sam Durrant and Robert Eaglestone, eds., *The Future of Trauma Theory: Contemporary Literary and Cultural Criticism*, Arbingdon: Routledge, 2014.

4. Caruth, Cathy, *Unclaimed Experience: Trauma, Narrative and History*, Baltimore: Johns Hopkins University Press, 1996.

5. Caruth, Cathy, ed., *Trauma: Explorations in Memory*, Baltimore: Johns Hopkins University Press, 1995.

6. LaCapra, Dominick, *Representing the Holocaust: History, Theory, Trauma*, Ithaca: Cornell University Press, 1994.

7. LaCapra, Dominick, *Writing History, Writing Trauma*, Baltimore: Johns Hopkins University Press, 2001.

8. Nadal, Marita & MÓnica Calvo, eds., *Trauma in Contemporary Literature: Narrative and Representation*, New York: Routledge, 2014.

9. Onega, Susana & Jean-Michel Ganteau, eds., *Contemporary Trauma Narratives: Liminality and the Ethics of Form*, New York: Routledge, 2014.

10. Sarat, Austin, Nadav Davidovitch and Michal Alberstein, eds., *Trauma and Memory: Reading, Healing and Making Law*, Stanford: Stanford University Press, 2007.

11. [德]阿斯特莉特·埃尔、冯亚琳主编:《文化记忆理论读本》,北京大学出版社,2012年。

12. 陈恒、耿相新主编:《新史学第八辑 纳粹屠犹:历史与记忆》,大象出版社,2007年。

13. [德]哈拉尔德·韦尔策编:《社会记忆:历史、回忆、传承》,季斌等译,北京大学出版社,2007年。

14. [美]杰弗里·亚历山大:《社会生活的意义:一种文化社会学的视角》,周怡等译,北京大学出版社,2011年。

15. 徐贲:《人以什么理由来记忆》,吉林出版集团有限责任公司,2008。

第九章　文学与社会

在文学研究的视野内，文学和社会的关系与影响问题历史悠久。无论是中国还是西方，在文学发展中都有较为丰富文学社会学研究的历史与经验，近现代以来的很多文学思潮和理论派别都曾在文学与社会的关系问题上有所推动，同时也促进了社会批评理论的进一步发展。20世纪以来的文学研究观念在文学与社会的关系问题上更加复杂，对文学与社会关系的认识，既不像19世纪以来的社会批评那样片面强调文学的社会性，追求文学研究的社会来源，也不再把文学与社会的关系理解为一种机械的反映观念，社会批评也产生出多种新的理论观念和批评形态。从广义来看，文学是整个人类社会文化实践的一部分，文学的意义生成和思想表达与既定的社会文化语境有密切的联系，需要我们从辩证的社会学诗学视野来理解文学与社会的关系。

一　文学与社会的关系

文学与社会的关系问题是文学理论的基础性问题。文学作品是作家对现实生活审美反映的结果，受社会存在即一定社会的物质生活条件的制约。马克思曾经提出，从社会生产的角度看，物质生产资料的生产方式以及与之相适应的社会经济制度影响、制约并决定了"由各种不同的、表现独特的情感、幻想、思想方式和人生观构成的整个上层建筑"[1]，也即人们常说的社会存在决定社会意识。文学作为审美意识形态，与其他意识形

---

[1]　《路易波拿巴的雾月十八日》，《马克思恩格斯选集》第1卷，人民出版社，1995，第611页。

态一样，都受社会存在的决定与影响，因此，无论是文学的生成与发展，还是文学创作与传播接受，文学的具体实践都与社会生活有着密切的联系。但文学创作也不是机械地模仿社会，文学与社会体现为一种审美反映的张力关系。对文学与社会的关系认识应该从这种审美反映的张力性质出发，辩证地看待和分析文学的社会实践性质。

1. 文学与社会关系问题的理论认识

中西文学理论发展中对文学与社会的关系有着较为集中的理论概括。中国古代关于文学与社会的关系有诸多理论表述，其核心的观点是强调自然景物、社会生活及人们在生活中的感悟对文学创作的影响与作用。在文学发生的初期，人们就认识到，文学必然依存于大化流衍的自然现象以及诗人创作过程中所经历的各种人生境况。刘勰在《文心雕龙》中强调："春秋代序，阴阳惨舒；物色之动，心亦摇焉"，陆机在《文赋》中说："遵四时以叹逝，瞻万物而思纷。悲落叶于劲秋，喜柔条于芳春"，钟嵘在《〈诗品〉序》中说："嘉会寄诗以亲，离群托诗以怨。至于楚臣去境，汉妾辞宫，或骨横朔野，魂逐飞蓬；或负戈外戍，杀气雄边，塞客衣单，孀闺泪尽；或士有解佩出朝，一去忘返；女有扬蛾入宠，再盼倾国：凡斯种种，感荡心灵，非陈诗何以展其义？非长歌何以骋其情？"他们都强调自然环境与社会生活语境对文学创作的影响，把自然环境、社会的思想氛围，特别是作家的生活阅历及情感感受视为激发作者创作的主要因素，这些理论观念对我们认识文学与社会的关系有重要的启发。

在文学与社会的关系问题上，除了文学创作层面的认识，中国古代文论还将文学与社会关系问题的认识上升为理论的概括，如"物感说"。"物感说"也称"感物说""心物感应说"，它概括了中国古代关于文学创作的认识来源，是在"心"与"物"的审美关系中对文学与社会关系问题的理论把握。"物感说"萌芽于先秦时期。《周易》最早提出"感应"问题，《礼记·乐记》首次提出"物感"说，强调："凡音之起，由人心生也。人心之动，物使之然也。"陆机的《文赋》论述了作者对自然物象的"感兴"而触发情感和文思，刘勰的《文心雕龙》强调："人禀七情，应物斯感；感物吟志，莫非自然。"钟嵘《诗品序》开篇提出"气之动物，物之感人，故摇荡性情，形诸舞咏"，这些理论观念都是从"心"与"物"的辩证关系来认识文学创作中的审美反映过程及特征。这里的"物"包含自然物象、社会现实、人生遭遇等,"感"则强调感应,是人的生理、心理、物理的自然感发与应和,包括人的感动、感悟、感兴、感触、感知、直觉体验等。在"物感说"之外,中国古代还有"诗言志"和"诗缘情"理论。从文学与社会的关系而言,以"言志"和"缘情"论诗,似乎仅强调思想感情在文学发生中的作用,但是追究其缘由,"言志说""缘情说"与"物感说"并不矛盾,因为任何思想感情的发生都源于社会(自然景物和个体生活),都是主体感受人生的产物,都强调丰富的人生阅历构成的生活基础对文学创作极其重要,因而也在文学与社会关系研究的问题视野之内。

西方文论在古希腊时期就有了文学与社会研究的最初萌芽。古希腊哲学家德谟克利特曾经提出了一种朴素的模仿说,对认识西方文学发展中的文学与社会的关系问题有所启发。他说:"在许多重要的事情上,我们是模仿禽兽,作禽兽的小学生的。从蜘蛛我们学会了织布和缝补;从燕子学会了造房子;从天鹅和黄莺等歌唱的鸟学会了唱歌。"[1]古希腊的模仿说有特殊历史阶段的认识痕迹,但也较为明显地展现出西方古代思想家关于文学与社会关系的基本看法,一直以来被视为西方文学中社会研究的最早的理论认识。古希腊的柏拉图、亚里士多德等思想家都对模仿说有所发展。柏拉图曾在哲学层面上从模仿的角度看待文艺的功能,他提出了著名的"理念论",并以"床"作比喻,认为文学艺术是模仿的模仿,与真理即理念隔了两层,柏拉图的理念论否定了文艺的积极的社会功能,是对文学与社会关系的另一种理论认识。与柏拉图不同,亚里士多德则得出了"诗比历史更有普遍性"的结论,是在肯定的意义上看待文艺与社会的关系。

文艺复兴时期,达·芬奇的"镜子说"延续了柏拉图和亚里士多德关于文艺与社会关系问题的理论争辩,主张对自然进行典型化和理想化的塑造,达·芬奇的"镜子说"虽然没有提出明确的文学与社会关系问题的理论原则,但已经走出了单纯从模仿的角度看待文学与社会关系问题的理论窠臼。在以后的文学研究中,文学与社会的关系问题始终没有走出西方文论家的视野,并在18世纪启蒙主义时期最为明显。启蒙主义时代是西方

---

[1] 德谟克得特:《著作残篇》,见伍蠡甫主编:《西方文论选》上卷,上海文艺出版社,1963年,第4—5页。

文学发展的高峰，各种新的理论观念层出不穷，启蒙主义强调人的理性，反对封建专制主义，强调以文化教育启迪蒙昧，促进社会自由和解放。启蒙主义是西方文艺复兴之后的又一次思想解放运动，强调文学的社会性与实践性，特别是文学艺术作为人类思想创造的结晶在社会实践中的重要作用。启蒙主义时期的伏尔泰、狄德罗、卢梭等"百科全书派"思想家非常重视文学艺术服务于启蒙思想以来的新道德、新哲学，他们极力扭转当时盛行的视文学为有教养之士的消遣方式的思想倾向，强调文学应该在社会生活中起到情感提升和道德完善的作用。狄德罗在《论绘画》中强调画家和批评家要深入生活，在生活中研究情感和风俗，并且希望能有一部为"为人民而写"的戏剧。卢梭像狄德罗一样看重文学的社会功能，他相信真实的文学艺术创造对社会是有益的。启蒙运动以来"百科全书派"的思想影响文学的社会研究，具有明显的理想主义色彩，这一方面是受到当时资产阶级文化上升的影响，更主要的是像法约尔说的那样，"美术和文学在他们的考虑中并不占据首要位置，而且他们在这个领域的探讨，也还是全面因袭根深蒂固的传统作法。因此，他们的学说常常是摇摆不定、甚至是矛盾的"[1]。

启蒙主义以后，西方文学理论在文学与社会关系上认识较为深入的是意大利历史学家维柯，在1725年出版的《新科学》中，他从人类社会历史的起源背景中来考察诗，为文学与社会关系的研究奠定了重要的理论基础。《新科学》的全称为《关于民族共同性的新科学》。维柯认为，诗体现了人类精神发展的过程，这种精神的发展在不同的历史阶段呈现出不同的形态。在维柯看来，人类历史经过了神的时代、英雄的时代和人的时代，人类社会从神的时代向人的时代的过渡，人的情感和感觉能力也随之增强，因此诗得以产生。诗记录了人类诗性经验的历史，这种历史"既是人类思想史，人类习俗史，又是人类事迹史"。[2] 除此之外，在对文学与社会的关系的认识上，法国的斯达尔夫人的《从文学与社会制度的关系论文学》和泰纳提出的"种族、环境、时代"三要素说也是重要的理论观念。

近现代文学发展中，由于社会语境的变化以及各种新兴理论思潮的兴

---

[1] [法]罗杰·法约尔：《批评：方法与历史》，怀宇译，百花文艺出版社，2002年，第112页。
[2] [意大利]维柯：《新科学》，朱光潜译，人民文学出版社，1986年，第156页。

起，文学与社会关系的理论发展较为复杂，也衍生出多种理论思潮和流派，各种观点的纷争较为明显，并在文学创作中有集中的表现，其中最重要的文学思潮当属现实主义。现实主义文学思潮产生于19世纪三四十年代，它既是一种文学创作方法，也是一种重要的文学观念和理论原则，是文学与社会之间的复杂关系在创作层面上的折射。现实主义文学思潮继承了古希腊以来文学的社会学研究方法与思想传统，强调文学反映生活的真实性，坚持从文学的角度对社会和现实予以审美反映与批判，并像恩格斯说的那样描写典型环境中的典型性格。现实主义文学思潮的重要作家有法国的司汤达、巴尔扎克、福楼拜、莫泊桑，英国的狄更斯、萨克雷，俄国的果戈理、车尔尼雪夫斯基、屠格涅夫、冈察洛夫、奥斯特罗夫斯基、托尔斯泰、契诃夫，美国的马克·吐温、欧·亨利、杰克·伦敦等。在这些作家的笔下，文学创造的一个重要任务就是在描绘社会现象的过程中，揭示社会的本质矛盾，并且指出矛盾的发展方向。比如法国著名现实主义作家巴尔扎克的《人间喜剧》，充分体现了现实主义作家对社会的敏锐的洞察力和深刻的批判性，不仅反映社会的现实与危机，更主要的是体现了小说与社会之间的审美反映的张力关系，体现了卢卡契说的"一部艺术作品的真正的艺术整体，取决于它提供的、决定被描绘的世界的基本社会因素的那副图画的完整性"[1]。

现实主义文学思潮仅仅是文学与社会的关系理论谱系发展的一种文学思潮，现实主义文学之后，浪漫主义、象征主义、现代主义以及西方马克思主义、女权主义、解构主义、后现代主义、后殖民主义、接受理论等各种理论思潮竞相呈现，在一个更加复杂多元的理论观念中不断深化文学与社会的关系，这些理论思潮提出，文学不仅仅是以虚构的方式反映社会，还有夸张、变形、意识流、心理分析等多种审美机制的介入；社会也不再只是种族、时代、环境等外在的文学研究问题，文学与社会的关系问题是一个融合了政治、文化、意识形态乃至整个社会生产方式研究的综合问题，文学与社会处于复杂的文化意识形态分析和"感觉结构"研究的思想网络之中，同时，对文学与社会关系的认识的丰富也不断推动新兴文学思潮和文学观念的更新发展。

---

[1] [匈牙利]卢卡契：《卢卡契文学论文集》第2卷，中国社会科学出版社，1981年，第333页。

2. 文学对社会的多元反映

在文学与社会的关系问题上，传统的文学理论强调文学对现实的反映，强调文学描写典型环境中的典型人物，用真实的细节描写现实，对现实生活中的人物和事件进行选择、提炼、概括，最终揭示生活的本质。文学面对复杂的社会，无论是文学的创造，还是文学传播与接受，乃至当代语境影响下的文学生产与消费，都不可避免地与社会各种生产机制、文化传播机制以及各种社会文化境遇有密切的关系。现在看来，这种关系是复杂的多层次的，文学与社会的关系也是在一种多重叠加的语境中产生并发展的，因此，在当代的文化语境和文学生产现实中，我们既要坚持文学反映社会，文学以特有的方式和情感手段揭示现实社会文化发展的复杂情形，但是，也不能简单地用文学反映生活来概括文学与社会的关系问题。一方面，在当代语境中，文学离不开社会生活，社会生活的发展变化对文学的创造与发展起着重要的决定和影响作用；另一方面，文学艺术家对生活的反映不仅仅是能动的，而且是多元的，复杂的。这种多元复杂的特点在不同的作家手里，在不同的文学创作类型那里，都有不同的表达方式。因此，我们强调，在当代语境中，文学是以一种多元的方式反映社会，映照社会，展现文学的一种特有的价值和伦理功能。

歌德曾经辩证地论述了文学与社会的关系："艺术家对于自然有双重关系：他既是自然的主宰，又是自然的奴隶。他是自然的奴隶，因为他必须用人世间的材料进行工作，才能使人理解；同时他又是自然的主宰，因为他使这种人世间的材料服从他的较高的意旨，并且为这较高的意旨服务。"[1] 在歌德看来，作家恭顺地做自然的奴隶，自然就会向作家敞开心扉，听凭作家的调遣和支配，以同样的恭顺报答作家。然而，自然不能解释自己，自然的本质、意义、诗情等都有赖于作家发现和开掘，所以作家又要做自然的主人，不仅让自然的全部秘密都在作家的心灵视野的关注和管辖之中，而且要超越自然，高于自然。这一点，在马克思提出的经济基础／上层建筑理论框架中也能得到相同的认识。马克思在历史唯物主义和辩证唯物主义视野中强调经济基础对包括文学在内的上层建筑的决定作用，但包括文学艺术在内的上层建筑不仅仅具有被决定的意识特征，而且

---

[1] [德] 爱克曼辑录：《歌德谈话录》，朱光潜译，人民文学出版社，1978年，第137页。

还具有生产特性，对经济基础具有反作用，这也是马克思主义文学理论在新的语境中的发展，是对文学的审美反映问题的理论拓展。

法国学者阿尔都塞在他的《保卫马克思》中提出"多元决定"的思想，认为在文学反映社会现实的问题上，我们不能从马克思的经济基础/上层建筑的理论框架中寻求单一答案，而应从多种复杂的决定因素出发看待上层建筑的特殊效能。他提出的经济基础、艺术和上层建筑的"三元关系"说是对文学审美反映问题的重要见解。英国学者雷蒙·威廉斯与阿尔都塞类似，提出经济基础、文化和意识形态的关系问题，也在文学的审美反映问题上强调文化勾连经济基础和上层建筑的作用，是从社会生活方式的角度看待文化以及文学对社会的审美反映问题。伊格尔顿则提出"审美意识形态"的理论观念，强调文学问题即审美问题具有意识形态属性，也有生产属性，文学的审美意识形态论在更加辩证的张力上深化了文学的审美反映问题。除此之外，法国学者布尔迪厄的"文学场"和文化区隔理论，朗西埃的"感性的再分配"思想以及法国学者奥利维耶·阿苏利和澳大利亚学者彼特·墨菲、爱德华多·德·拉·富恩特等人提出的"审美资本主义"的问题，都是从更广阔的当代社会文化变迁与审美经验变革的角度看待文学与社会的关系，是文学审美反映问题的新的理论见解，对理解审美反映的多元决定问题有重要的理论启发。

在文学与社会的关系问题上，除了文学反映社会之外，文学与社会（自然与生活）之间还存在着价值关系，这种价值属性也提出了文学与社会是一种多元审美反映的张力关系。在价值关系中，客体是因为主体的需要才成为主体的对象；主体之所以关注客体，不是为了认识客体，而是为了确定客体与自己的关系，为了确定客体对主体具有何种意义。文学在把握社会生活，通过对生活的反映追寻和揭示人生意义的过程中也存在这种价值属性，这种价值属性的存在使文学在广阔的文化语境中除了具有反映社会的属性和功能，还具有超越生活、超越社会的特征。现实主义文学作家巴尔扎克在谈到他的《人间喜剧》时说："历史所记载的是，或应该是，过去发生的事实，而小说却应该描写一个更美满的世界。"[1] 罗曼·罗

---

[1] [法] 巴尔扎克：《〈人间喜剧〉前言》，见伍蠡甫主编：《西方文论选》，上海译文出版社，1979年，第173页。

兰在谈到他的《约翰·克利斯朵夫》时说:"我毫无隐蔽地暴露了它的缺陷与德性,它的沉重的悲哀,它的混混沌沌的骄傲,它的英勇的努力,和为了重新缔造一个世界、一种道德、一种美学、一种信仰、一个新的人类而感到的一种沮丧。"[1]文学超越社会、超越生活就在于这种反映与暴露、批判与反思中所展现的对生活的向往、希冀、悲观甚至绝望,这就要求作家、艺术家对待社会与生活,不能仅仅停留在摹写现象的层面,还需要寻找和揭示隐藏在生活现象背后的人生困惑的各种动因,通过人生感悟和理想追求,实现诗意世界和批判思想的创造和表现,并以此给读者精神上的启迪和审美的享受。在现代与后现代主义文学发展中,在文学与社会更为复杂的关系中,文学对社会的多元反映,文学超越于社会和生活,更加展现了文学在我们这个时代的意义与价值。

二 文学的外部研究与内部研究

文学的内部研究与外部研究是20世纪文学理论发展中的重要理论问题,体现了文学与社会关系的变化。文学的内部研究与外部研究之分最早由美国文学理论家勒内·韦勒克和奥斯丁·沃伦在他们合著的《文学理论》中提出。韦勒克、沃伦把传统文学理论中的作家传记研究、文学社会学、文学心理学、文学哲学以及文学与其他学科的关系研究等视为外部研究,把对文学自身的内部结构和形式因素,如作品的存在方式、叙事性作品的性质、作品的类型、文体以及韵律、节奏、意象、隐喻、象征、神话等归于文学的"内部研究"。这种划分把产生文学作品的外在环境、条件与文学作品自身的存在鲜明地区分,突出了文学作品的审美价值,但也忽略了文学的社会语境。

1. 什么是内部研究

在理论上,文学内部研究的观念在20世纪西方文论中的形式主义、英美新批评和结构主义文学理论那里表现得最为明显,它们从"语言学转向"的背景出发,强调现代语言学对文学语言工具论的颠覆与文学意义的重建。如俄国形式主义致力于文学的自主性研究,在文学的观念上排除

---

[1] [法]罗曼·罗兰:《约翰·克利斯朵夫》,傅雷译,人民文学出版社,1980年,第193页。

"摹仿"和"表现",在他们看来,"文学科学的对象不是文学,而是文学性,也就是说使一部作品成为文学作品的东西"[1]。文学的研究对象是"文学性",而不是某位作家的某部作品,所谓文学性是指文学的语言、结构、形式、手段、方法,排除文学的外在的社会内容。文学性不存在于某一部文学作品中,它是一种同类文学作品普遍运用的构造原则和表现手段。形式主义文论的代表人物什克洛夫斯基提出:"在文学理论中我从事的是其内部规律的研究。如以工厂生产来类比的话,则我关心的不是世界棉布市场的形势,不是各托拉斯的政策,而是棉纱的标号及其纺织方法。"[2]同样坚持文学内部研究的英美新批评学派,则强调文学的语义分析。语义分析的方法是在具体的文学批评过程中,从文学语言入手,强调以分析语言在读者心理上产生的效果为主。为此,新批评学派提出"细读法",细读法注重文学内部的结构组织,强调分析语言的多义性,注重在具体语境中分析语言的意义。新批评学派还提出了不同于传统的文学研究的内容和形式划分的观点,美国批评家兰色姆就把诗歌的内部构成分为"构架"与"肌质"两部分,"构架"指的是诗歌内容的逻辑叙述,是诗中可以用散文转述的主题意义或思想内容;而"肌质"指的是诗中不能用散文转述的部分,是作品中的个别细节。英美新批评学派的维姆萨特进而提出"感受谬误"与"意图谬误",彻底切断了文学作品与作者、读者的关系。此外,文学内部研究还包括结构主义与叙事学的叙事性作品的形式与技巧研究、文学类型研究等,典型的代表是法国结构主义文学批评家罗兰·巴特,他对莎士比亚小说《萨拉辛》的分析就是从结构主义叙事学出发的,它让我们看到文学的内部研究是如何在文本批评中实现意义呈现的。

2. 文学内部研究的理论价值与缺陷

文学的内部研究是一种杜绝和颠覆文学的社会性来源的理论观念。在坚持文学内部研究的俄国形式主义和英美新批评学派那里,文学的外部研究侧重于文学与时代、社会、历史的关系,其理论预设是从柏拉图、亚里

---

[1] [法]托多罗夫编选:《俄苏形式主义文论选》,蔡鸿滨译,中国社会科学出版社,1989年,第24页。

[2] [苏联]维·什克洛夫斯基:《散文理论》,刘宗次等译,百花洲文艺出版社,1994年,第3页。

士多德以来延续数千年的"模仿说"与"再现说"的传统,即强调文学是对社会(自然与生活)的模仿和再现。在他们看来,这种外部研究"把文学作品当作社会文献,当作社会现实的写照来研究"[1],因而难以真正揭示文学的规律和价值。文学的内部研究则认为文学的对象是文学作品自身,强调文学作品的结构和形式分析。

文学的内部研究有它的合理之处,首先,它鲜明地指出了传统的文学的传记研究、历史研究和社会研究的简单化倾向,对文学批评回答文学自身的审美价值有一定的启发。著名文学批评家巴赫金就曾指出:"文学批评虽然在大多数情况下能为文学提出正确的公正的社会要求,提出必需的迫切的社会任务,但是经常完全无力把这些要求和任务表达出来,也就是说,它不会用文学本身的语言来表达它们。"[2] 在这方面,文学的内部研究是有一定的优势的。其次,从理论层面上而言,文学的内部研究主要的理论特征是破除了传统文学社会学研究的弊端,在取消了传统的内容/形式二元论之后更细致地回到文本批评的内部,对于突破19世纪以来的文学传统痼疾有一定的开创性作用。最后,文学的内部研究提出了一些重要的文学批评方法和原则,如俄国形式主义文学批评的"陌生化""文学性研究""形式的独立自主性",英美新批评学派的语义分析、细读法等,启发了20世纪西方文学理论的一些重要的批评观念的展开,也影响了文学研究观念的转化、文学研究领域的拓展和文学意义的深入。

在20世纪西方文论发展的早期一直到1950年代,"俄国形式主义""语义学派""英美新批评""结构主义"等文学内部研究观念占据了文学研究的大部分领域。文学的内部研究对"形式"的关注和重新阐释,促使文学审美形式的意义与价值得到了重新发掘,不但颠覆了传统的社会批评的理论模式,而且也使"形式"上升为一种重要的文学本体论观念,影响了文学批评的定位和选择,如兰色姆就提出:"如果一个批评家,在诗的肌质方面无话可说,那他就等于在以诗而论的诗方面无话可说。"[3] 坚持文学内部研究的俄国形式主义批评、英美新批评学派在根本上是再次叩问文

---

[1] [美]韦勒克、沃伦:《文学理论》,刘象愚译,生活·读书·新知三联书店,1984年,第102页。

[2] [苏联]巴赫金:《周边集》,河北教育出版社,1998年,第154页。

[3] 赵毅衡编选:《"新批评"文集》,百花文艺出版社,2001年,第108页。

学真谛的尝试，它有着关于文学和批评理念新的理解和解释。但文学的内部研究还存在较为明显的理论弊端，如文学的内部研究仅仅关注所谓文学性的一面，忽略了非文学性因素对文学的影响，对一些理论问题，如"文学性""陌生化"等没有在理论上的充分阐发，文学性和非文学性的区别与时代差异等问题还没有完全从理论层面上阐释清楚，并较多带有经验层面上的意义。此外，文学的内部研究和文学批评还缺乏更深入完善的语言理论和社会文化理论的支持，文学的内部研究对语言的看法是狭窄的，因此它的片面性是突出的。在20世纪50年代之后，文学的内部研究的观念在西方文论发展中很快就偃旗息鼓了，文学理论和批评重新回到文学与社会、文学与文化、文学与性别、文学与政治等更深刻的社会文化问题研究上来，也体现了文学与社会关系的新的变化。

三　社会批评

社会批评是一种文学批评的类型和范式，它区别于心理学批评、语言学批评、精神分析批评等批评形态，主要从社会历史语境出发探讨文学文本的意义与价值。作为历史最悠久、影响最广泛的文学批评方法，社会批评一直以来都极为关注文学作品的意义特性在一定社会历史条件下的生成和展现过程，并试图寻找文学与一定社会历史的互动关系。在文学批评的历史上，社会批评一度曾因其批评观念和视野上的宏观性、整体性，影响和建构着文学演变的内在逻辑和模式，也因方法上的现实性和技巧上的可操作性成为一种重要的批评形式。20世纪以来，社会批评在文学内部研究的呼声中曾受到理论的冲击，但自1960年代以后，随着文学理论观念的发展变化，社会批评重新受到重视，并在女性主义批评、后现代主义批评、后殖民主义批评和新历史主义批评等理论思潮中得到深入和发展。

社会批评的历史较为悠久。在中国文学发展中，社会批评与伦理道德批评有一定的联系。中国先秦有"美善相乐"说，认为一切令人快乐的事物之所以美是因为善，"善"之实质和标准是维护等级制度及事父、事君的道德和伦理要求。先秦时期强调文学的内容必须符合儒家思想，即"思无邪"，强调文学的情感抒发要体现一种"乐而不淫，哀而不伤"的中和之美，进而使伦理道德评价成为儒家对文学的社会批评的重要评判标准。

中国文论史上的社会历史批评吸收了伦理道德批评的因素,但也不限于此,主要是强调把文学作品产生的时代背景、历史条件以及作家的生活经历等与作品联系起来进行评论,如中国先秦时期孔子提出"兴观群怨"说,"怨",孔国安注为"怨刺上政",朱熹注为"怨而不怒",即认为文学作品应该批评为政者在社会政治方面的过失。《诗经》中许多含有"怨"的作品就表现了对不合乎"仁"的现象的指责和不满、男女由于爱情婚姻不如意而发出的种种怨叹等。孟子提出"以意逆志"和"知人论世"的社会批评方法。"以意逆志"是"以古人之意求古人之志,乃就诗论诗",即文学批评应当着眼于作品的实际,把握作品的全篇内容,以此理解作品的思想感情。"知人论世"指读者要真正理解文学作品,就必须了解作者的身世、经历、思想、道德、情感、人品等,还要了解作者所处的时代环境和文化背景。此后,刘勰《文心雕龙》《时序》篇要求文学批评考虑时代与社会现实等因素,提出"歌谣文理,与世推移","文变染乎世情,兴废系乎时序",都是社会批评的重要理论潜源。唐宋时期,韩愈和柳宗元提出的"文以载道""文以明道"的文学主张,白居易强调"文章合为时而著,歌诗合为事而作",虽然没有明确提出社会批评的观点,但强化了文学与社会的关系,是中国文论中的社会批评的重要理论观念,也是社会批评蕴含的文学面向现实、直面人生,进而起到补察时政泄导人情功能的集中体现。

西方的社会批评最早发轫于古希腊时期,柏拉图、亚里士多德等思想家最早解释了文艺与现实世界的关系,18世纪意大利社会学家维柯、法国斯达尔夫人进一步推演了社会批评,到19世纪法国文学批评家泰纳提出的"种族、时代、环境"三要素说,从社会、历史的角度研究文学,基本上形成了一种固定的文学批评模式,初步建立了社会批评的理论体系。19世纪下半叶以来,在法国实证主义思潮的影响下,社会批评继续发展。19世纪中期,马克思主义批评崛起,社会批评获得了马克思主义理论的思想锤炼,在理论形态和批评范式上更加明确。20世纪以来,雷蒙·威廉斯、阿尔都塞、伊格尔顿、马尔库塞等理论家,都不同程度地在社会历史视野中探索文学的本质和规律,并向社会整体文化情境中掘进社会批评的空间,努力探求在一定的社会文化中展现文学的意识形态特性,社会批评的理论和方法进一步得到丰富和完善,而且扭转了社会批评长期以来趋于简单和僵化的痼疾，使社会批评产生了重大的理论影响。

1960年代以来，社会批评不断发展，批评观念和理论形态发生了重大的变化，既有传统的重视社会文化历史语境的社会学批评，同时又与政治、文化、意识形态、性别、阶级等问题密切关联，从而大大拓展了社会批评的研究范围，并产生出女性主义批评、后现代主义批评、后殖民主义批评、新历史主义批评、意识形态批评等新的批评形态。

女性主义批评是1960年代在美国和欧洲兴起，以女性性别意识为焦点阐释文学和社会文化现象的批评理论，主要代表性的理论家有美国的凯特·米莉特、弗吉尼亚·伍尔夫、吉尔伯特、肖瓦尔特，法国的波伏娃、克里斯蒂娃、西苏等。女性主义文学批评反抗文学批评中的"菲勒斯中心主义"，批判性别意识的社会建构，强调以女性视角解读文学作品，并对文学和意识形态领域中的男性文化霸权予以深刻揭露和批判，声讨男权文化的压迫。女性主义批评的方法是文学的外在研究或文学社会研究的深化与发展，它视文学为一种社会文化的映射，并且认为造成男女两性不平等的根源不只是社会政治或经济制度，而是在漫长历史发展中早已渗透到社会制度各个层面的父权制文化，因而提出重新审视历史传统，力求在各个领域全方位地推翻男尊女卑的性别定型论，将矛头直指传统的男性中心文化理论。女性主义批评在实践上履行了社会批评的任务，对当代社会中妇女境遇问题作出了有意义的探索和有力的回答，也表达了与女性具体生活经验密切相关的鲜活的文化感受，是1960年代以来的社会历史批评中的重要的理论观念。

后现代主义批评是20世纪下半叶西方后工业社会（或曰晚期资本主义社会）的产物，孕育于西方独特的社会历史语境之中。20世纪两次世界大战的惨痛经历及战后科学技术的片面发展，人的精神危机的极度迷茫以及自然环境的严重破坏等极大地挑战和颠覆了人的理性观念，迫使人们对现代文明的历史及各种哲学、道德、科学、文学观念等进行反思。后现代主义批评与当代西方资本主义社会的历史文化语境发展有密切的关系，代表人物有包括弗·杰姆逊、利奥塔、拉康、德里达、福柯、哈贝马斯、斯潘诺斯、海登·怀特、库恩、罗兰·巴特、哈桑、克利斯蒂娃、赛义德、霍米·巴巴、保罗·德·曼、米勒、波德里亚等一大批理论家。后现代主批评在思维方式、理论观念、语言表达、批评实践等诸多层面上都发生了深刻的变化，在理论观念上体现了一系列重要的批评概念与原则，如否定性、非中心化、破碎性、不确定性、非连续性、多元化、反权威、反基础主义、反人道主义、非理性主义、非中心化，等等，极大地影响了当代批评的发展态势与走向。但后现代主义批评在理论内部也充满分歧，观点各异，甚至难以用某种恒定的理论原则来概括，这也说明了后现代主义批评恰恰是一种充满解构色彩的批评观念。由于后现代主义批评的出现，20世纪社会批评的发展更加复杂。

后殖民主义批评是 1970 年代末兴起、以生活在第一世界的殖民地和第三世界的知识分子为主体的文学理论批评话语。后殖民主义批评的代表人物有赛义德、斯皮瓦克、霍米·巴巴等。后殖民批评关注殖民时代结束之后，宗主国与殖民地之间的文化话语权力关系，以及种族主义、民族主义、文化帝国主义等新的问题，强调第三世界国家中普遍出现文化压迫的现象，致力于揭露帝国主义对第三世界行使文化霸权的行为，探讨殖民地与宗主国之间由对抗到对话的新型关系，在当代西方社会批评发展中占据重要的理论位置，同时也以独特的批评观念深化了社会批评的理论和方法。

新历史主义批评是诞生于 1980 年代英美国家的文学批评流派，代表理论家有史蒂芬·格林布拉特、蒙特罗斯、海登·怀特等。新历史主义批评强调消解文学与历史之间的鸿沟，以文本性、互文性特征恢复历史与文学之间的沟通，重视文学研究中的历史维度，重构文学与历史的密切关系。在批评观念上，新历史主义学者们试图从权力话语、意识形态、文化霸权等角度对文本进行全面阐述，把文学与人生、文学与历史、文学与权力话语等关系视作研究的中心，通过文本与历史语境、文学文本与其他文本的文本间性研究，恢复文学研究中的历史意识与历史方法，从而构建新的文本概念，由此奠定的批评方法和原则在 20 世纪社会批评发展中产生了重要影响。

意识形态批评是 1960 年代以后兴起的重要的社会批评方法和原则，代表性的理论家以西方马克思主义理论家雷蒙·威廉斯、阿尔都塞、伊格尔顿等人为主。意识形态批评强调在历史和意识形态视野中阐释文学作品的意义与价值，认为一切文学作品在既定的社会历史文化语境中感染了意识形态和政治的因素，文学的发展变化受社会历史发展中的意识形态的影响和制约，强调在文学批评中深入挖掘影响文学的社会权力因素与意识形态的隐蔽机制。意识形态批评坚持任何文学艺术都是社会意识形态的一部分，任何文学都是在一定的社会历史视野中产生和发展的，离开社会和历史，任何批评阐释都失去了根基。意识形态批评方法和原则与马克思主义的经济基础／上层建筑的理论模式有密切的关系，但不限于这个理论框架，而与更为复杂的精神分析、文化政治与文化分析方法产生理论联系，是当代社会批评中的一种重要的理论观念，其理论形态与方法也在不断发展。

扩展阅读书目：

1. [英] 艾·阿·瑞恰兹：《文学批评原理》，杨自伍译，百花洲文艺出版社，1992年。
2. [美] 艾布拉姆斯：《镜与灯》，郦稚牛等译，北京大学出版社，2004年。
3. [德] 爱克曼辑录：《歌德谈话录》，朱光潜译，人民文学出版社，1978年。
4. [古希腊] 柏拉图：《文艺对话录》，朱光潜译，人民文学出版社，1959年。
5. [美] 拉曼·塞尔登《文学批评理论——从柏拉图到现在》，刘象愚等译，北京大学出版社，2003年。
6. [美] 勒内·韦勒克、沃伦：《文学理论》，刘象愚等译，文化艺术出版社，2010年。
7. [美] 雷内·韦勒克《批评的概念》，张今言译，中国美术学院出版社，1992年。
8. 刘勰：《文心雕龙》。
9. 陆机：《文赋》。
10. [法] 罗杰·法约尔：《批评：方法与历史》，怀宇译，百花文艺出版社，2002年。
11. [美] 马克·埃德蒙森：《文学对抗哲学》，王柏华译，中央编译出版社，2000年。
12. [苏联] 什克洛夫斯基：《散文理论》，刘宗次译，百花洲文艺出版社，1994年。
13. [英] 特里·伊格尔顿：《20世纪西方文学理论（纪念版）》，伍晓明译，北京大学出版社，2018年。
14. [意大利] 维柯：《新科学》，安徽教育出版社，2006年。
15. [古希腊] 亚里士多德：《诗学》，陈中梅译，商务印书馆，1996年。

第十章　文学史

文学史是大学文学专业教授的主要课程，也是文学研究的基本方法。虽然文学史研究在 20 世纪后半叶经历了各种新理论和新批评方法的冲击，但依然屹立不倒，在文学研究中处于主流的地位。搞清楚文学史本身的来龙去脉，有助于我们反思文学专业的文学教育，也有助于我们在面对浩如烟海的文学史著作时，把握其基本逻辑和方法。本章主要介绍 19 世纪文学史产生的背景、基本观念和奠定文学史基础的三种关键思想。

一　文学史观念产生的背景

19 世纪的欧洲经历了一个激动人心的百年，随着资产阶级经济制度的建立和大工业的发展，社会革命和科技革命相继不断，经济和科技取得了令人瞩目的进步，蒸汽机和电力的发明改变了人类的生产和生活方式。由于科技的巨大进步，使得"资产阶级在它的不到一百年的阶级统治中所创造的生产力，比过去一切世代创造的全部生产力还要多，还要大"[1]。人口从乡村向城市迁移的速度逐渐加快，传统的田园生活被工厂的烟囱取代，并且完成了新的阶级分化，阶级矛盾日益突出。欧洲在血与火之中构建了现代的政治和国家体制，工业大发展和思想文化上的大变革使欧洲发生了翻天覆地的变化，马克思和恩格斯所创立的思想体系就是在这样的背景下成熟起来，回应了现代化社会的历史需求。

文艺复兴和新教革命以来，神权的地位日益下降，无论在物质工具上，还是精神领域，人逐渐成为世界这个舞台的主角。这是一个"祛魅"

---

[1] 《共产党宣言》，《马克思恩格斯文集》第 2 卷，人民出版社，2009 年，第 36 页。

的时代，自然科学取得了令人炫目的进步和成就，科学的神奇魔力不仅表现为对经济和物质生产的巨大推动作用，而且体现在人类生活的各个方面，物理、化学和生物学的新发现激励着人们的好奇心和征服世界的雄心壮志，也使很多人乐观地认为通过科学手段就可以掌握人和宇宙的全部秘密和规律。19世纪中叶以后的欧洲涌现了一大批现实主义作家，他们从内心情感的吟诵走向对现实世界的记录，观察和研究代替了抽象的玄思，创作出一大批优秀的现实主义文学作品。科学实证性研究的成果和方法也对人文学科产生了巨大的影响，历史学、人类学、社会学和政治经济学等新的学科逐渐建立，从传统神学院脱胎重生的新型大学出现在德国、法国和英国，成为现代社会知识生产和确立价值标准的重要场所。一部分文学批评家和理论家在人文研究中借鉴科学精神及方法，相信通过客观化研究和分析可以获得解读人类精神世界的钥匙。

18世纪的启蒙思想的影响继续在欧洲蔓延，神权日益衰弱，现代工业和科技的发展需要大量的科技人才和有文化的劳动力，因此在法国大革命后，资产阶级政府对旧式教育的领导体制、学校制度、教学内容、教学方法进行了彻底的调整和改革，一方面使平民获得了教育机会，无论是底层百姓还是妇女，识字率都迅速上升，这为文学的普及做好了准备，同时也推动了小说上升为文学的主流文类之一。另一方面，大学体制不断改革，这也为文学史这门学科的建立做好了准备。

二　文学史的基本观念

对于今天的文学批评来说，文学史是一种颇为老旧的研究方法。然而在19世纪，文学史是文学批评面临大学体制变革而出现的新话语和新方法，是文学元语言适应现代学科体制所做出的一次革命性断裂。19世纪以前，文学批评和理论（或者说文学元语言）的主要问题是对文学进行价值判断，其主要问题是：什么样的文学是好的？怎样写出好的文学？诗人和批评家从伦理、美学、神学、政治和认识论等各种角度，提出和回答这一问题。亚里士多德在《诗学》中回答"什么是悲剧"的问题时说："悲剧是对一个严肃、完整、有一定长度的行动的摹仿，它的媒介是经过'装饰'的语言，以不同的形式分别被用于剧的不同部分，它的摹仿方式是借助人物的行动,而不是叙述,通过引发怜悯和恐惧使这些情感得到疏泄。"[1]这个定义被后人反复引用,似乎已经没有什么可以再说的。但是当我们认真考察亚里士多德写下这个定义所面临的真正问题,尤其当我们把他的这种定义方式与今天对类似问题的提问方式加以比较,我们就可以发现,在文学场域内,类似"什么是悲剧"和"什么是诗歌"这一类问题的提问方式发生了重大变化。亚里士多德回答这一问题的焦点并不是要把悲剧与其他的艺术形式进行划分,并不是强调悲剧语言与其他的语言形式之间的差别,而是为了解决他所真正关心的问题:什么样的悲剧是好的悲剧?如何写出好的悲剧?好的悲剧会产生什么好的作用?因此,在他的定义中,"严肃"是对格调的要求,"完整"是对剧情的要求,"摹仿"是对逼真性的要求,"装饰"是对语言修辞的要求,"使这些情感得到疏泄"是对悲剧效果和功能的要求。因此,与其说他所回答的问题是"什么是悲剧?"不如说他真正的问题是"什么样的悲剧是好的悲剧?"从这个以价值规范为指向的定义出发,亚里士多德对悲剧的剧情安排、人物形象和语言修辞进一步加以说明,使《诗学》成为古希腊的悲剧写作指南。

亚里士多德以后的两千多年,文学理论和批评都没有离开这一问题范式,无论是中世纪的神学规范,还是文艺复兴以后,古典主义、浪漫主义等文学流派和观念,不同时代的作家和批评家纷纷提出了各自对于诗歌和文学的看法,他们表面上提出的是"文学是什么"这一问题,然而实际上,这些回答真正针对的是"好的文学是什么?""怎样才能写出好的文学作品?"换句话说,文学批评的核心问题是:文学作品的"好与坏"。不同的文学观之间争论的真正焦点是如何判断和评价文学作品的"好与坏",而不是文学的事实特征。

19世纪末的文学史提出了与以前的文学元语言截然不同的问题,虽然它也会讨论其研究对象"好与坏"的问题,但是它首先要关注的是自身的"对与错"。文学史要解决的问题是:为什么会产生这样的文学作品?原因是什么?作者是谁?他受到了什么影响,又造成了什么影响?对这些问题的回答并不直接影响对文学作品的评价,价值判断问题从文学作品转向文学元语言自身,对一个文学史家来说,最重要的问题是:我说的对不

---

[1] [古希腊]亚里士多德:《诗学》,陈中梅译,商务印书馆,1997年,第63页。

对？有没有道理？

当我们讨论语言之外的事物时，我们所使用的语言被称为对象语言，把这个语言当作对象来谈论的语言，则被称为元语言（Metalanguage）。在任何语言研究中，都有一种作为研究对象的语言，和一种由研究者用来谈论对象语言的元语言。对象语言与元语言是相对而言的。元语言是关于语言的一种语言，也就是针对文本或者言语行为而进行讨论、写作、思考的语言。在文学批评和理论领域，可以把文学作品视为对象语言，而讨论文学作品的文学批评和理论都可以当作元语言。

那么这一转折是如何发生的？它在文学批评中达到了什么样的效果？这个转折对于今天文学批评的影响是什么？正如前面所说，19世纪是自然科学突飞猛进的时代，新的知识一方面创造了巨大的生产力，另一方面极其深刻地影响了人类关于世界和自身的认识。"认识你自己"，实现这一任务不再完全依赖冥想和哲学的思辨，也不依赖上帝。实证主义成为主流思潮，人们普遍相信只要采用正确的方法，就可以最终认识世界和人类自身的真理。对社会现象的分析也开始使用自然科学的方法，并卓有成效，在人类的精神领域，科学取得了至高无上的地位。在这种情况下，传统的人文学科也开始向科学看齐，普遍吸纳自然科学的方法进行研究。从古希腊到启蒙世纪，文学被当作个人教养和美学修辞，是一种艺术活动。朗松[1]自己的教席名称就能说明这一点：他在中学教的是修辞学（rhétorique），在高师接替的布吕埃尔（Brunetière）的教席头衔是雄辩（éloquence）。在1870年以前，法国没有现代意义上的大学，精英科技人才的培养依靠的是类似综合技术学院这样的精英学院。普法战争失败之后，大学科系就按照德国模式建立起来了。随着19世纪的大学体制改革，大学所有科系的目标不能仅仅是提高古典的人文修养和高尚的品味，文学专业也必须提供知识，必须"有用"，为现代化的民族国家做出贡献，否则就没有存在的合法性。

---

[1] 居斯塔夫·朗松（Gustave Lanson），法国文学史家，文学批评家。1857年8月5日生于奥尔良，1934年12月15日卒于巴黎。他毕业于著名的巴黎高等师范学校，后在中学任教至1894年。其间，曾在俄国宫廷为皇太子讲授文学课程。1888年，获文学博士学衔。1894年完成《法国文学史》，此书出版后直到20世纪仍不断修改再版，是学习法国文学史的必读书。1894年起任巴黎大学文学院教授。1902年被任命为巴黎高等师范学校校长。他撰写了《高乃依》《伏尔泰》《散文技巧》等。1909—1912年编写了《法国近代文学目录学教程》，力图运用史学研究方法来研究文学史，汇集了2.5万条珍贵的文学资料。他的研究方法论被称为朗松主义。

与此同时，19世纪末的法国也是一个民主化时代，教育的目的不再是培养精英的高雅品味，对于民众来说，重要的不是"教养"，人们也不再轻易服从传统的价值观念。进行规范化价值判断的权威，逐渐丧失了合法性，只有可以实证的知识才能以"真实"的名义获得承认。虽然传统文化意义上的博学依然有意义，但是更重要的是方法。史学家赛诺波斯说："在民主社会中，人们无法想象按照传统的方式建立起没有实际用途的高等教育体系。"[1] 因此，文学批评面临着严重的挑战，贡巴尼翁分析了文学批评与历史两方势力的消长："在历史学家的上升势头面前，文人怎么办？他们丢城失地；他们无法团结在一起；面对以围绕方法论之绝对信心的建立的（历史学）群体，他们无法抵抗。他们的教席不断丢失。"[2] 这时，传统的文学评论在大学中逐渐失去了它的位置，过去在文学批评中占据最重要位置的笔法、品味和修辞等概念和价值体系在新的大学体制中难以占据合法的位置，因为它是一种艺术，而不是科学，它更多的是一种"意见"，而不是知识和真理。

贡巴尼翁认为文学批评有两大主要的动力，一种是求知，一种是美学的判断，然而"自认为博学或者有科学性的批评不愿进行判断，至少不愿明言判断；在大学中，学者们研究文学，进行描写、分析和阐释，但是他们的价值判断却依赖于其他人，或者说他们假装依赖于其他人的判断，而不是自己的意见"[3]。对价值判断退避三舍，这是现代西方大学中文学研究的体制性要求。19世纪末，在"人文科学"（human sciences）的大潮中，大学体制中的文学元语言如果要取得合法性，就必须走向科学之路。求知之志（volonté de vérité）取代了品味和修养，成为现代大学文学系的主要任务。在这样的大学体制背景之下，"1890年代，文学史就力图与批评分家，以文学的理由，否认批评的地位，它太成功了"[4]。文学史的命运与学校教育息息相关，朗松也提出："历史方法是文学教育中唯一符合大学目标

---

[1] Charles Seignobos, *le régime de l'enseignement supérieur des lettres*, Paris : Impr. nationale, 1904, pp. 7-8.

[2] Antoine Compagnon, *La troisième République des lettres : De Flaubert à Proust*, Paris, le Seuil, 1983, pp. 35-36.

[3] Antoine Compagnon, art. « Littéraire (Critique) », *Encyclopaedia Universalis*, 1996.

[4] Antoine Compagnon, *La troisième République des lettres : De Flaubert à Proust*, Paris, le Seuil, 1983, p. 48.

的。"[1] 而且，在意识形态上，文学史也正好符合法国民主的第三共和国的崇高要求：文学史提供了公民的社会教育。[2] 因为文学史更多地从社会因素来理解文学创作，强调了社会的作用，而不像过去那样把文学作品归因于个人的天才。

那么，文学研究应当成为什么样的知识系统呢？朗松和他的同志们选择了历史学作为文学元语言的模型。与中国源远流长的史学传统不同，欧洲在19世纪以前，没有严格意义上的历史学。描写历史故事一直被当作一门艺术，属于文学的一部分，历史小说（roman historique）和历史著作被看作同一类文学作品。贡巴尼翁在谈到史学与文学分离的过程的时候，说："直到19世纪下半叶，尤其是最后25年，历史才真正成为一门科学，与文学分道扬镳，立身于科学之中……"[3] 这时，西方的历史才从艺术性的故事话语转向实证知识，丹纳与米什莱争论的时候说："确实，历史是一门艺术，然而它同时也是一门科学。"[4] 新建立的历史学所具有的博学和实证的特性使它很快在人文学科中建立了强大的权威，而且成为解释人类社会变化的有力武器：一方面历史学为社会的变迁确立了时间上的轴线，并建立了从古到今的连续体；另一方面，它也能为现实世界提供"我们从何处而来"的说明，并且对未来提出种种构想。对"永恒秩序"的思考让位于对人类变化历程的解释，使19世纪成为"历史"的世纪。在这样的历史意识之中，"历史研究就不再属于文学，从文学中排除出来。如果从正面来表述，就是文学研究与它的研究对象分开了"。[5] 历史与文学的分离，使文学史有可能自我认定为历史科学，取得在文学元语言中的主导地位，并改变文学元语言的身份。

然而，这次断裂并不彻底，依然保留了印象主义的审美判断，在冷静的科学边上留下了感情的位置，品味和审美判断对于文学系的教授

---

[1] Antoine Compagnon, *La troisième République des lettres : De Flaubert à Proust*, Paris, le Seuil, 1983, p. 75.

[2] See Ibid., p. 83.

[3] Antoine Compagon, *La troisième République des lettres : De Flaubert à Proust*, Paris, le Seuil, 1983, p. 24.

[4] Taine, « Michelet », *Essais de critique et d'histoire*, Paris, Hachette, 1904, 10e éd. p. 95.

[5] Antoine Compagon, *La troisième République des lettres : De Flaubert à Proust*, Paris, le Seuil, 1983, p. 23.

们来说依然占据着重要的地位，只不过朗松和他的同志们取消了审美的基础：

> 我希望他们看到，在印象主义旁边，留下了一个位置，可以在时代、环境和流派的历史知识之上对风格进行明辨，为了更好的辨别，我们必须进行种种微妙的分析，这些分析需要有品味和感性能力，要与过去的以规范性为目标的文人们一样具有穿透力，感性丰富。我们有时会想象跟他们一起进行纯粹的文学研究。这些文人诽谤和蔑视精确、博学和有耐心的方法，是因为他们对此完全不理解，但是这不意味着方法要取消文学感情，而是给这种感情一种新的动力，一种更确定更广阔的游戏，更无穷尽的快感。[1]

文学研究者试图建立起"品味"的历史解释，并且把艺术的特征归之于社会条件。文学的品味，一方面是感性的，另一方面也得到逻辑的说明，可以通过历史的环境加以解释，也就意味着科学的因果律。无论如何，强调客观性和实证性的文学史为传统的审美留下一席之地，而且正是传统的审美和伦理判断决定了什么样的作家够资格进入文学史，占据什么样的地位。因此，科学之外的价值判断不仅没有被文学史本身所排斥，甚至决定了文学史应当说什么，文学史之前的文学批评遗产决定了哪些作家、哪些作品有资格进入文学史。

19世纪到20世纪初的文学史研究使新的文学批评成为现代大学体制知识生产中的一个组成部分，求真和阐释的重要性超过了审美判断，就像蒂博代所说的那样："职业的、历史的批评，带着它的历史感，带着它对延续性的要求，自然而然地要碾碎和弄乱这朵纤弱的现实之花。它鉴赏，分类，解释，但很少是在品味。"[2] 不过，他还没有看到文学理论在二战后的发展将把文学领域的求知之志推向高潮，相比而言，文学史批评就显得很"古典地"保留了太多"艺术"、品味和审美。

---

[1] Gustave Lanson, « Avertissement », *L'Art de la prose*, Paris, Arthème Fayard et Cie, 1908, p. VII.

[2] ［法］蒂博代：《六说文学批评》，赵坚译，北京：生活·读书·新知三联书店，1989年，第51页。

三　传记研究

19 世纪中后期法国出现了三位重要的文学批评家：圣伯夫、丹纳和朗松。他们把注意力集中在作家和作品的关系上，创立了法国的文学史批评。

19 世纪的欧洲文论和批评发生了一次"哥白尼式革命"，在此之前的文学批评家和理论家要么是诗人和剧作家，如雪莱、华兹华斯、席勒和歌德等，他们在创作之余，在一些零星的文章或者作品序言中，表达自己的文学观念，或者总结自己的创作经验；要么是哲学家，如柏拉图、康德、谢林等人，他们从各自的哲学体系出发，讨论美的问题，并就文学问题提出他们的观点，像布瓦洛这样的专门的文学批评家为数甚少。19 世纪，伴随着文学史批评的奠基，出现了一批专门的文学研究专家，他们把文学批评、史学和社会学相互结合，创立了文学史研究方法和文学史批评。从此文学批评成为真正的学院中的职业。

圣伯夫[1]是法国著名的传记批评家，也是法国现代批评的先驱之一。他的批评关注于作者的生活，通过分析作家来理解作品，故称传记批评。作为一位杰出的批评家，圣伯夫认为批评自身并不具有独立的价值，其目的是为了帮助人们更好地理解文学作品："批评并不创造什么，并不出产什么完全属于它自身的东西，它邀请甚至强迫他人参加一场盛宴。当所有人都彻底地享受了它最先发现的东西的之后，它自己就悄然隐匿。它的职责是教育读者大众，就像丰特列尔等优秀的教育者所说的那样，他的工作就是要让自己显得毫无作用……"[2]对他而言，文学批评既非权威的审判官，也不是自娱自乐的独语者，面对伟大的文学作品，批评必须总是保持

---

[1]　圣伯夫（CharlesA.Sainte-Beuve，1804—1869），法国文学评论家。他是将传记方式引入文学批评的第一人，认为了解一位作者的性格以及成长环境对理解其作品有重要意义，所以他强调通过了解作者的习性来解读作品。他最重要的作品主要是对作家的研究，其主要作品包括：《文学肖像》(*Portraits littéraires*，1844)、《当代肖像》(*Portraits contemporains*，1846)、《周一的讨论》(*Causeries du lundi*，1851—1862) 和《新的周一》(*Nouveaux lundi*，1863—1870)，还有五卷本的《王家港口修道院》(*Port-Royal*)。作为一名浪漫主义运动的支持者，圣伯夫也撰写了浪漫主义风格的诗歌和一部浪漫主义风格的小说。

[2]　Charles Augustin Sainte-Beuve, « Victor Hugo. Les Feuilles d'automne », *Revue des Deux Mondes*, 15 décembre1831, repris dans *Pour la critique*, édité par Annie Prassoloff et José-Luis Diaz, coll. Folio/essai, Gallimard, 1992, p. 126.

一种谦卑的态度。

圣伯夫的文学评论主要是为同时代的作家所勾画的肖像，在他的主要作品文集《星期一》中，他观察和描写同时代作家生活中的点点滴滴，记录他们的生活琐事，梳理他们的心路历程，从而对作家的性格特点、生活方式和思想加以评判，力图在作品和作家的人生之间建立起确切而真实的联系，从人到作品，从作品到人，"知人论世"的传记批评是圣伯夫批评的主要方法。他这样总结自己的文学观："对我而言，文学和文学创作与人的整体是密不可分的。我可以品味一部作品，但是缺少对这位作家的知识，我很难做出判断。我想说的是：什么树结什么果。因此文学研究很自然地会走向对精神的研究。"[1]在圣伯夫眼中，文学作品就是作家个人的性格、气质和精神状态的反映，并表现作者的意图，因此对文学作品的研究，也就意味着对作家这个人的研究。那么，我们如何才能把握一个人呢？圣伯夫提出的方法是从一个人出生的地方、种族开始，然后是他的家庭，父母、兄弟姊妹甚至他的孩子，从这些人身上可以观察作家的可能具有的遗传的性格特征，最后应当研究伟大的作家所处的团体，而他所说的团体，"并非偶然形成的一群为完成某项目标所构成的群体，而是一个时代的杰出青年才俊，他们也许并不类似也不属于同一家族，然而却像是在某一个春天同时起飞的鸟群，他们在同一片星空下孵育出壳。虽然他们的职业和志趣并不完全相同，却好像是为了一个共同的事业诞生在这个世间。例如开启了一个伟大的世纪的团体：布瓦洛、拉辛、拉封丹和莫里哀"[2]。圣伯夫设想过，我们将可以像研究植物和动物一样研究人的精神和性格，探寻人的心理规律，解释作家的日常生活和创作心理活动。

圣伯夫认为，为了彻底了解一位作家，应当尽可能收集有关作家的一切资料，许多过去看上去与文学毫无关系的问题在他那事无巨细的观察之下都成为解释文学问题的钥匙，他说："关于一位作家，必须涉及一些问

---

[1] Charles Augustin Sainte-Beuve, « Chateaubriand jugé par un ami intime en 1803 », *Le constitutionnel*, 21 et 22 juillet 1862. Repris dans *Pour la critique*, édité par Annie Prassoloff et José-Luis Diaz, coll. Folio/essai, Gallimard, 1992, p. 147.

[2] Charles Augustin Sainte-Beuve, « Chateaubriand jugé par un ami intime en 1803 », *Le constitutionnel*, 21 et 22 juillet 1862. Repris dans *Pour la critique*, édité par Annie Prassoloff et José-Luis Diaz, coll. Folio/essai, Gallimard, 1992, pp. 152-153.

题,它们好像跟研究他的作品毫不相干。例如对宗教的看法如何?对妇女的事情怎样处理?在金钱问题上又是怎样?他是富有还是贫穷……每一答案,都和评价一本书或它的作者分不开。"[1]他努力去揭示同时代作家的每一个细微的生活细节之下隐藏的心理机制,就像一位极富洞察力的心理学家。有人批评其评论的对象不是文学作品而是作家的性格。圣伯夫开创的作家传记研究虽然历经种种批评,但至今依然是文学史研究中不可或缺的重要方法之一。20世纪以来,普鲁斯特的《反圣伯夫》深入人心,新的批评理论对作家的意图之类的传统观念提出了种种质疑。但是我们发现对作家的心理分析始终都是文学史研究的核心内容之一。如同勃兰兑斯所说:"文学史,就其最深刻的意义来说,是一种心理学,研究人的灵魂,是灵魂的历史。一个国家的文学作品,不管是小说、戏剧还是历史作品,都是许多人物的描绘,表现了种种感情和思想。"[2]文学史批评直到21世纪,始终把分析作家的精神状态与作品之间的关系作为最主要的研究对象,今天的文学史传记研究也许会注意更加广阔的历史和社会背景或者文体问题,但是对作家心理的分析总是占据最重要的位置。

四 文学发展"三要素"

伊波利特·阿道尔夫·丹纳(Hippolyte Adolphe Taine,1828—1893)是法国著名的文艺理论家和史学家,历史文化学派的奠基者和领袖人物,被称为"批评家心目中的拿破仑"。1848年,丹纳以第一名考入巴黎高师,专攻哲学。他没有固定在一所大学担任教席,而是在欧洲游历和读书著述。1878年,他被评为法兰西学院院士。他的艺术哲学对19世纪的文艺研究产生了深远的影响。他的主要文论著作有《拉·封丹及寓言诗》(La Fontaine et ses fables,1853)、《英国文学史》(Histoire de la littérature anglaise,1864—1869)、《批评和历史评论集》(Essais de critique et d'histoire,1858)、《评论续集》(1865)、《评论后集》(1894)、《意大利游记》(Voyage en Italie,1864—1866)、《艺术哲学》(Philosophie de l'art,1865—1869)。《艺术哲学》一书是丹纳在巴黎美

---

[1] 伍蠡甫主编:《西方文论选》下卷,上海译文出版社,1979年,第195页。
[2] [丹麦]勃兰兑斯:《十九世纪文学主流》第一分册,张道真等译,人民文学出版社,1997年,第2页。

术学校讲课时讲稿的辑录,也是丹纳最重要的文艺理论著作,集中体现了他的文艺理论思想。他在历史研究领域强调科学性,是法国现代史学重要的奠基人物之一。

与圣伯夫通过作家传记而了解其作品的方法不同,丹纳所设想的文学艺术史具有更强烈的科学基础,他的哲学思想与科学,尤其与博物学息息相关。丹纳的一生都力图建构某种科学的观念,把自然看成有机组织起来的整体秩序。在他眼里,整体和多样性,变化和连续性是结合在一起的。丹纳生于法国的阿登地区,那里的森林和山水给了他不少启示,他总是把文学艺术看作自然界一样的有机体。丹纳像一位博物学家观察自然史那样来观察文学和艺术的历史,艺术家和作家被视为人的森林中所生长出来的花朵。他提出的问题是:为什么会有这些花朵?它们为什么在这个时候出现在这个地方?他提出解释艺术特征成因的步骤和方法,这就是把作品和作家都置入更为宏观的背景中加以解释。在《艺术哲学》中,他这样来说明他的三个研究步骤:艺术品并不孤立存在,而是从属于艺术品的总体。首先,艺术品属于一个艺术家的全部作品。其次,艺术家本身和他的全部作品还属于他所隶属的同时同地的艺术宗派或艺术家家族。最后,艺术品属于整个时代。"这个艺术家庭本身还包括在一个更广大的总体之内,就是在它周围而趣味和它一致的社会。因为风俗习惯与时代精神对于群众和对于艺术家是相同的;艺术家不是孤立的人。我们隔了几世纪只听到艺术家的声音:但在传到我们耳边来的响亮的声音之下,还能辨别出群众的复杂而无穷无尽的歌声,像一大片低沉的嗡嗡声一样,在艺术家四周齐声合唱。只因为有了这一片和声,艺术家才成其为伟大。"[1]

传统观念把艺术家视为无法解释的天才,然而丹纳试图给艺术家的产生提出一个合理的解释。他对科学有非凡的热情,力图在伦理、美学、社会、历史等长期被个人化的印象主义统治的领域建立起科学的解释。在《〈英国文学史〉·导言》中,丹纳把种族、环境和时代当作对作家起决定作用的三种力量或三要素。种族指的是"天生的和遗传的那些倾向,而且根据规律,与在性格和身体结构上的明显区别联系在成一个整体"。种族的自然因素是最初的决定因素,在此之上就是包围着他的环境,"人不

---

[1] [法]丹纳:《艺术哲学》,傅雷译,广西师范大学出版社,2000年,第39页。

是孤立生活在世界上；自然环境围绕着他，人类围绕着他，偶然的和第二性的倾向叠加在他的最初倾向之上，物质和社会环境会干扰或强化他的性格"。而第三个因素就是时代，因为"民族的性格和周围的环境发生作用的时候，并不是作用在一块白板之上"，那块土地已经打上了时代的烙印。同样都是法国戏剧，高乃依时代的戏剧迥异于伏尔泰；同样都是古希腊，埃斯库罗斯异于欧里庇得斯。种族是内因、环境是外力，时代则是后继的推动力，只要认真地研究了这三个方面，就"不仅仅穷尽了当前的全部原因，而且穷尽了所有可能的动力之源"[1]。丹纳对作家的研究效仿了生物学的方法，把作家置入一个同心圆结构，认识的范围一层一层从外圈到圆心。生物学使用界、门、纲、目、类、种、属等单位对生物分类，并解释生物的形态如何被其环境决定。而丹纳试图以类似的方法解释艺术品的相似和不同之处，并以这个同心圆模式来加以解释：作品由作家决定，作家由作家的群体决定，作家的群体由风俗和精神状态决定，精神状态由种族、环境和时代决定。

丹纳的研究第一次把作家纳入一个更大的范围之内研究其创作的动力学和因果关系。作家和艺术家的特色，不再仅仅归之于神秘难以言说的天才，而属于自然和社会总体结构之一部分。艺术家特性的源头不再是神或者缪斯，也不是难以言表的灵感或特殊的心灵，而是可以观察、研究和说明的自然和社会因素。在丹纳眼里，之所以在古希腊出现了那样完美绝伦的雕塑，是因为希腊民族的特性：聪明而早熟，热爱科学和抽象思维能力的发达。再有就是希腊的地形狭小，然而外形明确，空气明净。这是一个快乐的民族，多神教并不严格，城邦政治使人性获得全面的发展。这一切都把希腊人造就成最好的艺术家，善于辨别微妙的关系，意境明确，中庸有度，使他们创造出细腻而富于表现力的雕塑，还有比例和谐、庄严而宁静的神庙建筑。

在解释艺术的特征的时候，丹纳已经具有明确的系统论思想。他最为重视的概念是"时代精神"，也就是某个国家或者文化圈在某一时期形成的具有鲜明特色的哲学、宗教和文化特征，它们是一个你中有我，我中有你的有机体，"无论在任何地方，艺术都是哲学变成可感知的形式，

---

[1] Taine, « Introduction», *Histoire de la littérature anglaise*, Paris, Hachette, 2e éd. t. I, 1866, p. xxxiv.

而宗教则是被视为真实的诗歌，哲学是一种艺术和抽象为纯粹观念的宗教"[1]。人类的精神是相互依赖和联系的系统。因此，我们既可以见微知著，也可以从整体来观察局部的特征，在宏观和微观之间建立起解释的循环。"在一种文明中，宗教、哲学、家庭形式、文学、艺术构成了一个系统，任何局部的变化都会导致整体的变化，因此一个有经验的历史学家只要研究其中的一小部分，就可以大致明了并预知其他的部分。"[2] 例如，我们可以一方面从 19 世纪法国的文化现实来总结和抽取出巴尔扎克小说的特征，并解释其成因；另一方面也可以从他的小说的细节描写推论出当时法国的政治、经济、文化和思想观念。丹纳这种文化系统观的影响一直延续到今天，20 世纪中后期的文化研究的思路中也可以看到丹纳的影子。

五　社会学文学史建构

朗松是法国文学史研究的奠基者，其主要作品有《法国文学史》《文学史与社会学》等。他在法国大学体制大改革的时期，走上了学术生涯的高峰。他不仅是一位学者，而且是一位文学教育家，把文学史方法推广到大学和中学的教学中。他继承了圣伯夫的传记批评和丹纳的科学精神，并加以取舍，奠定了文学史的主要方法。

在朗松看来，丹纳过分机械地理解了作家和环境之间的关系，毕竟，人不是植物，尤其对于伟大的诗人和作家来说，总有光凭环境所不能完全解释的问题，譬如，在同一个国家，同一个时代，为什么还是会有不同类型的作家，表现出不尽相同的风格，体现出高低不一的价值？朗松对丹纳过分机械的决定论加以修正，对作家的研究既考虑到社会环境的影响，同时又承认作家的个性和天才的部分。

与丹纳一样，朗松认为文学研究要参考历史学的方法，像历史学解释社会变迁一样来探索文学的规律，一位文学史家应当如一位真正的史学家一样博学，才能进行客观的批评。他强调社会的因素，因为这是作家的精神状态得以形成的基础，同时也重视对作家个人生活史的考察。朗松认为

---

[1]　Taine, « Introduction», *Histoire de la littérature anglaise*, Paris, Hachette, 2ᵉ éd. t. I, 1866, p. xxxvi.

[2]　Taine, « Introduction», *Histoire de la littérature anglaise*, Paris, Hachette, 2ᵉ éd. t. I, 1866, p. xl.

可以通过社会学和传记的方法说明作家的部分特点的来源，他要用科学精神来对作家加以研究，这样的话，批评家才不会陷入主观的陷阱。

他说："我们要加入科学的生活，唯一不会欺骗人的，这就是要发展我们身上的科学精神。我们与[自然科学]都有自然的工作工具，蒙田把它们称为理性和经验。我们也有相同的对象，就是事实，就是现实……"[1]他认为，实证的知识对于我们了解作家来说不可或缺。然而，毕竟作家还有一部分是不能说明的，社会学和传记研究只能考察作家的外部条件，即所谓作家与社会和他的生活圈子的共性，但是作品的独特之处难以解释其发生的因果关系，这就是作家的天才，而只有通过阅读作品，才能通过感受来体会作家的灵感，这个部分是留给审美的。在朗松所著的《法国文学史》中，他比较了皮埃尔·高乃依和托马斯·高乃依两兄弟，他们属于相同的家庭、接受类似的教育、受到同一个时代的影响，然而前者的戏剧是法国古典主义的巅峰之作，后者则相对平庸，朗松说托马斯"属于这样一些人，他们虽与众不同但还是平庸，样样都能，但是却做不出超于常人的成就"[2]。对于这样的差别，只能归之于不可知的个人因素。然而，朗松要求我们尽可能收集客观的资料，只有在客观的资料和逻辑推理无法应用之处，才能归之于神秘的个人因素。

因此，朗松在知识和客观性之外，并不绝对否定批评中的印象和感性，也为心灵感悟的批评方式留下了一席之地：

> 文学史方法主要用途之一，就是追捕那迷途的不知自身为何物的印象主义，并把这样的印象主义从我们的著作中清除出去。然而，真正的印象式批评可以让人看出一个心灵对一本书的反应，这样的批评我们是接受的，对我们是有用的。[3]

另一方面，朗松批评圣伯夫把注意力集中在作家身上，把作品当作研

---

[1] Gustave Lanson, *Méthodes de l'histoire littéraire*, Paris, Les belles lettres, 1925, p. 24.

[2] Gustave Lanson, *Histoire de la littérature française*, remaniée et complétée pour la période 1850-1950 par Paul Tuffrau, Paris, Hachette, 1952, p. 535.

[3] [法]朗松：《文学史方法》，《朗松文论选》，徐继曾译，百花文艺出版社，2009年，第3页。

究人的工具。在《人与书》的导言中，他写道：

> 在令人佩服的心理直觉和对生活不容置疑的感觉的带领之下，圣伯夫把传记变成了批评的全部工作……实际上，当他构建这些精神解剖学的档案的时候，就已经放弃了文学批评的工作……他在应用其方法的时候犯了严重的错误。因为他不是用传记来解释作品，而是用作品来建构传记。在他的传记方法中，文学杰作与一位将军急就而成的回忆录和一位妇女的信件没有什么不同，所有的文字都被他用于同一个目的，就是理解人的灵魂或心灵，这样的话，他就取消了文学的价值。[1]

朗松的文学研究一方面重视社会学的因果关系，另一方面也重视文学自身的审美价值。在《法兰西文学史·前言》中，他就对这种简化的倾向提出过严厉的批评："如果这样……人们就会通向没有文学品质的知识本身。文学简化为事实和规则的干巴巴的合集，其结果就是让年轻的心灵对作品感到厌恶。"[2] 文学研究与科学研究不同，是个人心灵的相互接触，其结果一定是不确定的，因此文学研究既具有客观性，同时又与自然科学有区别。人们探索高乃依或和雨果的心灵，"并不是通过可以被任何人重复的经验和方法，也不能得出普遍不变的答案，而是因人而异，只能是相对的和不完全确定的"[3]。朗松试图通过这样的方式把丹纳的科学精神、圣伯夫的知人论世的传记批评和传统的审美感受融合在一起，试图调和其间的矛盾，对作者进行全方位的研究。然而，后来有些研究者把文学研究完全归结为考证和社会学考察，试图在作家的生活经历和文学作品之间建立直接的因果联系，把朗松的文学史研究归结为实证主义，这其实是对朗松文学史研究的庸俗化和简单化，没有把握他博采众长，中庸调和的特质。

与丹纳强调特定历史时期的时代精神不同，朗松格外强调文学的社会学影响，一方面是作家受到时代的影响，例如自然科学对文学的影响，并

---

[1] Gustave Lanson, « introduction », *Hommes et livres*, Paris, Lecène Oudin, 1895, pp. vii et viii.

[2] Gustave Lanson, *Histoire de la littérature française*, p. vi.

[3] Gustave Lanson, *Histoire de la littérature française*, p. viii.

对此深感忧虑[1]；另一方面是时代与文学之间的相互关系。在《法国外省文学生活研究计划》中，他就提出了对法国外省的阅读史和阅读生活进行研究，"读书的是怎样的人？他们读些什么？这是两个首要的问题，通过对这两个问题的回答，我们就可以把文学移置于生活之中"[2]。例如我们应当研究某地的文学爱好者如何组织读书俱乐部，如何出版内部刊物，这些活动产生了什么样的影响，对于文学作品的创作和传播有什么意义。如果说在20世纪初，他的这些设想还仅仅是计划，那么在今天，就已经在文学阅读史研究中取得了丰硕成果，并且对于文学本身的理解起到了重要作用。1904年，他在一次学术报告中构想了对文学进行社会学研究的计划，把文学当作一个社会现实加以研究。这个雄心勃勃的计划包括文学作品的政治环境、文学模式的国际流通、与读者品味相关的文类定型、美学形式和受众的相互关系、杰作产生的社会条件以及书籍对受众的影响。这个宏伟的研究计划并没有付诸实施，然而在某种意义上，我们可以看到从20世纪到今天，大量的文学史研究事实上都可以看作这个宏伟计划的组成部分。

朗松是法国文学史研究的集大成者，他确定了对文学批评的"科学要求"。文学史研究使文学批评从审美感受转向了学术认识，把文学评论从文学家的事转向了文学研究者的学术工作，使文学批评和研究在大学体系内占据了自己的地位，并且成为现代文学领域内知识生产体系中的重要组成部分。在某种意义上来说，文学史研究是现代文学批评的奠基之作。

二战以后，各种新思潮和先锋思想对文学史的种种批评和攻击，后现代思想反对历史决定论、反体系、反本质主义、反确定性，强调越位和颠覆，倡导多元主义、偶然性、片断性、语言游戏等等，使文学史方法受到了严重挑战，甚至其合法性也一度面临危机，但是文学史的生命力依然顽强，在今天的文学系教学中，文学史还可以说是最重要的课程，文学专业的学生们所获得的主要知识来源还是各种文学史。在今天的文学论文中，无论是硕博士论文还是期刊论文，属于广义的文学史范畴的题目，

---

[1] 参见[法]朗松：《文学与科学》，《朗松文论选》，徐继曾译，百花文艺出版社，2009年，第84—127页。

[2] [法]朗松：《法国外省文学生活研究计划》，《朗松文论选》，徐继曾译，第71页。

还占据着最主流的位置。作家研究、流派研究、时代思潮研究或者阅读史和接受史研究,构成了文学批评的主流,最主要的原因还在于文学史的基本特征:它能够尽可能提供确实可靠的知识,并且尽可能在知识的基础上达成共识,或者形成一个统一的争论和对话平台,这是种种后现代理论难以实现的。换句话说,文学史是与现代大学学术体系契合度很高的一种话语体系,同时它在文学研究领域内起到了基础性的作用。就今天的文学批评现状来说,文学史主要不是作为一种理论存在,而是一种无时无刻不覆盖一切文学领域的基础方法。另外,文学史相对于形式主义批评来说,更加强调文学与生活世界的具体关联,重视文学属于"人"的性质,把文学与人的历史紧密联系在一起。文学史方法重视的不是某种概念或者新奇的理念观点,而是不断变化着的人类具体的历史经验在文学中的特殊表现。

我们也要看到,文学史在具体的操作中也在不断更新。例如:新历史主义重新打破文学叙事和历史学叙事之间的界限,以文学的方式理解历史叙事,同时以历史学的角度切入文学文本,强调从政治权力、意识形态、文化霸权等角度对文本实行一种综合性解读。它不再基于传统的文学作品中心模式,而是把一切文本都纳入同一个层面的网络中来解读不同文本之间的相互关系,朗松主义中的影响和渊源关系在这里变成了"互文性"的相互关系。但是我们可以看出,这种对文学的特殊的政治理解同样也基于历史知识和社会学知识,只是其分析的对象不是传统的审美和感情,而主要集中于政治意识形态的运行和表现。

扩展阅读书目

1. [丹麦] 勃兰兑斯:《十九世纪文学主流》,张道真等译,人民文学出版社,1997年。
2. [法] 丹纳:《艺术哲学》,傅雷译,广西师范大学出版社,2000年。
3. [法] 蒂博代:《六说文学批评》,赵坚译,生活·读书·新知三联书店,1989年。
4. 傅斯年:《中国古代文学史讲义》,上海古籍出版社,2012年。
5. 龚鹏程:《中国文学史》,东方出版社,2015年。
6. 胡适:《白话文学史》,北京大学出版社,2014年。
7. 洪子诚:《中国当代文学史》,北京大学出版社,2007年。

8. [法]朗松:《朗松文论选》,徐继曾译,百花文艺出版社,2009年。

9. 鲁迅:《中国小说史略》,上海古籍出版社,2006年。

10. 罗根泽:《中国文学批评史》,商务印书馆,2015年。

11. [法]圣伯夫:《文学肖像》,马俊杰译,北京时代华文书局,2015年。

12. 孙康宜、宇文所安编:《剑桥中国文学史》,刘倩等译,生活·读书·新知三联书店,2013年。

13. 杨周翰、吴达元、赵萝蕤编:《欧洲文学史》,人民文学出版社,2015年。

14. [英]约翰·德林瓦特编:《世界文学史》,陈永国、尹晶译,北京大学出版社,2011年。

15. 张德明:《世界文学史》,浙江大学出版社,2006年。

第十一章　文学理论与文学考证

文学研究已经成为一门成熟的学科。用文学史的眼光来看，文学创作与文学批评的历史是相当久远的，中国古代可以追溯到《诗经》和《诗大序》，而西方可以追溯到古希腊的《荷马史诗》和柏拉图。文学史研究者往往预设了文学史的连贯性，并且认为历史中存在着实证性的材料。现代文学史研究中也可以看到这样的研究成果，比如我们看到历史材料集或文艺论争集之类的材料性收集，由于它以史料性的形态出现，所以我们认为它是可靠的，可信的。对相关材料的收集、整理需要花费很多功夫，尤其是古代材料的考证上，这一收集、整理工作尤其显得难能可贵，因为古代材料相对难收集，对相关材料的校对和考证往往要借助相关的考古、文字、历史等学科的知识，甚至要借助于化学、物理、地理方面的自然科学知识和方法才能使其得到确认，而一旦完成确认工作，要想推翻它就相对不容易。这就使考证工作显得非常扎实而有实据。相对而言，文学理论似乎就不那么可靠。如同名称一样，文学理论往往向理论来借资源，对文学相关问题进行理论性的阐发，这不可避免地带上观念性的色彩。与文学考证相比，文学理论显得不那么脚踏实地，由此，文学理论的品质受到了不小的质疑。恰当地理解两者之间关系，对于理解文学，理解文学理论具有促进作用。

一　文学理论与文学考证之间的矛盾

在1980年代之前，文学理论与文学考证之间的关系没有现在这样紧张，只能说有所偏重。1980年代崇尚思想，以大观念为时尚，这样一来，文学理论就比较兴盛。进入1990年代，学风乍变，学术证据成为根本，大观念开始受到质疑，慢慢地形成了考证压倒理论的状况。考证或做小问题成为学术主要潮流，宏大叙事成了贬义词。的确，实证性的研究有其长处，从整个学术研究来看，实证性研究几乎是学者们无法避开的研究方式，没有对史实的爬梳和析解，我们就无法说清楚问题；没有对一个问题的相关材料的大量分析，我们也无法将一个问题梳理清楚。

文学考证的基本方法是梳理材料，考证源流，辨其真伪。而文学理论的基本方法则是借助某种理论或建构某种理论，对文学作品以及各种文学问题进行概念性阐发。两种方式经常形成尖锐的对立。因此有必要对其进行一番考察和梳理。

文学考证的对象往往以事件形态存在。比如我们要搞清楚一个作家的生平事迹，在哪一年他做了哪些事，这可以由他自己的日记、他人的相关叙述、报刊上有关的报道等材料加以考证，这些材料形成一个相互关联的集合，它能够提供一个相对充分或不充分的证据，可以对作家某年的事迹做出判断或推测。反对意见也必须在这些材料中进行新的解释，或者发现新材料推翻以前的判断。无论怎样，论证或者反证都是以事实为根据的，没有事实材料作证明只能算是一种无根据的推测。

文学考证的优势在于两点：（1）对象范围较窄，好把握；（2）材料确实，易于证明。这是与文学理论的工作方式相比较说的，并不是说这样一来文学考证研究难度小，只是说其难度在不同的层面上。理论判断需要整体的严密，一个判断的成立与否完全依赖于论者的基本概念是否清晰，论证的逻辑链条是否清晰连贯。从这一点上看，理论判断与考证研究在学术趣味上存在很大的差异。

文学考证与文学理论工作方式上的不同，很可能导向一种特殊的倾向，我们更愿意做可以确定的工作，由此可能更推崇考证研究，而轻视理论判断，最根本的理由就是理论判断无法在事实中得到证实。如果这个理由成立的话，那么理论判断也一定会失去它存在的理据。

我们看到，这样的观念有它的道理，这与当前理论界存在的一些问题有关。即使在专门从事理论思考的学者那里，我们也看到一些错误的观念，表现之一是理论思路的错位，即认为理论是一种指导方法，它能够指导实践。这种观念渊源有自，虽然近些年来学界对此有所警惕，但毕竟是一种日常生活的基本观念，深入人心，要想彻底清除它并不容易；表现之二是理论应用的机械化，即把一种理论简单地移用到其他对象上面，没有细致考察这种移用是否合适，是否适合对象的范围和内在性质。这是1980年代以来西学大量涌入后一直存在的问题，也许暂时无法得到解决，只有在中国学界对西学借鉴渐渐成熟之后，评判眼光渐渐客观，不再一窝蜂似的不加判断地拿来运用，才能得到一个大致的解决。不管怎样，这些问题的存在的确导致了对理论的厌弃。理论成为一个让人不快的东西，在人们的心目中，它只是为了某个目的而进行的强行解释，有时甚至是阉割材料。"理论是灰色的，生命之树常青。"歌德在《浮士德》中借魔鬼摩菲斯特之口说出的这一警句往往被借来攻击理论。但也许这不是理论本身的错，理论的误用和厌弃很可能是由于对理论本身缺乏深入理解。

我们必须对什么是理论做一些说明。理论即解释，这是一个整体性的描述。我们经常听到理论指导实际的说法，这个说法在很大程度上是正确的，但并不总是正确，理论的确可以指导实际，但首先，理论是在实际工作后面总结出来的，它是解释为何，反而不是指导如何的。它能够预见到一些未来的情况，但这不是它的主要目标，而是进行理论解释时形成的副产品。这样，我们就看到，认为文学理论能够指导文学实践的想法的错位之处。文学理论主要是跟在实践背后解释为什么如此的，通过解释，某种有规律的现象会重复出现，我们也就知道了满足某些条件后它还会再出现，但我们并不能总是控制这些条件。更根本地说，当我们总结出某些条件的时候，我们也忽略了另一些条件，所以，我们也不能完全依赖总结出的规律，特别是文学这个对象又是如此复杂，我们实际上无法得出像自然科学理论一样的纯粹的一般性，而只能就具体的文学现实进行解释。

其实我们也能看到这样一个有趣的现象，文学理论这个学科范围内也可以进行考证。比如古代文学理论家的生平，古代文学理论著述的渊源及在同时代中的地位，某个观点的最初出处，版本、发行情况以及评论分歧，等等。可考证者都是可以归结为历史事实或文献事实的东西。考证清楚这些是很重要的，但如果就此说有价值的只是这些，其他的理论论述毫无根据，那我们就不知道古人做这些理论论述到底有什么意义？他们的理论论述的根据在哪里？我们看到，文学理论能够进行考证，但只限于事实性的东西，我们若想说清楚一个道理还必须从理论入手。为了证明文学理论有其存在价值而做的考证，虽然颇合时流，但并不代表文学理论的全部价值。

二 文学史的对象以及考证范围

文学史这一领域集中了文学考证和文学理论的矛盾。我们在写作文学史的时候总会遇到各种难题，其中一个主要难题就是如何确定文学史实。从"文学史"这个名称来看，它应该是文学的历史，因此就要按照历时性的流程排列重要的文学作品、文学现象、文学思潮等等。我们一般会认识到对文学诸对象的确认是很困难的，但依然相信可以渐近式地达到。如此看来，文学史就是过去的文学事实的集合，当然，我们也会有这样的认识：文学史并不是完全客观的历史，它不是，也不可能是全部文学史实的集合，只能是从某种或某些观念对既往史实的梳理性集合，其中有轻有重，有详有略，这些轻重详略是现代视野的结果。但无论怎样，史实是基础，现代视野的参与也不过是史实的变种而已，不同的视野产生不同的文学史观和文学史形态，但史实是无法改变的。

这是 1980 年代以来重写文学史的基本思路。这种思路对纠偏阶级斗争的叙述模式有极大的促进作用，但随着讨论的深入和重写的进行，更深的困惑也自然产生：文学史可以不断重写，那么到底哪种文学史更权威，更客观，更接近文学史实？如果在重写中史实不断变化，以致无法确定，我们的不断重写不就成了一种满足个人虚荣心的做法了吗？还有什么公共意义？假如文学史可以不断变换面目的话，到底它应该是什么样子的？或者它根本就是一个任人打扮的木偶？进而我们会产生更根本性的疑问：那个文学事实到底在哪里？这些问题使通达文学事实的道路变得艰辛而曲折，以致看不到成功的可能性。随着困惑的逐渐加深，文学史到底应该是一种什么样的面目问题就亟待解决了。我们必须回到文学史观念最基础的地方重新出发，才可能找到真正的道路。"文学史实"概念就是最基础的地方之一。

可以说，每一种文学史都暗含对文学史实的确认，从早期的中国文学史书写开始，什么是文学史的描述对象就是一个无法回避的理论问题，这个问题曾经如此的令人焦虑，让写作者犹豫不决。1904 年写作文学史的林传甲就以文苑列传所列材料为入文学史的上佳之选，取材不外"籀篆音义之变迁，经史子集之文体，汉魏唐宋之家法"[1]。1904年写作文学史的黄人也同样如此。他说，"所以考文学之源流、种类、正变、沿革者，惟有文学家列传（如文苑传，而稍讲考据性理者尚入别传）及目录（如艺文志类）、选本（如以时、地、流派选合者）、批评（如《文心雕龙》《诗品》、诗话之类）而已"[2]。与林传甲比起来，黄人更能接受西方的文学观念。他将文学分为广义文学和狭义文学，并将文学的重点放在狭义文学上，他说："至若诗歌小说，实文学之本色。"[3]这是一种比较现代的观念，只是由于黄人当时所处位置不如京师大学堂的林传甲，影响也远不及后者。黄人的文学史观更多地展现出古代文史与现代文学观念之间的矛盾和游移。其后十余年间写作的文学史也基本上以经史子集中的文苑列传等为主干划定文学史的范围。在当代学人看来，这无非是将浅层的西方文学史观（主要是日本的中国文学史观）借用到中国古代相关材料上去而已。比如在1915年出版的《中国文学史》中，曾毅含糊其辞地说其体例取自东籍，叙述范围"以诗文为主，经学史学词曲小说为从，并述与文学有密切关系之文典文评之类"[4]。谢无量在《中国大文学史》开篇即说："今以文学为施于文章著述之通称。自《论语》始有文学之科，其余或谓之文，或曰文章，其义一也。"[5]从中可以看出早期文学史与旧式的文史之间的黏连关系。要想真正借鉴西方文学史观建立新的中国文学史并不是一件容易的事情。即使在1926年鲁迅写作的《汉文学史纲要》中，也同样可以看出上述的观念，他指出，古代的文章就是现今的文学。[6]这依然是一种旧式文史观念的平移。

从1930年代开始，文学史取材范围慢慢从文史传统中摆脱出来，文学研究者和文学史编纂者开始取得共识，对抒情性和形式化表达的推重已经与西方文学史观基本相同，同时，小说和戏曲等本来登不得大雅之堂的文类成了文学的主要文类。胡适的《五十年来中国之文学》《白话文学史》、

---

[1] 林传甲编著：《中国文学史》，见陈平原辑：《早期北大文学史讲义三种》，北京大学出版社，2005年，第1页。
[2] 汤哲声、涂小马编著：《黄人》，中国文史出版社，1998年，第39页。
[3] 同上书，第42页。
[4] 曾毅：《中国文学史》，上海泰东图书局，1915年，凡例第2页。
[5] 谢无量：《中国大文学史》，中华书局，1918年，第1页。
[6] 鲁迅：《汉文学史纲要》，人民文学出版社，1976年，第4页。

郑振铎的《插图本中国文学史》及《中国俗文学史》、周作人的《中国新文学的源流》等等成为这一时期中国文学史的代表性著作，为后来者树立了光辉的典范，划定了文学史的范围，也界定了文学史料的范围。从这时起，文学史有了大致清晰的面目，文学史料的范围也基本稳定下来。如果说有一个文学史的范式，那么它正是在这个时候大致形成了。这一范式包括两个重要内涵：一、承认文学史是对古往今来的文学现象的理论性描述，即承认"文学"是一种事实存在，文学史是对这一事实的挖掘，重要的是哪种文学史更接近这一事实，更接近真相；二、文学史是进化的，有一个从无到有，从稚嫩到成熟的过程。还有其他一些具体的特征，但基本还是以上面两点为基础的。

此范式的奠定对于其后文学史研究的影响是决定性的，它的大部分问题都遵循上面所说的两个内涵。由于这一范式已经取得了相当大的成就，所以一大批学者遵循这一范式进行研究，并将其推展到普遍范式的程度。库恩说"范式"应该具有两个基本特征："它们的成就空前地吸引一批坚定的拥护者，使他们脱离科学活动的其他竞争模式。同时，这些成就又足以无限制地为重新组成的一批实践者留下有待解决的种种问题。"[1] 用在文学史研究上也同样如此。在此范式中，文学史实不再是一个可疑的、有待证明的对象，而是一个要不断发掘的对象，它不再需要合法性的证明，这种证明已经通过前代人卓有成效的探索确定下来了。虽然它不是理论上的确证，而是践行上的开拓，但它的说服力却很强。后来者可以指着前人的作品对反对者说，如果你不承认该领域的合法性，那么这些伟大的研究著作怎么解释？

起始阶段的试探，续起阶段的追认，这是学术研究史上经常出现的情况。一旦起始阶段的伟大著作形成样板效应，吸引后来者对其开拓的领域和未解决的问题进行更深入的探讨，那么，该领域的合法性和可能性问题就不再出现，学者们普遍认为此问题已经解决，剩下要做的工作是理论细节的商讨和大量事实的验证，也就是说，它不再是质上的辩护，而是量上的累积。这种量的累积同样极富挑战性并具有巨大的吸引力。库恩说："如果不是一门成熟科学的实际实践者，就很少有人会认识到一种范式给人们

---

[1] ［美］库恩：《科学革命的结构》，金吾伦、胡新和译，北京大学出版社，2003年，第9页。

留下非常多的扫尾工作要做，而完成这些扫尾工作又是多么地令人迷醉。这两个要点人们必须理解到。大多数科学家倾其全部科学生涯所从事的正是这些扫尾工作。"[1]——直到另一种范式的出现。

三 文学史料是考证得来的吗？

文学史料学正是对既有的文学史范式的尊崇和确认。如果说范式内的文学理论问题探讨还有可能导向对范式本身的质疑的话，那么文学史料学就完全将这种质疑的可能性放在一边，致力于确证。由于文学史料学不会导向范式的变换，相对比较稳定，此范式内的史实问题就显得比较客观，能够用既有材料进行辨伪校正，所以它往往被当作一种科学的研究方式。这也是时下文学史料学之所以如此具有影响力，被认为是真正有价值的学科的原因。有学者认为："文学史料学虽然可以独立作为一个学科而存在，但它又不能也不应当脱离文学史学，因为它的存在说到底还是为文学史的研究服务的。也就是说，文学史料的搜集、研究和篡辑，无不是为探求文学史发展规律提供可靠的依据。"[2] 从这段为文学史料学定位的文字中，我们既可以看出不要单纯做文学史料勘定工作的告诫，也可以看到文学史料的地位：文学史料被看作文学史的重要组成部分，更进一步地，是文学史研究的依据和基础。

相形之下，文学理论研究领域就显得比较尴尬：范式内的理论问题往往存在诸多可疑之处，而一旦对其进行合法性的反思则会产生诸多不解的疑点；同时由于对范式本身的反思还不成熟，难以对既有范式形成有效而持久的挑战，这必然导致文学理论研究无能的表象。由此导致的结果就是：文学史料学扩张到文学理论研究领域，一些文学理论研究者放弃对基本原理的反思，转而做文学理论史的考证。这真是一个美妙的反讽：我们不信任自己在文学理论上的思考，但信任前人的思考，虽然他们所做的工作跟我们一样，也可能是错的，但由于这是一些既成的事实，所以还有研究的价值。

---

[1] [美]库恩：《科学革命的结构》，金吾伦、胡新和译，北京大学出版社，2003年，第22页。
[2] 马良春《"中华文学史料学首届研讨会"开幕词》，《中华文学史料》（一），百家出版社，1990年，第3页。

文学史料学通过具体的勘定活动确证了文学史实的"客观性"。它关注具体的问题，认定其史料工作的意义就是在于勘定具体的文学史实，就像建造一座大厦需要无数的砖瓦一样，文学史的建立也需要无数文学史实的融注和整合。这样的思路暗示了文学史实是由一个个具体的事实构成的，这些事实将成为文学史的坚实根基。文学编年则为这一根基注入时间元素，按照时间顺序，将其统编一处，形成一个首尾呼应的脉络。

最先做文学编年的是郑振铎。在1927年商务印书馆出版的文集《中国文学研究》中，郑振铎就列了一个年表，其中有一条很有趣味的选择标准："其有生平事迹及生卒年月俱无可考者，虽为大作家，亦不列入。"[1]这是年表本身的局限，年表首先的一个标准就是时间，无准确的时间，就无法将作家放入合适的位置，无论这个作家有多伟大。这一点也提示后来的研究者，作家生卒年的考证有多么重要。

在郑振铎的年表中，可以看到选择作家的标准与时下大相径庭，朱熹、陆九渊、二程这样的理学家列入，米芾这样的书法家也列入。因为是个简表，所以很难判断这个时候郑振铎较具体的标准，只能判断出他那时的文学观念还残留着既往的文史不分的痕迹，而现代文学史看重的很多作家都没有出现。

陆侃如《中古文学系年》（1937年始作，至1978年去世前还在修改增订）为文学编年体做出了光辉的榜样，其影响致为深远，其后的文学编年体作品无不以《中古文学系年》为范例。[2]在《中古文学系年·序例》中，陆侃如指出中古文学系年的目标是，"凡文人生平行事年代可考定的，或可约略推定的，都按年记载，以年为纲，以人为目。其人事迹在公元一年以前的，列于卷首，在公元三○○年以后的，列入卷末"。这里要注意的是两个要素，一是年代的降序排列，一是作家。从根本上说，年代是一个外在

---

[1] 郑振铎《中国文学年表》，《中国文学研究（下）》，上海书店1981年根据上海商务印书馆1927年影印，号外第1页。

[2] 近人所著的文学编年略列几种：曹道衡、刘跃进《南北朝文学编年史》（人民文学出版社，2000年）、傅璇琮主编《唐五代文学编年史》（辽海出版社，1998年）、姚奠中编《中国古代文学家年表》（山西人民出版社，1979年）、郑方泽编《中国近代文学史事编年》（吉林人民出版社，1983年）、刘知渐编《建安文学编年史》（重庆出版社，1985年）、吴文治编《中国文学史大事年表》（上，黄山书社，1987年）、刘德重编《中国文学编年录》（知识出版社，1989年）、张可礼《东晋文艺系年》（山东教育出版社，1992年）等。

的标准，它的作用只是提供一种秩序，这也许是最无主观性的秩序。虽然其中具体事实有可商榷之处，但这一秩序本身是不受怀疑的。但是，另一个因素就显得不那么客观了，作家或文人身份到底怎样确定，哪些人可以看作文人，哪些人不能，理由是什么，这就是一个极其麻烦的文学理论问题，因为它实际是一个变相的关于文学本性的判断。陆侃如认为，

> 怎样才算文人，很难确定。我现在假定下列四种条件：
> 第一，《汉书艺文志·诗赋略》或《隋书·经籍志》集部著录他的作品的。
> 第二，正史列入《文苑传》，或本传提到他的文学作品的。
> 第三，《文心雕龙》或《诗品》论及他的作品的。
> 第四，《文选》或《玉台新咏》选录他的作品的。
> 这些人，未必每个都在文学史上有地位。但是这几部早期的选本、文评、史传和目录，可以证明他们在当时的文坛上确曾活跃过。事实上，几位第一流的文人差不多全合于这四条件，也有只合于三条件或二条件的。为免取材过滥，只合于一条件的都略去不算。在此三百年中，共得一百五十二人。[1]

且不说这个标准是对是错，合适与否，陆侃如将早期的几部著作如《汉书艺文志·诗赋略》《隋书·经籍志》《文苑传》《文心雕龙》《诗品》《文选》或《玉台新咏》等等看作权威的文学理论著作是确定无疑的。我们看到，《中古文学系年》主要从史书及艺文志中找材料，并佐以近人考证，这几乎成了当时及后来的普遍做法。傅璇琮在其主编的《唐代文学编年》中说：

> 我们如果分段进行唐代文学的编年，把唐朝的文化政策，作家的活动（如生卒、历官、漫游等），重要作品的产生，作家间的交往，文学上重要问题的争论，以及与文学邻近的艺术样式如音乐、舞蹈、绘画以及印刷等门类的发展，扩而大之如宗教活动、社会风尚等等，择取有代表性的资料，一年一年编排，就会看到文学上的"立体交叉"的

---

[1] 陆侃如《中古文学系年·序例》，人民文学出版社，1985年，第2页。

生动情景，这也必将引出原先意想不到的新的研究课题。[1]

在文学编年里，文学史实成为基本概念，史实是无可置疑、可以进行追考的。文学编年预设了两个最重要的元素，一是时间，一是事实。时间顺序是编年体这一形式本身的内在需要，而事实则是依赖于时间的。事实必须是某一时间点上的事实，它的客观性有两个标准，一是时间的确定性，二是事实的可信性。因此，我们可以看到大量的关于事实的考掘，并且这些事实被认为是纯事实的排列，从"事实"排列中寻找确定不移的东西，由此假定理论是从这些事实中抽绎出来的。一旦理论推论出了问题，通常的做法就是回到事实中去，搜集、确认、重新定位。由此，事实的考证成为整个文学史学科的基础。那么事实存在何处？存在于生卒年代、作品发表时间、时人或后人评论、书籍版式，如此等等。

为什么会有这样的做法，为什么这样的做法不再受到质疑，相反被后人奉为圭臬？这就是范式的力量，当范式奠定之后，在范式中进行研究的人不再对此进行反思，而只是思考范式内的问题。从陆侃如所取的材料来看，出入文史成为显著的特色，也成为文学研究者共同的研究取向。但文史与文学是什么关系呢？这一问题并不好回答。傅璇琮认为，"古典文学史料研究，主要涉及收集、审查、了解、运用史料问题，因此它的主要研究对象是上述的基础实施，但应当说它是涵盖以上两方面的内容的。它的触及面可能还要广，举凡与作家作品有关的史书（如正史、别史、杂史等）、地理、各种文类的笔记、社会民情的记载等等，都应有所述及。而且它还与其他一些学科有所交叉，特别是目录学、版本学、校勘学、史料检索学等，关系更为密切。古人说，六经皆史。可以毫不夸大地说，古代包括经史子集中的典籍，都与文学史料有关。而且文学史料还应包括今人的研究成果，提供新的学术进展线索"[2]。此处可见，古典文学与传统文史之间关系极为密切，文史是文学史料最重要的来源。这样，文学史料就暗示了与传统文史的亲缘关系。

---

[1] 傅璇琮：《唐五代文学编年史·自序》，傅璇琮主编：《唐五代文学编年史》，辽海出版社，1998年，第4—5页。

[2] 傅璇琮：《应当重视古典文学的史料研究——中国古典文学史料研究丛书总序》，《文学遗产》，1997年第2期。

我们可以在大量的文学编年中看到文史的踪迹，而这一踪迹在现代的文学史书写中相对较淡。在晚近的文学史书写中，我们更多地看到关于抒情与人性的文学史主线，看到的是民间文学与庙堂文学之间的争执关系，而文史的影子却越来越稀薄。1930年代以来的文学史写作，似乎越来越把文史的内容撇在一边，越来越娴熟地抓住抒情的线索进行文学史的建构，然而文学编年却依然要回复到文史中去。这真是一个有趣的关系。文学史中的文学事实似乎与文学编年中的文学事实形成了一种强大的张力。文学史书写中文学事实既有作品形态、作家事迹等外在的部分，也有抒情与言道对转，民间文学向庙堂文学上升等等主线，其中更重要的是那些发展的主线；而在文学编年中，那些理念性的主线不见了，外在形态占据了全部空间，并且这些被预定为纯粹的、不可被推翻的文学事实，因而是最可靠的文学事实。

从文学编年的角度看，文学史实是最确定的，因为它是以文学史料的考证为基础的，但这一点同样十分可疑：所有文学史料的集合最后一定会形成文学史的整体图景吗？在文学史料学者眼中，文学史是全体性的工作，如果所有的学者都去收集史料的话，自然会拼接出一个整体的文学史图景。经验的集合最后升华出文学史的整体。但经验的集合如何被收集到一个集合里，即经验为何能够结合为一体，却是一个含而未彰的问题。因此，最关键的问题，即哪种史实可称得上文学史实的问题，并没有得到恰当的解决。很多时候，我们可以把这样的基础性问题悬置起来，把它当作大家默认的东西来对待，进而对文学史领域的其他问题进行处理，但这只是悬置而已，并不代表它不存在。

四　文学史实的考证：一个历史问题还是一个文学问题

说到文学史实，必须清楚这个术语的概念构成，不适当的概念构成会将我们引向歧路，使我们徒费精神，难解真义。文学史实指的是什么呢？从概念构成上看，史实指的是历史中的事实，文学史实指的是文学历史中的事实。但这个看似简单的术语，却包含着复杂的概念构成，它暗示着文学事实对历史事实的从属关系，更潜在地暗示着对事实的从属关系。然而，文学史实（文学史事实）与历史事实、事实之间是不是一种从属的关系呢？

　　事实是一个认识论的概念，指的是可以真实确定的东西，如果我们不信任事实的存在，则什么也不存在。当然即使是科学认识论也可能发生改变，只是这种改变非常缓慢，对于生活于某种科学认识论时代（如牛顿时代）的人们而言可以忽略不计。从字面上看，历史事实从属于事实，是事实的一种类型，但实际上，它与事实处于完全不同的系统中。历史事实是对历史上发生的事件及其效果的确定，它往往分成两个部分：一是对事件的时间、地点、参加者的确定，这是以真实情况为据的——如果历史事实仅止于此的话，那么它就跟认识论上的事实非常接近了；一是对事件的描述和价值判定。事件的描述是一种潜在的价值判定，和事件的价值判定一样与研究者有关，如何对材料进行取舍描述取决于描述者本人对事件的整体看法。这一点，中国传统中的"春秋义法"表现得很清楚。中国学者认为孔子《春秋》所记历史事件，虽然寥寥十数字，但内涵却极丰富，外国学者却对此大惑不解，大大失望于《春秋》对历史事实的中性记述，但于连却以为这是中国思想中特有的迂回叙事策略，正是在不动声色的记述中，不同的用字方式表达了丰富曲折的情感波澜。中性叙述恰好是曲折表达的圈套。[1]

　　历史事实的问题当然还有更多值得讨论之处，各种历史理论包括后历史主义都对此发表看法，但总体上，历史事实是一种历史观念下的事实确证却是有案可查的。相对于文学而言，历史事实更接近于认识论事实，它有可确证的信息，也有漫长的传统。但文学史实却不一样。一说到文学史实，仿佛我们已经确认了文学有一个历史，其中有若干事实可以如历史事件般确认下来，虽然存在文学的价值判定问题，但它并不是最重要的，一般观念依然认定存在着一个确定的文学对象，我们所做的就是要考证这个对象。这是文学史实这个概念带给我们的自然趋向，我们会不自觉地认为它是历史事实的借代，它从属于历史，所以我们应该对"文学"这一对象进行历史的考证。但果真如此吗？历史中真的存在"文学"这一对象吗？如果我们重新回到中国早期文学史书写中去就可以看到"文学"是一个极难确定的对象。到底哪些属于文学，哪些属于非文学，最初并无一致观

---

[1] 参见于连：《迂回与进入》，杜小真译，生活·读书·新知三联书店，1998年，第88—90页。

点。学者们一方面吸取西方的文学观念，另一方面到中国古代去找相近的材料，不断进行探讨，才逐渐形成大致相近的观念，而这要到 1930 年代才做到。[1]

上面所做的仅仅是一般层面上的区分，但至少指明了文学史事实与历史事实的不一致之处。然而我们看到，在文学史研究领域，将文学史事实与历史事实相混同的做法比比皆是。文学史被认作是对过往的文学事实的历时性描述，虽然 1980 年代以来，重写文学史、重构文学史、重思文学史的呼声一浪高过一浪，但是文学史整体看法却基本保持不变，即文学史是对一个对象历史的描述。这种一致性说明以前对文学史的思考都是在一个范式内进行的，文学史本身如何形成，或者文学史理论（虽然是一种潜在的理论）在研究者的视域中如何被塑造出来，形成稳定的范式，这一点却没有得到较深入的思考。由此出发，更深入的问题是，有没有可能达成文学史范式的转型呢？

有些学者已经意识到这个问题。董乃斌区分了文学史与文学史学，"文学史的研究对象是真实客观的文学史事实，文学史家的工作是尽可能多地掌握文学史知识以不断努力地逼近文学史真实，同时自觉不自觉地充当时代和人群的代表去努力表现对文学史的认识，并探索文学史的规律，在这个努力过程中写出'某某文学史'或其他有关论著，以此推动着文学史的形成和发展。而文学史学的注视对象并不是文学史本身，而是文学史家的工作，文学史学是要通过各种类型的文学史论著，即书写出来的文学史，展开对文学史研究的学理性考察，它是一种研究之研究，是对文学史研究活动和成品的反思和检验"[2]。我们看到，这里有一些有趣的观念游移，一则，他认为存在"真实客观的文学史事实"，一则，他也认为还存在"文学史研究活动和成品的反思和检验"，后者以前者为基础。董乃斌敏锐地意识到文学史学是一门新的方向，而且可能会给整个文学史的研究带来新的契机，但是他依然认为这是以"真实客观的文学史事实"为基石的，而不是倒过来：文学史实是在文学史研究的基础上产生出来，这就使其整个观点在本质论和建构论之间游移。

---

[1] 对"文学"概念的解释可参见王峰：《"文学"的重释与文学史的重构》，《华东师范大学学报（社科版）》，2008 年第 2 期。

[2] 董乃斌：《文学史学：对象、性质及其定位》，《东方丛刊》，2006 年第 2 期。

简单地说，文学史应该以文学史学为基础，而不是反过来。我们以为把文学史实当作以历史为基础的史学概念，而没有发现这是一个建构型的综合概念，这一误解彻底把我们引入歧途。

我们往往会有一种印象，说到文学史实的搜罗和考证，文学史研究者往往不如历史研究者在史料上做得出色。这是一个事实，但并不代表文学史研究者不努力，也不代表文学史研究者能力不够，而是范式本身带给我们的限制。中国历来有文史不分家的传统，辨章学术，考镜源流，文的考辨往往跟史的考辨混在一处，无法明确区分。现代文学史研究者从现代文学观念出发，到古代去努力寻找符合文学范围内的资料，这不可避免地戴上有色眼镜，因此就会忽略一些东西，而在历史学者那里却相对要好一些，没有范式掣肘，对材料的解释相对贴近古代情境。但是一个文学史研究者放弃文学范式，又与历史学者无异。这是文学史研究者的尴尬，也是范式本身的问题——如果我们不对范式有明确的反思。

五　范式：沟通文学理论与文学考证的中介

可以说，解决文学考证与文学理论之间的矛盾不可能单纯依靠文学实践，再多的文学实践都无助于这个矛盾的最终解决。无论是单方面地提高考证的地位，还是单方面地提高理论的地位，对于文学研究来讲，都会导向歧途。但对于文学理论与文学考证的关系这样的题目，其内涵又是理论性的，这又不可避免地要在理论的层面上提出解释方案。这时，一个可行的解释方案就是范式转型。当然，范式转型并不是一种百试百灵的良药，只有在一种范式的解释范围内不再能提供强力高效解释力的时候，我们才会想到转换解释的范式——而现在正是这样的时刻。

库恩提出的"革命的范式"可以经过改造借鉴到文学史研究上来。库恩的范式转型概念极具启发性，只是库恩似乎没有区分开潜在的范式革命与明确的范式革命，这不是一种观念对另一种观念的对抗和消灭，而是一组或明或暗的声明（statements）对另一组或明或暗的声明进行替代的问题。库恩的理论未免过于阵线分明，但对于20世纪初期中国文学发展来说却可以借鉴这一理论，因为范式革命正是在这二三十年的时间里集中发生了。范式发生变革之后，这一范式会稳定下来，成为学者们遵从的规范，目前的文学史研究正是在这样一个稳定范式之内进行的，我们则希望重回范式转型的原初情况，考察这一范式得以形成的必然与偶然之因，考察它的成绩与问题所在。这就与具体的范式践行不一样，而是考问这一践行的根源，这既是一种考证，同时也是一种理论反省。

由上面的陈述，我们可以知道，当我们说文学考证要以史实为基础，进行深入整理、挖掘、理解后再进行理论上的提升，这实际是在稳定范式之内的文学史研究。20世纪初期的三十年里，文学史研究形成了一个稳定的范式，这一范式是与传统的文史发生强烈断裂后形成的。作为20世纪初期中国文学发展的亲历者，文学史家陈子展的观察无疑能提供最具时效性的证据，他说：

> 中国三十年来的文学，在文学史上是一个最重要的时期。这个时期，文学的各部分都显现着一种剧变的状态，和前一时期大两样。即如桐城文派和江西诗派在前一时期是极有势力的文学；但到了这个时期，已不能继续前一时期的权威，只能算是前一时期的残余了。以前的中国文学是自为风气的文学；到了这个时期，就开始接受西洋的影响了。以前的中国文学，重在摹仿古人，摹仿古代；到了这个时期，就开始要求创造现代的现代人的文学了。以前的政府待遇文人的政策，是用八股试士，科举抡才的，这种政策的流毒，最足锢蔽文人的思想，妨害文学的进步；到了这个时期，最初就有不少的人对它怀疑攻击，后来就得废八股，停科举了。以前的所谓文学，差不多只限于诗古文辞的；到了这个时期，一向看做小道末技的小说词曲，乃至民间流行的所谓鄙俗歌谣，下等小说，都要把它同登文学的大雅之堂，各各还它一角应有的地位了。以前的文学工具——语言文字，是不成什么问题的；到了这个时期，由国语运动以至国语文学运动，语言文字的解放，成为文学革命的中心问题，甚至有人主张废弃汉字了。以前的文学，只算得士大夫的干禄之具，或消遣之物的，换言之，只是特殊阶级极少数人利用或享乐的东西；到了这个时期，文字要怎样才得给大众容易使用，文学要怎样才得成为平民的，就都成了问题；从今以后，文学成为替民众喊叫，民众替自己喊叫的一种东西，这样的时期，快要到来了。这种种的演变，虽极缤纷奇诡之观，却有一种共同

的特色,便是反抗传统;这种种的演变,虽似突如其来地一一发生,实则共同的其来有自,便是社会背景。[1]

可以看到,这样的文学断裂与西方任何一个国家相比,都更显著,更深刻,更普遍,更具有对照性。这样的文学断裂为当时人所深刻体会到,也形成了不同于西方文学发展的样貌。在20世纪前三十年里,一切都迅速改变,文学的解释范式正是在这一迅速变革中被塑造出来,也许在最初的十几年里它还依附于传统的文史之学,但很快就发现了新的思想模型,就是西方的现代抒情化文学,并依据这一主体观念建造新的中国文学史。无论这一范式有何不足,有何缺憾,它都依托着时代政治文化氛围建立起来,并迅猛前行。其后的文学史书写无不以此为基础展开自己的论述。

如果我们把文学考证这一方法放在一个新的范式的建立中来考察,我们就会发现,很多时候,我们是以文学范式的稳定为基础的。在中国文学史书写的最初阶段,文学史本身的思考都属于范式本身的思考,都是开创性的,当理论推论逐渐趋向一致,就形成一个较稳定的范式。这时,文学考证成为范式内一个让人激动的研究工作,因为有太多的认定工作需要进行。而这时,范式自身的反思开始隐没不闻,但这并不等于说它不存在。当范式内的材料考证和理论阐述无法有效地阐释相关问题的时候,范式本身的问题重新展露出来。我们必须重新回到范式建立的理论推论中,对文学考证和文学理论的关系进行检讨,看看到底是哪些因素被我们夸大了,而哪些因素却被忽视了。曾经被忽略的因素在过往的文学史阐释范式中也许不占主导地位,但随着问题的展露,困难的增强,这些曾被忽略者必然要求它们的权利,并进一步地,可能成为文学研究的主导性因素。

这种对范式本身的反思不可避免地影响到范式内的理论建构以及文学考证方式的重新勘定,沿着转换了的范式,我们将不再能心安理得地对"单纯的"文学史料进行考证、检测,而是同时对文学考证背后隐藏的理论预设进行反思。这里不是单纯反对文学考证,考证是正常的,只要有文

---

[1] 陈子展(炳堃):《最近三十年中国文学史》,上海太平洋书店,1930年,第1—2页。

学史的存在，就有文学考证的存在，同时也就涉及理论的建构问题。需要提醒的是，进行文学史研究的时候，一方面要做好基本史料的确定工作，同时也不能忘记文学史料不仅仅是孤零零的事实，而是包含着特殊的理论建构，我们必须对这建构保持警惕，对建构的形式、目的及其效应保持冷静的观照；但假如我们忘记这是一种建构，把它当作一种固定不变的事实描述，就会犯整体性错误。这也是在这里指出范式转型的意义所在。

扩展阅读书目

1. 陈伯海：《文学史与文学史学》，北京大学出版社，2011年。
2. 陈国球：《文学史书写形态与文化政治》，北京大学出版社，2004年。
3. 陈平原：《作为学科的文学史》（增订版），北京大学出版社，2016年。
4. 戴燕：《文学史的权力》（增订版），北京大学出版社，2018年。
5. 董乃斌、陈伯海、刘扬忠编：《中国文学史学史》，河北人民出版社，2003年。
6. 傅璇琮：《唐五代文学编年史》，辽海出版社，1998年。
7. [法] 孔帕尼翁：《理论的幽灵：文学与常识》，吴泓缈、汪捷宇译，南京大学出版社，2011年。
8. [美] 库恩：《科学革命的结构》，金吾伦、胡新和译，北京大学出版社，2003年。
9. [法] 朗松：《朗松文论选》，徐继曾译，百花文艺出版社，2009年。
10. 陆侃如：《中古文学系年》，人民文学出版社，1985年。
11. 王瑶：《中国现代文学史论集》，北京大学出版社，1998年。
12. [美] 韦勒克、[美] 沃伦：《文学理论》，刘象愚等译，江苏教育出版社，2005年。
13. 陈嘉映：《说理》，华夏出版社，2011年。
14. [法] 于连：《迂回与进入》，杜小真译，生活·读书·新知三联书店，1998年。
15. 《中华文学史料》（一），百家出版社，1990年。

第三编

文学批评方法

第十二章　文学与文化研究

文化研究（cultural studies）是20世纪五六十年代兴起于英国、80年代起在世界各地产生广泛影响的学术思潮和批评实践。文化研究的研究对象包罗万象：文学、影视、广播、音乐、漫画、广告、体育、时尚、传媒、生活方式等，几乎覆盖了所有的符号表意领域。文化研究拒绝界定，坚持差异，跨越了学科界限，包含了多种富有争议的观点和学说，它注重分析文化的独特建构功能，倾向于考察文本的文化与政治意义，积极探究文化与权力的关系，深入介入社会运动和文化政治，可以视作一种政治运动的学术实践。作为一种制度化的话语建构，文化研究发端于文学研究，但从诞生之日起，它就与传统的文学研究分道扬镳。总的来说，文化研究包括并涵盖了文学研究，它把文学作为一种独特的文化实践去考察。[1]在经历了文化研究大潮的冲击后，文学研究获得了新的动力和空间。

一　历史发展

文化研究不同于一般意义上的对文化的研究（the study of culture or cultural research），由于它使用的理论资源过于庞杂，它的谱系可以上溯到17世纪的笛卡儿那里。[2]不过，我们这里讨论的是狭义的"文化研究"，主要是指1950年代末从英国文学批评中逐渐发展起来的学术研究，以英国伯明翰学派的理查德·霍加特、雷蒙·威廉斯、斯图亚特·霍尔等人为代表，以"当代文化研究中心"的成立为鲜明标志。这种意义上的文化研究

---

[1] [美]乔纳森·卡勒：《文学理论入门》，李平译，译林出版社，2013年，第46页。

[2] Jeff Lewis, *Cultural Studies: The Basics*, 2002, London: Sage Publications Ltd, appendix.

的发展历程可以分为三个阶段。

第一个阶段是 1950 年代末到 1960 年代初，这是文化研究的奠基阶段。自 1957 年开始，文化研究的先驱理查德·霍加特（Richard Hoggart，1918—2014）、雷蒙·威廉斯（Raymond Williams，1921—1988）以及斯图亚特·霍尔（Stuart Hall，1932—2014）、爱德华·汤普森（Edward Thompson，1924—1992）先后出版了《识字的用途》(1957)、《文化与社会》(1958)、《流行艺术》(1964)、《英国工人阶级的形成》(1963) 等文化研究的奠基性著作，意味着文化研究的正式兴起。

如同霍尔说的那样，文化研究并不是在 1964 年突然在伯明翰大学出现，它也有自己的"史前史"阶段。[1]文化研究的兴起并非偶然，它有复杂的生成语境。这中间既有政治、历史等外在机缘的促动，也是学术发展的内在理路使然。

从历史和政治的层面看，文化研究脱胎于对工人阶级成人进行大众化教育的政治运动，始于早期的知识分子为工人阶级创造一个比较好的社会环境的愿望，是新左派运动的直接结果。英国文化研究的成员大多投身于新左派运动。[2]新左派迥异于老左派，不再从政治和经济角度入手来改造资本主义，而是倾心于文化问题，探讨工人阶级的生活方式，分析影响其生活的大众文化，从中发掘出抵制主导意识形态的政治手段。随着新左派运动的落潮，在脱离了具体的革命实践之后，英国的一批新左派退据大学讲坛（霍尔在切尔西学院和伯明翰大学，威廉斯在牛津大学和剑桥大学，汤普森在牛津大学，霍姆斯基在伦敦大学），从文化、美学和哲学层面上开启了一种政治介入和社会批判，这就是文化研究的起源语境。

伊格尔顿曾把 1965 年至 1980 年这段时间看成是文化理论"非同凡响"的发展阶段："在这期间，政治上的极左派在陨落得几乎无影无踪之前曾一度声名鹊起。新的文化观念，在民权运动、学生运动、民族解放阵线、

---

[1] Stuart Hall、陈光兴：《文化研究：霍尔访谈录》，唐维敏译，台北：元尊文化，1998 年，第 94—95 页。

[2] 汤普森、威廉斯都曾是英国共产党党员，参与过 1968 年的学生运动和左派知识分子的运动，担任过新左派杂志的编辑或撰稿人；霍尔虽然终身未参加共产党，但他是新左派的早期领袖，先后担任《大学与左派评论》(Universities & Left Review)、《新左派评论》(New Left Review) 的编辑和首任主编；霍加特虽不是马克思主义者，但也是新左派的"同路人"。

反战、反核运动、妇女运动的兴起以及文化解放的鼎盛时期就深深地扎下了根。这正是一个消费社会蓬勃发展,传媒、大众文化、亚文化、青年崇拜作为社会力量出现,必须认真对待的时代,而且还是一个社会各等级制度,传统的道德观念正受到嘲讽攻击的时代。"[1]伊格尔顿这段话值得重视,他把文化研究和当时风起云涌的新左派运动、消费社会等社会思潮和社会现象紧紧地联系在一起,这一判断是敏锐而准确的,也揭示了英国文化研究的深层动因。

  从学术研究的脉络看,文化研究的出现和英国学术研究上的"文化—文明"传统有关。文化研究虽然发端于文学,但更关注文学之外的日常文化和生活方式,如住宅、体育、服饰、流行音乐等不同于高雅文化的"小写的文化",它的研究对象从文学文本扩展到广义的文化和社会,这在英国是有着深厚传统的,即"文化—文明"传统,代表人有阿诺德、利维斯、艾略特等。[2]这一传统有两个主要特征:其一,研究对象不仅包括文学和所谓"全面、和谐、美好和光明"的高雅文化,还包括工人阶级文化和通俗文化。其二,研究者对工业化之前英国社会所谓的"有机的共同文化"怀有一种"不确定的怀旧",对大众文化持否定态度,这实际上是一种精英主义文化观。二战后,随着英国资本主义的空前繁盛,流行音乐、影视节目、广告、时尚杂志、畅销书等大众文化在英国发展迅猛,工人阶级的传统文化也发生了剧烈变迁,相应地,英国的一些知识分子把"文化—文明"的传统再次发扬光大,他们于1950年代早期成立了"独立小组"(Independent Group),考查视觉艺术、建筑、构图设计和波普艺术,并在伦敦成立了"当代艺术中心"(Institute of Contemporary Arts),将研究重点放在日常生活文化而不是精英文化上,尤其关注美国大众文化对英国人民生活的影响。[3]"独立小组"的研究策略和机构设置都与后来伯明翰学派的当代文化研究中心(CCCS)不谋而合。虽然霍加特、威廉斯、霍尔等人对工人阶级文化的态度与"文化—文明"传统大相径庭,但其学术路数是一脉相承的,《识字的用途》和《文化与社会》被称作"被稀释的"的"文化—

---

[1] [英]特里·伊格尔顿:《理论之后》,商正译,商务印书馆,2009年,第25页。
[2] [英]格莱姆·透纳:《英国文化研究导论》,唐维敏译,台北:亚太图书出版社,1998年,第43—44页。
[3] 同上书,第43页。

文明"传统，[1]继利维斯之后，英国众学者将英国原有的马克思主义文学研究传统同英国现代文学研究成果相结合，加强了对大众文化和工人阶级文化的研究，为文化研究提供了批评范例，而大众文化的内涵开始经由蕴含道德审判意味的"mass culture"向更具中性色彩的"popular culture"转变，由此开创了英国流行文化研究新阶段。

第二个阶段是1964年到1980年代初，这是文化研究的全盛阶段。1964年春，CCCS在英国伯明翰大学英语系成立，理查德·霍加特任首任主任，斯图亚特·霍尔担任主任助理。CCCS开始只招收研究生，1971年开始创办非正式期刊《文化研究工作论文》（*Working Papers in Cultural Studies*，简称WPCS），1972年脱离英语系成为独立单位。CCCS开设了"文化研究的理论和方法""英国社会与文化"等课程，依靠自己的WPCS和哈奇逊公司（Hutchinson）等出版社，霍尔等人持续传播了文化研究的成果。CCCS的成立意味着英国文化研究开始走向制度化。[2]霍尔将CCCS的成立视作"为文化研究找寻一种可以生产有机知识分子的体制性实践"[3]，是"当公共空间无以为继时，我们撤退而去的一个场所：它是另辟蹊径的政治"[4]。这也揭示了文化研究强烈的政治性和批判性的来源。

CCCS建立之后，霍加特把研究对象扩展到大众文化和流行艺术，包括电影、电视、广播、通俗小说、连环漫画、新闻报刊、广告语言、流行歌曲等。在他的期望中，文化研究具体涉及三个方面，而重点是文艺研究。他和霍尔在1964年CCCS的第一份"年度报告"中列出了七个首要研究项目，分别是：奥威尔和1930年代的思潮、当代社会小说的层次及其变迁、地方报业的成长与变化、流行音乐中的民歌和俚语、民间艺术及

---

[1] [英]格莱姆·透纳：《英国文化研究导论》，唐维敏译，台北：亚太图书出版社，1998年，第80页。

[2] 1964年后，英国高校陆续成立文化研究的研究机构：1966年，利兹大学成立电视研究中心，李斯特大学成立大众传播研究中心，1967年，伦敦大学设立第一个电影研究学系，1977年，英国开放大学开始创设"大众传播和社会"课程。

[3] Stuart Hall, "Cultural Studies and its Theoretical Legacies", in Lawrence Grossberg eds, *Cultural Studies*, New York: Routledge, 1995, p.281.

[4] Stuart Hall, "The Emergence of Cultural Studies and the Crisis in the Humanities", in *October*, 1990, 53:12.

肖像研究、体育运动的意义及其表征、流行音乐和青少年文化。[1]这些项目涉及文学、传媒、大众文化、民间文化、体育文化、青年亚文化等，其中五个项目与文艺批评有关。CCCS 遵循"质疑权威"和"反本质主义"的原则，在教学上打破了师生的等级制度，根据不同主题成立了许多研究小组，如亚文化、英语研究、历史、语言和意识形态、文学和社会、媒介研究、妇女研究等。在霍尔主持 CCCS 工作的十年间（1969—1979），文化研究进入全盛时期。这期间文化研究的重心是青年亚文化、传媒、意识形态，文化研究的许多经典著作都出自这些方面，如《通过仪式抵抗：战后英国的青年亚文化》《亚文化：风格的意义》《学做工：工人阶级子弟为何继承父业》《监控危机》等。这一阶段也是英国文化研究的黄金时期。人们一般把在 CCCS 从事文化研究工作的学者称为"伯明翰学派"（Birmingham School）。伯明翰学派多来自文学专业，[2]雷蒙·威廉斯是其精神领袖，霍尔是其灵魂人物。其成员除了霍加特、理查德·约翰逊（Richard Johnson）、乔治·拉伦（Jorge Larrain）等历届主任外，还包括中心毕业的研究生即"伯明翰帮"（Birmingham mafia），如迪克·赫伯迪格（Dick Hebdige）、安吉拉·麦克卢比（Angela McRobbie）、保罗·威利斯（Paul Willis）、戴维·莫利（David Morley）等。[3]

第三个阶段是 1980 年代中期至今，这是文化研究的全球扩张阶段。1979 年霍尔离开伯明翰大学到英国开放大学就职，从此开放大学成为文化研究的另外一个重镇。1990 年代，CCCS 发展为"文化研究与社会学系"，开始招收本科生，2002 年该系被关闭，CCCS 完成了它的历史使命。不过，从 1980 年代开始，约翰·斯道雷、劳伦斯·格罗斯伯格、约翰·菲斯克（John Fiske）等受益于伯明翰学派的学者开始在世界各地传递着文化研究的薪火，文化研究扩及澳大利亚、美国、加拿大和亚洲各国，成为一种全球性的学术思潮和政治实践。目前，世界各地的文化研究仍然在蓬勃发展，

---

[1] CCCS, *First Report*, 1964, pp.6-7, Stencilled Papers by CCCS.

[2] 霍加特在赫尔大学、利兹大学和伯明翰大学一直担任英文教授，威廉斯是剑桥大学的戏剧教授，霍尔在牛津大学攻读过文学专业的博士学位。

[3] "伯明翰帮"还包括：菲尔·科恩（Phil Cohen）、托尼·杰斐逊（Tony Jefferson）、约翰·克拉克（John Clarke）、劳伦斯·格罗斯伯格（Lawrence Grossberg）、约翰·斯道雷（John Storey）、保罗·吉尔罗伊（Paul Gilroy）等。

文化研究课程不断被开设，不同规模的国际会议从未间断过，文化研究成为西方人文科学自 1990 年代以来的一项重要活动。

二　理论与方法

鉴于研究者的关注点和动机彼此不同，文化研究在多个学科之间游移不定，没有稳固的理论和方法，但有一点是可以确定的，即文化研究是聚焦于文化的研究。文化研究关注的是文化在社会结构中的地位，即文化与其他社会实践（如经济与政治）之间的复杂关系。从理想状态来看，文化研究应该包含三个方面的内容：文化生产、文化的文本分析、文本的接受与影响。[1] 这就是说，在文化研究中，"文化"主要扮演着两种角色：一种是作为研究的对象（作为文化的文本），另一种是作为研究的方法及领域，即政治批评和行动的场域（文化生产和文本的接受与影响等）。

文化研究的理论与方法的核心是探索人们每日生活经验的形成方式、社会背景或权力结构，探讨文化之中权力与反抗是如何相互角逐的。文化研究拒绝文化完全受经济力量决定的想法，拒绝单一的经济决定论，而主张将文化理解成一种自主的意义与实践活动领域，有其自身的逻辑；同时强调语言、文化再现与消费的自主逻辑，以及文化因素对社会历史发展的影响。因此，从最广泛的概念上说，文化研究的课题就是搞清楚"文化的作用""文化生产如何进行，文化身份又是如何构建、如何组织的"。[2]

1. 文化研究的基本理论

说到文化研究的理论，不妨援引 CCCS 第三届主任理查德·约翰逊有关文化研究前提的三点归纳：第一，文化进程与社会关系密切相关，尤其与阶级关系、阶级构形、种族建构、年龄压迫等密切相关；第二，文化涉及权力，它帮助生产出个人与社团能力的不平衡；第三，文化既非自律的

---

[1] ［美］道格拉斯·凯尔纳：《迈向一个多元观点的文化研究》，邱炫元译，见陈光兴、杨明敏编：《内爆麦当奴》，岛屿边缘杂志社，1992 年，第 70 页。

[2] ［美］乔纳森·卡勒：《文学理论入门》，李平译，译林出版社，2013 年，第 46 页。

也不是外在地被决定的领域,而是社会差异和社会斗争的场所。[1]约翰逊的这三点归纳,基本勾勒出英国文化研究的三个研究重心:第一是文化的界定,文化研究把文化看成是社会过程本身,这就承认了"文化"作为意识形态本身是动态的、开放的。据此,伯明翰学派提出了"文化是平常的""文化是一种表意实践"等重要观点,构成和丰富了英国"文化马克思主义"的传统。第二是文化研究的宗旨,即通过揭示"文化与权力的关系"而最终改变我们的生活。第三是文化的性质,文化是各种社会矛盾保持张力的场域,是统治阶级赢得和失去霸权(领导权)的场域。下面,我们主要从约翰逊的这三点概括出发,以威廉斯和霍尔的主张为中心,从"文化是平常的""文化与权力的关系""文化是斗争的战场"这三点深入了解文化研究的理论主张和方法。

第一,文化是平常的。

在英国,最早关注文化的并非伯明翰学派,而要上溯到以阿诺德和利维斯为代表的文学批评家自 19 世纪上半叶以来对文化的研究。阿诺德和利维斯都从文化角度对高雅文化和伟大作品做过讨论。相较于屡受推崇的高雅文化,大众文化和工人阶级文化经常受到贬抑。文化被视为文明的极致表现,是横亘于伟大传统之中的经典杰作,是少数受过教育的精英人士的关注对象。而伯明翰学派则提出了与之对抗的文化观,他们不赞同利维斯的"文化精英主义"所制造的"大众文明和少数派文化"的对立。文化研究重视的文化,不是浓缩在经典文学和高雅艺术里的思想活动和传统精神,而是形形色色的日常文化、亚文化、大众文化、底层文化、媒介文化、女性文化和少数族裔文化中的东西。用威廉斯的话就是:"文化是平常的。"(Culture is Ordinary)

威廉斯在《文化与社会》(1958)、《漫长的革命》(1965)、《关键词:文化与社会的词汇》(1976)等著作中不断追溯了"文化"这一概念的涵义是如何随社会的变迁而变迁的。在《文化与社会》中,威廉斯吸收了人类学对文化的定义,提出:"文化不仅仅指智力和想象性作品,从本质上说,

---

[1] Richard Johnson, "What is Cultural Studies Any-way?" in John Storey ed., *What is Cultural Studies?: A Reader*. London and New York: A member of the Hodder Headline Group, 1996, p.76.

文化也是一种整体的生活方式（a whole way of life）。"[1]这一观点强调了文化的平常性和实际生活的品格。在《文化是平常的》(1958) 这篇论文中，威廉斯论述道："文化是平常的，那是首要的事实。……文化永远既是传统的也是创新的，同时，文化既是最平常的和人所共知的意义，也是最精炼的个人意义。……我们用文化一词代表两种意义：既意味着一种整体的生活方式——共享的意义，也意味着艺术与学识——探索与创意活动的特定过程。某些作者只强调其一的一种意义，而我则坚持两种意义，并坚持两者相互结合的重要。……文化是平常的，存在于每一个社会和每一个心灵之中。"[2]威廉斯在这里反复强调：文化是整体的、开放的、动态的，必须通过平常生活的再现与实践活动来了解。这种对文化的界定，清除了利维斯等人的保守主义和精英主义文化观，破除了文化领域的少数人特权行为，为普通大众参与文化过程奠定了理论基础。

威廉斯后来又进一步提出了"文化是一种被实现的表意系统（a realized signifying system）"的观点，[3]霍尔以此为基础，将"文化"界定为"表意实践"(signifying practices)，把文化视为是"共享的意义"(shared meanings) 以及意义的生产、传播和消费。他说："文化与其说是一组事物（小说与绘画或电视节目与漫画），不如说是一个过程，一组实践。文化首要涉及一个社会或集团的成员间的意义生产和交换，即'意义的给予和获得'。说两群人属于同一种文化，等于说他们用差不多相同的方法解释世界，并能用彼此理解的方式表达他们自己，以及他们对世界的想法和感情。"[4]霍尔在这里对"文化"的解释，显然是威廉斯式的，它强调了文化来自大众的日常生活，来自共享的社会意义，来自人们理解世界的各种不同方式。

"文化是平常的""文化是表意实践"这两个判断对文化研究意义重大。首先，它扩展了文化的定义，将整个社会生活纳入了研究视野，尤其是把工人阶级文化、亚文化，以及电视、电影、流行音乐、广告、度假、

---

[1] Williams Raymond, *Culture and Society 1780-1950*, English and New York: Penguin Book Ltd, 1976, p.209.

[2] Raymond Williams, "Culture is Ordinary", in Robin Gable ed. *Resources of Hope*, London and New York: Verso, 1989, p.4.

[3] Williams Raymond, *Culture*, London: Fontana, 1983, p.209.

[4] [英] 斯图尔特·霍尔编：《表征》，徐亮等译，商务印书馆，2003年，第2页。

体育赛事等也划归到文化范畴里，认为它们对认识社会都有其文化价值和意义。其次，它把文化和意义进行了联姻，认为文化即"意义的给予和获得"，从这一定义出发进行文化分析，能够澄清特定的生活方式所暗含的意义和价值。最后，这种文化观将大众文化研究合法化和政治化了。它承认大众文化是"日常的"，是一套"表意实践"，也承载着社会意义和价值观，这就打破了以往高雅文化和大众文化的壁垒，使普通人的平常生活进入大雅之堂，从而担当起颠覆统治意识形态话语的文化批判使命。

文化研究把文化看作表意系统，难以避免地会涉及对意义及其阐释权的争夺，这就引出了文化研究的核心议题：文化与权力（power）的关系。

第二，文化与权力的关系是文化研究的核心议题。

文化与权力的关系堪称文化研究的核心议题。伊格尔顿曾经说过：在文化理论的所有成就中，"最有争议的当属文化与权力的关系"。"文化是饱受批评，但仍能使我们逃脱权力那令人讨厌的影响的幸运地方之一。"[1] 霍尔承认：文化研究一贯关注的核心问题就是"文化与权力在不同语境中的接合（articulation）"[2]。有学者甚至认为："如果要找出一个从事文化研究的人都会同意的核心研究议题，那么这个议题就是权力概念，它被看成是渗透于社会关系各个层面之中。"[3] 这些观点从不同角度揭示了文化与权力之关系的重要性。文化研究的主要活动场域虽然在学院体制之内，但是由于文化研究的特殊背景，它时刻与学院外的活动（如社会与政治运动、文化机构、文化管理部门等）保持密切的互动关系，试图从文化实践与权力的关系的角度来检验其主题。文化研究恒常不变的目标就是要暴露权力关系以及检视这些关系是如何影响并塑造文化实践的。

文化研究所探讨的权力的作用和形式是多样的。权力既是凝聚力，也是强制力；既是限制，也是促进；权力施加的途径主要包括阶级、种族、性别、民族和年龄。文化研究对权力的探讨随着对象不同而有着不同的侧重点：对大众媒体，文化研究主要探讨它如何再生产意识形态与霸权；对

---

[1] ［英］特里·伊格尔顿：《理论之后》，商正译，商务印书馆，2009年，第94页。

[2] David Morley and Kuan-Hsing eds, *Stuart Hall:Critical Dialogues in Cultural Studies*, London, New York: Routledge, 1996, p.395.

[3] Chris Barker, *Cultural Studies: Theory and Practice*, London, Thousand oaks and New Delhi: Sage Publications, 2000, p.10.

日常生活，文化研究习惯于进行亚文化的民族志研究，试图揭示政治、权力与不平等如何塑造了亚文化群的风格；对意识形态和种族歧视，文化研究着眼于揭示它的文化符码，厘清它们为何能够得到大众广泛的支持。

在对文化与权力的研究中，文化研究没有陷入对事物的"真正"意义的寻求，其关注的是特定的意义是如何获得它们的权威和权力的。如费斯克等人所说的："文化研究一直专注于社会关系与意义之间的关系——或者更确切地说是专注于社会划分（social divisions）被赋予意义的方式。"[1] 文化研究并不在于探寻文本的那个"单一的""本质的"、被承诺的意义；相反，它所关注的是文本所创造的可能的意义空间，即"社会"的意义，以及它如何被挪用，被谁挪用，又如何被应用在日常生活的消费实践之中。

第三，文化是斗争的战场。

在文化的定义过程中，英国文化研究并非没有争议。在威廉斯提出了"文化是平常的""文化是整体的生活方式"的时候，汤普森却把文化界定为文化是"整体的斗争方式"。这两个定义都有不同的拥趸。

在研究文化的视角上，英国文化研究经历了两次重要范式转换：第一次是从"文化主义"转向阿尔都塞的结构主义，从认为"文化是人民自己创造的"转向"文化是强加在人民之上的"；第二次是从结构主义转向葛兰西的霸权理论，从强调"文化是强加在人民之上的"转向"文化是斗争的战场"。

自霍尔1968年主持CCCS工作以来，阿尔都塞的意识形态理论开始在英国文化研究中盛行，成为文化研究的重要理论资源。在很长一段时间里，英国文化研究特别关注媒体的意识形态的效果和影响，以至于有人把意识形态看成是文化研究中最重要的范畴。[2] 在阿尔都塞看来，主体是被意识形态建构和召唤出来的，人们的思想和行动必然受到意识形态国家机器（家庭、学校、语言、媒体、政治制度等）的影响和渗透。阿尔都塞对意识形态的定义，改变了威廉斯等人"文化主义"研究的范式（强调人的经验和主观能动性等），使得文化研究能以更复杂的目光对待种种文化现象。不过，

---

[1] [美]约翰·费斯克等编撰：《关键概念：传播与文化研究辞典》（第二版），李彬译注，新华出版社，2004年，第65页。

[2] [英]格莱姆·透纳：《英国文化研究导论》，唐维敏译，亚太图书出版社，1998年，第230页。

这种研究视角也有弊端，它夸大了意识形态的思想控制，忽视了人的抗争。因此，1970年代以来，文化研究又引进了葛兰西的"霸权"（hegemony，也译作"领导权"）理论，以纠正阿尔都塞理论的偏颇，为文化研究开启了新的思路。

葛兰西所说的"霸权"，是指统治阶级将于己有利的价值观和信仰普遍推行给社会各阶级这一过程。这一过程的实现主要依靠的不是暴力，而是精神和道德的领导，依靠大部分社会成员的自发认同，这是一个赢得共识的过程。霸权不是一成不变的，而是处于一种移动的平衡状态，霸权秩序具有临时性，它既可以得到，又随时会失去。这样，阿尔都塞所说的个体被召唤为主体、对个人来说无可奈何的意识形态领域，成为一个谈判、协商、对话和斗争的场所，文化/意识形态是霸权的生产和再生产的主要场所——不断赢得对于统治和服从关系的认可。

在葛兰西霸权理论的启发下，文化研究认为，文化既不是一个"真正的"敌对阶级的文化（或任何其他从属的文化），也不是由文化工业所施加的文化，而是一个两者之间的"折中平衡"(compromise equilibrium)。[1] 就是说，文化是一个冲突力量的混合体，这些力量既来自"下层"，也来自"上层"；既是"商业"的，也是"本真"的；既是"抵抗"的，也是"团结"的；"结构"和"主体"都参与其中。媒体、大众文化和亚文化是霸权的实施和争夺的主要场所，是统治集团与附属集团为了各自的利益而进行斗争和协商的竞技场。霍尔的《文化研究：两种范式》(1972)、《编码、解码》(1972)、《解构"大众"笔记》(1981)等重要论文都熟练地运用了霸权理论。霍尔认为：文化研究中的文化主义与结构主义范式不能相互替代，大众文化是大众与统治阶级之间进行对抗的文化场域，主要焦点是文化之间的关系以及霸权问题。大众文化与统治文化之间保持着"持续性的张力"（关系、影响和对抗），所有的文化形式都是对立的，"由对抗的和不稳定的因素组成"，[2] 根据读者、观众和消费者对文本意义的形成或生产的作用，霍尔提出了"文本"的三种解码方式："支配—霸权式立场""协商的符码或立场""对抗

---

[1] Antonio Gramsci, "Hegemony, Intellectuals and the State". In John Storey, ed., *Cultural Theory and Popular Culture: A Reader*, second edition, London: Prentice Hall, 1997, p.211.

[2] [英]斯图亚特·霍尔：《解构"大众"笔记》(1981)，戴从容译，见陆扬、王毅主编：《大众文化研究》，上海三联书店，2001年，第51页。

的符码立场"。[1]

2. 文化研究的基本研究方法

研究方法上，文化研究挑战了人文学科和社会科学的正统，是当代跨文化研究的滥觞。文化研究分别吸收了文学和语言学的文本分析、人类学的民族志和田野调查、历史学的编年和考证、传媒学的受众分析、哲学的逻辑思辨训练、社会学的性别分析、定性研究和定量研究、心理学的精神分析法、经济学的经济变量分析。文化研究真正呈现出兼容并包的研究特色，它的方法论是一种"折中主义的"，这也是文化研究的"一项优势"。[2] 这里简单介绍文化研究最为常用的两种方法：文本分析法和民族志方法。

文本分析方法主要借助于英美新批评的文本细读 (close reading) 理论，并成型于结构主义符号学的叙事分析和解构主义中，通过解剖一个符号，去分析文化产品中意义的表征、生产、流通和消费等问题。文化研究的早期代表人物大多接受过文学专业的训练，因此在使用文本分析时得心应手。伯明翰学派在全盛时期聚焦于亚文化"风格"的解读就是一例，他们把"风格"看成是亚文化的语言和符号，他们强调："风格问题，作为事实上是一个时代的风格，对战后青年亚文化的形成至关重要。""对风格的解读实际上就是对亚文化的解读。"[3] 文本分析对许多文学专业的学者来说虽然是轻车熟路，但也容易让文化研究满足于闭门造车和流于文字游戏，默多克批评这种现象是"浅显的、不深入的社会分析"，导致文化研究"不仅成了传统文本分析局限性的俘虏，也成了肤浅的新闻观察和报道的牺牲品。"[4]

到 1970 年代初期，社会科学研究方法被文化研究广为采用，特别是"质的研究"中的民族志方法格外受到文化研究的青睐。"民族志"(ethnography, 也译为"人种志") 起源于人类学的田野研究，强调以独特

---

[1] [英] 斯图亚特·霍尔：《编码，解码》，王广州译，见罗钢、刘象愚主编：《文化研究读本》，中国社会科学出版社，2000 年，第 345—358 页。

[2] Ann Gray：《文化研究：民族志方法与生活文化》，许梦芸译，韦伯文化，2008 年，第 8 页。

[3] Stuart Hall，eds，*Resistance Through Ritual: Youth Subculture in Post-war Britain*，London：Hutchinson，1976，p.52, p.203.

[4] 赵斌：《文化分析与政治经济：与默多克关于英国文化研究的对话》，见李陀、陈燕谷主编：《视界》第 5 辑，河北教育出版社，2002 年，第 165 页。

的方式提供原汁原味的引语、生活的历史与个案的研究，注重对实际发生的事件进行如实的、详尽的描述。"参与考察"（participant observation）是"民族志"方法的具体体现，指研究者通过深入某一特定群体，长期观察研究并尽可能精确地记录下他们观察、倾听、询问到的问题。早期的文化研究者常常使用这种方法来研究工人阶级社区生活，揭示深层的潜在意义。霍加特的成名作《识字的用途》就使用了民族志方法，叙述了作者本人在年幼时(1930年代)耳濡目染的工人阶级文化：休闲方式、生活态度、业余爱好等。保罗·威利斯为了完成《学做工》，花费了整整三年时间，跟踪访问了12个"哈曼尔镇男孩"（Hammertown Boys）——一些不爱读书、叛逆性强、来自工人阶级的男孩。威利斯通过和这些男孩一起听课、活动、工作，通过对家长、老师、其他青年群体、职业咨询师、工厂老板等人的访谈，留下了丰富而珍贵的民族志记录，在该书中，民族志部分约占一半的篇幅。英国著名社会学家吉登斯声称对他影响最大的一本著作即是此书，杰姆逊也誉之为"新文化社会学领域里的经典著作"[1]。

三　主要特色及反思

文化研究虽然发端于传统的文学批评，但是在不同的问题中，在不同的机构里，文化研究和不同的学科"联姻"，有着不同的定位，各有其特殊建构及实践方式。[2]它超越了学科圈定的边界，因此，跨学科/**反学科**成了文化研究的第一个重要标记。

从文化研究的发展进程来看，文化研究最明显的特点之一就是对传统学科分界提出质疑和挑战，以"跨学科"或"反学科"的面貌横空出世，

---

[1] ［美］弗雷德里克·詹姆逊：《快感：文化与政治》，王逢振等译，中国社会科学出版社，1998年，第406页。

[2] 以文化研究史上的一次盛会为例，1990年在美国俄班纳－山槟（Urban Champaign）举办了一次"文化研究研讨班"（会议发言后来被格罗斯伯格等人以《文化研究》为书名编辑出版），参加会议的41人中，英语专业独占鳌头，有11人，传播社会学和艺术史专业各4人，人文专业有3人，妇女研究代表有2名，文化研究、意识思想史与电台、电视和电影专业各2人，宗教和人类学专业各1人。见［美］弗雷德里克·詹姆逊：《快感：文化与政治》，王逢振等译，中国社会科学出版社，1998年，第410页。

其边界难以捉摸。文化研究从文学、艺术学、历史学、经济学、政治学、心理分析、媒介和传播研究、社会学、教育学、法学、科技研究、人类学等获得自身的研究程序和分析样式。卡勒曾经这样描述:"令人吃惊的是,随着文化研究的发展,已经说不清它究竟跨了多少学科,对它的界定就像对'理论'本身的界定一样困难。你可以说这两者是一脉相承的,'理论'是理论,而文化研究是实践。**文化研究就是以我们简称为'理论'的范式作为理论指导所进行的实践活动。**"[1] 这样的描述,把文化研究的边界扩展到了极为广阔的原野上。伊格尔顿曾经把威廉斯的文化研究著作描述为"不像社会学,也不像哲学、文学批评或政治理论",既像"创作的"和"想象性的"作品,又像"学术著作",是"图书馆管理员的冤家和噩梦",[2] 这段话形象地揭示了文化研究的跨学科或后学科的特色。

文化研究的跨学科/反学科性质,有利于文化研究根据不同的问题切入点,不拘一格地撷取某些学科的理论资源进行研究。跨学科或反学科作为文化研究的研究特色,虽然某种程度上造成了文化研究的困境(如身份危机),但也可以被视为文化研究在学院里历久不衰的原因。这是因为文化等领域无法与政治、经济、社会、心理、文学完全割离分析。文化研究根据不同的问题切入点,可以依据研究主题与目的,不拘一格地撷取某些学科知识来进行研究。如霍加特(1963)在谈论当代文化研究的研究问题时,曾经详细列举了五个方面的问题:

1. 关于作家和艺术家:他们来自何处?他们是怎样成为作家或艺术家的?他们在经济方面的报酬如何?(当然,对于任何一个问题,人们可以作历史的比较。)

2. 不同的艺术形式有哪些欣赏者?不同层次的创作方式又有哪些欣赏者?他们有什么样的期待?他们具有什么样的背景知识?今天是不是存在像"普通读者"或者"聪明的外行"这样的人呢?从无名的

---

[1] [美]乔纳森·卡勒:《文学理论入门》,李平译,译林出版社,2013年,第45页。
[2] [英]特里·伊格尔顿:《历史中的政治、哲学、爱欲》,马海良译,中国社会科学出版社,1999年,第264页。

裘德・基普斯[1]、波利先生[2]到凯斯特勒[3]笔下那些忧心忡忡的士兵,这一系列的人物之中有些什么样的人在登场和下台呢?哪些人是平装本知识读物的读者呢?

3. 舆论制造者以及他们发挥影响的渠道又是什么样的情况呢?……保护人、权贵、知识阶层(如果今天存在这样一个阶层的话)处于什么样的状况呢?他们来自何方?如果有人已经成为斯蒂芬父女[4]和加尼特夫妇[5]的接班人,他们又是谁呢?当我们想起诺埃尔・安南[6]写出像《莱斯利・斯蒂芬——他的一生和他所处的时代》这样一本难得的好书时,我们便认识到这儿有多少工作是能够做成的。

4. 从事生产和发行书面和口头语言产品的机构处于什么样的状况?这些机构在财政和其他别的方面属于什么样的性质?若是说书面语言产品(以及也许所有的艺术作品)正逐渐变成使用一下便很快被抛弃的商品,这样的说法是否符合实际情况?如果情况属实的话,这样的说法意味着什么(就想象而言不管它意味着什么)?举一个很小的例子来说,商务方面的实际情况如何?"平装本革命"属于什么样的模式?又具有何种意义?

声誉的提高又怎样呢?在多大程度上是由于采用了商业性的手段才提高了声誉的呢?在这个问题上,正如汽车制造中所遇到的情况那样,尽力寻求高度的集中和合理化,因而往往将注意力过多地集中在少数几位艺术家的身上,而几乎完全忽视其他的艺术家。

5. 最后,我们对于各种各样的相互关系所知甚微,例如作家及其读者之间的相互关系以及他们共同的设想,作家和舆论喉舌及作家、

---

[1] 英国小说家赫伯特・威尔斯在同名小说中所塑造的一位主人公。
[2] 威尔斯在小说《波利先生的历史》中所塑造的人物形象,
[3] 阿瑟・凯斯特勒(1905—1983):匈牙利裔英国作家,主要作品有《中午的黑暗》(1940)和自传体作品《与死亡对话》(1942)、《蓝箭》(1952)、《看不见的作品》(1954)等。
[4] 莱斯利・斯蒂芬(1832—1904):英国著名的文学编辑、批评家和传记作家。他的女儿弗吉尼亚・伍尔夫(1882—1941)是位擅长心理描写和运用意识流的小说家。
[5] 爱德华・加尼特(1868—1937):英国作家,曾帮助许多作者步入文坛。例如约瑟夫・康拉德。他的妻子康斯坦斯・加尼特(1861—1946)、父亲理查德(1835—1906)、儿子戴维(1892—1981)均是文坛名流。
[6] 诺埃尔・安南(1916—2000):曾任英国皇家学院院长,1965年被授予终身爵位,传记作家。

政治、权力、阶级和金钱之间的相互关系，深奥微妙的和通俗的艺术之间的相互关系，功能性和想象性的相互关系，而我们与外国所作的比较又少得多么可怜。[1]

霍加特列出的诸多问题，有些研究课题和对象属于传统的文艺批评，如传记批评、文学受众研究等，然而更多的是文学文本以外的对象，涉及稿酬、受众、媒介、生产机构、利润、商业推广、金钱、政治、权力等制度因素，必须要超越传统的文学学科的领域，去寻求文学场之外的经济学、传播学、政治学等学科的援助。文化研究的跨学科性，从这个例子也可见一斑。

文化研究拒绝被划入某个学科，也意味着不恋栈既有的学术资源，永远保有文化研究的边缘地位及批判性格。以研究战争为例，政治学者关心的可能是政府的国际战略；经济学家关心的可能是战争对国际油价的影响；社会学家关心的可能是战争对当地家庭的冲击，如物价的上扬对家庭关系的影响；等等。而文化研究则认为，这些议题不但互相影响，更可以进一步综合在文化研究的领域之内，可以从文化的角度将以上议题综合讨论、批评与分析，如媒体直播战争的再现议题，资本主义在战争中的运作，或是战争在消费社会里的意义，好莱坞电影人是如何阐释战争的，等等，这正是文化研究的跨学科特色所显示出的优势所在。

作为一种话语实践，文化研究针对当代社会提出有力的解析和批判，政治性／批判性构成了文化研究的主要特征。

文化研究学者一向不秉持价值中立的立场，他们关注的焦点是文化如何被实践、被制造、在现实中被表征以及文化实践如何引导不同的人群、种族、阶级特别是弱势、边缘、被压迫群体获取文化主导权。正如伊格尔顿所说的那样："在恢复受到正统文化排挤的边缘文化的地位方面，文化研究做了至关重要的工作。身处边缘是无法言说的痛苦。出一把力，创造出一个地方，能让被抛弃的和受藐视的人敢于说话，对研究文化的学者来说，没有什么任务比此更为荣耀。"[2]

文化研究学者所拥有的新左派身份，使得文化研究和具有强烈批判精

---

[1] ［英］理查德·霍加特：《当代文化研究方法》，包振南译，载张英进、于沛编：《现当代西方文艺社会学探索》，海峡文艺出版社，1987年，第21—22页。

[2] ［英］特里·伊格尔顿：《理论之后》，商正译，商务印书馆，2009年，第14页。

神的马克思主义有着天然的血缘关系。如霍尔所说:"文化研究是马克思主义内部的活动,它致力于马克思主义,对抗马克思主义,运用马克思主义,试图努力发展马克思主义。"[1] 这说明,文化研究从来不是保持中立的学术活动,也不是全无价值观的话语研究,它有着西方马克思主义所特有的尖锐性和批判性,它遵循的是"不作保证"(without guarantee)的马克思主义[2],是开放的马克思主义。由于这种理论背景,文化研究具有鲜明的政治立场丝毫不令人奇怪。文化研究要借由政治批判而成就社会重建,旨在了解并改变无所不在的统治结构。文化研究试图了解政治、经济与文化的互动和变迁,分析文化中的知识、权力与统治关系,揭露其中的权力不平等现象,以指出社会问题的根源,唤醒人们的政治意识,从而改变现状以达到更平等的境界。从这个意义上说,我们可以把文化研究看成是一种"文化政治学",这和西方马克思主义的典型研究对象和焦点是一致的,都是文化。[3]

马克思在《关于费尔巴哈的提纲》中说:"哲学家们只是用不同的方式**解释**世界,问题在于**改变**世界。"[4] 而文化研究所尝试和期待的,正是通过改变人们对世界的看法而改变世界,试图让人们了解到所生存的世界并不是给定的,而是可以被改变的。

不过,文化研究在全球迅猛发展的过程中,也遭遇到一些问题,引发了人们的反思,特别是文化研究和文学研究的关系,最容易引发争议。有学者不无忧虑地指出文化研究的快速扩张给人带来的困惑:站在任何一家大书店的文化研究专柜面前,很容易就会和齐美尔有同感,犹如大山压顶。许多研究成果都被泛泛地冠以"文化研究"的名号,以至于根本就看不清当代的研究潮流是什么,也无法判断在这些文山字海中,哪些才是真正新颖有趣的。[5] 卡林顿揭示出了文化研究在全球传播和扩张之后出现的浮躁和失去本色的情形。

---

[1] Stuart Hall, "Cultural Studies and its Theoretical Legacies", in Lawrence Grossberg eds, *Cultural Studies*, New York: Routledge, p.279.

[2] David Morley and Kuan-Hsing eds , *Stuart Hall : critical dialogues in cultural studies*, London ; New York: Routledge, 1996, pp.25 – 47.

[3] [英]佩里·安德森:《西方马克思主义探讨》,高铦等译,人民出版社,1983年,第97页。

[4] 《马克思恩格斯选集》第2卷,人民出版社,2012年,第136页。

[5] [美]本·卡林顿:《消解中心:英国的文化研究及其传统》,载[美]托比·米勒编:《文化研究指南》,王晓路、史冬冬译,南京大学出版社, 2009 年,第 226 页。

同时，随着文化研究的迅速扩张，文化研究已经成为一门可以授予学位的教学活动，成为学者在体制内谋生的手段，这是否会导致文化研究逐渐与政治和社会实践脱离？是否会使其丧失对权力、历史与政治问题的批判立场？当文化研究的学院化色彩越来越浓厚，社会批判锋芒锐减，失去了原有的马克思主义色彩，失去批判的动力，文化研究也难免陷入被收编的困境之中。这已经成为当下文化研究面临的严峻问题。

文化研究自从诞生之日起就对文学研究造成了很大冲击，赋予了文学研究新的身份和使命，如华勒斯坦等人指出的那样："从事文学研究的学者，对他们来说，文化研究使对于当前的社会和政治舞台的关注具有了合法性。"[1] 不过，也正因为如此，有人担心文化研究过于纠缠于政治批判而忽视了文学和文艺的审美性，有人批评文化研究似乎包罗万象、漫无边界，却单单忘却了文学，卡勒曾描述过这种场景：法文教授著书论述香烟或肥胖对美国人的困扰，研究莎士比亚的学者分析双性恋问题，研究现实主义的专家们转而研究连环杀手，文学教授从弥尔顿转向了麦当娜，从莎士比亚转向了肥皂剧，文学研究被抛到一边去了。[2]

甚至就连文化研究的先驱霍加特也埋怨过英语研究／文化研究过于"当代化""社会化"和"道德化"，他在《当代文化研究方法》一文里把"文学和当代文化研究"所可能开拓的领域分为历史和哲学方面的研究、社会学方面的研究和文艺评论，他把文艺评论看成是最重要的课题。他说："如果我们忘却了文学中'赞美性的'或'娱乐性的'成分，我们将迟早停止谈论文学，而发现我们自己只是在谈论历史、社会学或者哲学，而且也许只是在谈论糟糕的历史、糟糕的社会学和糟糕的哲学。"[3] 这也说明文化研究学者在倡导文化研究的同时，对文化研究已经产生了某种反思，体现了一些学者对文学研究的某种守护和回归。面对当下文化研究越来越"泛滥"，甚至是什么都谈就是不谈文学的趋势，霍加特的提醒是发人深思的。文化研究的跨学科性和政治性／批判性一方面给文学研究带来了活力与生

---

[1] [美]华勒斯坦等：《开放社会科学》，刘锋译，生活·读书·新知三联书店，1997年，第69页。

[2] [美]乔纳森·卡勒：《文学理论入门》，李平译，译林出版社，2013年，第45页。

[3] [英]理查德·霍加特：《当代文化研究方法》，包振南译，载张英进、于沛编：《现当代西方文艺社会学探索》，海峡文艺出版社，1987年，第19、25页。

命力，另一方面也使文学研究产生了身份危机：文化研究要走向何方？文学研究是否会被文化研究取代和吞并？

要回答这一系列问题也许尚需进一步的观察，但有一点是明确的：文学研究和文化研究并非相互对立，水火不容。文化研究的目标不是要取代文学研究，而是要推动文学研究在关注文学对象自身特性的同时，努力摆脱学院的僵硬与局限，将文学置入文化的领域之内，扩大分析空间，让文学研究获得新的动力和见解。借鉴文化研究的思路，文学研究能够超越原有的学科门户界限，从文化的观点出发以及在学科知识整合的前提下与其他学科彼此融通、相互支援，把文学作为一种独特而复杂的文化实践来考察，考察权力的不同作用是如何影响并覆盖文学实践的，这无疑会给文学研究带来新的气象。卡勒曾以文学经典为例论证了这一点：文化研究扩大了文学经典的范围，对以前被忽略的作品进行了广泛研究，它让人们醒悟：哪些作品应该成为研究对象，从来不由"杰出的文学价值"来决定，而与人们的兴趣有关；"杰出的文学价值"的标准在应用的时候一直受到非文学标准的干扰（政治、经济、种族、性别等）；而且，"杰出的文学价值"这一标准本身就是值得商榷的，它可能把某一种文化的利益和目的神话化了。[1] 这种开阔而新颖的研究思路，是只闭门造车的文学研究所无法获得的。

在文化研究大潮席卷过后，人们可能不会再问：这个文本/现象有价值、有意义吗？而是会问：当我们说某某有价值或有意义时，我们在谈论什么？这是什么意思？我们是在何等情况下问出这样的问题的？我们会发现，那些我们认为理应如此的常识实际上只是一种建构出的观念。在文化研究大潮冲击之后，文学理论也不再是原来的面貌了，它开始研究和质疑一些看起来很自然的理论，开始倾向于使用既批评常识，又探讨可供选择的概念的理论，这种理论是跨学科的，是分析和推测，是对常识的批评，是对被认定为自然的观念的批评，这种理论具有自反性，是关于思维的思维，我们用它向文学和其他话语实践中创造意义的范畴提出质疑，它包罗万象，永无止境，不停地争论着，让文学研究者处于一个要不断地了解、学习重要的新东西的状态之下，迎接不可预测的结果。[2]

---

[1] [美] 乔纳森·卡勒：《文学理论入门》，李平译，译林出版社，2013年，第52页。
[2] 同上书，第16—17页。

扩展阅读书目

1. Richard Hoggart，*The Uses of Literacy*，New Brunswick（U.S.A.）and Londer (U.K.)：Transation Publishers，1998.
2. Stuart Hall, eds, *Culture, Media, Language*, London: Hutchinson, 1980.
3. Stuart Hall and Paddy Whannel，*The Popular Arts*，Boston: Beacon Press；New York, Pantheon Books，1967.
4. [英]安吉拉·麦克罗比:《文化研究的用途》，李庆本译，北京大学出版社，2007年。
5. [英]安吉拉·默克罗比:《后现代主义与大众文化》，田晓菲译，中央编译出版社，2000年。
6. [英]迪克·赫伯迪格:《亚文化:风格的意义》，陆道夫、胡疆锋译，北京大学出版社，2009年。
7. [澳大利亚]格莱姆·透纳:《英国文化研究导论》，唐维敏译，亚太图书出版社，1998年。
8. [英]雷蒙·威廉斯:《关键词:文化与社会的词汇》，刘建基译，生活·读书·新知三联书店，2005年。
9. [英]雷蒙德·威廉斯:《马克思主义与文学》，王尔勃等译，河南大学出版社，2008年。
10. [英]雷蒙德·威廉斯:《漫长的革命》，倪伟译，上海人民出版社，2013年。
11. [英]雷蒙·威廉斯:《文化与社会》，吴松江、张文定译，北京大学出版社，1991年。
12. 罗钢、刘象愚主编:《文化研究读本》，中国社会科学出版社，2000年。
13. [英]斯图亚特·霍尔编:《表征——文化表象与意指实践》，徐亮等译，商务印书馆，2003年。
14. Stuart Hall、陈光兴:《文化研究:霍尔访谈录》，唐维敏译，元尊文化，1998年。
15. [美]约翰·费斯克:《理解大众文化》，王晓珏、宋伟杰译，中央编译出版社，2001年。

第十三章　文学与解构批评

解构主义批评（Deconstructive Criticism）是 20 世纪七八十年代之交盛行于美国批评界的一个文论流派。最具代表性的人物是耶鲁大学的四位批评家：保罗·德·曼（Paul de Man）、约瑟夫·希利斯·米勒（Joseph Hillis Miller）、杰弗里·哈特曼（Geoffrey Hartman）和哈罗德·布鲁姆（Harold Bloom）。他们又常被称为"耶鲁学派"（Yale School）。

通常而言，现代西方文论史上的各种批评流派，大都是在批判前人的某个具体的文学观念的局限性的基础上，提出自己的文学主张的。只不过，他们一般都不会动摇"文学"这一基本概念。与此不同，解构主义批评不仅批判了各种传统的具体的文学观念，而且还试图彻底地颠覆和瓦解"文学"这一概念本身，因而引发了许多争论，产生了巨大的影响，极大地改变了我们对"文学"的看法。

一　解构批评的兴起

在西方批评史上，"文学"（literature、littérature）这一概念出现得比较晚。在早期英语的习惯用法中，它意指"学问"（learning）或"博学"（erudition），尤指拉丁文知识。在法语中，则指"一批作品"。18 世纪后期，这一词语才被广泛使用，但其涵义常常相互矛盾。19 世纪以后，人们才普遍认为，"文学"是"真实"的写作、美的写作、虚构的写作，与虚假的写作、功利的写作、真实的写作相对，形式上包括戏剧、韵文、散文等。在哈贝马斯看来，这一现代意义上的"文学"，与现代资产阶级的公共领域的形成有着非常紧密的关系。

虽然"文学"这一概念出现得较晚，但早在古希腊时期，人们就对什么是好的文章或"文学"文本有了深刻的认识。比如，柏拉图和他的学生亚里士多德就认为：首先，好的文章总是好的摹仿，不管它摹仿的是行动还是理念；其次，好的文章总是有好的形式，即好的开头、中段和结尾；最后，好的文章总是有好的效果，不管它取悦的是观众还是神明。这些好的标准的核心，就是认为一篇好的文章总是一个有着自身同一性、统一性和独特性的生命体。不管是署名的，还是匿名的（或佚名的），它总有一个好的"父亲"，那个文本的同一性、独特性和完整性的赋予者。是他把文章的每一个成分安排妥当，并保证文章的"意义"不被误解、扭曲。

　　柏拉图认为，要实现这一好的标准，最好的办法，就是文章的"父亲"必须保证自己亲自在场，并将文章写到听众（观众、读者）的心灵里。这样的看法无疑是很有道理的。可是，以今天的眼光看，这种貌似合理的看法其实隐含了如下一系列信仰、假定或预设：即（最高）意义总是（会）在场的，意义自身是一个完满的（连续的）统一体，意识和意义之间具有透明的对应性，语言（或符号）将这一对应性完美地连接在一起，意识和意识（应该）可以绝对同一，等等。

　　以这样一些假定为前提，自古希腊以来，"文学文本"这一文类就被批评家们轮番地简化为一种模仿物、一种（意义或意识的）载体、一种有机体、一种本质、一种寓言、一种语境、一种传记或历史的由来、一种形式的图解、一种心理分析的样板、一件政治事务，等等。

　　有了这样一些预设，读者或批评家们在面对一部作品时，就天然地假定了这部作品是可以解读的。阅读或批评的目的，就是透过作品的字面意义，去揭示隐藏在作品背后的意义（原意），或意义的起源、本质、象征、有机性、批判性指向，等等。

　　在长达两千多年的时间里，上述信仰都未曾遭到过根本的质疑。可是，到了20世纪六七十年代，耶鲁大学的几位批评家们却"不约而同"地发现，他们的阅读经验一再地与这种朴素的信仰相违背。比如，德·曼就指出，我们越认真地"细读"一个文本，我们就越将惊奇地发现，从文本中阅读出的意义注定会与文本所表述的意义不一致。因为文学文本并不就是单纯地指文本所描写、讲述或表达的东西。由此必然导致阅读或理解的障碍，即阅读的不可能性。

导致阅读障碍的根本原因之一，就是文本中大量存在的修辞。传统的观念认为，当我们面对修辞格时，只要我们能够分清字面义和比喻义，我们就能恢复修辞手段的本来所指。可是，德·曼却发现，当面对修辞格时，人们却无能为力。因为，修辞手段的意义不仅是多重的，而且往往相互矛盾。换一句话说，就是修辞格的比喻意义常常与其字面义相对立，甚至颠覆了其字面义。这种情况让人根本无法确定文本的本来意义。

德·曼从文本的字面义和比喻义的矛盾张力中发现了解读的不可能性。布鲁姆则从诗歌（或言说）在根本上的比喻性（修辞性）这一基本事实出发，指出了误读的必然性：所有解读都是误读。

和德·曼、布鲁姆一样，米勒也把解读的不可能性之最终根源归结为语言的修辞性。只不过，他的切入角度更加多样，思想演变的过程更加曲折。他早先关注的重点是叙述的多重性或迷宫。后来在解构理论的影响下，则转向了分析批评家与诗人完美融合的形而上学愿望（即某种同一性幻想）的不可能性。

在《阿尼阿德涅的线》(1976)这篇文章中，米勒认为，叙述的迷宫既表现为整体，又表现为局部或某个特定方面。从整体上讲，没有哪一条线索（人物、现实关系、人际关系，或者其他任何东西）能够通达整个文本的"中心点"。相反，它总是和其他线索交织在一起，形成一个又一个的交叉路口，使得任何想抵达迷宫中心的意图都必将失败，从而产生一种对某个"无处不在、无处可在、任何线索或途径都可企及的错误中心"的阐释。

从局部去看，迷宫又常表现为甄别比喻语言与字面语言、文本与现实、小说模仿生活与生活模仿小说的困难。在这两两相伴的因素中，批评家常常无法确定哪一个比哪一个更优先、更本原。

在《小说与重复》(1982)这本书中，米勒指出，以往的阐释，总是会假定作品中存在唯一的隐秘真理。对作品的阅读或阐释，就是被引导着一步步深入文本，期待着迟早将最后一层面纱揭去，发现这一隐秘真理。然而事情的真相毋宁是，"在一连串事件的开端或结尾的终点处，你找不到能解释一切的依稀可辨的有序化的本原。对这一本原所作的任何系统化的阐述都将明显地残缺不全，它在许多重要之处留下了尚待说明的空白。它是残剩的晦涩，解释者为此大失所望，这部小说依旧悬而未决，阐释的过程依旧能延续下去"。[1]

从师承渊源的角度讲，耶鲁学派诸批评家原先大都出身于新批评派门下，为何后来却如此激烈地反对新批评，反对新批评所共享的一整套传统的西方形而上学"文学"观念的理论预设呢？学术界一度把原因归结为耶鲁学派诸家接受了雅克·德里达所开创的解构理论的影响，并把德里达1966年10月21日在约翰·霍普金斯大学所作的演讲《人文科学话语中的结构、符号与游戏》视为解构理论播撒到美国的起点，把德里达和耶鲁四家在1979年合作出版的《解构与批评》一书视为解构主义批评学派形成的标志。然而事情实际上要复杂得多。浪漫派理论、尼采、现象学、语言哲学、海德格尔、布伯、弗洛伊德、现代修辞学等等，都对耶鲁学派产生了至关重要的影响。

在现象学之前，人们一般把文学作品当成一个客观的存在物，一个现成的对象。然而，现象学却发现，这不过是又一个认知幻象。事实上，只有将"物质质料"转变成"艺术质料"，才可能产生真正的艺术对象。"艺术对象"存在在哪里呢？它既来自艺术家内心，又不在艺术家心中；它既寄身于物质质料，又不是物质质料；它既需要读者来为它完形，但又不是读者的原创。总之，它是一个意向性的相关物；如果一定要说它是一个"客体"，它也只能是一个"意向性的客体"。

现象学的文学对象观异常复杂。苏轼所写的《琴诗》："若言琴上有琴声，放在匣中何不鸣？若言声在指头上，何不于君指上听？"与之可谓有异曲同工之妙。

现象学尽管颠覆了传统的认识论的文学对象观，但仍然没有摆脱意识内部的透明性假定和（作者的）意识与（读者的）意识之间的对应性预设。就这一点而言，现象学对传统形而上学文学观的批判，就显然不如维特根斯坦的后期语言哲学彻底。后期维特根斯坦认为，语言的意义在于它的应用，而不在于它的摹仿——对任何客观事物或内心图像的摹仿。语言不过是一套"家族相似"的游戏。文学创作不过是对文学这一"游戏"语法的遵从，而非审美心灵的自由想象。

---

[1] ［美］米勒：《小说与重复——七部英国小说》，王宏图译，天津人民出版社，2008年，第58页。

后期维特根斯坦的语言观与海德格尔的语言观旨趣相通。后期海德格尔认为，不是人说语言，而是语言说人。在原初状态下，人诗意地栖居在语言中；人们的原初言说，就是诗。因此诗就是思。

后期维特根斯坦和后期海德格尔一同促进了现代西方哲学、美学和诗学的语言学转向。他们重新发现了"语言"，颠覆了传统的语言工具观（即将语言视为是描绘客观事物和表达主观情意的工具），从而将自己的主张建立在了某种新的语言本体论的基础之上。这些理论发现既为当代法国解构理论的出场作好了准备，也为美国新生代"新批评家"们的反传统立场提供了思想的养料。

在现象学、语言学转向等现代西方思潮的激荡下，1960年代初步入哲学界的年轻哲学家德里达发现，现代西方哲学虽然揭示了传统形而上学的各种二元对立（如在场与不在场、精神与肉体、内容与形式、内部与外部、主体与客体等等）的虚假性，并为人类思想确立了一个新的本原——语言，还阐明了语言的游戏规则（如言说—倾听、澄明—遮蔽的交互关系等等）；但是，它们都具有一个根本的缺失，那就是还未揭示语言这一真正的本原的原初起源的发生性动力。

在德里达看来，言说之所以可能，是因为词与词、句子与句子、或语言与语言之间的差异。如果没有这一差异，任何指称、命名或言说都不可能。问题是，究竟什么是差异呢？如果我们按传统的形而上学的方式，为差异确定一个永恒不变的本质，显然我们会陷入悖论。那么，我们究竟该如何思考差异呢？只能在差异自身的生成（发生）过程中差异般地思考差异。那就是"异延"，就是"替补"，就是"踪迹"。换言之，即差异的差异，或差异自身的生成机制，言说或真理的原初发生性动力。

德里达的差异理论彻底瓦解了西方传统形而上学的实体论、在场性和同一性预设。它重新裁决了人类思想的原初起源问题，全方位地颠倒了西方形而上学所建构的形形色色的、具有等级关系的二元对立。比如，不是哲学高于文学，而是文学高于哲学；不是言说更能保证真理的在场，文字只是言说的替补；而是所有言说都遵循文字书写的差异逻辑。如此激进的解构理论一传播到美国，很快便与耶鲁大学的几位新批评家的反传统姿态形成了呼应关系，从而风起云涌地兴起了波谲云诡、风靡一时的所谓的解构主义批评。

二 解构批评的文学观念

耶鲁学派文论家批判传统文学观念的目的,自然是为了提出自己的新"文学"观。这一新文学观念的核心特征,即从不同角度、不同侧面出发,反复强调了文学"文本"的双重性、交错性、叠加性特征。

比如,在解构了新批评和形式主义所假定的那种同质性文学观之后,德·曼所得到的结论是,通常来讲,诗歌隐喻所唤醒的普遍经验不是一种而是很多种。诗歌文本意义的这种不确定性现象瞬间就把一个被完美地定义了的统一体转化成了一个其意义数量尚有待确定的多重性文本。由于这些意义并不能被完美地融合为一,而常常相互排斥,以至我们完全可以认为,"真正的诗的歧义来自存在本身的深度分裂,诗不过是这一分裂的陈述和重复而已"。[1]

德·曼从字面义和比喻义的矛盾张力这一角度出发,发现了文学文本内在的多重性。同归而殊途,米勒的出发点却是,西方文学(叙事)的单一性线性观念与实际的文学书写的冲突。

跟任何批判性写作一样,米勒对西方传统线性文学叙事观念的批判,也是以承认其在一定程度上的合法性为前提的。比如,在《小说与重复》的开头,他曾指出,小说具有这样的作用,"将众多不可重现的事件的前后发展顺序依照一定的程序组织得脉络清晰可辨。在这种程序内,众多的事件发生着、被复述着,这类事件环环相扣、情节性很强的故事常能激起人们感情上强烈的共鸣"。[2]面对这种作用,人们以为,作家"深思熟虑、精心安排并展现在读者面前的事件发生的先后次序是一个有着开头、中间、结尾的线性系列",就是很自然的。

然而,假若人们根据小说在形式结构上的某些固有特点,就认为小说"有力地强化了对故事背后潜藏的某种形式的形而上的根源、某种理由(或逻辑)的信念",则显得有些荒谬。因为,第一,与作品的独特性假定相反,任何一部小说,都存在着大量的"重复"。这些重复现象是如此之多,

---

[1] Paul De Man, *Blindness and Insight*(Second Edition, Revised), University of Minnesota Press, 1983, p.237.

[2] [美]米勒:《小说与重复——七部英国小说》,王宏图译,天津人民出版社,2008年,第1页。

以至于我们完全可以总结出一个分类谱系来。事实上这件事情早就有人做过。其中，代表性的论断有两种：一种是柏拉图式的重复，一种是尼采式的重复。前一种叫同质性重复，后一种叫差异性重复。

第二，尽管故事或叙事的（单向度的）线性进程本身是确实的，但同样确实的是，叙事经常打乱事件实际发生时的年代顺序，从而产生一种时代错乱的效果。

第三，尽管我们很难克制要为一部作品赋予一个中心结构的欲望，但是，作品的网状结构表明，假定必然有一个独一无二的、终极性的理由，这在原则上是错误的。

在《小说与重复》之后，在《阿里阿德涅之线》一书中，米勒进一步将打破形而上学单向度的线性预设的、错综交织的、双重性的叙述线索描述为一条"阿里阿德涅的线"，并且认定叙事性文本是一个错综交织的"迷宫"。

鉴于小说叙事的如上特点，米勒认为，文学作品有着潜在的多样性。文学作品是"一个没有开端、没有外在于自身的根基，仅仅作为一张自我衍生的网而存在的结构"。所有的文本都是一个宏大的互文性系统，一个许多音符的复调和音。

虽然目的都是为了打破传统文学观的迷思，但与德·曼和米勒不同，布鲁姆所找到的切入口，却是重新考察文学书写（创造）过程本身。

作为文学史上的迟来者，布鲁姆发现，考察文学的创作过程，不应该继续以传统的关系结构为重心。因为传统的创作观忽略了创作的如下重要事实：创作总是在前辈（或其他）作家的创作的参照中进行的。作为文学史上的迟来者，面对文学史的在先存在，接受前辈诗人的影响，几乎成了不可避免的宿命。然而，基于原创性的渴求，所有真正的强力诗人，必然要竭力摆脱这种影响，或对这种影响加以抗拒。由此产生了一种"影响的焦虑"。

从文学史或作家与作家之间必然要产生的"影响关系"这一关系结构角度看，文学创作具有什么样的特征呢？布鲁姆所观察到情形是：一方面，从来没有绝对"原创性"的言说，言说必须遵循某种现成的规则或先在的典范性。另一方面，"诗的影响——当它涉及到两位强者诗人，两位真正的诗人时——总是以对前一位诗人的误读而进行的。这种误读是一种创造性的校正，实际上必然是一种误译"[1]。

布鲁姆认为，所有的文学创作都置身于某种书写传统中，所有的书写都具有一种双重性。从创作心理学的角度讲，这种双重性依次表现为：入选、达成协议、对抗、体现、阐释和修正。诗人在最后一个阶段确立自己的天才地位。

从书写策略的角度讲，诗人主要通过六种修正方式来获得双重性，它们依次是："克里纳门"即对诗的误读、"苔瑟拉"即续完和对偶、"克诺西斯"即打碎与前驱的连续、"魔鬼化"即朝向个人化了的逆崇高、"阿斯克西斯"即达到孤独状态的自我净化或唯我主义，以及"阿波弗里达斯"即死者的回归。

从修辞学的角度看，上述诗人修正前人的六种方式，分别对应于六种修辞格：(1) 纠偏法（反讽），(2) 镶嵌法（借代）；(3) 神性放弃法（转喻）；(4) 魔鬼化（夸张）；(5) 苦行法（隐喻）；(6) 逆反法（再喻）。阐释一首诗就是要找出作者为对抗或回避前人的作品所用的策略及自卫性修辞方法。

基于这种双重性，布鲁姆认为，所有的写作都是对偶式（antithetical，又译"逆反式"）的。这种情况，如果用《新约》中上帝对他的门徒的诫语来说，就是"'要像我'而又'不要装得太像我'"。

布鲁姆说，"使得互相竞争的诗篇既联系在一起又彼此分开的，乃是一种对偶式关系，这种关系首先来自诗歌中的原生因素"[2]。换一句说，"一首诗的意义只能是一首诗，不过是**另一首诗——一首并非其本身的诗**"[3]。因为诗是双向对话的交织体，它总要对单向交流的恐怖提出抗议。

"一首诗的意义只能是另一首诗。这不是同义反复，甚至也不是深层的同义反复。因为两首诗不是同一首诗，就象两个生命不是同一个生命一样。"[4] 从这样一个角度讲，只有从诗与诗的关系维度出发，才能把握单首的诗。诗是诗与诗的关系的互涉、交错、植入、差异错置。

或许是觉得"双重性"仍不足以概括文学文本的复杂性，布鲁姆后

---

[1]　[美] 布鲁姆：《影响的焦虑》，徐文博译，生活·读书·新知三联书店，1989 年，第 31 页。

[2]　同上书，第 59 页。

[3]　同上书，第 71–72 页。

[4]　同上书，第 100 页。

来曾如是评价过博尔赫斯的短篇小说:"一面镜子和一部百科全书,再加上一个迷宫,你就拥有他的世界了。"[1]我们完全可以认为,这里的"他"就是指所有伟大作家的伟大创作或全部文学作品:文学就是一面想象的镜子映照出的一个百科全书般的迷宫。每一个方面、每一个层面都充满了双(多)重性力量的交叉冲突和奇特融合。

总之,耶鲁学派认为,不管从现象学、存在论、解释学和修辞学的角度看,还是从创作论、叙事学、文学史和原初起源的角度看,文学文本都是一个双重意义空间的交织体。言说的困境本身就表明,言说总是往返于意识—对象、想象—物象、叙述—解释、表达—反思、真实—虚构、模仿—原创、原创—重复、字面义—修辞义、指称—施为、独白—对话、主体—主体、可说—不可说之间的。

然而,悖论的是,文学是如何表达出这一切的呢?当然是通过文学自身。从这样一个角度讲,一个更具有本源性的说法是,文学(文本)是一种使无数意义错综复杂地交织在一起的话语触媒。

三 解构批评的文学史观

在多数情况下,传统西方诗学的文学史观都假定了西方文学(文化)史是一个不断改进的统一体。就像一个浪子离家出走、漂泊海外最终又回归故里一样,这一不断改进的历程是一个封闭的循环,一种螺旋式的上升。在这一进程中,所有作家的所有作品都被假定与其前辈具有一种父子般的血缘关系。所有作家的所有作品都被认为是传统的延续。

然而,如此确定无疑的信仰果真是确定不移的吗?它是否完全忽略了西方文学传统的另一面,即它同时是一个自我颠覆的过程?

米勒认为,西方传统的文学史观之所以具有如上一种信念,首要的原因是人们相信西方文学史具有一个共同的"起源"。所有后来的作品都与这一起源直接相关。所有后来的作品从中所获取的意义都彼此类似、同源且协调一致。

然而,这样一种文学史观无疑对如下文学史事实构成了盲视:在文学

---

[1] [美]布鲁姆:《如何读,为什么读》,黄灿然译,译林出版社,2011年,第47页。

史上,一部文学作品真正的"后代"往往都是杀死他父亲的坏儿子,或倾向于绝不回头的浪子。不止如此,上述文学史观还假设了这样一种可能:即西方文学史上的所有作家都决定他们必须成功地"创造一个系统",一个延续了 2500 年的、经过分离最终又重新复合的原初整体神话的另一个版本。换言之,就是他们都必须服从一个统一的计划,这一计划就是实现西方历史本身的最高目的。于是,通过概念、隐喻、神话和叙述模式的塑造,西方历史的计划就像演出进程一样被预先安排进了西方语言的大家庭。

米勒指出,西方人之所以对上述假定深信不疑,更深层次的原因在于,西方人相信语言是一面模仿性的镜子,它直接映照出精神与自然、或精神、自然与上帝的交互转换。可是,事情的真相毋宁是,我们的语言并不只是模仿性的,而更是修辞性的。语言并不只是一些"符号的惯例",可以与它所体现的思想相分离。相反,它就是思想的身体,是它所化身的概念的秘密生产者。

语言在本质上的修辞性意味着,一个文本的意义从根本上来讲是"双声部的"或"多声部的"。由此推论,一个文本与其他文本、一个时期的作品与其早先时期的前驱之间的关系就永远也不能被简化为一个单一的、意义明确的陈述。相反,一个文本和它的源头的关系是相同性和差异性的交互作用,是差异的重复。"源头"并不比它的后代单纯,原初的文本也包含自身的矛盾要素,与它自己的"源头"存在着模棱两可的关系。文学史的进程就是内在的重复状况,没有起源或终结。

文学史的统一性和连续性假设,是西方传统的文学史观的三大支柱之一。后者的第二根支柱,即对文学史的分期。

文学史的分期观念将文学史分成片段,把它框架化或鸽笼化,然后再言说它。于是,我们便有了古希腊、中世纪、新古典主义时期、巴洛克时期、18 世纪、浪漫主义、维多利亚时期、前拉斐尔时期、后维多利亚时期、现代主义、后现代主义等分期。但是,实施这种框架化行为的根据是什么,其正当性何在,其程度又如何?它是一种言语的施为行为,还是一种对客观事物的科学认知?

米勒发现,很少有人对上述问题作过认真的反思。换言之,就是人们很少意识到阶段命名的复杂性。第一,在被认为可归到一个名称之下的

"史实"之间，通常存在着明显的异质性；第二，阶段命名还依赖于对"历史"的假定。以往的文学史写作，通常都是按照生命从一个时期到另一个时期的发生、成长和发展的隐喻模式来书写的。然而，文学史的每个阶段的特殊性难道不也是特定的社会历史结构所导致的事件，一种交流、生产、分配和消费等物质方式的特殊集合吗？比如，维多利亚文学很可能就是铁路和印刷期刊激增的一个结果，或者换句话说，是电视机尚未出现时代的产物。

总之，米勒认为，历史阶段的命名问题是一个彻头彻尾的形而上学问题。因为它预设了文学史的开端、结局和因果性。它并非一种对"客观"事物的"科学"认知，而是一种能够发挥特定功能的假说或修辞。对于它们，我们只能将之放在隐喻—提喻—换喻所组成的轴线上去分析。比如，有关历史分期的做法本身就依赖于一个生命诞生、成长和发展的线性的、周期性的隐喻。比如，每一个阶段名称都是一个提喻，以部分代表整体。

具体而言，不同的阶段名称往往又包含着不同的修辞策略。比如，有的阶段命名把自己的特殊性限定为或被限定为是先前某一阶段的重现（如"文艺复兴""新古典主义""前拉斐尔时期"）；有的阶段命名隐含着分类或鸽笼化（如"古典主义"）；有些阶段名称看起来是中性的或仅表示时间性，但事实上仍是一种形而上学，因它不可避免地会唤起对历史的因果关系的联想（如"18世纪文学"）；有些阶段名称借象征描绘一种风格特征（如"巴洛克"）；有的阶段名称隐含着本阶段与自然的同化（如"巴洛克""文艺复兴"）；还有些阶段名称则采取换喻，以君主之名命名（如"维多利亚时期"）；甚至，有些阶段命名还包含有对前阶段的复杂解释，并申明自己的矛盾主张：该阶段既有独特性和新颖性，又有普遍性和重复性（如"浪漫主义""现代主义"）；等等。

米勒激进地解构了西方传统文学史观的前两根支柱。而对它的第三根支柱——关于文类划分的原则，其态度则有所保留。他一方面解构了文类观念的同一性预设，但同时又肯定了它的实效性和价值。因为在我们的文明结构中，不同的文类确实发挥了极其不同的功能。比如，小说在维护自我之虚构性的可能性方面，就具有其他文类所不可替代的作用。在真实性和虚构性之间，历史对真实性总是有更严格的要求。因此，尽管某种旧的分类标准完全可能被摧毁，但某种分类标准的存在，总是必要的。

米勒深刻地揭露和批判了传统文学史观的形而上学预设。与此不同，德·曼则从抒情诗或文学史的现代性悖论入手，揭示了传统的文学史观对文学史的遮蔽。

德·曼指出，在18世纪，如下一种语言观和文学观曾经流行一时：原始语言是诗性的、非再现的和音乐的，而现代语言则是反思的、再现的和散文的。从现代理性的角度看，后者显然比前者高级。然而，当人们用这样一种观念来评价现代抒情诗时，马上就会遭到抵制。因为，20世纪最激进的现代文学运动——超现实主义和表现主义的诗人们绝不会认为，现代抒情诗的语言是原始的，其价值要低于散文。

究竟该如何看待这一矛盾现象呢？就以往的批评实践来看，一方面，人们不约而同地强调现代抒情诗对再现的超越，或其指称性的丧失（缺席），从而颠倒了18世纪流行的语言观和文学观，将抒情性或诗性重新植入到了现代；但另一方面，当人们这么做时，却没有意识到，自己的文学史观完全是建立在意义与客体的指称性符合这一语言学假定之上的。人们普遍地分享了"记忆与行动的符合一致"这一所有（编年史的和形而上学的）历史学家的梦想。于是，所有对现代抒情诗的评论，就陷入了一种"现代性的悖论"。

不只是对现代抒情诗的评论会陷入"现代性的悖论"。对所有文学史的评价，都会遭遇这一悖论。因为所有文学史叙述，都会遭遇隐喻语言和历史语言的矛盾。从这样一个角度讲，"通常称之为文学史的东西，同文学便极少或者根本没有什么关系。而那些叫作文学释义的东西，只要是出色的释义，事实上，也就是文学的历史"[1]。换句话说，就是文学史并不是有关"文学"的事实的实证史，而是文学的阐释史。

与德·曼着力从语言的修辞性和再现性的矛盾，以及现代性的时间体验的内在悖论出发反思文学史的本体形态不同，布鲁姆始终从后辈诗人为了获得原创性而与前辈诗人所形成的竞争关系这一角度来看待文学史。在《影响的焦虑》一书中，他开宗明义，直陈了他的文学史观：文学史就是诗歌的误读史。

---

[1] Paul De Man, *Blindness and Insight* (Second Edition, Revised), University of Minnesota Press, 1983, p.189.

布鲁姆认为,"诗的历史是无法和诗的影响截然区分的。因为,一部诗的历史就是诗人中的强者为了廓清自己的想象空间而相互'误读'对方的诗的历史"[1]。为了更好地阐明这一点,他批判了两种文学史观的偏至。其中一种观点认为,诗的历史完全是继承前人或传统的结果,完全来自前人的影响,代表人物如艾略特;另一种观点认为,诗的历史完全是个人的独创,完全没有前人的影响,代表人物如史蒂文森。不管是强调哪一方面,两种倾向都把诗人与诗人的各种复杂关系简单化了。而布鲁姆要强调的则是其间的复杂性。

在布鲁姆看来,前辈诗人和后辈诗人的复杂关系,究竟是怎么样的呢?一方面,对于后辈诗人来讲,把诗的过去看作对新的创作的主要绊脚石是不对的。前辈诗人不仅仅是遮护天使,是自己在返回本原的道路上遇到的斯芬克斯。相反,只有当自己被传统所接纳、被追认为传统时,自己才真正诞生。另一方面,对于前辈诗人来讲,"强者诗人并没有生出他自身;他必须等待他的'儿子',等他来为自己作出定义,就象他自己曾经为他的父辈诗人作出定义一样"[2]。

总之,布鲁姆认为,传统不是现成的,传统是不断地再生发着的;诗人不能靠现成的事物进入传统,只能靠重新书写(重构)传统而成为新的传统。传统与新创具有相互否定、相互拒斥又相互确认、相互创生、相互植入的关系。所谓诗歌的历史,不过是这种相互关系所形成的互文性链条而已。

概括一下耶鲁学派的文学史观,可以看到,在与单线性相对立的意义上,耶鲁文论家认为,文学史具有一种复杂的双重性;在与同质性相对立的意义上,文学史具有一种内在的悖论性。与此同时,由于文学史不只是一种"形式"的历史,一种现成的学科范围内的历史,它还牵涉文明史的机制;因此,前述双重性和悖论性就还涉及或弥漫了文学的"外部":社会、历史、政治、意识形态等等,由此形成了文学史的交错叠加情形。

---

[1] [美]布鲁姆:《影响的焦虑》,徐文博译,生活·读书·新知三联书店,1989年,第3页。
[2] 同上书,第38页。

四　解构批评的范式特征

尽管人们把耶鲁学派视为一个"理论"流派，但耶鲁学派诸家毕生都在致力于具体的文本解读实践。他们把隐喻视为语言或文学文本最根本的特征。为了克服文本解读的困难，他们几乎都采取了一种修辞的策略。用他们的话来说，就是直接诉诸"虚构"。因为"虚构"乃是文学书写所采用的最根本的修辞策略之一。正因为此，哈特曼说，虚构是最强有力的，是虚构带着灵魂在杰作中冒险。

具体而言，耶鲁学派的文学批评究竟具有什么样的普遍有效的范式特征呢？限于篇幅，这里仅举德·曼的一个例子来作简要的分析。

在《阅读的寓言》一书的第三章"阅读（普鲁斯特）"中，德·曼仔细地解读了《追忆似水年华·第一卷·在斯万家那边》中年轻的马赛尔沉湎于阅读的那一段情节：

> 我呆在屋里，伸展肢体，躺在床上，手里拿着一本书。我的屋子颤抖地遮蔽了午后的太阳，保持着它透明而虚弱的凉爽；尽管如此，略微的日光仍旧透过几乎封闭的百叶窗，把它黄色的羽翼投进我的房间，就像一只保持平衡的蝴蝶一样，停在一个角落的木头和镜子之间纹丝不动。几乎没有光亮可以看书，只有加缪……敲击满是灰尘的木板箱发出的响声才使我感觉到日光的光辉；环境中响亮的回声是炎热的天气所特有的，它们似乎飞溅出鲜红的火星；还有苍蝇举行的小型音乐会，演奏着夏日的室内乐：这种感觉不是以在夏日期间偶尔听到、以后使你回想起它的人类曲调的方式唤起的，而是由于另外一个必然的联系而同夏日相关：这种感觉是阳光明媚的日子所唤起的，唯有当包含着阳光明媚的日子的某些本质的时日再度来临时，这种感觉才会再度被唤起，它不仅在我们的记忆中唤起阳光明媚的日子的形象；它还保证它们的光临，保证它们的现实的、持久的、直接的存在。
>
> 我的房间的阴暗凉爽同街上强烈的阳光有关系，如同房间的阴暗部分同射进来的太阳光线有关，就是说，阴暗正像光明一样，它赋予我想象力去想象夏日的整个景色，反之，如果我在街上行走，

我便只能零碎地欣赏夏日的景色；阴暗凉爽与我的平静相适合（幸亏我手里的书叙述的冒险故事搅乱了我的宁静），就像川流不息的小河中间的一只不动的手的平静一样，我的平静经受着一条活跃的湍流的冲击和流动。[1]

德·曼认为，普鲁斯特的整部小说都是建立在前瞻和回顾活动的作用的基础之上的，这个交替活动十分类似于阅读活动，更确切地说，类似于重读活动，因此，我们完全有理由将《追忆似水年华》视为一个有关阅读的隐喻。而马赛尔沉湎于阅读的这一情节，则是整个巨型隐喻的缩微版或核心隐喻。

在德·曼看来，马赛尔有关阅读的追忆表明，从一开始，阅读就意味着一种戏剧性的防卫机制：它必须躲在一个内部的、隐蔽的地方，以防止外部世界的入侵。由是，从一开始，"阅读"就预设了某种"外部／内部"的二元对立。

然而，只有当这种幽闭的、与世隔绝的"内部"生活被证明为是补偿因失去了"外部"而牺牲的一切的最佳策略时，阅读才开始展现它真正的魅力："阴暗凉爽"的房间因它的对立面——"外部"的特性而奇迹般地丰富起来，因此它获得了光明，这使阅读得以可能。它因此还获得了夏日的温暖，这使马赛尔由此可以前所未有地想象到夏日的全景。

于是，原先所假设的"内部"与"外部"的隔绝便形成了一种悖论性的关系。在这一悖论性的处境中，为使内部的沉思冥想得以可能，阅读就必须恢复原先所抛弃的"外部"的一切。于是，这一文本片段（隐喻）就"产生了两条明显不相容的涵义链：一条涵义链由'内部'空间的概念引发，并且受'想象力'的支配，它拥有凉爽、宁静、阴暗和总体的特性；反之，另一条涵义链同'外部'相关，依赖于'感觉'，它以温暖、活跃、光明和零碎这些对立的特性为标志。这些最初静态的两极对立依靠一个多少有点隐蔽的中继系统投入循环，因为这个隐蔽的中继系统允许一些特性进入替代、互换和交叉，而交叉使内部世界和外部世界的不

---

[1] [美]德·曼：《阅读的寓言》，沈勇译，天津人民出版社，2008年，第14—15页。

相容性变得和谐一致"。[1]

然而这一"和谐一致"又极其不稳定。因为,这一"和谐一致"只不过是一种修辞的效应。它无法服从真理的检验,反过来,倒使文本的主题和修辞策略化为泡影,使隐喻的互补的、总体化的力量突然消失。于是,虽然审美反应的阅读和修辞意识的阅读同样令人深信不疑,但"它们之间的分裂却消解了文本已经建立起来的内部和外部、时间和空间、容器和内容、部分和整体、运动和停滞、自我和理解、作者和读者、隐喻和换喻的伪综合。这种分裂的作用如同一个矛盾修辞法,但是由于它标志逻辑的不一致,而不是描写的不一致,因而它事实上是一个绝境。它指明至少不可避免地产生两种互相排斥的阅读,并断言在比喻和主题的层次上真正的理解是不可能的"[2]。

概括地讲,德·曼的批评实践,大都遵循了如下模式:首先是提炼文本的关键概念和核心主题;然后便从修辞的层面入手揭示这些主题的两极对立概念和逻辑假定,以及其不可克服的内在困难、术语的混乱等;接着将这一修辞结构本体化;然后便着手进行修辞的转化和交叉;最后是将修辞作为隐喻,并为某种修辞性的存在赋予新的修辞。

德·曼的批判模式确立了一种典范。耶鲁学派其他文论家的批评策略虽有许多差异,但无疑具有一种家族相似的特征。比如,为了避免重犯传统批评所犯的错误,不再为了同一性假定而遗漏掉作品的许多重要细节,米勒就主张,一个好的读者应该"尤其注意文本中的特异之处、差异点、不连贯的句子、无根据的结论和明显不相干的细节,简而言之,所有无法解释的标志,所有不可理解的、也许是疯狂的标志"[3]。米勒身体力行,写下了大量的极具特色的评论:首先将作品中的某个修辞细节或典范性片段"修辞化";然后再将之转换成读者与作品、批评家与文本、作家与文本、作家与人物、人物与人物之间的关系、文本的内部结构、部分

---

[1] [美]德·曼:《阅读的寓言》,沈勇译,天津人民出版社,2008年,第65页。译文有修订。

[2] Paul De Man, *Allegories of Reading*, Yale University Press, 1979, p72. 中译文参[美]德·曼:《阅读的寓言》,沈勇译,天津人民出版社,2008年,第76—77页。译文有修订。

[3] [美]米勒:《重申解构主义》,郭英剑等译,中国社会科学出版社,2000年,2011年第2次印刷,第72页。

与整体的关系、文本与文本之间的关系、作家昔日之我与今日之我的关系、相互对立事物的平行关系、文本的象征化寓意、文本的终极喻指或本原之不可能性等等的本体化的象征、寓言或隐喻；最后致力于揭示文本的错综复杂性。

深究起来，米勒式批评要求人们：首先是回到文本本身。米勒认为，每一位读者必须亲自从事艰苦、审慎的慢读工作。文学研究的进步不是靠发明概念，而是靠每一位新的读者都必须重做的那种与文本的格斗。

其次是追溯隐秘的预设前提。批评既不是进行"纯理论"的工作，也不是从事纯实践的工作。它介于二者之间，是清理二者的地基或为二者挖掘地基的尝试。

最后就是揭示奠基之不可能性，或揭示深渊之下还有深渊。换言之，即在根基处自我颠覆、自我构建、自我破坏。米勒认为，批评的根本特点，就是没有坚实的地基。

经过这些努力，批评最终必然成为一种双重性写作。因为批评必须通过采取传统的术语来间接地描述自己的企图，从而使自己成为"寄生性的"。批评既支持传统的故事，又打断或解构那个故事。米勒把这叫作转义修辞学。

与莎士比亚总是将自我隐含在作品之中不同，布鲁姆总是直接将自我投身或融入自己的批评话语中。为了摆脱前辈诗人如莎士比亚、弗洛伊德等对他造成的影响的焦虑，他不仅把原创性的精神力量及其审美特质、人性的丰富性及其艺术特征，以及强力诗歌的文学史影响列为自己考察的重心，而且还竭力使自己的批评体现出强力诗人的原创性及人性力量。

用他自己的话来说，他的批评遵循了如下几个原则：

第一是清除你头脑里的虚伪套话。

第二是不要试图通过你读什么或你如何读来改善你的邻居或你的街坊。

第三就是一个学者是一根蜡烛，所有人的爱和愿望会点燃它。

第四是要善于读书，我们必须成为一个发明者。布鲁姆说，"我们阅读，往往是在追求一颗比我们自己的心灵更原创的心灵，尽管我们未必自知"[1]。

---

[1] [美]布鲁姆：《如何读，为什么读》，黄灿然译，译林出版社，2011年，第10页。

第五就是寻回反讽。虽然这个原则会让人濒临绝望，不可传授，但"反讽的丧失即是阅读的死亡，也是我们天性中的宝贵教养的死亡"[1]。

概括来讲，在耶鲁学派文论家中，德·曼开创了修辞批评的基本格局。在这一基本格局中，布鲁姆植入了想象的原始场景和创造的辩证法，米勒持之以恒地消解传统批评的同一性预设，哈特曼则终生致力于对批评本身的现象学直观和文化研究。他们都探讨了一种新的文论言述的表意范式的可能，但不是本质主义的。他们的问题意识相互交织，他们的运思路径交互去蔽，以至生发出了一个共同的问题域，并获得了一定程度的重叠共识。

需要指出的是，由于学术界对解构主义批评的认知和评价始终存在着巨大的争议和分歧，所以，本章只对其较明确的理论主张和较显著的方法论特征作了梳理。许多更深层次的问题，比如，耶鲁学派的语言论基础和时间哲学直观等等，则需要更深入的阅读才能触及。

扩展阅读书目

1. Paul De Man, *Blindness and Insight*，New York: Oxford University Press，1971.
2. [美]保尔·德·曼：《阅读的寓言》，沈勇译，天津人民出版社，2008年。
3. 戴登云：《解构的难题：德里达再研究》，人民出版社，2013年。
4. [美]哈罗德·布鲁姆：《影响的焦虑》，徐文博译，生活·读书·新知三联书店，1989年。
5. [美]哈罗德·布鲁姆：《误读图示》，朱立元、陈克明译，天津人民出版社，2008年。
6. [德]J.德里达：《论文字学》，汪堂家译，上海译文出版社，1999年。
7. [美]J.希利斯·米勒：《重申解构主义》，郭英剑等译，中国社会科学出版社，2000年。
8. [美]J.希利斯·米勒：《解读叙事》，申丹译，北京大学出版社，2002年。
9. [美]J.希利斯·米勒：《小说与重复——七部英国小说》，王宏图译，天津人民出版社，2008年。
10. [美]杰弗里·哈特曼：《荒野中的批评：关于当代文学的研究》，张德兴译，

---

[1] [美]布鲁姆：《如何读，为什么读》，黄灿然译，译林出版社，2011年，第10页。

天津人民出版社，2008 年。
11. [美] 乔治·莱考夫、马克·约翰逊:《我们赖以生存的隐喻》，何文忠译，浙江大学出版社，2015 年。
12. [德] 马丁·海德格尔:《现象学之基本问题》，丁耘译，上海译文出版社，2008 年。
13. [美] 马克·柯里:《后现代叙事理论》，宁一中译，北京大学出版社，2003 年。
14. [美] 文森特·里奇:《20 世纪 30 年代至 80 年代的美国文学批评》，王顺珠译，北京大学出版社，2013 年。
15. [美] 詹姆斯·费伦:《作为修辞的叙事》，陈永国译，北京大学出版社，2002 年。

第十四章　文学与生态批评

人类社会在其漫长的发展过程中总会遇到各种各样的问题，诸如战争、瘟疫、旱涝灾害等等。1960年代以来，人类又遇到了一系列新问题，诸如人口剧增、资源短缺、环境污染、物种灭绝、气候变暖、海平面上升，等等，这些问题被统称为生态危机（或环境危机）。

生态批评就是伴随着全球性生态危机而出现的一种新型文学批评方式，它以生态学和生态伦理学为理论指导，以文学与环境的关系为研究焦点，旨在发掘文学作品中所隐含的生态意识以及生态意识对于文学艺术的影响。

本章依次讨论生态批评的背景、定义和主要论题，目标是让读者在比较全面地把握生态批评核心要点的基础上，能够运用这种新型文学批评方法去解读和评价文学作品，特别是生态文学作品。

一　生态批评的背景

作为一种新型文学批评方法，生态批评不是凭空产生的，其背景包括生态学、生态伦理学与生态运动。生态批评的所有内容都蕴含在这些背景之中。完全可以说，不了解这些背景，就无法理解、掌握并运用生态批评。

1. 生态学

"生态学"这个术语的希腊文是Oikologie，它由希腊语"家"（oikos）和"学问"（logos）组成，因此，从字面上来说，生态学就是"关于家的学问"，它所关注的就是生物在其家园中的生活。作为一门自然科学，生态学是生物学的一个分支学科。德国生物学家恩斯特·海克尔（Ernst Haeckel）

于 1866 年首次提出了生态学定义，将之界定为研究有机体与其环境之关系的科学。

海克尔的生态学（Ecology）定义包括如下三个关键词：有机体、环境、关系。我们不妨以野兔为例来理解生态学的研究方法。按照传统的研究方法，要研究野兔，就要把野兔捉住关进实验室，将野兔麻醉后放在手术台上进行解剖，从而了解野兔的各种生理结构，诸如骨骼、内脏、血液循环，等等。这种研究方法固然有其价值，但是，实验室并非野兔本来的生存环境，手术台上被解剖的野兔并不是活生生的生命体，因此，通过实验室解剖所得到的野兔知识非常有限。要想真正地认识野兔的本来生命状态，就必须到野兔的真实生存环境之中，去观察活生生的野兔如何觅食、如何筑巢、如何躲避敌害、如何繁衍生息，等等。这就意味着，生态学的研究方法，就是把野兔当作活生生的有机体，研究它与其生存环境的关系。因此，相对于传统的实验室研究方法，生态学作为一种研究方法具有革命性意义。

生态学在 20 世纪获得了长足发展，出现了一些新的关键词，其中最重要的一个是生态系统（ecosystem）。一个生态系统就是一群有机体组成的群落（community，又称"共同体"），这些有机体相互影响，并且与其环境相互影响。一般来说，在一个稳定、健康的生态系统中，能量交换过程处于平衡状态，也就是维持着生态平衡；否则，这个生态系统中的有机体的生存就会受到威胁。当一个物种完全无法适应一个生态系统时，这个物种就难逃灭绝的命运，这就是物种灭绝的原因。正因为如此，针对日益加剧的物种灭绝现象，20 世纪出现了许许多多与生态学相关的学科，比如保护生物学等。

简言之，为生态批评提供科学背景的是如下四个关键词：生态学、生态系统、共同体、生态平衡。

2. 生态伦理学

传统伦理学主要研究人与人之间的关系，比如，人与人之间的权利与义务、责任与道义等，从而为人们提供一系列行为准则。随着生态学影响的逐步扩大，有些生态学家根据生态学原理认识到如下一种基本事实：人作为一种有机体，无时无刻不生活在特定的共同体之中。于是，面对这种基本事实，人们开始考虑如下几个问题：人应该如何看待自己所生存的那个共同体？应该如何设定自己在那个共同体中的位置与责任？一个共同体往往包括多种成员,人应该如何对待自己之外的那些成员?这样一来,传统伦理学的"人与人关系"就变成了"人与共同体关系",这种新关系其实还是伦理学的老问题,也就是"应该"问题,只不过扩大了伦理意义上"应该"关怀的范围:从人扩大到了人之外的事物,包括人所生存于其中的共同体以及共同体中的其他成员。这就是生态学带给伦理学的重大变革,学术界将之称为生态伦理学(亦称环境伦理学)。上述几个包括"应该"的问题,就是生态伦理学的核心问题。

最早且最经典的生态伦理学思想,是由美国生态学家利奥波德(Aldo Leopold,1887—1948)提出的。在其出版于1949年的代表作《沙乡年鉴》一书中,利奥波德提出"生物共同体"(biotic community)这个概念并论述了"大地伦理"(land ethic)。利奥波德的论述思路是"伦理学的扩展",他将西方伦理学史区分为三种形态:第一种形态处理个体之间的关系,以《圣经》中的"摩西的十诫"为代表;第二种形态处理个体与社会的关系,比如,"黄金法则"旨在将个体整合到社会之中,民主制旨在将社会组织与个体整合起来。利奥波德所倡导的第三种伦理学形态,旨在处理人与大地以及生长在大地上的动物与植物的关系。在这种伦理意识中,大地不再是财产或商品,人与大地的关系也不仅仅是经济关系。大地伦理扩大了共同体的界限,使之包括土壤、水、植物和动物。这样一来,大地伦理就改变了人类的角色:从大地共同体的占有者,转变为它的普通成员和公民。这种伦理隐含着对于人类同伴的尊重,同时也尊重共同体自身。

简言之,大地伦理反映了"生态良知"(ecological conscience)的存在,而这反过来又反映了如下一种信念:个体对于大地的健康负责。健康就是大地的自我更新能力,而保护就是我们理解并保存这种能力的努力。利奥波德提出,如果没有对于大地的爱、尊敬和赞美,没有对于大地之价值的高度尊重,对于大地的伦理关系就难以置信。他提出了一个著名的伦理准则,用来判断人们行为的对错:"当一件事情倾向于保存生物共同体的完整性、稳定性和美的时候,它就是正确的;反之,它就是错误的。"[1]

---

[1] 这句话的原文如下:A thing is right when it tends to preserve the integrity, stability, and beauty of the biotic community. It is wrong when it tends otherwise. Aldo Leopold, *A Sand County Almanac and Sketches Here and There*. New York: Oxford University Press, 1989, pp. 224-225. 中译本参考[美]奥尔多·利奥波德:《沙乡年鉴》,侯文蕙译,吉林人民出版社,1997年,第213页。译文有修改。

利奥波德本人并没有明确地将其大地伦理称为"生态伦理学",这个术语是美国学者罗尔斯顿(Holmes Rolston III)于1975年正式提出的。不过,西方学术界并没有坚持这个名称,而是很快用"环境伦理学"取代了它。无论将之称为什么,利奥波德的上述思想都为生态批评奠定了基础——他本人被誉为"近代环保之父",其《沙乡年鉴》则被誉为"绿色圣经"。

3. 生态运动

人类面临日益严重的生态环境问题,早在1950年代起就开始进行了严肃的思考,其中有代表性的大事可以概括为"三本书"和"三次会"[1]。三本书依次是:1962年美国学者蕾切尔·卡逊的著作《寂静的春天》,1972年罗马俱乐部发表的研究报告《增长的极限》,以及1987年世界和环境与发展委员会发表的研究报告《我们共同的未来》;三次会分别是:1972年联合国召开的"人类与环境大会",1992年联合国召开的"环境与发展大会",以及2002年联合国召开的"可持续发展高峰会议"。正是这些国际大事引发并引导了全球生态运动。

蕾切尔·卡逊是美国海洋生态学家,她注意到了化学农药的使用对农村产生的影响。虽然化学农药减轻了病虫害,保障了农作物的丰收,但造成的污染危害了人和生物的健康甚至生命。她在《寂静的春天》里写道:"神秘莫测的疾病袭击了成群的小鸟,牛羊病倒和死亡,不仅在成人中,而且在孩子们中也出现了突然的、不可解释的死亡现象";"一种奇怪的寂静笼罩了这个地方,这儿的清晨曾经荡漾着鸟鸣的声浪,而现在只有一片寂静覆盖着田野、树木和沼泽"。她还十分敏锐地觉察到,这不仅是农药的问题,更关系到经济发展模式,她说:"我们长期以来行驶的道路,容易被人误认为是一条可以高速前进的平坦、舒适的超级公路,但实际上,这条路的终点却潜伏着灾难,而另外的道路则为我们提供了保护地球的最后的和唯一的机会"。《寂静的春天》问世以后,受到了以美国化工界科学家、工程师、企业家为中心的社会力量的谩骂和抨击。但它也唤醒了不少人,当时的美国总统肯尼迪就十分重视,曾指示对化学农药造成的健康危害进行调查,并在政府层面发布了相关规定。

---

[1] 这个论断以及本节的论述,均参见钱易、何建坤、卢风主编:《生态文明十五讲》,科学出版社,2015年,第2—4页。

受《寂静的春天》的影响，来自10个国家的30位科学家、教育家、经济学家和实业家于1968年成立了"罗马俱乐部"，他们在一起关注、探讨人类面临的共同问题。在1972年发布的研究报告《增长的极限》中，他们提出："地球的支撑力将会由于人口增长、粮食短缺、资源消耗和环境污染等因素在某个时期达到极限，使经济发生不可控制的衰退；为了避免超越地球资源极限而导致的世界崩溃，最好的方法是限制增长。"这本书的出版引起了强烈的反响和激烈的论争，它对人类前途的忧虑促使人们密切关注人口、资源和环境问题，但它反对增长的观点也受到了尖锐的批评和责难。

在"罗马俱乐部"和《增长的极限》的影响下，一批以保护环境为己任的非政府组织兴起并开展了有益的活动，他们喊出口号"人类只有一个地球，这个地球不是我们从上代人手里继承下来的，而是我们从下代人手里借来的"，充满了对地球的感情，也富有对人类应负责任的哲理性的分析。"罗马俱乐部"和《增长的极限》还催生了联合国第一次有关环境问题的大会——"人类环境会议"。

1972年，联合国在瑞典斯德哥尔摩召开"人类环境会议"，发表了《人类环境宣言》，向全球发出呼吁："已经到了这样的历史时刻，在决定世界各地的行动时，必须更加审慎地考虑它们对环境产生的后果。"《人类环境宣言》还指出："人类必须运用知识与自然取得协调，为当代和子孙改善环境，这与和平和发展的目标完全一致；每个公民、机关、团体和企业都负有责任，各国中央和地方政府负有特别重大的责任；对于区域性和全球性的环境问题，应由各国合作解决。"大会号召各国政府和人民都要关注环境，保护环境，并成立了"世界环境与资源委员会"，要求进一步研究经济发展与环境保护的关系，寻求正确的出路。

1983年3月，"世界环境与资源委员会"成立，1987年发表了名为《我们共同的未来》的研究报告。报告提出：环境危机、能源危机和发展危机不能分割，地球的资源和能源远不能满足人类发展的需要，必须为当代人和下代人的利益改变发展模式等。它还首次提出，解决发展与环境矛盾的正确道路就是可持续发展的道路。

正是在上述三重背景的共同促使下，文学研究领域出现了一种从生态视角研究文学作品的方式，这就是生态批评。

二 生态批评的定义

生态批评首先在北美兴起，很快扩散到世界各地。就目前的状况而言，许多国家都有学者从事相关研究。但是，生态批评并没有形成一个统一的定义，更没有一整套比较成熟、已经被国际学术界公认的批评程序与方法。我们这里先概览生态批评的发展历程，然后再讨论生态批评的两个代表性定义。

1. 生态批评的发展阶段

生态批评（ecocriticism）这个术语正式出现于1978年，学术界一般将该年视为生态批评作为一种新型文学批评方式正式诞生的年份。为了不断地反思生态批评的发展历程，更好地展开生态批评，2005年以来，学术界不断有人试图总结生态批评的整体图景与发展阶段，一些学者使用"波浪"（wave）这个比喻，先后把生态批评划分为如下"四波"：

1978—1995年为第一波，主要关注自然文学与荒野保护；1995—2000年为第二波，关注对象则是景观研究与环境公正；2000—2010年为第三波，研究主题则转变为动物性、新生物区域主义、物质女性主义和生态世界主义；2010年之后为第四波，关注焦点又发生了新的变化，新物质主义和物质性成为主题。需要特别注意的是，"波浪"是一个比喻，主要用来说明生态批评的发展态势是"一波未平，一波又起""后浪推前浪"；"波"与"波"之间的分界线大体清晰，前一"浪"的研究内容并未随着后一"浪"的兴起而消失，而是依然延续不断、继续受到学术界的关注。

上述颇为庞杂的内容促使我们反思一个前提性问题：什么是生态批评？在过去近40年中，出现了为数颇为众多的生态批评定义。我们择要介绍两个最具有代表性的定义。

2. 生态批评的定义

"生态批评"（ecocriticism）由前缀eco-与criticism两部分合成。Eco-来自ecology（生态学），表示"生态学的"或"生态的"；criticism就是"批评"的意思。美国学者威廉·鲁克特（William Rueckert）在1978年发表的《文学与生态学：生态批评实验》一文中，首次将二者合并起来组成了一个新术语"生态批评"。

鲁克特在文章中并没有直接给生态批评下定义，他表示自己要做一种学术"实验",这种实验就是"将生态学与生态学概念运用到对于文学的研究中,因为生态学(作为科学、作为学科,作为人类视野的基础)对于世界的现在与未来都有着最大的关联"[1]。通过这种实验,作者希望发现一些关于"文学的生态学"(ecology of literature)的东西,通过将生态学概念运用到文学的阅读、讲授和写作中,而发展一种"生态诗学"(ecological poetics)。从这个角度来说,生态批评也就是生态诗学。作者关注的问题是生态学家们共同关注的问题:寻找一些途径,使得自然共同体(natural community)免遭人类共同体(human community)的毁灭,使人类共同体与自然共同体和谐相处。具体到文学领域而言,这个问题就是文学与生物圈(biosphere)的关系:文学在保护生物圈的健康方面能够发挥什么样的作用。从这些介绍我们可以得到如下两点结论:(1)生态批评的时代使命是保护生物圈,也就是拯救全球性生态危机,这是它与其他一切文学批评最显著的区别;(2)生态批评的方法将生态学的原理与概念应用到文学研究中,也就是一种"跨学科研究"——横跨生态学与文学两个领域。

上述两个要点是生态批评最基本的特点。但是,我们发现,鲁克特并没有把生态批评的焦点讲清楚:作为一种文学批评,生态批评应该围绕文学的哪个方面而展开批评呢?因为文学是一种极其复杂的文化现象,涉及的问题层出不穷,生态批评应该着重研究哪个方面的问题呢?正是针对这种缺陷,美国学者格罗特费尔蒂(Cheryll Glotfelty)对生态批评做出了一个正式定义。她与同事编辑的《生态批评读本——文学生态学的里程碑》一书于1996年出版,该书的"导论"提出了生态批评的简明定义:"对于文学与物质环境之间关系的研究……生态批评对文学研究采取以地球为中心的立场。"[2]

在这个定义中,"以地球为中心的立场"就是关怀整个地球的健康与稳定,其意思近似于上文所说的"保护生物圈",因为从生态保护的角度

---

[1] William Rueckert. "Literature and Ecology: An Experiment in Ecocriticism," *The Iowa Review* 9.1 (1978): 71-86. See Cheryll Glotfelty and Harold Fromm, eds. *The Ecocriticism Reader: Landmarks in Literary Ecology*. Athens and London: University of Georgia Press, 1996, p.107.

[2] 原文是:Simply put, ecocriticism is the study of the relationship between literature and the physical environment. ……ecocriticism takes an earth-centered approach to literary studies. Cheryll Glotfelty and Harold Fromm, eds. *The Ecocriticism Reader: Landmarks in Literary Ecology*. Athens and London: University of Georgia Press, 1996, p.xviii。

来说，地球基本上可以视为生物圈的同义词——地球是广袤宇宙中迄今为止所发现的唯一一个具有生命的星球；如果没有生物圈，地球将与其他星球毫无二致。这样一来，该定义的新内容就是其前半部分：对于文学与物质环境之间关系的研究，其中，"文学与环境"是核心。这种研究之所以可以被称为是"生态学的"，是因为它与生态学的定义完全吻合：生态学所研究的"有机体"无疑包括人类。与其他所有物种一样，人类也与其环境发生各种各样的关系；只不过，人类与环境发生关系的方式不同于一般物种——在文学活动中，人类并不直接与其环境发生关系，而是通过文学作品来与环境发生关系：用文学作品描绘、呈现或想象环境，从而表达对于环境的态度和感情。这种态度和感情，反过来又会影响人们在现实生活中的环境活动。

由此，我们可以将生态批评界定如下——这个定义包括生态批评的目的、方法与焦点三个要素：

> 生态批评是为了拯救地球生物圈日益严重的生态危机，借鉴生态学概念和原理，对于文学、文化与环境（自然）三者之间多重关系的研究。

正因为生态批评研究的核心是"文学与环境之关系"，生态批评又被称为"文学与环境研究"，哈佛大学布伊尔（Lawrence Buell）直接将生态批评称为"环境批评"（environmental criticism）。他认为，这个术语更好地暗示出，生态批评家所采用的方法涉及跨学科的广阔领域。但他同时又指出，"生态批评"依然是世界各国环境文学研究者的首选术语并具有一定的理论优势。[1]这表明，生态批评与环境批评的实质是一样的，国际学术界一般将二者视为同义词来使用，比如，英国剑桥大学出版社出版于2011年的《剑桥文学与环境导论》就将二者交替使用。[2]国内有些学者试图严格辨析生态批评与环境批评的差异与优劣，甚至批判"环境批评"这个术语带着人类中

---

[1] 参见[美]劳伦斯·布伊尔：《环境批评的未来——环境危机与文学想象》，刘蓓译，北京大学出版社，2010年，第151页。

[2] See Timothy Clark, *The Cambridge Introduction to Literature and the Environment*, New York: Cambridge University Press, 2011, pp.1-5.

心主义的痕迹，其实都是没有必要的过度发挥——就像我们使用"妈妈"与"母亲"两个称呼来指称一个人一样，学术界分别使用了"生态批评"与"环境批评"来指称同一件事。

三　生态批评的主要论题

生态批评从1978年正式诞生以来，经过了将近40年的发展历程，目前已经广泛传播到世界各地。纵观生态批评的四个主要发展阶段，生态批评涉及的内容非常庞杂，甚至令人眼花缭乱。但是，有一些主要问题，则是生态批评这种新型文学批评所关注的焦点；只有把握了这些问题及其解决思路，才能理解并运用生态批评。

1. 生态批评的问题清单

我们阅读任何作品的时候，一般总会带着各种各样的问题，或者在阅读过程中产生各种各样的问题。因此，从某种意义上可以说，批评家运用生态批评去解读、评价一部文学作品，就是带着一系列问题去思考这部作品并做出回答。那么，这些问题一般有哪些呢？《生态批评读本》的编者格罗特费尔蒂列出了一个问题清单，非常有助于我们顺利进入生态批评领域。这个问题清单如下：

> 自然（nature）是如何被这首十四行诗描写的？在这部小说的情节中，物理环境的作用是什么？这部喜剧所表达的各种价值观与生态智慧（ecological wisdom）一致吗？我们关于大地的各种隐喻，如何影响了我们对待它的方式？我们如何根据自然文学（nature writing）的特征将之描绘为一种体裁？除了种族、阶级和性别，地方（place）也应该成为一个新的批评范畴吗？男性书写自然的方式不同于女性吗？素养自身以什么方式影响了人类与自然世界的关系？荒野（wilderness）这个概念如何随着时间的推移而改变？环境危机（environmental crisis）通过什么方式渗透到当代文学与流行文化之中？其影响又是什么？什么样的自然观影响着美国政府报告、企业广告以及电视里的自然纪录片？其修辞效果是什么？生态学的科学对于文学研究的影响是什么？科学自身如何对文学分析开放？与环境话语相关的学科很多，诸如历史、

哲学、心理学、艺术史与伦理学等，那么，在文学研究与这些环境话语之间，什么样的异体受精是可能的？[1]

这个问题清单是结合西方文学而列出的。完全可以说，如果我们在阅读文学作品的时候，能够比较深入地思考上述问题中的一个或几个，那么，我们就是在进行生态批评了。必须说明的是，这个问题清单仅仅是一个临时的清单，任何读者或批评者都可以围绕"环境危机时代的文学研究"[2]这个总问题而提出自己的新问题——只有提出新问题并较好地回答，才能推动生态批评的深入发展。

格罗特费尔蒂列出的问题清单涵盖了生态批评的大部分主要论题，我们重点介绍其中的几个。

2. 自然文学

上述生态批评的问题清单中，有四个关键词具有密切的联系，它们分别是自然、自然观、自然文学与荒野（自然的一种形态），它们可以归结为一个问题：人类与自然世界的关系，简言之即人与自然的关系。人是一种能够超越本能而创造文化的动物，因此，人与自然的关系又往往表现为文化与自然的关系。自然文学用文学艺术的方式集中思考并探索了理想的自然观、人与自然的恰当关系，一直是生态批评所关注的主要论题。

自然文学是源于17世纪、奠基于19世纪、形成于当代的一种具有美国特色的文学流派，它主要采取散文与日记等写实的形式，思考人类与自然的关系，描述作者从文明世界走进自然环境时的身心体验。[3] 自然文学的代表性作品首推梭罗（Henry David Thoreau, 1817—1862）的《瓦尔登湖》。梭罗的思想深受爱默生的影响，提倡回归本心，亲近自然。1845年，28岁的梭罗撇开金钱的羁绊，在波士顿郊区的瓦尔登湖畔自建一个小木屋，自耕自食两年有余。《瓦尔登湖》即是他对两年林中生活所见所思所悟的记录。

---

[1] Cheryll Glotfelty and Harold Fromm, eds. *The Ecocriticism Reader: Landmarks in Literary Ecology*. Athens and London: University of Georgia, 1996, pp.xviii-xix.

[2] 这句话是《生态批评读本》的编者格罗特费尔蒂为该书所做"导言"的标题。

[3] 这里的论述参考了程虹撰写的关键词"自然文学"，载于赵一凡等主编：《西方文论关键词》，外语教学与研究出版社，2006年，第901—910页。

梭罗隐居在波士顿郊区瓦尔登湖的时候，经常对周边的环境进行细致观察并认真记录，这些翔实的记录成为《瓦尔登湖》的写作依据。20世纪的自然文学作家则更进一步，他们大多掌握了自然科学和生态学知识，从而获得了更加深刻而敏锐的洞察力，利奥波德的《沙乡年鉴》在这方面最为突出。正是生态学知识改变了人们对于自然的看法。在当代自然文学作家的心目中，人与自然已经不再是主客体的"我与它"的关系，而是人类主体与非人类的另外一个主体之间的"我与你"的关系，集中体现这种关系理念是生态中心主义。

（1）自然文学的深层理念：生态中心主义

自然文学有着比较一致的深层理念，它放弃以人类为中心的理念（也就是常说的"人类中心主义"），提出了旨在倡导人类与自然平等共处的"大地伦理"，也就是生态伦理学，这主要体现在上文已经提到的利奥波德的《沙乡年鉴》之中，这里再补充一下。利奥波德具有丰富的森林管理经验和专深的生态学知识，他完全根据生态学知识讲述了土地金字塔与食物链等原理，从生态学角度，科学地说明了人类仅仅是由土壤、河流、植物和动物所组成的大地共同体（land community）中的一个成员，依赖其他成员的存在而存在。利奥波德指出，在漫长的生物进化历程中，人类只是与其他生物结伴而行的旅行者；为了跟自然同步，人类必须把自己与自然结合为一体。人类既然是大地共同体的组成部分，就要学会在这个共同体中相互尊重、相互爱护，人类尤其要承担起保护大地共同体健康的伦理责任。利奥波德提出了人们应该"像山一样思考"，也就是从生态学的角度认识人与自然的关系。他所提出的伦理准则中所说的"保存生物共同体的完整性、稳定性和美"，后来被学术界提炼概括"生态中心主义"（ecocentrism），布伊尔将之界定如下：

> 生态中心主义，环境伦理学的观点，认为生态圈（ecosphere）的利益优先于个体物种的利益。在应用中，它部分相当于（与人类中心主义相对的）生物中心主义（biocentrism），不过，生物中心主义特指有机体世界，而生态中心主义指出了有机体与无生命物质之间的联系。生态中心主义的范围很广，各种生态哲学都被囊括其中。一般来说，生态中心主义者认为："世界在本质是一个相互关联的动态的关系性网络"，

"生物与非生物之间、生命与非生命之间没有绝对的分界线"。[1]

自然文学早就存在，人们对于自然文学的研究也早已存在。生态批评兴起之后，学术界对于自然文学的研究空前兴盛，使之成为生态批评第一波的核心论题，此后对它的研究也一直经久不衰。究其原因，在于自然文学所包含的自然观符合生态学原理，这种自然观又衍生出了影响深远的生态中心主义。

在生态中心主义产生之前，人们有意无意地奉行人类中心主义，它将人类视为中心或标准，认为人类的利益高于非人类的利益，自然只不过是能够满足人类各种需要的资源，只有工具性价值而没有任何内在价值。生态中心主义则将"地球共同体"——包括地球上的大气圈、水圈、岩石圈、生物圈、人类以及与人类共同生存的各种植物和动物——视为中心，关注整个地球共同体的健康状况，并将其健康状况视为人类福祉的前提条件和最终根源，承认天地万物各有其内在价值和生存权利。自然文学大都隐含着生态中心主义思想，生态批评家们在研究自然文学的过程中逐渐将之提炼出来，后来一直成为生态批评的思想基础。我们甚至可以简单地说，生态批评就是以生态中心主义为思想基础的文学批评。国内有学者根据利奥波德生态伦理学中的"整体性"原则，将生态中心主义修改为"生态整体主义"，但实质内容并没有发生根本变化。

（2）自然文学的荒野意识：对文明的批判与对自然的回归

自然文学渗透着强烈的"荒野意识"，力图从荒野中寻求精神价值。自然文学的先驱爱默生曾经提出，"在丛林中我们重新找回了理智与信仰"；梭罗则预见到工业文明与自然之间的矛盾，提出"只有在荒野中才能保护这个世界"，专门论证过荒野的价值，在自然文学中产生了重大影响；另外一个自然作家缪尔（John Muir, 1838—1914）甚至认为，"在上帝的荒野里蕴藏着这个世界的希望"。这些貌似极端的说法，其实都是在批判过度人化的所谓的"文明世界"。面对文明世界的骚动与喧嚣，自然文学家提出"宁静无价"(tranquitity is beyong price)的响亮口号。正是基于上述理念，

---

[1] [美]劳伦斯·布伊尔：《环境批评的未来——环境危机与文学想象》，刘蓓译，北京大学出版社，2010年，第151页。

自然文学在很大程度上突破了以人类为中心的传统，传统的文学作品中通常被作为人物活动之背景的环境，成为文学作品重点描述的首要对象；传统文学的那些经久不衰的主题，诸如战争、爱情与死亡等等，也都被丰富多彩的自然事物所取代；探索人与自然的和谐关系，成为文学作品的使命与主题。

与自然文学中的荒野意识对应的，是环境美学中的"自然全美"（或"自然全好"）这个理论命题，我们不妨进行一些对比以加深理解。加拿大环境美学家艾伦·卡尔森（Allen Carlson）提出：

> 所有自然世界都是美的。根据这种观念，自然环境只要未经人类改变，它就主要具有肯定性审美特性（positive aesthetic properties），比如，它是优雅的、精美的、强烈的、统一的和有序的，而不是乏味的、呆滞的、无趣的、凌乱的和无序的。简言之，所有处于原始状态的自然根本上、审美上是好的。对于自然世界的恰当或正确的审美欣赏基本上是肯定的（positive），各种否定的审美判断（negative aesthetic judgments）很少或没有位置。[1]

要准确理解这段话，关键是要准确把握 positive 这个英文词语：它的意思是"肯定的""正面的""积极的"，其反义词 negative 的意思则分别对应"否定的""负面的""消极的"。卡尔森的核心意思是：凡是没有被人类触及过、改造过、污染过的自然环境，即"处于原始状态的自然"，"根本上、审美上是好的"。因此，这句话也可以简单地概括为"自然全好"，也就是说，只能对它进行"肯定性审美判断"。我们在评价艺术品的时候可以做出"否定的审美判断"，比如，我们可以做出如下审美判断："我国每年产生的长篇小说多达千部，但大部分作品艺术水平很低。"但是卡尔森坚持，对于自然世界，我们只有在做出"肯定的审美判断"时，我们的审美欣赏才是"恰当的或正确的"；做出"否定的审美判断"则是不当的或错误的——"各种否定的审美判断很少或没有位置"——这就是"自然

---

[1] Allen Carlson, *Aesthetics and the Environment: The Appreciation of Nature, Art and Architecture*. London: New York: Routledge, 2000, p.73. "所有处于原始状态的自然根本上、审美上是好的"这句话的原文是：All virgin nature is essentially aesthetically good。

全好"这个美学命题的真正涵义。[1]

陶渊明《归园田居》曾经吟唱道："久在樊笼里，复得返自然。"我们在理解自然文学的荒野意识与环境美学的"自然全美"命题时，一定要准确把握其辩证底蕴：人们被囚禁在文明的"牢笼"中太久之后，就会产生复归自然的强烈渴望。因此，歌颂以荒野为代表的原始自然，其深层意蕴在于对文明异化的尖锐批判。脱离了文明异化这个背景，比如，对于史前时期的原始人来说，荒野绝没有自然文学描写的那样可亲、可爱，而是可憎、可怖。正是从这个角度我们可以说，荒野观的古今变迁从一个侧面反映了人类文明史的变迁：从狩猎文明、农耕文明、工业文明，一直到今天的生态文明。当我们饱受雾霾天气之苦、之害的时候，我们都会不由自主地极其渴望自然的蓝天白云，强烈批判过度的"自然的人化"的种种弊端，向往"自然的自然化"那种纯粹状态。正是从这个角度我们可以说，自然文学就是生态文学的最初形态，它为当代那些反思与批判生态危机的生态文学奠定了坚实基础。

3. 生态女性主义：女性的压迫/解放与自然的压迫/解放

对于自然的关注，可以采取不同的角度，其中一个角度便是性别。性别本来是一种自然现象，植物与动物都有雌性与雄性之分。性别的生物功能主要在于物种的繁殖。同性固然也可以繁殖，但从进化论的角度来说，异性繁殖更加有利于物种的繁衍与进化。这些自然现象在人类社会中发生了显著变异，男女性别都包含着强烈的社会文化色彩与内涵，比如"娘娘腔"或"女汉子"这样的词语所反映的社会内容。因此，性别研究（gender studies）也是文学批评的重要内容。

在生态批评的发展过程中，一些学者（不仅仅是女性学者）特别关注女性与自然的密切关系。他们认为，女性与自然更加接近，女性在人类社会中受到的压迫与伤害，正好对应着自然所遭受的男权社会的压榨与戕害。这种观点被称为"生态女性主义"（ecofeminism）。它既可以视为基本上同时流行的女性主义（feminism）的分支，也可以算作生态批评的分支，或者干脆视为性别批评、女性主义与生态批评的"三合一"。

---

[1] 这里的论述参见程相占：《雾霾天气的生态美学思考——兼论"自然的自然化"命题与生生美学的要义》，《中州学刊》，2015 年第 1 期。

1978年，法国作家德奥博纳（Francoise d'Eaubonne）发表了《生态女性主义：革命或变化》一书，标志着生态女性主义这个术语的正式诞生。德奥博纳号召女性发动一场生态革命来拯救地球，这种生态革命将使两性之间、人类与非人类的自然之间建立起新型关系。她将女性与自然所遭受的压迫联系在一起，从性别的角度指出，男性应该对人口过剩与资源破坏这两种威胁承担责任：正是男性在地球和女性身上播种的能力以及他们在繁殖行为中的参与，导致了人口过剩和资源破坏。女性长期以来得不到控制自己生育功能的权利，而地球的繁殖力则被男性统治的城市化技术社会大大消减。1980年3月，大批妇女参加了在美国阿默斯特举行的"女性与地球生命：80年代的生态女性主义大会"，讨论了女性主义、军事化与生态之间的关系。在生态女性主义看来，尽管男性生态主义者也关注非人类的自然，但他们不太理解女性与自然的关系。生态主义需要女性主义来分析性别压迫与自然压迫之间的相互关系。[1]

生态女性主义的基本观点如下：

（1）女性与自然的认同

在西方文明发展史上，自然被视为没有发言权的他者、被征服与统治的对象，也就是被人类开发利用的"自然资源"，其价值仅仅在于服务于人类的需要和目的，而人类的这些需要和目的又与自然自身的需要和目的背道而驰。与自然在人类社会中的地位相似，女性代表了父权统治下的他者，她们在公共场合被迫沉默，成为社会的二等公民。人类对于自然的侵略等同于男性对于女性的侵略，男权统治不仅导致了对于女性的压迫，也导致了对于自然的压迫。因此，生态女性主义在争取女性自身解放的同时，也把拯救地球视为己任。许多生态女性主义者强调，女性拥有一种男性缺少的本性、一种与自然在生理上和精神上的密切关系，也就是说，女性与自然之间有着某种本质性的内在联系。正因为这样，女性更加懂得自然，也更爱自然。生态女性主义赋予自然以女性身份，这增强了人类与非人类的团结感；它坚持自然与人类的和谐相处，为两

---

[1] 以下论述主要参考金莉撰写的关键词"生态女权主义"，载于赵一凡等主编：《西方文论关键词》，外语教学与研究出版社，2006年，第475—486页。笔者认为，称为"生态女权主义"重在突出与"男权"相关的"权力"，而称为"生态女性主义"则重在突出性别及其与自然的关系。因此，笔者更愿意将之翻译为"生态女性主义"。

者的健康发展奠定了基础。

（2）批评父权的西方现代科技观

16—18世纪西方科学技术的发展，削弱了人们对于自然的敬畏之情，导致了"自然的祛魅"：自然丧失了神圣性而沦落为没有生命价值的资源。在生态女性主义看来，欧洲科学的整体模式是父权的、反自然的、殖民的。西方社会通过科学技术，不仅控制和占有了女性的生殖能力，而且控制和占有了自然的繁殖能力——这一点有力地揭示了女性压迫与自然压迫之间的对应关系。有鉴于此，生态女性主义特别强调人类只是地球的一部分，为了避免摧毁地球，我们再也不能"用为我们自己带来灾难的头脑思考"。西方文化的主要权力结构就是一种统治与被统治的等级制度，社会中的人被划分为等级，自然事物也被划分为等级。父权社会缺乏对于他者的尊重，他者仅仅是男权理性的客体，只有在它能够满足主体的利益时才会被考虑。这是一种完全以自我为中心的文化观点，把以父权为主导的人类社会高高凌驾于自然之上，忽视了人类只不过是其赖以生存的自然的一部分。

（3）重视多样性

生物多样性（biodiversity）是生态学中的一个关键词，包括遗传多样性、物种多样性和生态系统多样性三个组成部分。一般认为，生物多样性有利于生态系统的平衡和稳定。《生物多样性公约》是国际社会所达成的有关自然保护方面的最重要公约之一，于1992年6月5日联合国在里约热内卢召开的世界环境与发展大会上正式通过，并于1993年12月29日起生效（因此每年的12月29日被定为国际生物多样性日）。2001年根据第55届联合国大会第201号决议，国际生物多样性日由原来的每年12月29日改为5月22日。到目前为止，已有一百多个国家加入了这个公约。生态女性主义吸收了生态学的生物多样性原则并将之政治化，它认为，一种包括人与非人类的动物在内的健康平衡的生态制度必须保持多样化，环境的简化与环境污染是同等严重的问题。但是，工业技术的恶果之一就是环境简化，许多物种被从地球上永远消灭（也就是物种灭绝）。比如，现代化的农业生产大力使用杀虫剂、除草剂等，最大限度地消灭了与所谓的"庄稼"无关的其他植物和动物。因此，我们需要开展一场建立于共同目标之上的全球运动，倡导多样性而反对所有形式的统治和暴力。

4. 地方感与全球感

我们上面介绍过自然文学。许多自然文学家认为，没有单纯的自我，只有与所生存的地方融为一体的自我（self-in-place）。因此，我们平时向他人做自我介绍的时候，往往会介绍自己来自某地。对于故乡这个特殊地方的怀恋，几乎是每一个人都常有的切身感受。正因为这样，《在那桃花盛开的地方》成为流行歌曲中的经典，我们不妨来看一下它的一段歌词：

> 在那桃花盛开的地方，
> 有我可爱的故乡。
> 桃树倒映在明净的水面，桃林环抱着秀丽的村庄。
> 啊！故乡！生我养我的地方。
> 无论我在哪里放哨站岗，
> 总是把你深情地向往。

从生态批评的角度来说，这段歌词最为生动地揭示了"地方"的内涵：它不是一般的物理环境，而是与人的特定生活、独特精神世界密切相关的生存环境；没有这样的地方，一个人的身份认同就很难建立起来。对于这样的特定地方的依恋，就是生态批评中所强调的"地方感"（sense of place）。

研究地方与地方感的不仅仅是生态批评，它同样也是文化地理学的重要主题。美籍华人段义孚（Yi-Fu Tuan）是著名的文化地理学家，他的很多论著都深入细致地研究过地方与地方感，对于生态批评产生过重大影响。他的一篇文章题为"地方感对人意味着什么？"从微观和宏观的角度探讨了地方与人的身体、思想和精神的关系。

地方的首要功能是庇护与呵护。人建造的围封式地方，不仅有助于躲避可怕的大自然，还能增强居住者的心理能量，加强对彼此的认识，密切彼此间的关系。家、共同的工作场所等地方，分别由于血缘关系、身体上的接近成为密切关系的纽带。大自然是人类物质和精神需求得以满足的最大来源。大地是人的生养之地和最终回归之地，人会发自内心地对大地怀有一种虔诚之情，也由此在高山、河流等大自然中找到与人的祈祷相对应的神灵并进行供奉。形成地方感的标准模式主要依赖于人的常识，经过一段时间后得到直接而复杂的体验,比如家园;获得地方感可以有其他模式,人们尽管可能对某地方没有切身体验,但人仍然会对其产生强烈情感,这种情感不是感官层面的而是精神层面的,比如对于沙漠。随着文明的进步,人类赋予地方和空间越来越多的正面价值,随之产生了神圣的空间与神圣的地方。神圣的空间依据天体的周期性变化和运动来界定,与宇宙密切相联。比如,北京城本身就是一个宇宙图,是个神圣的空间,其设计体现了天堂之令。神圣的空间及其礼制多为上层精英人士所关注。神圣的地方指被赋予超自然的光环的任何特定地方,如一口井、一幢楼,多为下层大众所关注。神圣的空间与神圣的地方都能使人产生敬畏感。对神圣的空间的敬畏感来自其规模和时空秩序,对神圣的地方的敬畏感来自其不可预测性和奇异性。现代文明越来越偏好抽象笼统。为了提高效率,许多国家的建筑规划单纯齐一,侧重标准化,造成"无地方性"(placelessness)。我们是与大地密切相连的生灵,有鲜活的灵魂,需要对大地万物有更强烈的情感,这是现代环境生态运动的理念和规划的基础。作为被赋予灵魂的人,我们需要一个属于我们自己的地方,这个地方令我们满足,这个地方具有独特的个性和氛围,具有自身的文化印记,拥有属于自己的由动植物组成的生物共同体,我们是其中的一部分,因而给予这个地方以关照和尊重。环境主义者重新召回这一由来已久、为世界各地所知的智慧。[1]

总而言之,地方感之所以在生态批评中占据重要位置,是因为它的正反两方面价值:从正面来说,地方感揭示了人与生存环境之间的血肉联系,正是由于这种亲密联系,人才会爱护自己生存的地方,从而为环境伦理学奠定了基础;从反面来说,地方感揭示了当代人的"无地方性",即"无根性"或"漂泊感":大多数人都在医院出生,最终在医院去世;人生在世的生命历程,往往是从一个地方迁移到另外一个地方的过程;日常生活与工作的过程,无异于从购物中心到办公室的移动过程。因此,地方感某种程度上揭示了当代人的生存困境。

根据空间刻度的大小不同,地方也大小不一:它既可以是一个房间、住宅、家庭,也可以是一个国家,甚至整个地球。一件科学大事影响了人

---

[1] Yi-Fu Tuan, "Sense of Place: What Does it Mean to be Human," *American Journal of Theology and Philosophy* 18 (1):47-58 (1997).

们的地球感。1972年12月7日,三名美国宇航员在阿波罗17号飞船上,用一台80毫米镜头的哈苏照相机拍下了完整的地球照片,名为《蓝色弹珠》(*Blue Planet*)。这使得人们能够直观地感受自己所生存的地球面容:一个小小的蔚蓝色的球体,这就是全人类共同的家园,茫茫宇宙中唯一一个发现生命的地方。就是这张照片,极大地促进了全球生态运动对于地球共同体的关爱。这件科学大事以及随后日益加剧的全球化乃至"地球村"等概念,促成了与地方感既有联系、又有区别的"星球感"。美国学者海瑟(Ursula K. Heise)考察了环境保护论、生态批评与全球化理论的关系,批判北美环境保护论中的地方主义者对于"地方感"的首要关注,转而强调我们对于全球生态系统的归属,写出了生态批评领域的名著《地方感与星球感:全球环境想象》。[1] 我们觉得,关注日常生活中每个人所生活的"小地方"与关爱全人类所生活的地球这个"大地方"并不矛盾,其本质是完全一样的:都是对于"家园"的依恋、挚爱与关怀。生态学以其无可置疑的科学知识告诉我们,地球大家园是每个地球公民——每个人、每个动物、每棵树、每棵草的共同家园。从这个角度来说,生态批评之所以要强调"星球感",是为了倡导一种博爱天地万物的博大情怀。它严正地训诫我们:地球如果受难,无一人一物可以幸免。

5. 环境公正

人类社会总是存在各种各样的阶层(也就是阶级社会中的"阶级"),比如,精英与大众,城里人与乡下人,强势群体与弱势群体,等等,阶级社会中的"阶级斗争"最为显著地表明了社会各阶层之间的矛盾冲突。社会公正理论强调人人平等,也就是强调要公平、公正地对待每一个人。在环境危机日益加深的当代,很多学者发现人与人之间的不公平不仅仅体现在教育机会、就业机会等方面,社会不公同样也体现在环境问题上,比如,城市垃圾一般都需要运送到城郊农村处理,这就意味把城市人制造的垃圾污染强加给农村人来承受后果;达官贵人在奢侈地挥霍着地球有限资源、大量制造环境污染的同时,往往住在环境质量最佳的地方以避免环境污染所造成的损害——饱受残害的反倒是那些很少消费地球资源的贫民。生态批评

---

[1] Ursula K. Heise, *Sense of Place and Sense of Planet: The Environmental Imagination of the Global*. New York: Oxford University Press, 2008.

第二波所重点关注的"环境公正"(environmental justice)论题，就是对于当前这种畸形社会现实的尖锐批判。

环境公正运动于1980年代在美国兴起，它将社会不公与环境危险物的分布联系起来，比如，将城市垃圾堆放在农村，将核废料转移到偏远的山区，将污染严重的企业转移到第三世界国家，等等，都是环境不公(environmental inequity)的具体体现。针对环境不公，美国贫困社区与有色社区的草根运动奋起保护其邻近地区与工作场所免受环境恶化的威胁，努力争取接近优美自然环境的平等权利。导致环境不公的原因很多，既有社会、经济、政治和文化等方面的因素，也有种族、性别和阶级等方面的因素。第二波生态批评的代表作是三个美国学者合编的论文集《环境公正读本：政治、诗学与教育》[1]，该书试图从地理、种族和多学科的视角，将环境不公问题与社会不公和压迫整合起来，采取个案研究的方式，研究了美国阿拉斯加州人对于辐射中毒的反抗，居住在美国西南部的美籍西班牙人或墨西哥人保护其土地与河流权利的斗争，太平洋岛民对于核武器实验与核废料存放的抵抗，以及美墨联营边境加工厂的妇女雇员为了在美国—墨西哥边境获取安全生活与工作环境的努力。该书对美国马里兰州中北部港口城市巴尔的摩内城的绿色项目进行了文化分析，还采用文学分析的方法讨论了一群关注环境不公问题的作家作品——这些文学作品或者关注毒性与癌症问题，或者描绘了美国原住民拆除水坝、拯救鲑鱼的斗争。

这一波的生态批评被明确称为"环境公正生态批评"(environmental justice ecocriticism)，它对于第一波生态批评进行了比较深入地反思与批判。在环境公正生态批评看来，此前的主流生态批评有着明显的缺陷：从内容上来说，它过度关注"荒野"这样的自然环境，对于环境的另外一个形态——城市环境视而不见。这无疑有着严重偏颇，因为世界范围内城市化的区域越来越大，越来越多的人口居住在城市中；忽略城市环境，无异于忽略这方面的重要问题。从作者队伍来说，自然文学的作者大都是白人，因此，应该倡导一种更具包容性的、阶级性和种族意识的生态批评，从而更好地阐述文化多样性文学作品中所表现的人与环境的复杂关系——这

---

[1] Joni Adamson, Mei Mei Evans, Rachel Stein, eds. *Environmental Justice Reader: Politics, Poetics, and Pedagogy*. Tucson: The University of Arizona Press, 2002.

种生态批评观念无疑借鉴了"文化多样性"这一重要概念。2001年美国发生了"9.11"恐怖袭击事件,此后不到两个月,联合国教科文组织大会第31届会议通过了《教科文组织世界文化多样性宣言》,同时用包括汉语在内的六种语言发表。该宣言将文化多样性视为"人类的共同遗产","对人类来讲就像生物多样性对维持生物平衡那样必不可少",把捍卫文化多样性作为与尊重人的尊严密不可分的一种应尽义务。生态批评借鉴这个概念,无疑为它走向"文化多样性生态批评"这一新形态开了先声。

总之,环境公正生态批评使我们更加清醒地认识到环境的重要性:环境包括我们的家园、工作场所、学校和社区公园,这些都是我们生活的地方,高度影响着我们的健康、幸福和安康。环境公正运动充分认识到健康的环境是健康生活的必要成分。每个人都有平等的权利享受清洁、安全与健康的环境,无论其种族、国籍、收入、性别或年龄。作为一种文学批评,环境公正生态批评倡导环境公正文学,也就是通过文学艺术的方式参与环境公正运动。

小　结

生态批评是由全球范围内的生态危机引发的文学批评新形态,其根本旨趣在于拯救生态危机,所以有着很强的现实针对性与实践性。生态批评的对象不仅仅是生态文学,对于传统的文学经典,同样可以从生态角度进行重读而发掘其生态或反生态意蕴。

开展生态批评有两个前提条件,一是大体了解生态学的基本知识和原理,二是具备基本的生态意识与生态关怀,期望人类能够通过各种努力克服生态危机。有了这两个基本条件,就可以按照如下思路进行文学批评:(1)什么叫生态危机?它在现实生活中的具体表现有哪些?(2)造成生态危机的思想文化根源是什么?社会历史根源又是什么?(3)文学作品如何描绘环境问题以回应生态危机?(4)生态文学与生态批评在生态文明建设中的作用是什么?带着这些问题,结合上述生态批评的主要论题,认真细致地解读、品味文学作品,就一定能读出其他文学批评方法所忽略的新意来。

扩展阅读书目

1. [美]阿诺德·伯林特主编:《环境与艺术:环境美学的多维视角》,刘悦笛等译,重庆出版社,2007年。
2. [美]奥德姆、巴雷特:《生态学基础》,陆健健等译,高等教育出版社,2009年。
3. [美]奥尔多·利奥波德:《沙乡年鉴》,侯文蕙译,吉林人民出版社,1997年。
4. 党圣元、刘瑞弘选编:《生态批评与生态美学》,中国社会科学出版社,2011年。
5. 戈峰主编:《现代生态学》,科学出版社,2008年。
6. 胡志红:《西方生态批评史》,人民出版社,2015年。
7. [美]霍尔姆斯·罗尔斯顿:《环境伦理学:大自然的价值以及人对大自然的义务》,杨通进译,中国社会科学出版社,2000年。
8. [英]杰拉尔德·G.马尔腾:《人类生态学——可持续发展的基本概念》,顾朝林、袁晓辉等译校,商务印书馆,2012年。
9. 荆亚平编选:《中外生态文学文论选》,浙江工商大学出版社,2010年。
10. [美]劳伦斯·布伊尔:《环境批评的未来——环境危机与文学想象》,刘蓓译,北京大学出版社,2010年。
11. [美]罗德里克·弗雷泽·纳什:《大自然的权利——环境伦理学史》,杨通进译,青岛出版社,1999年。
12. 孙儒泳等:《基础生态学》,高等教育出版社,2002年。
13. [美]唐纳德·沃斯特:《自然的经济体系——生态思想史》,侯文蕙译,商务印书馆,1999年。
14. 王诺:《欧美生态文学》,北京大学出版社,2011年。
15. 王诺:《生态批评与生态思想》,人民出版社,2013年。

第十五章　文学与后殖民批评

后殖民批评是 1970 年代在西方发展起来的一种文化批评理论,也是在当今批评实践中被广泛应用的一种跨学科方法。这一理论主要是由爱德华·W. 萨义德（Edward W. Said）、佳亚特里·斯皮瓦克（Gayatri C. Spivak）、霍米·巴巴（Homi K. Bhabha）等一批来自第三世界的知识分子发起讨论的。它产生于二战以后消解权威、强调多元的西方文化潮流中,其思想理论资源主要有马克思主义、解构主义、精神分析、女性主义等。这一理论着重从政治差异出发,立足第三世界广大殖民地区,剖析殖民世界双方在话语权力、民族叙事、身份认同等文化问题上的复杂关系。作为一种文学批评理论,后殖民批评使文本解读走出了形式批评的营垒,重新建立起文学、文化与社会、历史的有机联系。

一　殖民，后殖民，后殖民批评

根据 H. L. 威斯林的考察,"殖民"本来是一个技术术语,早在 1905 年就已经被法国社会学家保罗·路易斯用在《殖民主义》一书中。此时的"殖民"一词并不具有贬义色彩,而"仅仅是用来描述人们迁移到世界其他地方并在那里展开新的定居生活的现象"[1]。在这个意义上,"殖民"的内涵近似于移民。因此,一些人离开自己的家乡到异国他乡拓荒、定居,例如欧洲受宗教逼迫的新教徒乘坐"五月花号"轮船到美洲,华南的中国人下南洋、山东人闯关东、山西人走西口,都可以看作殖民。在汉语

---

[1] [英]巴特穆尔－吉尔伯特等编撰:《后殖民批评》,杨乃乔等译,北京大学出版社,2001 年,第 4 页。

语境中，"殖"这个词的涵义随着时代的发展越来越丰富，但也并无先天的贬义色彩。如汉代许慎《说文解字》中的"殖"指的是物品因为久放而腐败，后也用来指繁殖与生长。《字汇·歹部》中说："殖，蕃殖滋生也，又兴利生财曰殖。"因此"殖"又可指经营、生财、聚集。作如此理解的"殖"后来被用以译指第一世界针对第三世界的带有利益攫取色彩的扩张现象（colonization）。

在世界发展史范围内，15—16世纪，由于新航道的开辟，欧洲在此后几个世纪内对非洲、拉美、亚洲展开了殖民运动。到19世纪，欧洲和由欧洲延伸出来的势力控制了世界90%的陆地，全世界形成了庞大的殖民经济系统。根据萨义德提供的数据，第一次世界大战结束时，欧洲殖民面积覆盖全球总面积的85%。[1] 由于这个阶段的殖民扩张伴随着欧洲对世界欠发达地区的经济剥削和政治军事强权，殖民成为欧洲宗主国聚敛财富、积累资本、文化输出的代名词。这一现象必然带来殖民地区对欧洲的反感，因此"殖民"以及由此派生的殖民地、殖民主义、殖民者等名词都成为带有情感色彩的贬义词。

20世纪中期，亚非拉掀起民族独立运动高潮，有的通过武装斗争，有的通过非暴力抵抗，以不同的方式致力于独立主权国家的建立。因此欧洲宗主国的殖民地统治被极大削弱，从历史的角度看，原来被迫依附于欧洲各国的亚非拉各民族进入后殖民时期。但是，作为文化术语的"后殖民"并不只是一个时间概念，而是有更为复杂的意义维度。

殖民统治并不是一个仅在政治、经济、军事领域里发生的现象，几乎所有的殖民统治都会带有文化层次的影响和渗透。文化殖民在殖民统治中扮演着心理按摩师的作用，它以一种柔性的方式悄悄地打磨掉异族统治给本土居民心理上带来的不适和抵制，也可以打消殖民者的心理不安，使他们的入侵变得"合情合理"，甚至是很有"必要"的。这种文化殖民的方式很多。例如，可以在文艺作品中对殖民地居民的陈规陋习大加夸饰，将被殖民者描述为愚蠢、非理性、野蛮的形象，殖民者的入侵因此带有拯救性的崇高意义。同时，宗主国也千方百计将自己的文化通过各种方式移植

---

[1] ［美］爱德华·W. 萨义德：《东方学》，王宇根译，生活·读书·新知三联书店，2007年，第159页。

给被殖民者。例如在拉美作为英国殖民地的时期，加勒比地区和澳大利亚的各级学校使用的都是英国的教学大纲，语言文学的学习以英国文学经典为基础，地理课上学习英国地理，世界上其他国家和地区只是作为英国的物资生产和供应部门被介绍。换句话说，殖民地不过是欧洲的长期企业。[1]这些措施使得殖民地本土的文化被极大淡化，被殖民者的观念、思想、情感更加容易依附于宗主国。因此，到20世纪中期，虽然宗主国对第三世界的政治经济殖民已经结束，亚非拉在时间上进入后殖民时期，但是文化殖民的后果却不是短期可以清除的。在这样的背景下，出现了后殖民主义这样一种学术思潮。根据西蒙·杜林的界定，后殖民主义是"一种知识分子尝试描述在殖民主义的官方政治关系结束后的殖民时代的努力"[2]。这一努力致力于对殖民运动的反思，特别是在文化、思想的领域里对殖民主义后果进行清理、批判。后殖民主义学术思潮在文学和文化批评领域中的实践就构成了后殖民批评。

后殖民批评的先驱是一些黑人文化学者和作家。这其中影响最大的是出生于法属西印度马提尼克岛的黑人精神病医师弗朗兹·法农。法农比较早地注意到，殖民统治的历史并不会伴随着民族独立而结束，人们头脑和心理上的脱殖是更为艰巨的任务。1952年出版的《黑皮肤，白面具》是法农的重要作品。其中描述了西印度群岛的安的列斯黑人，当地是法国殖民地，黑人们以能讲一口纯正标准的法语为荣。尽管如此，当他们置身于白人中间时，黑皮肤又让他们得不到白人的认可。法农中学时期移居法国，后来在法国里昂大学读书，并在法国生活，但是他亲历身为被殖民者的种种文化困境，深深感受到黑人在文化上失去了他们的主体性。因此法农发出沉痛的呼声：拒绝漂白，寻回主权，重新树立对民族文化的信心，保持黑人文化的独立性和自主性。法农的同乡艾梅·赛萨尔在《后殖民话语》中也激烈地批评道：欧洲在道德上和精神上是不可饶恕的，欧洲的殖民政策将被殖民者野蛮化，使其人格降低，唤醒其深藏的诸种

---

[1]　[美]爱德华·W.萨义德：《文化与帝国主义》，李琨译，生活·读书·新知三联书店，2003年，第10页。

[2]　周宪编著：《文化研究关键词》，北京师范大学出版社，2007年，第323页。

恶本能，正是殖民主义产生了纳粹主义。[1]尼日利亚作家齐努瓦·阿切比的一些思想也影响了后殖民批评家。在《非洲的一种形象：论康拉德〈黑暗的心〉中的种族主义》这篇文章中，阿切比分析了康拉德作品中对非洲和非洲人的歪曲，认为康拉德是一个"彻头彻尾的种族主义者"，"非洲对于欧洲来说，就像道林格雷的画像与格雷的关系——这位主人必须把他的生理和心理上的种种缺陷卸载到一个载体上，他便可以笔直地、潇洒地向前走。"[2]这些在殖民地土生土长的作家、学者本身就是殖民统治之祸的受害者，对自身处境的求解和对族人处境的关注使他们呐喊出了反思文化殖民主义的先声。

后殖民批评的真正崛起是在1970年代。这一理论派别的确立可以以巴勒斯坦裔学者爱德华·W.萨义德的《东方学》在1978年的出版为标志。此后，又有两位印度裔学者——佳亚特里·查克拉巴蒂·斯皮瓦克和霍米·巴巴——分别出版了他们在这一领域的代表性著作。这三位理论家被称为后殖民批评的"三剑客"。综合来看，这三位理论家的思想各有特色，但都针对西方的文化殖民进行反思，致力于批判西方的文化帝国主义，揭露西方世界在意识形态上对第三世界的歪曲和遮蔽。他们在思想渊源上也存在许多交叉复合，解构主义、西方马克思主义、女性主义、精神分析等几种理论常常共生性地影响着他们的研究。

二 东方学

1. 东方化的东方

爱德华·W.萨义德被看作后殖民批评的奠基性理论家。

萨义德的思想主要是在对东方学的考察中提出的。萨义德所理解的东方学有三层涵义。在第一层涵义上，东方学是学术研究中的一个学科，指的是任何教授东方、研究东方、书写东方的人——不管是人类学家、社会学家、历史学家还是语言学家都是东方学家，他或她所做的事情就是东方

---

[1] [英]马特·穆尔-吉尔特等编撰：《后殖民批评》，杨乃乔等译，北京大学出版社，2001年，第140页。

[2] [英]巴特·穆尔-吉尔伯特等编撰：《后殖民批评》，杨乃乔等译，北京大学出版社，2001年，第192页。

学。在第二个层次上，东方学是指一种思维方式，其特点在于以东方和西方二者之间的本体论、认识论区分为基础。第三层次的东方学指的是西方对东方进行描述、殖民、统治的处理机制。这一层次的东方学广泛地存在于历史的和物质的领域内，既在各门学科中，也在贸易公司、博物馆、图书馆、军队等各种机构内。对东方学的研究使萨义德意识到，东方并不是一种自然的存在，也就是说，东方不是一个地理上的概念，而是被人为建构起来的。"像'西方'一样，'东方'这一观念有着自身的历史以及思维、意象和词汇传统，正是这一历史与传统使其能够与'西方'相对峙而存在，并且为'西方'而存在。"[1] 而东方学就是建构东方的途径。

作为西方人解释和统治东方的一系列话语，萨义德在东方学中发现了福柯所说的话语权问题，他同时借用了葛兰西的文化霸权理论对东方学展开分析。根据葛兰西的观点，在非集权的社会中，某些文化形式会获得支配另一些文化形式的权力，这种起支配作用的文化形式就是文化霸权。欧洲对东方的建构也是通过文化霸权实现的，欧洲文化的核心就是一种以自我为中心的文化优越观，这种观念不断重申欧洲比东方优越、比东方先进，从而使欧洲对东方的殖民统治变得非常必然，甚至带有崇高性。

例如1910年英国首相贝尔福在众议院发表的关于埃及殖民地问题的演说。在这篇演说中，贝尔福劝说英国人不要因为埃及民族独立运动的压力就放弃对埃及的治理，理由是，尽管埃及曾经有比英国悠久得多的历史和文明，但是他们缺乏自我治理的能力，而西方民族从诞生之日起就显示出自我治理的能力，因此英国人留在埃及不仅是为埃及着想，也是为整个欧洲着想。英国应该输送真正好的具有无私奉献精神的殖民官员到埃及。萨义德发现，"其实对贝尔福来说，埃及自身的存在无关紧要，英国对埃及的知识就是埃及"。这一演讲的前提是：英国了解埃及，埃及不可能自治，异族统治是埃及当代文明的根基，埃及需要英国的统治。

萨义德也大量地考察了有关东方的各种文献。他发现，无论是贝尔福还是夏多布里昂、内瓦尔、福楼拜、马可·波罗，都是按照自己的需要在有选择地书写东方。

---

[1] [美] 爱德华·W. 萨义德：《东方学》，王宇根译，生活·读书·新知三联书店，2007年，第7页。

福楼拜心目中的东方是一个想象性替代物。福楼拜曾经到埃及游览，并结识一个叫库楚克的埃及舞女，福楼拜为她所跳的"蜜蜂舞"所吸引。在福楼拜写给友人的信中，库楚克被描述为一个麻木放荡的性欲机器。他在《圣安东尼的诱惑》《包法利夫人》《希罗底》等作品中所塑造的女性形象也都隐藏着库楚克的影子。萨义德认为，福楼拜对埃及印象的描绘是出于自己的需要。因为在19世纪，随着资产阶级观念取得支配地位，性活动在极大程度上被规范化，在欧洲根本不存在自由的性爱，而是被束缚在法律、道德、政治、经济的责任之网中，但福楼拜却可以把自己的欲望想象置于埃及这个东方目标中实现。由此，东方被建构为迷乱的、性感的、充满着檀香芬芳与虱子的臭气的神秘世界。总而言之，东方世界是在西方的正常情感和价值之外的一个不同的世界。西方是男性的、理性的、规范的、成熟上进的、民主贞洁的，东方则是女性的、非理性的、纵欲的、不开化的、堕落颓废的。

萨义德的研究揭示了东西方之间的不平等关系，这种不平等是广泛而且深刻的，从话语层面到政治经济等物质领域，东方都处于被优越的西方设计、建构、解读、统治的不幸命运中。

2. 对位阅读

在比《东方学》稍晚出版的《文化与帝国主义》(1993) 一书中，萨义德将他对东方学研究的视角和方法实践在文学批评和文化批评领域中，为后殖民文学批评开拓了一条宽阔的道路。萨义德的批评视阈从18世纪以来的英国作家奥斯汀、吉卜林、康拉德一直延续到当代媒体对海湾战争的新闻报道，全面地阐述了西方帝国主义文化策略的实施和渗透。

什么是帝国主义？萨义德认为这一概念指的是统治遥远土地的宗主中心的实践、理论和态度。他非常敏锐地注意到，在民族独立运动高潮已经过去的当今时代，帝国主义的发展早就越过了政治经济领域，而是渗透在民族文化中，在以美学形式存在、旨在提供娱乐的文化艺术活动中。在各类文艺形式中，萨义德尤其关注小说。在诸种文学文类中，小说的发展往往晚于诗歌、戏剧等，但是小说在反映社会生活上有更具包容性的容量，具有百科全书的形式，而且小说具有突出的写实功能。同时，由于小说的叙述语言不需要韵律、节奏等形式上的特殊规律，理解难度较诗歌更小，也不需要到剧场观看，因此，小说成为受众面最广、最易流传的文学文类。萨义德的研究也主要聚焦于欧美现实主义小说,在对小说文本的解读中揭示文学与帝国主义的微妙联系,勾勒出帝国政策如何借着小说叙事在公众中建立稳定的帝国主义世界观。

受威廉斯"情感结构"概念的启发,萨义德提出一个"观念与参照结构"的概念。"观念与参照结构"是一种关于帝国关系的特殊经验类型,它存在于日常生活中,在一定程度上生产、传播和加深着有关宗主国与殖民地关系的认识。这一结构在19世纪英国小说中有多种体现。第一,在看起来与帝国没有关系的早期叙事和明显有关的帝国叙事之间,存在一种有机的连续性,先是奥斯汀、萨克雷、笛福、司各特和狄更斯,后来是吉卜林和康拉德,所有这些作家的作品形式上的特征和内容都属于同一个文化形式。第二,小说加强和促进了对于英国及世界的认识的形成,在这些小说中,殖民地世界是附属的、被统治的,英国则是管理者和规范者。例如在奥斯汀、狄更斯、劳伦斯、笛福等作家的作品中,人物的活动有时候在英国国内,有时候在澳大利亚或印度等殖民地。在奥斯汀的《曼斯菲尔德庄园》中,主人公们居住在英国迷人的乡村庄园,但他们的舒适生活却是由西印度群岛殖民地的安蒂瓜供应的,食糖、披肩都来自那里。在《曼斯菲尔德庄园》中是安蒂瓜,在《霍华德山庄》中则是威尔科克斯的橡胶公司,在《诺斯特罗姆》中是圣多美矿。在英国本土和远离英国的殖民地国家关系的描述中,几乎看不出这是两个国家之间进行贸易,而更像是一种城乡贸易关系。小说家已经习惯了在空间上把殖民地看作英国的附属下级。第三,19世纪中叶所有英国主要小说家都接受了全球化的世界观,小说家把在国外拥有力量和特权与国内的类似活动串联在一起。第四,把各个小说互相连接起来的结构离开小说本身是不能存在的。因此,19世纪的欧美现实主义小说频繁地描述宗主国与海外世界,把人物性格命运的变化发展联系于这一背景,由此塑造的"观念与参照结构"就以一种隐蔽的方式参与了帝国主义权力系统的建构,它实际上成为一种巩固帝国主义权威秩序的力量。"没有这种文化,英国就不可能获得它的殖民领地。"[1]

---

[1] [美]爱德华·W. 萨义德:《文化与帝国主义》,李琨译,生活·读书·新知三联书店,2003年,第132页。

为了从后殖民的视角揭示这些作品内在的帝国主义思维逻辑，就需要一种新的解读方法，为此，萨义德提出了对位阅读的理论。

从 19 世纪以来，英美世界的文学批评中有一种稳固的审美主义批评传统。这一传统从康德在《判断力批判》中确立的审美原则出发，着力强调艺术的审美自律性，强调从艺术作品的形式特点入手进行文本解读。萨义德对这一做法非常不满，他认为这种惯例把文化、美学领域与世俗、经验领域截然分开，使得文学成为一个只有最优秀的思想和行为才能进入的伊甸园。在解读 19 世纪欧洲小说的时候，这样一种二元割裂的解读方法就把作品当成了娱乐对象。萨义德主张一种入世的批评原则，认为应当把这些文本当作欧洲扩张的复调伴奏来读，给这一时期的作家以重新评价和定位。进而，他借用古典音乐的复调理论提出对位阅读法。

对位是一个音乐范畴，是复调音乐的一种写作规则，指的是使两个或者多个旋律在不同声部中和谐进行的艺术。对位法在巴洛克音乐中有广泛的应用。加拿大著名钢琴家格伦·古尔德尤其擅长演奏这类作品。萨义德在钢琴演奏方面颇有造诣，尤其喜欢古尔德的演奏，曾经撰长文专论古尔德的对位法，因此在文学解读中，他从古尔德的演奏中得到灵感，提出了**对位阅读法。这一方法的核心特点就是用旋律的对位比喻欧洲宗主国与殖民地区之间的共生关系，主张在面对小说文本时引入一种社会语境意识，从被殖民者的角度反向解读**。萨义德观察到，20 世纪中叶以前的西方作家在写作的时候脑子里想着的只是西方读者，甚至在他们描写欧洲人占领的海外领地的时候也是这样。但现在，人们已经知道殖民地土著并非麻木不仁地接受这一切，也并不对贬低殖民地的做法保持沉默。因此，我们必须以全新的眼光重新阅读经典，甚至包括现代和前现代欧美文化的全部历史，以便把在那种意识形态中被边缘化的东西挖掘出来。"从实践的角度来讲，我所说的'对位法阅读'的意思是，例如，当一个作者说明，一个殖民者的甘蔗园对维持英国的一种特殊的生活方式很重要时，意味着什么。对位法要弄懂这一点……对位法阅读必须将两个过程都考虑到：帝国主义的和对它的抵抗。"[1]

---

[1] [美]爱德华·W.萨义德：《文化与帝国主义》，李琨译，生活·读书·新知三联书店，2003 年，第 90 页。

对位阅读显示出一种设身处地的阐释态度。它的具体实施可以从时间和空间两个维度上进行。在时间维度上，站在现在解读过去，在空间维度上，站在殖民地立场解读宗主国作家的创作。在对康拉德作品《黑暗的心》所做的阐释中，萨义德运用了这一立场。《黑暗的心》从一个水手马洛的视角出发，以马洛自述的形式讲了他到非洲旅行和工作的见闻。在小说中，通过对白人贸易控制下的非洲大陆悲惨现状的描述，康拉德无疑对殖民统治提出了反思和质询，但是，萨义德敏锐地捕捉到，在反思殖民主义事业的反帝国主义叙事下，康拉德本人创作的其实是一个典型的帝国主义叙事文本。因为小说的叙事视角完全是欧洲的，马洛的听众是英国人，作者的目标读者也是欧洲人，马洛通过叙述非洲的新奇，并将它归入历史中，从而把非洲笼罩在欧洲的霸权之下。而非洲土著则处于被压迫的沉默状态中，关于非洲的经验都是在揭示欧洲在世界上的重要性。如果不是从空间对位的思路出发，人们很难在一部似乎控诉殖民主义的小说中发现其殖民主义和帝国主义的隐性因素。

借助对位阅读，萨义德意在表明文化与帝国主义之间的历史关系是复杂的，他揭示了文学在建构帝国主义文化体系、维护殖民统治上的特殊作用。这种解读文学的路径恢复了文学文本与社会语境之间的联系。

三　女性主义的后殖民批评

佳亚特里·斯皮瓦克是印度人，尽管执教于美国的大学，并且是西方卓有声望的著名学者，但并没有改变自己的国籍，这也许是她在后殖民批评中所执着持守的第三世界立场的一种表达。

在三位后殖民理论家中，斯皮瓦克思想的女性主义色彩是一个非常鲜明的标志。在学术界，斯皮瓦克也被称为是一个"女性主义的马克思主义解构主义者"。这一称号揭示了斯皮瓦克的后殖民批判理论在思想来源上的复杂性和多元化。斯皮瓦克最初在学术界成名是由于翻译了法国解构主义哲学家德里达的《论文字学》，因此她也常把德里达视为自己的老师。德里达的思想对西方哲学形而上学的稳定结构是一种拆解，他否定了意义之中心或本源，而把意义诠释为一个不断扩散和生成的程序，这就为思想和文本的多元阐释提供了思想依据。这种观念影响了斯皮瓦克的思想策略和研究方法，使她在文学研究中突破了西方固有的观念，找到了新颖的视角，从而看到了久被遮蔽的他者话语。同时，马克思主义的辩证思维和批判精神也深刻地影响了斯皮瓦克。斯皮瓦克的研究视野颇为开阔，但有一个比较突出的特点，就是她对在国际格局和一般社会处境中居于弱势地位的群体给予了格外多的关注，例如对少数族群话语权的研究、对居于社会下层的庶民的研究。这一学术路径最终将斯皮瓦克导向了对第三世界女性地位与命运的深切关注，由此形成了她在后殖民批评中独树一帜的女性主义特色。

1. 沉默庶民中的庶民

作为曾经长期在第三世界生活的一位学者，斯皮瓦克对居于从属者地位的底层民众的生存深有体会，这一点突出地体现在她的庶民研究中。

庶民概念来自意大利马克思主义者葛兰西。"庶民"（subaltern）最初指的是军队里的底层军官，在《狱中札记》中，葛兰西使用该词指底层和社会边缘阶层，以取代马克思单纯从经济维度出发的阶级划分概念。由于这一概念具有鲜明的情景化色彩，使用更加灵活，就被斯皮瓦克借用来指处于权力末梢的人群。在斯皮瓦克看来，庶民身份的重要特征不仅仅是经济政治上的依附性，更表现为话语权的缺失，也就是不能为自己发声说话，他们自身是沉默的，在需要说话的时候总是由更高的主宰者为他们代言。如果说殖民地民族属于庶民，那么殖民地女性就是庶民中的庶民。因此，斯皮瓦克重点考察了印度在英国殖民统治时期关于妇女的某些叙事规律。

在《庶民能说话吗？》(1983)一文中，斯皮瓦克记录了她对于印度的寡妇殉葬习俗的考察与思考。在印度，婆罗门教和印度教都有着反对自杀的教规，但是却容留了一种形式的自杀，就是妻子在丈夫亡故后以身殉夫，进入焚烧的柴堆里追随亡夫。这种古老的习俗在印度梵语中的传统写法是"sati"，意思是"好妻子"。但是，当英国早期殖民者进入印度，他们在书写这一习俗时却使用了另外一个词"suttee"，意思是"忠诚"。通过这种概念偷换的做法，西方帝国话语就把"好妻子"与为亡夫殉葬之间画了等号，似乎在印度的话语中一个妻子忠诚的表现就是为夫殉葬。这样，就把殉葬建构成为落后印度之野蛮与残酷的缩影，从而使得英国殖民者废除此一习俗的行为具有一种神圣的正义性。殖民者对寡妇殉夫习俗的废除就演变成一幕"白人从褐色男人那里救出褐色女人"的壮举。斯皮瓦克认为，这是男性帝国主义意识形态的结构。而从另一个方面来看，在印度教的男性话语中，认为妻子在丈夫死后只有自焚殉夫才能在生死轮回中解脱自己的肉身，不再成为女人。因此，对于寡妇的自焚，印度教的话语权力者说，她们都是自愿的，这样做将给她们带来心灵的安宁和荣耀感。在这一现象中，本来应该作为主体的寡妇本人，是没有发言权的。她是被迫的、受害的，或者自愿的、主动的，我们无从知道。因为她们不能表达自己，即或表达了也不可能被听到。她们的声音在男性和殖民主义双重话语的遮蔽下，泯灭于认识暴力中。

在许多社会中，女性都是一个从属者，在男性主导的世界中扮演一个被指定的角色。从某种意义上说，这种作为从属者的女性的生存经验与殖民地民族的生存经验存在着极大的相似性。因此，对女性话语权力的关注同时也是在探索一种更合理的后殖民话语伦理。在斯皮瓦克的理想中，后殖民批评的主体应当避免英国殖民者话语和印度男性主导的宗教话语的霸权，而建立起一种真正平等的对话关系。

这是不是意味着，当女性拥有跟男性同等的话语权力的时候，问题就解决了？答案并非如此简单。

2. 对传统女性主义的批判

争取男女平权，这是女性主义运动者长期勠力追求的一个目标和方向。在欧美学术话语中，女性主义自 19 世纪以来就是一种显在的社会思想潮流。这一思潮的社会诱因是，率先觉醒的女性争取在选举权、就业权和受教育权方面享有与男性同等的地位。在 20 世纪中期，随着西方社会在男女平权问题上的进步，女性主义运动的主要特点有所变化，即不再集中在社会领域中一味强调男女的二元对立，争取妇女权益，而是转变为一场带有人文主义色彩的文化思潮，强调从女性特有的经验出发，以女性的视角和眼光看待自我和世界。这一时期的代表人物有埃莱娜·西苏，伊莱恩·肖瓦尔特、茱莉亚·克里斯蒂娃等。从某种程度上可以说斯皮瓦克是继克里斯蒂娃等人之后的第三代女性主义者，她把女性主义的话题带离语言文学领域，进入一个更为开阔的跨学科领域。她指出了马克思社会生产理论上的忽略：妇女为丈夫和家庭所做的无偿的工作具有什么使用价值？妇女自愿要求嵌入工资结构是坏事还是好事？马克思忽略了分娩、生育、抚养孩子中的使用价值和剩余价值问题。弗洛伊德则体现出另外一种偏见，即无视作为生产车间的子宫的概念，一味站在男性中心立场上将女性的性别心理揣摩为阴茎嫉妒。在斯皮瓦克看来，一个更为合理的结构则是子宫嫉妒和阴茎嫉妒的互相作用确定着人类的性本质和社会生产。为此，斯皮瓦克提出女性主义的任务是要重估和修改由这些男性作者所确立的意识观念。

然而，比传统女性主义者更有远见的是，斯皮瓦克发现了隐藏在女性主义内部的男权逻辑，那就是女性主义文学批评在它崛起之后迅速地走向了它所反对的思维和话语逻辑。女性主义批评本来是对男性话语霸权的一种对抗，但是"女性主义批评显现出来的视角却再次复制了帝国主义的公理。对以女性为主角的欧洲和英美文学作品的孤立性赞美，建立了女性主义的最高规范。它由一种读取恢复信息的方法所支持和运作，来理解'第三世界'（这个含侮辱之意的词越来越'兴起'）文学，这一手段常常带着一种自觉的'正确判断'"[1]。在这一点上，斯皮瓦克对法国女性主义者克里斯蒂娃提出了质疑和批评。克里斯蒂娃在 1974 年访问中国以后出版《中国妇女》一书，她根据自己的见闻与思考把中国家庭划分为母系家庭和父系家庭两个类别，并把 1949 年的革命解释为反父系家庭的胜利，认为这一革命恢复了母系社会中妇女拥有的地位和权利，使得中国妇女拥有比西方妇女更多的自由。然而，克里斯蒂娃对中国善意的理想化却未必是中国社会的现实，而更多是欧美女性主义者站在西方立场上想象性地在东方实现她的母系社会理想。因此，欧洲中心主义的女性主义尽管批判了男性话语霸权，却在对第三世界的解读中重复了这一霸权。

3. 后殖民女性主义批评

斯皮瓦克不仅在学术思想和理论领域开展其对欧美女性主义的批判，更在文学批评领域里进行了卓有成效的实践。这其中，最能代表其后殖民女性主义批评成就的是她在《三位女性的文本以及对帝国主义的批判》（1985）一文中对《简·爱》《藻海无边》《弗兰肯斯坦》三部出自女性作者之手的作品的解读。

---

[1] ［印度］佳亚特里·斯皮瓦克：《后殖民理性批判：正在消失的当下的历史》，严蓓雯译，译林出版社，2014 年，第 118 页。

《简·爱》是西方女性主义的经典文本，主人公因其独立自由的个性而成为女性个人主义的楷模，传统的女性主义将这一作品作为女性的心理传记，为简·爱在男性世界面前表现出的独立人格和女性尊严而大唱赞歌，或者将伯莎·梅森解读为简·爱的黑暗替身，认为作者借此疯妇形象表达女性拒绝放弃自我而投降于父权文化的努力。然而斯皮瓦克的解读另辟蹊径。她认为，如果解读只在宗主国语境中，以孤立主义者的视角阅读作品，就只能读到那个激进的女性的心理传记。斯皮瓦克的解读是尽力使自己远离女性个人主义者的"主体建构"。她的视角不是聚集于主人公的个性，也不是聚焦于作品如何呈现了女性成长的心灵史，而是致力于揭示其中隐藏着的帝国主义和殖民主义叙事策略。在斯皮瓦克看来，对于女性来说，帝国主义事业表现在两个方面：生儿育女和塑造灵魂，前者是指以伴侣式的爱的方式，通过性繁殖而达到家庭与社会的结合，后者是指通过履行社会义务而达到公民和社会的结合。在小说《简·爱》中，前者起初看起来是一个不能完成的任务，因为主人公简·爱是一个反家庭的元素。

斯皮瓦克把《简·爱》解读为一系列家庭／反家庭因素的组合（这里的所谓反家庭，不是反对家庭，而是非家庭的意思，即与在家庭里的状态是相对的）。例如首先出现的是里德舅舅一家，是合法家庭，作为孤女寄宿的简则是反家庭因素；罗切斯特和疯太太的家是合法家庭，作为家庭教师的简和雇主罗切斯特的组合是反家庭，故事的结局是疯太太纵火焚烧庄园，自己也死于大火，简、罗切斯特和孩子组成合法家庭。简最终从一个反家庭因素成为家庭因素。她是如何从反家庭地位走向合法家庭地位的？这是作者斯皮瓦克关心的问题，通过对这个问题的追问和探索，斯皮瓦克提出了一个观点：是活跃的帝国主义意识形态提供了这个话语场。这种帝国主义的意识形态体现在对罗切斯特疯妻伯莎·梅森的塑造上。作者把这个从英国殖民地牙买加来的女子塑造为一个近乎动物的形象，用"四肢匍匐""野兽一样地抓着、嚎叫着"，头发"像马鬃一样"等词语模糊了人和兽之间的差异，而牙买加这个被帝国主义征服的地方被描述成生长这类兽性人的地狱。简作为一个女性主义的英雄，是靠着伯莎·梅森的彻底失败而被成全的。

塑造灵魂的帝国主义事业则借着简热衷传教的表哥圣约翰·里弗斯得

以完成。里弗斯的叙事实际上并非小说的核心要素，而是小说完整叙事框架之外的一条切线。里弗斯也被塑造为一个理想化的崇高人物，他描述自己的海外宣教工作是致力于"把知识传播到无知的王国……用自由代替束缚，用宗教代替迷信，用渴望天堂替代恐怖的地狱"。无疑，他像是一个拯救未开化地区人民灵魂的英雄！在这些人物的塑造中，暴露出第一世界的女作家和女性主义者的欧洲中心观。虽然自认为在解构霸权话语，但其实她们自己仍然在重复着霸权话语，她们在抵抗男性霸权的同时却将同样的话语霸权加诸第三世界人民。

这种帝国主义的叙事逻辑在殖民地作家的英语文学中也有体现。如出生于西印度群岛的女作家洁恩·里斯的小说《藻海无边》被看作《简·爱》的前传，作品演绎了疯女人伯莎·梅森的故事，是对《简·爱》中被忽略的伯莎·梅森之谜的解释。在小说中，主人公安托娃内特是富有的殖民地庄园主的女儿，祖先是来自欧洲的殖民者，在以黑人为主体的牙买加，她被称为白蟑螂，而在英国本土白人眼中，她又是一个西印度群岛的白黑鬼。男主人公则是没有财产继承权的某英国家庭的次子，为了丰厚的嫁妆到殖民地迎娶了安托娃内特。因丈夫内心并无真正的爱情，安托娃内特的身世又有诸多疑点，所以很快就遭遗弃，并被丈夫强制改名为伯莎·梅森，安托娃内特因此渐渐疯癫。《藻海无边》为伯莎·梅森恢复了人的形象和情感。但在斯皮瓦克看来，这仍然是一部"在欧洲小说传统中重写英国经典文本"的作品，里斯的出发点乃是白种克里奥尔人，而不是牙买加土著。因此，小说在人物处理上显得非常微妙。小说写到安托娃内特的仆人克里斯托芬，她是安托娃内特在痛苦中唯一可以依赖和求助的对象，也唯有她能勇敢地为安托瓦内特的不幸遭遇出声抗议。但是小说非常慎重、克制地描写了这个人物的刚强勇敢，并且在离故事结尾还有很长篇幅的地方就让这个人物消失了。这样，作者就把有关克里斯托芬的叙事处理为一条可以忽略的切线。"本应是完全的他者，最终，却变成巩固帝国主义自身的驯化了的他者。"[1] 此外，里斯认同了勃朗特的塑造，把安托娃内特认同为《简·爱》中的伯莎，举起火把焚烧庄园并自焚。这样，简·爱才

---

[1] [英]巴特·穆尔－吉尔伯特等编撰：《后殖民批评》，杨乃乔等译，北京大学出版社，2001年，第236页。

能成为英国小说中女性个人主义的女英雄。斯皮瓦克把这种处理理解为一个帝国主义认知暴力的寓言,是为了美化殖民者的社会使命而建构了甘愿自我献祭的殖民地主体。

对于玛丽·雪莱的科幻小说《弗兰肯斯坦》,斯皮瓦克认为并未运用帝国主义原则,但却夹杂着大量偶尔流露出来的帝国主义情感。

在斯皮瓦克的文学批评实践中,体现出双重的视角:女性的,后殖民的。因此,她对作品的解读具有独到的深刻性,对帝国主义文化逻辑的剖析和揭露更加犀利和透彻。斯皮瓦克的批评表明,文学领域里的帝国主义话语霸权不仅表征为欧洲宗主国对殖民地的主观性构建,男性话语对女性的遮蔽,还有欧洲女性主义对殖民地女性的傲慢。在对上述女性作品的研究成果中,这一洞见极具深刻性。

四 混杂性文化空间

在后殖民主义的三剑客中,霍米·巴巴的理论具有更多的包容性与中和性。在萨义德和斯皮瓦克的后殖民批评中,我们可以看到一个清晰的二元对立结构:西方—东方,宗主国—殖民地,白人男性/女性—有色人种女性,话语霸权—沉默的庶民。殖民地被欧洲中心主义和帝国主义逻辑所建构,东方被西方想象和虚构的文化符号所塑造。仿佛存在一个由截然对立而强弱悬殊的两个力量构成的殖民世界话语体系。但是巴巴的看法又有不同。在他看来,这种二元对立的模式其实正是西方中心主义传统所结的果子。诚然,他也承认民族是一种叙述性的建构,但却并非一方主导、另一方全然被动这样一种单一的建构模式。巴巴注意到了文化问题的特殊性,认为民族的叙述性建构乃是在一种更为复杂的状态中进行的,其中各种处于竞争状态的文化相互作用。这样一种认识贯穿于巴巴创立的一系列文化概念中。例如混杂性,巴巴用它来指称殖民历史中殖民者文化与被殖民文化之间种种彼此依赖和互生的矛盾现象。一方面,殖民者居于权威地位,对被殖民者进行矮化、奴化、同化教育。但是由于殖民文化不可避免地遭遇本土化的挑战,并可能受到殖民地话语的影响,"于是'被否认的'知识进入了主宰性话语并疏离了其权威的基础"[1]。二者之间形成一种双向应激关系。因此，在殖民者和被殖民者之间，存在着一个混杂的、矛盾的、意义不确定的第三空间，第三空间不同于私人空间或公共空间的实体性，而是独立于欧洲世界和土著世界之外的一个文化空间。由于混杂性的作用，在这里，一切代表权威的殖民符号都会变得似是而非，殖民体系靠这些维系，又被这些解体。霍米·巴巴多次举基督教在印度的传播为例。西方传教士曾经在印度遇到敬虔的天主教徒，他们每年都聚集在一起读《圣经》。但是，他们却不愿意接受《圣经》规定的洗礼，也不愿意领圣餐。原因是，欧洲人吃牛肉，而他们是绝对不会吃牛肉的。在这里，印度化了的天主教信仰其实杂糅了印度本土风俗和宗教的观念，成了一种你中有我、我中有你的混杂性信仰体系。

　　霍米·巴巴由此也注意到殖民世界中主体身份的晦暗不明。事实上，在殖民体系中的任何一方其身份都是不确定的。如果穿西装打领带曾经是西方殖民者的身份标识，但是当被殖民者也开始穿西装打领带，这一着装特征便不再具有身份标记功能，无法再代表一种固定的身份。因此，一个人的主体身份是复杂的、变动的。巴巴关于身份问题的研究也不仅局限于殖民世界中，更延伸到对全球化时代民族归属和身份认同问题的思考。在当下的全球化背景中，地区交流与融合日益增多，许多人成为世界公民，因此种族差异、阶级差异、性别差异、文化传统差异已经不能成为文化认同的确定标志。为此，巴巴区分了两种公民身份：政治公民和文化公民。政治公民是指一个遵纪守法的好公民，但作为文化公民，人们很可能有其他的认同归属，会由于特定的性取向、宗教信仰、风俗习惯等选择不同的文化认同。在巴巴看来，过于强调民族认同或传统，过分专注于民族身份的本真性，将会人为导致虚假的民族神话。用民族主义去对抗殖民主义，是一条错误的道路。相反，巴巴更为看重的是在身份上具有居间特点的少数族——比如移民、流亡者、混血儿、社会弱势群体，由于他们是社会中的少数，而带有游移性的生存状态又使他们不可能认同任何纯粹性的民族话语，免除了形成新的话语霸权的危险，这一群体因此成为未来世界中最具活力的人群。

---

[1]　Homi K. Bhabha, *The Location of Culture*, London:Routledge, 1994, p.114

小 结

　　上述三位学者的后殖民批评理论各自具有自己的特点，又能够相辅相成。萨义德和斯皮瓦克的探索揭示了东西方之间在政治、经济、文化领域里存在的不平等关系，特别是揭示了殖民统治对殖民地在文化上的边缘化和歪曲建构。在一系列关于话语霸权的解析中，两位理论家多方位地阐述了帝国主义的文化逻辑在现实历史和文学实践中的蔓延。西方文明而东方愚昧，西方进步而东方落后，西方理性而东方迷信——通过一种从庶民视角出发的对位阅读，后殖民批评建立起了解读殖民文化关系的二元对立结构。与此同时，斯皮瓦克在女性主义研究中又注意到了这一文化关系的复杂性和帝国主义逻辑的隐蔽性。而霍米·巴巴的研究则更进一步，以混杂性理论、身份认同理论、少数族理论等学术话语补充了单纯二元对立结构在解读殖民话语关系上的薄弱性。巴巴的努力避免了后殖民理论在批判帝国主义文化霸权时走向一种新的对立极端，对于我们理解全球化语境中的文化问题也是非常有裨益的。

　　在此，我们尤其要关注后殖民批评作为一种文艺批评理论的重要建树和贡献，尤其是萨义德和斯皮瓦克所进行的文学批评实践。自1920年代以来，英美新批评学派所确立的批评传统影响广泛。这一传统促进了文本自身内部研究，在艺术审美领域内建构文本意义，解析其艺术魅力。但这一做法却在一定程度上切断了文本世界和外部世界之间的联系，使得文学研究和文学批评成为象牙塔内的专业活动。而后殖民批评的出现打破了这样一种僵局，重新建立了文本与社会、历史之间的联系。但这一联系又完全不同于从前注重作家经历和写作背景这样一个单一的维度，而是放在广阔的殖民历史视阈内，从一种带有浓厚人文关怀情操的立足点出发，从第三世界以及受压迫者、缺席沉默者的角度重新审视欧美文学经典，所发现的问题和得出的结论都令人深思。

　　霍米·巴巴在文学批评领域的贡献不像萨义德和斯皮瓦克那么显著，但他的理论恰恰为我们审视后殖民批评中存在的问题提供了启发。后殖民主义者往往站在第三世界殖民地区的立场上对西方世界作出批判和揭露。他们借用了葛兰西和法国解构主义的话语霸权理论来看待东西方文化之间的碰撞，有时候会忽略文化问题的丰富性和灵活性，忽略文学活动的能动性和独立性。尤其是在萨义德和斯皮瓦克的批评中，用李欧梵的话说，"处处挖掘其西方本位主义和权力论述"[1]。在有些作品分析中，为了论述其中的帝国主义文化逻辑，难免会放大了次要情节而忽略了主要情节。例如圣约翰·里弗斯的情节在《简·爱》中属于较次要的故事，《弗兰肯斯坦》中的苏菲也只是一个片段中的配角人物，但是因为可以用来佐证理论家的观点而被浓墨重彩的分析，在整体文本解读中不免显得喧宾夺主。可以说，在批评欧洲白人男性主导的文化把第三世界变成了他们想象中的符号、或者符号化了的第三世界的时候，后殖民批评也难免有把西方符号化的嫌疑。这是值得读者注意的。

后殖民批评在文本解读上的有限性也是明显的，即它往往比较关注那些涉及了世界殖民经济的作品，尤其是小说等叙事性文本。因此，后殖民文学批评可以帮助我们更加深刻地理解 19 世纪欧美叙事文学的一些经典文本，帮助我们认识全球化语境下的文学文化现象，却未必能成为一种在各种主题和文类的文本解读中广泛有效的研究方法。

扩展阅读书目

1. Bill Ashcroft, Gareth Griffiths, Helen Tiffin, *Key Concepts in Post-Colonial Studies*. London: Routledge, 1998.

2. Homi K. Bhabha, *The Location of Culture*, London:Routledge, 1994.

3. [美] 爱德华·W. 萨义德：《东方学》，王宇根译，生活·读书·新知三联书店，2007 年。

4. [美] 爱德华·W. 萨义德：《文化与帝国主义》，李琨译，生活·读书·新知三联书店，2016 年。

5. [英] 巴特·穆尔－吉尔伯特等编撰：《后殖民理论——语境 实践 政治》，陈仲丹译，南京大学出版社，2001 年。

6. [英] 巴特·穆尔－吉尔伯特等编撰：《后殖民批评》，杨乃乔等译，北京大学出版社，2001 年。

7. [法] 弗朗兹·法农：《黑皮肤，白面具》，万冰译，译林出版社，2005 年。

---

[1] 李欧梵："总序"，见[美]哈罗德·布鲁姆：《影响的焦虑》，徐文博译，江苏教育出版社，2006 年，第 4 页。

8. [印度] 佳亚特里·斯皮瓦克：《从解构到全球化批判——斯皮瓦克读本》，陈永国等主编，北京大学出版社，2007年。
9. [印] 佳亚特里·斯皮瓦克：《后殖民理性批判：正在消失的当下的历史》，严蓓雯译，译林出版社，2014年。
10. 李应志、罗钢：《后殖民主义：人物与思想》，北京大学出版社，2015年。
11. 罗钢、刘象愚主编：《后殖民主义文化理论》，中国社会科学出版社，1999年。
12. 王宁、薛晓源：《全球化与后殖民批评》，中央编译出版社，1998年。
13. 徐贲：《走向后现代与后殖民》，中国社会科学出版社，1996年。
14. 张京媛主编：《后殖民理论与文化批评》，北京大学出版社，1999年。
15. 张颂仁等主编：《全球化与纠结：霍米·巴巴读本》，上海人民出版社，2013年。

第十六章 文学与新媒介

自古媒介就是内在于文学的存在性要素。只不过传统社会中的媒介不够发达，媒介对文学活动和文学文本的基础地位尚未显露出来，给人以媒介可有可无的印象。今天，人们越来越认识到，东西方现代文学史上经典文学的文学性、经典性，无不与印刷媒介、印刷文化的建构相联系。1990年代后，计算机网络等数字新媒介获得长足发展，一方面给印刷文学带来了冲击；另一方面催生出了不同于印刷文学的数字新媒介文学形态。今天，数字新媒介在文学活动、文学文本中地位的凸显以及新媒介文学的快速发展，要求有一种新的文学批评范式——新媒介文学批评与之相适应。

本章先说明文学媒介及其在文学活动中的存在性地位，然后说明新媒介文学批评范式的形成，最后从批评对象、主体、方法、标准等方面分析新媒介文学批评的基本问题。

一 文学媒介及其地位

理解新媒介文学批评，应先把握媒介、新媒介、文学媒介等几个基本问题，进而再明确文学媒介在文学活动中的地位。

1. 媒介与数字新媒介

媒介（medium，复数为media）看似平常，实则复杂难辨。在中国先秦时期，"媒"专指撮合男女婚姻关系的媒人，如《诗·卫风·氓》中说："匪我愆期，子无良媒。""介"则一般指居于两者之间使之发生关系的中介或工具。作为合成词的"媒介"，最早见于隋唐五代时期，指居于两者之间使之发生关系的人和事物。《旧唐书·张行成传》有云："观古今用人，必因媒介。"

按照英国学者雷蒙·威廉斯的考证，英文 medium 源自拉丁文 medium。17 世纪之后该词主要衍生出如下三种含义：(1)"中介机构"或"中间物"；(2) 专指技术层面，例如将声音、视觉、印刷视为不同的媒介 (media)；(3) 专指资本主义时代报纸、广播、影视等的"媒体机构"。[1] 加拿大媒介环境学派所持的媒介观更为宽泛，其代表人物马歇尔·麦克卢汉说："我所谓的媒介是广义的媒介，包括任何使人体和感官延伸的技术，从衣服到电脑。"[2] 在《理解媒介》中，他把口语词、书面词、道路与纸路、数字、服装、住宅、货币、时钟、印刷品、滑稽漫画、印刷词、轮子自行车和飞机、照片、报纸、汽车、广告、游戏、电报、打字机、电话、唱机、电影、广播电台、电视台、武器、自动化等 20 多种事物都视为媒介加以研讨。传播学研究中还存在着一个五种主导媒介、五大媒介发展阶段的说法："在媒介发展史上，迄今为止已经历了五次大的飞跃，每一次的飞跃都诞生了一种新的媒介形态，并由此带来了人类信息传播活动的突破性进展。这五种媒介形态分别是：口语媒介、文字媒介、印刷媒介、电子媒介和数字媒介。"[3]

我们主张从专门性和功能性两方面掌握媒介的基本含义。专门性媒介是人类为传递信息而专门发明出来的产品、方法和手段；功能性媒介指居于两者之间发挥联接、谋和、建构等媒介性功能的任何中介者。就麦克卢汉的 20 多种媒介而言，口语词、书面词、报纸、广告、电话、广播、电影等是人类为传递信息而发明的专门性媒介；自行车、飞机、汽车、服装、住宅等并不直接为传递信息而发明，但在某种情况下则发挥了媒介性功能，此时就构成了功能性媒介。很显然，上述五大媒介形态的划分是就专门性媒介而言的。而一般所说的"新媒介"(new media) 也是在专门性媒介意义上说的。

新媒介是个相对的概念，相对以前已有的媒介，每个历史时期新出现的专门性媒介都可以叫作新媒介。今天，更为狭义也是更为约定俗成的新

---

[1] ［英］雷蒙德·威廉斯：《关键词：文化与社会的词汇》，刘建基译，生活·读书·新知三联书店，2005 年，第 299—300 页。

[2] ［加］埃里克·麦克卢汉、弗兰克·秦格龙编：《麦克卢汉精粹》，何道宽译，南京大学出版社，2000 年，第 363 页。

[3] 熊澄宇：《媒介史纲》，清华大学出版社，2011 年，第 4 页。

媒介专指1960年代后兴起的数字媒介,即利用数字技术、网络技术、无线通信技术进行生产、传播、接受信息的各种媒介形态。在这个意义上,可以简单地把是否使用了数字技术看成新旧媒介相区别的标志。这里的新媒介全称应该是"数字新媒介"。在具体呈现形态上,数字新媒介包括互联网、局域网和计算机、手机、电子书、数字电视机以及一切其他网络终端,还包括围绕网络传播展开的各种具体形式,如数字电视、直播卫星电视、网络电视、移动电视、楼宇视屏、门户网站、电子信箱、搜索引擎、虚拟社区、博客(blog)、播客、微博、手机短信(包括彩信)、手机游戏、手机电视、手机电台、微信、App(智能手机第三方应用程序),等等。

数字新媒介的基本构成单位被称为"比特"(bit)或"数元"。相对于传统媒介,以比特为基本单位的数字新媒介更具有"液态"化的、动态生成性特点。如果说传统原子形态的媒介是以"类比方式"传达信息的话,数字媒介就是以数字"计算方式"呈现信息。"类比方式"是人们通过"类比"原则将意义附着于物质性或能量性符号媒介和载体媒介之上而生产和传递信息的文化方式。"计算方式"则"把一个信号数字化,意味着从这个信号中取样。如果我们把这些样本紧密地排列起来,几乎能让原状完全重现"[1]。这样,既有的以传统媒介呈现图形、动画、声音、形状、空间、文本全都可以变成可计算的数字资料。也就是说,数字新媒介可以实现对以往任何媒介的覆盖、融合、再造和提升。

2. 文学媒介系统

从信息传播的角度看,文学活动就是关于文学信息的生产、传播、接受活动,文学文本不过是编织文学信息的信息文本。而在文学活动和文学文本中用以生产、传播、接受文学性语义内容和信息的各级各类媒介即文学媒介。在文学实践中,文学媒介并非单一性存在,也并不是单一媒介在发挥作用,而往往呈现为由多个层面和多个次级类别组成的"媒介系统"。完备的文学媒介系统一般包含如下五个方面:

(1)符号媒介。它直接由各民族的口语语言、书面文字和各种表意记号组成。它是承负文学语义内容的符号形式,并与文学语义内容一起构成了文学信息;在这个层次,不仅不能把语言排除在媒介系统之外,而且语

---

[1] [美]尼葛洛庞帝:《数字化生存》,胡泳、范海燕译,海南出版社,1997年,第24页。

言是第一符号媒介,也是最复杂的次级媒介。

(2) 载体媒介。它是口语语言、书面文字等符号媒介依托的物质载体。载体媒介还可以细分为两种:一种是符号媒介的承载物,如文学口语传播所必需的气流、声波,文字、图像、声音等符号必需的石头、树皮、泥版、象牙、甲骨、竹简、布帛、兽皮、莎草纸、羊皮纸、植物纤维纸、现代工艺纸、磁带、磁盘、光盘、荧屏、幕布、电子屏幕等;另一种是使符号呈现为具体形式的材料,如书写和印刷文字使用的墨水、碳素、油墨、石墨等,数字技术环境中的电子墨水、彩色电子颜料等。第一种属于承受性载体,第二种属于施动性载体,对于文学符号媒介而言,两者缺一不可。在现实中,也恰恰是两者的结合才能使文学符号媒介得以现实地存在,并成为现实的意义表达者。

(3) 制品媒介。"人们不应该将文学现象局限于孤立的文学作品,而应该视其为作者与读者之间通过书本媒介的一种交流。"[1]这里所说的"书本媒介"即制品媒介。它主要指符号媒介与载体媒介结合后被进一步加工成的产品。包括古代的册页、扇面、字幅、画卷、手抄本、刊刻书、莎草纸书、羊皮卷书,近现代以来的印刷书、报纸、期刊,当前的电子出版物、互联网网页等。需要强调的是,制品媒介不是符号媒介和载体媒介的简单相加,而是两者结合后的进一步加工,其中不仅出现了两者相加大于两者之和的新质,而且还加入了新的成分,更突出了其中的形式特征。比如现代印刷书籍就不仅仅是白纸黑字的结合,而且还有各种字体、版式、图画等装帧设计。这些成分同样对文学表意具有建构和生产功能。

(4) 技术媒介。主要指文学生产实践中生产者使用的发音、表达、书写、编辑、制作、创意等具体技巧、工艺、技术。从印刷时代开始,主要表现为雕版术、排版术、手工印刷术、机械印刷术、喷墨技术、摄影技术、冲印技术、机械和电子复制技术、模拟技术、数字计算技术、计算机及各种电子设备硬件和软件开发技术、网络技术等。技术媒介与其他媒介类型的一个明显不同在于,它属于一种"非实体性的物质媒介"。这一特点使它无法成为独立的实体性存在,但它的确又具备物质性实践能力。即

---

[1] 张英进、于沛编:《现当代西方文艺社会学探索》,海峡文艺出版社,1987年,第5页。

技术需要通过与其他实体性媒介相结合才成为媒介；同时，其他任何实体性媒介都必须借助技术之力才能发挥自身功能。在口语媒介、文字媒介、印刷媒介、电子媒介、数字媒介等各媒介系统中，无不存在着一个技术媒介的层次，这正是由于实体性媒介与技术的不可分割。媒介的不断发展壮大以及在当代社会权力场中支配能力的不断增强，主要源于技术的发展以及技术在各大媒介系统中地位的提升。

（5）传播媒体。它是对文学文本进行选择、再生产、向读者传播的传媒机构。包括出版社、印刷机构、文学期刊、文学网络、文化传播公司等相关部门。这类媒介的特点是一群人使用各类物质媒介进行生产、传播的人力组织，是有策划、有生产（狭义）、有编辑制作、有资本、有营销、有发布的集体实践机构。进入现代社会以来，传播媒体越来越挤占了其他媒介形态的媒介涵义，往往成为媒介系统的代言人。

文学实践中的媒介系统常常是多个媒介层次和媒介类型的组合。如口语文学中，表现为口语符号、声波载体、发音技术的媒介组合；书写文学中，表现为文字符号、书写载媒（石头、纸张等）、书写技术和手工制品（册页、手工制作书等）的媒介组合；印刷文学中，表现为文字、印刷载媒（纸张等）、印刷技术和机械印刷制品（现代书籍、期刊等）的媒介组合；数字新媒介文学中，表现为文字、图像、声音符号和"比特"载体、数字制品、数字技术的媒介组合。文学意象、意蕴的形成和展现无法离开相应文学媒介系统的建构。

3. 文学媒介的存在性地位

在文学活动中，文学媒介是与世界、作家、作品、读者等具有同等地位的存在性构成要素。

此处的"存在"，并非西方传统形而上学意义上的本源、始基、本体、本质。传统形而上学的本体论秉承的是一种实体本体观，其任务是寻找唯一的、特殊的、终极或最后的存在者即"本体"，并作为解释事物为什么存在的依据。从柏拉图的"理念"，到亚里士多德的"形式"，再到黑格尔的"绝对理念"，都是这个意义上的"本体"。受这种传统本体论思维模式的制约，传统文学本体论常常在文学诸要素中选出一个处于本原地位的要素作为文学本体。

媒介是文学存在性要素命题中的"存在"，来自20世纪存在论哲学观。

这种现代哲学观认为，"存在"不是与存在者的存在整体相隔离的唯一最后实在——某个特殊存在者，而是存在者整体性、生成性、标识其如何存在的存在方式。这样的现代存在观打破了在事物诸要素中寻找出一个处于底层、根源地位的要素为"本体"的传统本体论思想。存在方式由一定历史、场域中事物诸多要素之间的某种关系、结构、生成活动来完成。如此，存在范畴就必然由多个要素而不可能再由某个唯一的要素独立担当。即世界、作家、文本、读者都不具备单独担当文学存在范畴的资格，但同时又都是文学的存在性构成要素，同时都具有文学存在性地位，其中也包括文学媒介要素。

文学媒介和其他文学要素一起被看成文学存在性范畴，也是20世纪语言哲学、符号哲学带来的观念变革的产物。20世纪"语言学转向"的重要成果之一是破除了视语言符号为工具的传统观念，而确立了语言、符号在人体验、感受、认知外在世界和人类文化意义生成过程中的存在性地位。随着20世纪现代传播媒介、传播方式的发展，一个新的事实让我们看到，语言作为符号媒介要在它和载体媒介、技术媒介、制品媒介、传播媒体形成的媒介系统中才能实现存在并发挥作用。在这样的背景之下，人们愈来愈看清了比语言符号更广泛、更基础的载体媒介在文学活动中的重要性："读者阅读文学作品时首先接触的不是它的语言，而是语言得以存在的具体物质形态——媒介。文学总是依赖一定的媒介去实现其修辞效果的，媒介是文学中的重要因素。"[1] 总之，不仅仅是语言，而且包括语言在内的范围更广的所有文学信息传播媒介及其形成的文学媒介系统，构成了文学的存在性要素。

二 新媒介文学批评范式的形成

新媒介文学批评范式不是凭空产生的，它以当代新媒介文学的蓬勃发展为现实基础，以包括媒介在内的五要素文学活动论为理论依据。

1. 新媒介文学的兴起

新媒介文学是当代信息科技革命和数字新媒介催生出来的不同于印刷

---

[1] 王一川主编：《文学理论》，四川人民出版社，2003年，第110页。

文学的文学新样态。在文化传播层面上，它是以数字媒介为物质、能量载体或表现形式的文学性审美文化活动；在信息生产层面上，它是运用数字技术进行文学信息的生产、表述、显示、存储、传输的文学形态。新媒介文学属于1960年代后发展起来的世界性文学现象。

西方新媒介文学生产的技术起点较高，主要表现在对数字媒介提供的超链接、超文本、多向叙事等新型文学生产手段的开发使用上。学界一般把西方这类新媒介文学称为数字文学（Digital Literature）或电子文学（Electronic Literature）。早在1960年代，西欧就出现了使用数字计算机创作的"电脑诗"（Computer Poem）。对数字文学发展起到更大推动作用的是超文本创作工具（Hypertext authoring tools）。正是超文本工具的发明造就了典型的数字文学形式——数字超文本文学，从此数字文学也走向了真正拥有自己独特美学特色的发展阶段。早期数字文学经典如迈克尔·乔伊斯（Michael Joyce）超文本小说《午后，一个故事》（Afternoon, a Story）、史都尔·摩斯洛坡（Stuart Moulthrop）的《胜利花园》（Victory Garden）、雪莉·杰克逊（Shelley Jackson）的《补丁姑娘》（Patchwork Girl）都诞生于当时著名超文本创作工具——"故事空间"（Story Space）。1990年代之后，计算机技术的进一步发展和全球互联网的兴起使数字文学走进了另一发展时代——网络时代。21世纪以来，西方数字文学更加追求声像光影的协同建构效果，而体现出了更加强烈的跨媒介和技术化特征。西方著名的电子文学组织（Electronic Literature Organization）不定期发布的《电子文学文集》（Electronic Literature Collection）影响较大。其中，一些文本越来越泛化，已经溢出了一般的文学文本范畴，逐渐走向了数字综合艺术的发展道路。

汉语新媒介文学一般被称为网络文学（Internet Literature），发端于1990年代初海外中国留学生的网络写作。1991年，全球第一份中文网络杂志《华夏文摘》创刊。1994年中国开通了互联网64K国际专线，"新语丝""橄榄树"等中文网络文学网站大批涌现，海外汉语网络文学写作进入了繁荣时期。1997年底，中国大陆出现了第一家中文网络文学网站"榕树下"。1998年，台湾蔡智恒的小说《第一次亲密接触》在网络上连载发表并引起了十万网民争相阅读的红火局面。从1999年开始大陆迅速涌现出了李寻欢、宁财神、邢育森、安妮宝贝等被称为"第一代写手"的网络文学作者。2000年后，网上崛起了以今何在、慕容雪村、蓝晶、江南、尚爱兰、王小山、老猪等为代表的"第二代写手"。2002年，被称为"传媒链接小说"的《白毛女在1971》发表，这是中国大陆少见而又成功的跨媒介、超文本文学实验文本。2003年，涌现出了当年的"网络文学三大奇书"——萧鼎的《诛仙》、玄雨的《小兵传奇》和萧潜的《飘渺之旅》。2003年之后中国网络文学的付费阅读模式兴起。为了适应市场需要，类型化写作开始出现，以萧鼎、玄雨、血红、天下霸唱、唐家三少、南派三叔、当年明月、酒徒、流潋紫、梦入神机、猫腻、辰东、曹三公子、月关、桐华等为代表的"第三代写手"走上历史舞台。2004年，盛大公司收购了起点中文网，资金大规模注入文学网站，中国网络文学走上了产业化发展道路。2008年，盛大整合旗下起点中文网、红袖添香网、小说阅读网、榕树下、言情小说吧、潇湘书院等原创文学网站，宣布成立盛大文学有限公司。2015年，腾讯文学和盛大文学合并成立了"阅文集团"，它掌控了国内网络文学80%的市场份额，覆盖了60%的读者群。在此期间，以天蚕土豆、我吃西红柿、忘语、苍天白鹤、骁骑校、天下归元、烽火戏诸侯等为代表"第四代写手"的写作抢占了越来越多的市场份额。截至2018年6月底，中国网民数量已达8.02亿，互联网普及率为57.7%，网络文学用户近4亿。

如果说欧美数字文学一开始就以开发数字媒介潜能、积极探索新的写作模式为特征，海外和中国大陆汉语网络文学具有依托网络并按传统平面文学惯例进行创作的特点，那么，台湾新媒介文学则两个特点和两种路向都兼而有之。早在网络未兴的1986年，台湾的黄智溶就将汉语文字语言和电脑数字程式语言混合在一起创作了以"档案"为题的三组"电脑诗"。到1990年代中期，台湾陆续出现了山抹微云文艺专业站、自己的房间、尤里西斯文社、精灵之城、椰林风情、梦之大地等电子布告栏文学网站。万维网诞生之后，台湾的数字文学也进入了一个新的发展阶段，不仅专业文学网站和网络文学作品如春笋涌现，而且出现了蔡智恒及其《第一次亲密接触》等一批引人瞩目的网络作家和平面网络文学作品。更为重要的是，曹志涟（涩柿子）、姚大钧（响葫芦）、李顺兴、向阳、代橘、苏绍连、须文蔚、大蒙、林群盛、衣剑舞、海瑟、白灵、杨璐安等作家纷纷投身于超文本、超媒体的文学实验，创作出了一大批毫不逊色于欧美数字文学的超文本诗歌和小说。这些作品在妙缪庙、歧路花园、全方位艺术家联盟、台湾网路诗实验室、现代诗的岛屿、象天堂、FLASH超文学、触电新诗网、新诗电电看等网站上获得了集中展现。

2. 从四要素文学活动论到五要素文学活动论

新媒介文学批评以五要素文学活动论为重要理论依据。五要素文学活动论是在四要素文学活动论基础上结合新媒介文学发展现实提出来的。

美国当代文论家M.H.艾布拉姆斯在发表于1953年的名著《镜与灯——浪漫主义文论及批评传统》中提出,"每一件艺术品总要涉及四个要点"——作品、艺术家、世界、欣赏者,"几乎所有力求周密的理论总会在大体上对这四个要素加以区辨,使人一目了然"。[1]这样,艾布拉姆斯提出了以作品为中心、其他三个要素为顶点的著名三角形文学批评图式。美籍华裔学者刘若愚主张把三角形图式改为了四要素顺次相连的环形结构。经过刘若愚的改造,艾布拉姆斯的四要素文学批评图式变成了四要素文学过程图式。1980年代下半叶,中国学者把经刘若愚改造过的四要素文学过程观点与马克思的人的活动理论和艺术生产论思想接榫起来,形成了影响深远的四要素文学活动论。这一理论认为:"文学作为一种活动总是由作品、作家、世界、读者等四个要素组成的,这四个要素构成了一个流动的活动过程……文学理论所把握的不是这四个要素中孤立的一个要素,而是四个要素构成的整体活动及其流动过程和反馈过程。"[2]

一个时期以来,四要素文学活动论已经成为中西文论界特别是中国当代文论界解释文学现象通用的和处于主流地位的文学活动范式。然而,在数字新媒介强势介入文学活动的今天,忽视媒介要素的四要素范式已经暴露出了不能充分解释文学活动事实的理论局限。相对于四要素,媒介应该是文学活动的第五要素,建构一种包括媒介在内的五要素文学活动论更符合中国当代文学理论发展建设的需要。

五要素文学活动论由文本、世界、作家、读者、媒介五个基本要素形成的整体结构和它们之间的动态关系构成。文本是其中的核心要素,即它是使文学活动成为文学活动的关键环节,是作家审美创造的集中体现,也是读者审美接受的源泉和依据。关于世界,古代形而上学曾有现实世界、主观精神世界、"本体"世界的不同划分。卡尔·波普尔提出过物理世界、

---

[1] [美]M. H. 艾布拉姆斯:《镜与灯——浪漫主义文论及批评传统》,郦稚牛等译,北京大学出版社,2004年,第4页。

[2] 童庆炳主编:《文学理论教程》,高等教育出版社,1992年,第5—6页。

精神世界、文化世界三个世界理论。在数字新媒介语境中，人们又提出了一个与上述各种世界都不尽相同的"虚拟现实"(Virtual Reality)。这些纷繁复杂的世界都是构成文学世界的重要方面。作家是文学创作主体，在其感受到的"世界"中获取创作材料或信息进行文学创作或文学信息生产，他们既包括追求现代性人文价值观念的精英文学家，也包括进行一定文化产业价值生产的大众或通俗文学家，还包括利用互联网突破传统某种体制限制写作的网络写手。不同类别的作家从事着不同的文学生产，守护着不同的价值观念，扮演着不同的文化角色。读者是文学活动的最后一环，是文学价值的三度创造（相对于媒体的二度创造而言）和最终的实现环节，还是文学信息反馈的起始环节。

媒介（确切地说是文学媒介系统）和其他四要素一样在文学中具有存在性地位。在文学活动中，媒介不仅是文学信息的传递者，也是文学价值二度创造者，比如文字编辑等"把关人"对作家手稿的选择与内容加工，版式、插图、装帧设计者和网页、多媒介文本制作者利用载体媒介、制品媒介进行的广义审美信息生产。更为重要的是，只有文本、世界、作者、读者传统四要素，并不能现实地形成完整的文学活动过程，文学意义也无法最终得以实现。现实中，四要素之所以能够发挥创造文学意义的作用，无法离开媒介将之谋和一处、联合成体的存在境遇。或者说，正是媒介把一盘散沙的其他要素连接为了一个整体，现实地生成了完整的文学活动。

3. 走向新媒介文学批评

以新媒介文学发展为现实基础，以五要素文学活动论为学理依据，可以提出新媒介文学批评建设问题。

艾布拉姆斯提出了著名的四要素、三角形文学批评图式之后，紧接着又说："几乎所有的理论都明显地倾向于一个要素，就是说，批评家往往只是根据其中一个要素，就生发出他用来界定、划分和剖析艺术作品的主要范畴，生发出借以评判作品价值的主要标准。"[1] 如此就形成了西方批评史上的"模仿说""实用说""表现说""客观说"四大文学批评范式。模仿说（包括再现说、反映论、能动反映论等各种变体）倾向于文学活动的世界

---

[1] [美] M. H. 艾布拉姆斯：《镜与灯——浪漫主义文论及其传统》，郦稚牛等译，北京大学出版社，2004年，第5页。

要素，关注作品与世界的关系，作品被看成是对世界（客观精神世界、主观精神世界和客观现实世界）的模仿、再现、反映。实用说倾向于文学活动的读者要素，关注作品与读者的关系，把文学作品视为在读者那里实现某种效果的工具，比如给人教益、使人愉悦、获得快感等。显然，艾氏受制于20世纪中叶之前的西方文学史和批评史，对读者要素估计不足。20世纪下半叶，读者反应批评、接受美学、现代阐释学在西方兴起。这些批评理论认为，文学性存在于读者阅读、体验、创造过程中。因此立足于作品和读者关系的批评应由"实用说"扩展为"接受说"。表现说倾向于文学活动的"作者"要素，关注作品与作者的关系，"按照表现说，诗人进入理论体系的中心，本身成了诗歌题材、特点和价值的创始人"[1]。不同历史时期和理论条件下，文学分别被看成是作者心灵、情感、激情、直觉、潜意识、集体无意识等的表现、表征。客观说倾向于文学活动的作品要素本身，把作品看成独立自足体。文学的"文学性"具体体现在文学作品的特殊"程序"（divice）即语言、形式、结构等方面的独创性上。文学批评的任务就是寻找文学作品中的这个"文学性"。

五要素文学活动论认为，文学活动本是世界、作者、文本、读者、媒介五个要素形成的动态整体活动过程。按照艾布拉姆斯、刘若愚等人的思路，批评家往往通过"倾向于一个要素"或"只根据其中一个要素"，就会生发出一种批评模式，那么，现在不是四要素，而是五要素，一个批评家就有可能"倾向于"或"根据"传统四要素之外的媒介要素，创造一种不同于模仿说、实用说、表现说、客观说的新的批评模式或类型——新媒介文学批评。

既然新媒介文学批评是"倾向"或"根据"媒介要素生发出来的，它首先也要从媒介要素、立足于媒介和文本的关系确定文学批评的基本问题，就像其他四大批评类型那样。不过，由于媒介是文学活动的联接性和综合性要素，是其他要素互动交流、开启存在意义的"存在之域"，新媒介文学批评就有可能超越其他批评模式只着眼于文学活动局部要素之间关系的片面性，而是关联到了所有文学要素和整体文学活动过程。

---

[1]　[美]M.H.艾布拉姆斯：《以文行事：艾布拉姆斯精选集》，赵毅衡、周劲松等译，译林出版社，2010年，第9页。

总之，新媒介文学批评就是适应新媒介时代文学发展需要、从文学的媒介要素出发进而着眼于以媒介为"存在之域"的文学活动整体或存在方式，对新媒介文学现象开展批评活动的文学批评形态。走向新媒介文学批评既是文学批评自身理论建设的需要，也是对新媒介时代文学发展现实进行及时有效批评的现实需要。

三　新媒介文学批评的基本问题

文学批评的基本问题一般会涉及批评对象、批评主体、批评方法、批评标准等方面。与其他文学批评范式相比，新媒介文学批评在这些方面都具有自己的特殊性。

1. 批评对象

新媒介文学批评以数字文学、网络文学等新媒介文学现象为批评对象，这似乎无须赘言。但事实上，新媒介文学现象与批评家对新媒介文学现象的认知并不是一个问题。直到今天，中国一些专业批评家仍使用着印刷文化的旧范式、旧标准来丈量新兴的新媒介文学现象，武断地得出网络文学是垃圾、不是文学、不值得进行专业化批评的结论。可见，开展新媒介文学批评的首要任务是如何打破印刷文化、印刷文学批评的滤镜，对新媒介文学现象形成相对客观合理的认知。

首先，新媒介文学的成果形态已经很难以"作品"(works)来概括，而更多地体现为"文本"(text)。"作品"往往指有边界的、有独立区分性的、完成了的物化产品，这是书写印刷文化时代载体媒介的固态化、条块分割性造成的现实结果。后结构主义理论已经在观念上解构了这样的作品概念，主张使用边界模糊、互文性、能产性的文本指称作家的创作成果。数字新媒介则在实践上进一步强化了文本的液态化、流动性、交互性和生成性特征。即是说，新媒介文学的现实存在形态不再呈现为严格意义上的"作品"，而成为真正的"文本"。与"作品"相比，"文本"突出的是编织性，它并无边界和独立区分，是彼此交错的、连绵不断的、生成中的符号联合体。问题是，这样的符号联合体，在印刷环境中只能停留于概念层面。由于网络媒介的溶质性、超链接性、生成性，使符号单元或"文本块"之间可以实现真正的互文交织，可以使每一个文本块中都有通向另一文本块的节点，一种互文性、跨符号的文本形态真正地变成了现实。

其次，新媒介文学已不再属于严格意义上的"语言艺术"，一定程度上已经成为"复合符号艺术"。"语言艺术"是书写、印刷文化对文学的一种认定，主要内涵指文学文本由单一的语言符号构成。但语言文学文本并非具有超历史的普遍性，它不过属于人类一个历史阶段即书写、印刷文化阶段的处于主流地位的文本现象，它的文学文本代言人身份和普遍性涵义的获得，也不过是一定历史时期语言文字和印刷文化在东西方文化权力生产场中强势运作的产物。相比较而言，"复合符号文本"才是文学文本的常规发展形态。实际上，在书写印刷时代之前，人类有着漫长的"原生口语文学"活动，它和文字书写时代的文学完全不一样。它的生产、传播、接受是在同一时空中以一体化方式进行的。此时，创作者就是表演者，文学生产和传播具有同一性。在符号使用方面，不仅有口语，还有动作、表情、姿态、音乐等多种符号，是多种符号的复合运作。尽管这种文本在书写、印刷文化时代被挤压至文学场的边缘，但仍然存活着并获得了一定程度的发展，如中国古代的"图文书""图画书"等。在当下的数字新媒介时代，文学在经历了单独的语言符号独步天下的辉煌之后，借助数字媒介技术的力量开始向它的原初文本模式——复合符号文本回归。今天，作为新媒介文学批评对象的新媒介文学文本，已经打破了文字符号和其他艺术符号各自为政、少有染指的状态，传统意义上的"语言艺术"和"非语言艺术"很难再有清晰的界限，更多地形成了文字、图像、声音等多种符号相复合的复合符号文本。

最后，在艺术门类的划分上，今天的新媒介文学既不属于传统意义上的文学（口传文学、书写文学、印刷文学）、艺术中任何一种，也不是文学和各种其他艺术形式的简单相加，而属于它们的"间性"艺类，即是传统意义上作为语言艺术的文学和美术、摄影、电影、电视剧、动漫、游戏等形式在赛博空间中的交合，形成的是文、艺、技渗透交融的新形态。因此，新媒介文学实质即"新媒介文艺"。

2. 批评主体

新媒介文学批评需要形成联合式批评主体。印刷文化时代的批评是个体化的主体行为。活跃在20世纪30—40年代的法国批评家阿尔贝·蒂博代曾把文学批评主体分为"有教养者""专业工作者"和"艺术家"。他解释说:"有教养者的批评或自发的批评是由公众来实施的,或者更正确地说,是由公众中那一部分有修养的人和公众的直接代言人来实施的。专业工作者的批评是由专家来完成的,他们的职业就是看书,从这些书中总结出某种共同的理论,使所有的书,不分何时何地,建立起某种联系。艺术家的批评是由作家自己进行的批评,作家对他们的艺术进行一番思索,在车间里研究他们的产品。"[1]除了蒂博代说的三种批评主体外,当代还存在着一个编辑批评主体。在批评实践领域,当代个体化批评主体主要有四类:职业批评家或学者、公众或读者、作家或作者、文学编辑。需要强调的是,进入数字新媒介时代,面对新媒介文学,各种个体化主体的批评活动都遭遇了困难。

今日学者批评家是具有专业素养和专业批评知识的主体,但他们的专业素养和知识来自印刷文化时代,在批评实践中他们往往以印刷文化时代建构起来的文艺观念、思维方式、理论模式和批评方法套用于新生的网络文艺现象,难免错位操作。有些专业批评家已经产生了转型意识,开始走进网络文学现场,怎奈网络文学文本浩如烟海,立足于他们已经习惯的传统精英式、个体化、文本解读方式,根本无法实施有效批评。与专业批评家相对应的是"网民批评家""读者批评家""草根批评家"。在网络空间中,正如人人都可以成为文学家、艺术家一样,人人也都可以成为批评家,这样的"网络批评家"比网络创作者数量更为庞大。应该肯定的是,由于网络读者多为"网络原住民",他们的言论不受传统理论观念的束缚,更贴近网络文学本身。网民批评家大量使用他们发明的专用术语在各种贴吧、网站讨论专区和专门批评网站从事批评活动。其中不乏观点新颖、思考深入的批评言论。但除了为数不多的优质批评言论外,更多的批评帖子感性有余理性不足,其批评话语还处于前批评或准批评的层次。网文作者批评最可取之处是能从切身创作体会出发,现身说法,为新学者提供生产经验。不过他们批评言论的出发点具有较强的功利性,即他们与网民交流的主要目的之一是了解接受者需要,并随时转换写作策略和方向。另外,网文作者批评话语本身也还停留于创作谈的层次,还不能形成具有反思性、

---

[1] [法]阿尔贝·蒂博代:《六说文学批评》,赵坚译,生活·读书·新知三联书店,1989年,第3页。

学理性和具有一定高度的批评话语。网络编辑批评的长处是熟悉网文市场需求，并能在作者和接受者之间找到平衡点，但他们的批评过于重视技术操作，而缺乏批评深度和学理性。

今天网络文艺批评领域如上四种主体的个体化批评都各有优长，也都存在着一定的问题，单独的各类个体化批评很难取得应有的成就。在能够胜任新媒介文化、文学批评需要的个体化批评主体形成之前，要想对今天的新媒介文学形成切实有效批评，需要建构学者、作者、编者、读者联合式批评主体。联合批评主体已经超出了传统印刷文化中那种以个体为单位的自律性的孤立、封闭、凝固主体模式。数字网络文化使原来的现代性的孤立、封闭、凝固的个体走向合作、开放、流动，为数字交互性的新型联合式主体的形成提供了可能。新媒介文学批评也是需要各种身份和类型的个体主体行为的。不过，这种个体主体行为还是联合主体行为的准备或前期活动。最后需要学者、创作者、编者、接受者四种个体主体互动提升成为联合批评主体。今天，有效而优质的网络文艺批评需要由联合主体的联动批评实践活动来实现。

3. 批评方法

与联合批评主体密切相关的是，新媒介文学批评需要采用合作式批评方法。20世纪之后，文学批评方法已经异彩纷呈，哲学的、美学的、社会学的、人类学的、现代心理学的、语言学的、符号学的、结构主义的、叙事学的、接受理论的、文化研究的，等等，不一而足。作为后起的新媒介文学批评，这些批评方法都可以采用。不过，这些批评方法还是基础层面的，或者说是个体批评主体行为阶段主要采用的。新媒介文学批评特殊性之一在于有个体批评行为，更需联合主体行为。联合主体批评活动要求在批评方法上采用合作式批评方法。进一步说，合作式批评方法是个体批评进入联合主体批评阶段所采取的主要批评方法。

合作式批评方法首先需要学者、作者、编者、读者认识到自身面对网络文学时的准主体身份（与其他活动中的主体性不矛盾），以及自身具备的优势和局限，认清单凭每类准主体无法完成有效批评的客观现实。其次，要收起对抗心态，增强合作意识。在当前的新媒介文学批评实践中，各种批评的斗争、对抗只能成为消解性力量，唯有各方合作才能走进新媒介文学，才能生产出真正的、高质量的批评话语。最后，各方准主体确定位置、明确分工、建立一种合作性话语生产机制：作者批评是起点，即作者从创作出发解读作品，将批评信息传递给读者；读者从阅读需要出发，解读作品，二度创造，形成读者批评话语，再将批评信息传递给编者；编者根据读者需要和阐释，再进行三度加工，形成编者批评话语，最后将批评信息传递给学者；学者最后选择立场进行学理上的提升，形成最后的批评话语形态，再将这种批评话语反馈到作者那里，新一轮的循环重新开始。而这个过程的反方向运动也同时成立。读者从接受需要出发，在低层接受一端进行初步的批评话语生产；作者从创作表达出发，从低层的创作一端进行另一种初步的批评话语生产；编者处于批评结构体中间层，利用沟通作者和读者的中介优势，对读者批评话语、作者批评话语进行翻译、加工、整理，形成初级批评话语体系；学者利用所掌握的理论和批判思维、逻辑思维优势，对编者提供的初级批评话语做进一步的加工、提升、定型，最后形成成熟的网络文学批评话语体系。

4. 批评标准

不同的文学批评范式会使用不同的批评标准。如模仿说批评的现实性、真实性标准，表现说批评的真诚性、动情性标准，实用说和读者反映论批评的教育性、娱乐性和可阐释性标准，客观说批评的"程序"性、陌生化标准等。与这些批评范式相比，新媒介批评首先需要从新媒介与文本的关系着眼，然后需要观照到计算机网络空间中的文艺活动整体，从而形成多层次、多维度的评价标准系统。这一标准系统既有广度又有深度。就广度而言，它涉及了文学活动的各个要素和完整活动过程；就深度而言，它触及了文学数字网络化存在方式中的存在意义之开启问题。在新媒介文学评价标准系统中，至少包括以下五个具体标准：

（1）数字生成性标准。新媒介文学质量的高低首先体现在对计算机网络等新媒介使用的充分与否以及数字审美潜能的开掘程度上。在西方和台湾地区的优秀数字文学创作中，计算机网络潜能被充分激发出来，往往形成了人与计算机网络充分结合的"赛博格作者"（cyborg author）。成功的新媒介文学往往是通过"赛博格作者"创作出了关于文学的多维立体、路径纵横的"歧路花园"，作者—读者联合生产主体可以从中体会到创作、阅读与再创作共在的审美体验。大陆网络文学生产也存在着网络功能发挥程度的差异性。目前大陆许多"大神"常常借助写作软件进行创作。新媒介文学批评将之看成网络媒介去除人—机界限、实现两者合作的重要表现。而这种软件使用与否、使用得称手与否、使用的效率怎样、最终对文本质量和整体网络文学活动产生的正面或负面的影响及其程度，等等，就成为评价某一网络文学活动优劣的衡量尺度。

（2）技术性—艺术性—商业性的融合标准。在古代社会，技术和艺术本不分家。艺术排斥技术的观念起于广义浪漫派诗论，强化于德国古典美学。"今天的艺术家比以往任何时候都更为依赖技术……技术和艺术正在重新融为一体，回归到它们原初的身份。"[1]优秀的新媒介文学生产，往往来自创作者和接受者熟练使用和驾驭"数字技艺"。在传统媒介时代，文学的商业性遭人诟病，与文学艺术价值需要依靠"原子性"媒介的物化价值才能实现，具有一定的关系。新媒介文学价值则以"比特"形态传播、显现，不需要消耗原子性资源和从事物质生产的劳动力。即在具备计算机网络等硬件设备的前提下，作为精神存在的文学意义和艺术价值有史以来第一次脱离原子载体仍可以进行生产、流通和消费了，文学产业也成为真正和独立的"精神生产"。这样，网络文学的商业性就可以名正言顺地回归于文学活动本身。不仅如此，越具有"技艺性"的文本越应该拥有市场。在评价新媒介文学时，需要衡量技术性—艺术性—商业性融合得怎么样，三者的融合程度以及从"技术性"要"艺术性"、从"技艺性"要"商业性"的程度，是评价网络文学优劣的尺度之一。

（3）虚拟世界的开拓标准。在传统文化语境中，文本世界被解释为"虚构世界"。"虚构"（fiction）一词的原义接近于"编造""谎言"，"虚构世界"暗含着文本是作为现实世界、精神世界的翻版却又达不到百分百复原的意思。也正因如此，模仿说、表现说才确定了文学的真实性、真诚性标准。而在优秀的网络文学创作中，数字技术和艺术可以交融为"数字技艺"，其焕发出的力量已经改变了传统文本世界的性质和它与现实世界、精神世界的关系。使用"虚拟世界"可以把这层意思标识出来。"虚拟"（virtualization）并非"虚构"，前者本身有力量（force）、强力（power）、潜能（potential）等意义。"虚拟世界"不再必须以现实世界、精神世界为"本体"，它可以成为一个

---

[1] ［荷兰］约斯·德·穆尔：《赛博空间的奥德赛——走向虚拟本体论与人类学》，麦永雄译，广西师范大学出版社，2007年，第137页。

与后两者平行的、拥有自己的存在论地位的新世界。网络文学追求"虚拟世界"恰恰是张扬其个性和独创性的重要表现。虚拟世界的开拓程度自然成为一个评价标准。

（4）主体间合作生产标准。充分的网络文学活动已经实现了"主体网络间性"的充分释放。以此为基础，"作者—读者在线交互主体"已经形成。越是优秀的新媒介文学创作越能体现出这一特征。如作者构设故事框架、设定链接路径，读者选择路径、通过网络导航功能架构出新文本或者"补写"出新文本，实现了作者和读者之间的交互合作生产；再如读者通过论坛表达对小说人物关系和情节发展的愿望，与作者谈判，作者则在坚持自己创作原则和底线的基础上与读者达成妥协，实现了另一种合作生产。这两种合作生产都存在着一个合理性问题。值得肯定的活动往往表现为作者和读者相互激发、良性互动。相反，有些活动中作者被低水平读者牵制，并一味迎合其低级趣味，或者作者与读者发生激烈冲突，无法形成网络文学应该具有的良性合作生产形态。这就需要把"主体间合作生产"的优良程度作为一个批评标准。

（5）"数字现代主义"的文化标准。"数字现代主义"（Digimodernism）是 1990 年代后形成的数字文化文本和数字时代新现代性精神相结合的文化方式。数字现代文本的关键点包括不同于传统文本固化静态性的"动态过程性"和不同于传统文本意识参与性的"物质文本的再产性"两个方面。在文化精神方面，它坚持主体间性、理性、历史、意义等基本价值观，反对绝对主体性、历史虚无论、人类中心主义。它反对解构主义的符号游戏说，而是把数字技术统领的包括各种表意符号的数字媒介看作生成境域，探索和思考"数字此在"在虚拟世界中的意义问题。总体上，可以把数字现代主义文化看成数字媒介、主体间动态交互性文本、数字时代的新现代性思想三者的完整融合体。以数字文学和网络文学为代表的新媒介文学先天地体现着数字现代主义的文化逻辑，对数字现代主义文化的探索和表现应该构成评价新媒介文学的一个重要价值尺度。

进行新媒介文学批评时，既需要以上述各个标准进行具体分析，又需要从多个标准形成的系统层面做出综合评价。

扩展阅读书目

1. [美]艾布拉姆斯：《镜与灯——浪漫主义文论及批评传统》，郦稚牛等译，北京大学出版社，2004年。
2. [美]波斯特：《第二媒介时代》，范静晔译，南京大学出版社，2001年。
3. [美]波斯特：《互联网怎么了?》，易容译，河南大学出版社，2010年。
4. [法]蒂博代：《六说文学批评》，赵坚译，生活·读书·新知三联书店，1989年。
5. [美]海姆：《从界面到网络空间——虚拟实在的形而上学》，金吾伦等译，上海科技教育出版社，2000年。
6. 黄鸣奋：《超文本诗学》，厦门大学出版社，2002年。
7. [美]卡斯特：《网络社会的崛起》，夏铸九等译，社科文献出版社，2001年。
8. [德]卡西尔：《人论》，甘阳译，上海译文出版社，1985年。
9. [芬兰]考斯基马：《数字文学：从文本到超文本及其超越》，单小曦等译，广西师范大学出版社，2011年。
10. [加]麦克卢汉：《理解媒介：论人的延伸》，何道宽译，译林出版社，2011年。
11. [荷兰]穆尔：《赛博空间的奥德赛——走向虚拟本体论与人类学》，麦永雄译，广西师范大学出版社，2007年。
12. [美]尼葛洛庞帝：《数字化生存》，胡泳等译，海南出版社，1997年。
13. 欧阳友权：《网络文学的学理形态》，中央文献出版社，2007年。
14. 单小曦：《媒介与文学——媒介文艺学引论》，商务印书馆，2015年。
15. [加]伊尼斯：《帝国与传播》，何道宽译，中国人民大学出版社，2003年。

第十七章　文学与伦理批评

本章将重点讨论这样几个问题：什么是伦理批评？伦理批评与历史上的道德主义批评有怎样的联系与区别，它与当代的意识形态批评之间又有着怎样的关联性？从近代到当代，西方文学批评史上有哪些重要的代表人物值得我们重视？为什么伦理批评对于今天的文学理论与批评依然重要？伦理批评对于人如何过上好生活会提供怎样的启示？

一　文学伦理批评概述

在当今高度开放、民主与多元的时代语境中，"伦理"（ethical）常常不是一个受人欢迎的主张或立场，对文学进行伦理解读，更是容易遭到质疑与攻击。一方面，它容易令人联想到专制主义的道德或政治审查，认为这是一种主张用狭隘的道德立场对文学进行武断筛选与评价的做法，或是对文学作品的道德后果作毫无根据的预判。另一方面，18世纪以来直至当代，"审美自主论"观念的发展与成熟使得人们（尤其是专业文学研究者）习惯把对文学的道德评判视为一种幼稚的态度与"外行人"的文学意识，真正懂文学的人并不会受到这些"现实幻想"的诱惑，而会把更多精力投入对文学内部的语言与结构的分析中去。

然而，专业研究的视野并不能无视现实生活的状况。对伦理问题的探询，对善恶问题的追问，对文学道德后果的担忧，依然是无数普通文学读者最先也是最重要的关切。即便是专业研究者也难以彻底摆脱伦理问题的困惑，尤其当他们成为父亲或者母亲之时，如何为孩子挑选好书，如何为他们选择适当的电视节目，都将成为难以回避的问题。美国文学批评家韦恩·布斯曾讲述过这样一个发生在1960年代芝加哥大学的故事：一天，年轻的布斯和他的同事们在商讨修订新生阅读书目时,一名名为保罗·摩西的黑人助理教授的激烈观点引发一场轩然大波。摩西认为马克·吐温的《哈克贝利·费恩历险记》有强烈的种族主义色彩,小说对黑人主人公吉姆的塑造深深冒犯了他,他无法用这样的作品去教课。[1] 此外,即便是"文本之外无一物"的解构主义也难以逃避伦理问题,希利斯·米勒在其近年来出版的小书《文学死了吗?》一书中,一反以往的批评立场与晦涩难懂的写作风格,坦言多年的文学研究让他丧失了少年时代阅读故事的乐趣。

其实从文学批评发展的历史维度看,对文学的道德探询一直是文学批评的主流。古希腊柏拉图对诗人的斥责,亚里士多德为诗学所做的辩护,虽然立场相左,但都基于对文学的道德考量,此后从罗马的贺拉斯,中世纪的基督教诗学到英国伊丽莎白时代的菲利普·锡德尼,再到18世纪的萨缪尔·约翰逊以及19世纪的马修·阿诺德与柯勒律治,对文学的伦理观照一直成为诗学的主题,这些哲人、诗人以及批评家都深信我们不可能把美与生活作截然的分割。

真正在理论上把美与道德分离,源于18世纪现代美学的建立。在康德哲学的影响下,审美独立于知识与道德领域的哲学思想,为此后的各种审美主义及"为艺术而艺术"提供了合法依据。这些审美主义思潮也随之影响到文学领域,自19世纪后期文学批评也开始与道德领域脱钩。从俄国形式主义到英美新批评,再从结构主义到后结构主义,"诗歌并没有使任何事情发生",W.H. 奥登的这句诗成为文学界风行的格言,文学也正式进入职业化的"内部研究"(韦勒克语),外行人不得入内。但仔细推敲不难发现,即便是这一最讲求形式与结构的文学批评发展阶段,依然不乏"伦理的声音"。比如美国的新批评,看似专注于诗歌的语言结构分析,对政治不闻不问(如退特),但它本身却隐含了强烈的反工业化,捍卫传统的保守主义诉求。最典型如 T. S. 艾略特,他的这篇被奉为新批评开山之作的《传统与个人才能》虽然质疑了作者与文本之间的直接联系,却不但没有因此隔绝反倒是加强了文本与整个文化传统之间的关系。他与阿诺德、白璧德、利维斯之间的交集远甚于他与新批评其他同行之间的交集。

---

[1] Wayne C. Booth, *The Company We Keep: An Ethics of Fiction*, University of California Press, 1988, p.3.

因此，形式主义的式微和"文学自主性"在1960年代的破产，并非偶然。因为"自主性"本身只是一个人为建构的幻觉，文学不可能不对人的灵魂产生影响，也不可能不与社会现实发生联系。1960年代以来的马克思主义批评、女性主义批评、后殖民主义批评、精神分析批评，甚至包括解构主义的政治转向，都是一种重新将文学纳入广阔社会政治视野的努力。尤其自20世纪八九十年代以来，文学研究被认为出现了所谓的"伦理转向"。在近一二十年里，大量打着"伦理转向"（the ethical turn）或"伦理批评"（Ethical Criticism）的作品或文集问世。[1]

尽管用韦恩·布斯的话来说，这些伦理批评在广义上都是"伦理的"，但若更为准确地说，它们其中的部分属于"政治意识形态"批评，有时甚至还会与伦理批评发生冲突。比如弗里德里克·詹姆逊的马克思主义立场，会使其断然否认个体伦理的存在价值，甚至将个体伦理看作"资产阶级的意识形态"，而一些激进的女性主义者则常常会把个体的伦理视为某种"男权话语"。在此意义上，我们需要在讨论伦理批评时有所区分。

如果说意识形态批评更侧重从文学作品中发掘意识形态话语，并借此表达政治反抗的话，伦理批评的重点则聚焦于个体的生活选择，通过对文学呈现的伦理问题的探讨来为生活中个体的生命困惑提供启示。本章主要以马修·阿诺德、F. R. 利维斯、莱昂内尔·特里林、韦恩·布斯以及玛莎·努斯鲍姆为线索，试图呈现一个西方从近代到当代伦理批评的主要图景。伦理批评在这一个多世纪的发展中逐步从相对狭隘的道德训诫走向了开明多元的伦理探询，上述这些批评家的立场、方法以及实践虽不尽相同，但他们都呈现了一种共同的追求，即一种对善的生活的严肃探询："人应该如何生活？"

---

[1] 如Todd F. Davis 和 Kenneth Womack 主编的《图绘伦理转向：伦理学、文化及文学理论中的读者》（Mapping The Ethical Turn），Virginia University Press, 2001；Geoffrey Galt Hsrpham 的《伦理学的阴影：批评与正义社会》（Shadows of Ethics: criticism and the just society），Duke University Press, 1999；Jane Adamson, Richard Freadman 等人编辑的《在文学、哲学与理论中重读伦理》（Renegotiating Ethics in Literature, Philosophy, and Theory），Cambridge University Press, 1998；Robert Eaglestone 的《伦理批评：列维纳斯之后的阅读》（Ethical Criticism: Reading After Levinas），Edinburgh University Press, 1997。

二 诗歌批评生活

马修·阿诺德他被誉为统领英国批评界那片荒芜之地的最出色的批评家。"诗歌是对生活的批评。"阿诺德在 1864 年 1 月发表于阿诺德纪念法国思想家儒贝尔的文章中，提出了他最具影响力的批评信条。如要理解他的这一批评信条，我们有必要介绍他最重要的作品《文化与无政府主义》(1869)。这部作品系统完整地阐述了他对于社会现实的看法以及寻求解决的途径。"文化"成为这部著作的关键词，同时也对此后雷蒙·威廉斯的《文化与社会》以及当代英国"文化研究"产生了深远影响。阿诺德看到在当时英国社会实用主义当道，"实用就是一切，而心灵的自由嬉戏则毫不足论"[1]。商业社会培育了一批批唯利是从的"非利士人"。由于宗教的衰落，社会因失去在精神或文化上的共同想象与追求而陷入无政府状态。在此意义上，文化扮演了至关重要的角色：文化是一种比科学文化更全面的文化，致力于培养全面、完整的人；不仅是使聪明人更加聪明，更要让理性和神的意旨通天下。[2] 阿诺德的文学观就是建立在这一关于社会的观念之上，因为文学、批评都是文化的重要组成部分。

阿诺德的批评事业始于 1853 年所写的《诗的序言》("The Preface of Poem")一文，在这篇文章中他对自己 1853 年的诗歌《恩培多克勒斯在埃特纳火山》(*Empedocles on Etna*)进行了"道德审查"，认为这首诗中有太多悲观与迷惘的成分未被其收入诗集。受到古希腊文学以及歌德与华兹华斯的影响，他尤为强调诗歌主题的重要性。自 1857 年阿诺德获得牛津诗歌教授职位开始，批评在他的事业中占据了越来越重要的地位。1861 年他的演讲《翻译荷马》(*On Translating Homer*)出版，他希望在英国出现一种非功利性的知性批评。

于 1865 年首次出版的《批评集》(*Essays in Criticism*)不仅对当时的批评界，而且对今天的文学研究依然有着不可低估的影响。《文学批评的功能》("The Function of Criticism at the present time")一文集中体现了阿诺德的这一文化立场，他试图让文学介入对生活的改造。在阿诺德看来，在英国人眼里只有

---

[1] *The portable: Matthew Arnold*, edited by Lionel Trilling, New York: The Viking Press, 1949, p. 246.

[2] Mattew Arnold, *Culture and Anarchy*, edited by Jane Gramett, Oxford University Press, 2006, p35.

实践，没有留给精神的自由嬉戏一点空间。尤其是像"好奇"这种在其他文化中是褒义的词汇，在英国的语言中却意味着"糟糕"与"遭人蔑视"（disparaging）。文化需要通过批评来发展与推动，因为能够推动心灵发展的就是批评。阿诺德把批评定义为"遵循一种直觉，这种直觉推动它去知道这个世界上最好的知识与思想，无论是实践的、政治的还是其他任何事物，并且在接近这些最好的知识与思想时给予它们评价"[1]。批评的准则则是"不计利害"（disinterestedness）。如何做到"不计利害"呢？就是与所谓的"实用观点"保持距离，坚定地遵从自身的法则，即对各个它所触及的主题进行心灵自由的嬉戏；就是始终拒绝把自己出卖给秘而不宣的、政治的以及实践的对观念的考量。[2]

此外在《诗歌研究》（"The Study of Poetry"）一文中，阿诺德认为应该赋予诗歌更高的使命，它足以在现代社会取代宗教与哲学的地位。"最好的诗歌拥有一种任何其他事物都不具有的塑造、保存并愉悦我们的力量。"[3] 衡量诗歌价值的最重要标准是它的"高度真理性"与"高度严肃性"。以此标准来衡量，乔叟的《坎特伯雷故事集》不会得到阿诺德的赞赏，而弥尔顿和莎士比亚则完美地体现了这一标准。

阿诺德的文学批评总能在历史研究与个人风格之间保持平衡，他的文学批评能随时与社会政治议题相联系。一方面文学批评的法则有它本身的自主性，不为外在的其他标准所左右。另一方面，文学批评并不是孤立于社会现实的，它以某种理想的尺度对这个不完善的社会进行批评。这便是马修·阿诺德留给现代批评的重要遗产。

三 伟大的传统

F. R. 利维斯，英国著名批评家、编辑以及教师。他的《细察》（Scrutiny）影响了一代文艺青年；作为一位教师，他具有某种"奇理斯玛"（charisma）人格，对学生有着无与伦比的影响力。他在价值问题上极为认真、苛刻甚至严厉，经常与人发生论战。最为著名的便是 1962 年与 C. P. 斯诺之间关

---

[1] *The portable: Matthew Arnold*, edited by Lionel Trilling, New York: The Viking Press, 1949, p. 247.

[2] Ibid., p. 248.

[3] Ibid., p. 301.

于"两种文化"的论争。利维斯还痛恨对文学批评进行理论化,并与当时新批评的韦勒克进行笔战,坚持认为"理论"是对批评的威胁。

利维斯一生著述颇丰,1930年代主要从事诗歌批评,出版《英国诗歌的新方向》(1932)。1930年代到1950年代开始从诗歌转向文学研究,并创办了《细察》刊物,出版《再估价》(1938)、《伟大的传统》(1948)以及《共同的追求》(1952)。1950年代之后参与各种论战,期间也出版了大量作品:如《安娜·卡列尼娜及其他论文》(1967)、《美国演讲集》(1969)、《当代英国文学与大学》(1969)、《小说家狄更斯》(1970)以及《活的原理:"英语"作为一种思想训练》(1975)等。

利维斯继承了阿诺德的批评传统,认为文学应当反映这个世界上最美好的事物,能够体现人类在真理与道德上的共识。他不满于布鲁姆斯伯里团体对文学社会责任的放弃,认为文学应该肩负起拯救社会文明的使命,大学则是文学得以发挥作用的制度性载体。在乔治·斯坦纳看来,他的批评充满了"责任意识"(a full sense responsibility);"对文学、语言以及政治社会与教育环境的责任,只有在那里,文学才能成为一种人性的、塑造的力量,让我们的感情变得更丰富也更精确。"[1] 文学批评、文学教学以及现实中的人格在利维斯那里都是高度统一的。

跟阿诺德一样,利维斯认为批评最重要的价值在于做区分,从众多的作家中把最伟大的作家筛选出来,因为他们"不仅为同行和读者改变了艺术的潜能,而且还在推进人性意识——有关生活可能性的意识——上意义重大"[2]。他的代表著作《伟大的传统》(The Great Tradition)集中体现了这一立场。在这本书中,利维斯重点讨论了乔治·艾略特、亨利·詹姆斯以及约瑟夫·康拉德等英国小说家,并借此构建由菲尔丁、简·奥斯丁以来直至劳伦斯的英国文学所特有的"人性意识"的道德传统。尽管在纳博科夫这样的作家看来,奥斯丁小说的伟大在于形式意义上的"谋篇布局"[3],但在利维斯看来,她对"谋篇布局"的兴趣从未压倒对生活的兴

---

[1] Three Honest Men: A Critical mosaic Edmund Willson, F. R. Leavis, Lionel Trilling, Edited by Philip French, Carcanet New Press, 1980, p. 56.

[2] F. R. Leavis, The Great Tradition, New York: New York University Press, 1967, p. 2.

[3] 纳博科夫在《文学讲稿》中重点分析了奥斯丁的《曼斯菲尔德庄园》,参见[美]纳博科夫《文学讲稿》,申慧辉等译,上海三联书店,2005年。

趣,她也从未提出一种可以与道德意义相分离的"审美"价值。[1] 乔治·艾略特恰恰是继承了奥斯丁在道德上的热忱。她的伦理习性"没有任何拘谨或怯懦之处",她从自身福音派背景中所获得的,是"一种对生活极度的虔诚态度,一种作为任何真正才智首要条件的深刻严肃的心境,以及一种使她成为伟大心理学家的对人性的兴趣"。[2] 此外,亨利·詹姆斯的前期创作体现了敏锐的"新英格兰伦理感受力";约瑟夫·康拉德则通过对"流离失所"的人的描绘来呈现他特有的道德关怀。当然在这一尺度的衡量下,不少作品成为利维斯批评的对象。他批评本国的哈代和梅瑞迪斯,批评福楼拜作品中德性的缺失(《包法利夫人》),认为《尤利西斯》"是一条死胡同",自己"宁可读两遍《克罗丽莎》也不看一遍《追忆似水年华》"。[3]

利维斯对狄更斯小说的批评个案被视为批评史上的经典案例。他对狄更斯的多数作品并不看重,认为他的娱乐天分有时压倒了他的道德关怀。但唯有《艰难时世》具有一种"持久而完整严肃的完美,在他所有的作品中,独一无二"[4]。与狄更斯的其他小说零星个别的社会批判不同,利维斯看到这部小说对支撑维多利亚文明背后的功利主义哲学作了整体性批判:"狄更斯对功利主义的吸引力以及它的实践倾向作了公正的观察,同样,在他对葛雷硬家庭与葛雷硬学校的呈现过程中,他也对维多利亚教育中的功利主义思想作了有力观察。"[5] 在他看来,狄更斯之所以能成功地传达这一内容在于其在文学形式细节上的功力。利维斯的批评通过列举几个代表性的对话场景对这部小说的语言、修辞及其背后的深刻内涵进行了相当有力的阐述。此外,同样的原则在他的另一部作品《共同的追求》(*The Common Pursuit*)中得到体现。这部作品旨在梳理美国文学的伟大传统。跟英国传统一样,他在霍桑—亨利·詹姆斯—马克·吐温这条线索上建构传统,反过来对惠特曼、菲茨杰拉德、德莱塞以及海明威等作家提出了严厉批判。

利维斯文学批评的局限与优点同样明显。首先,其批评有浓重的民族主义色彩,在趣味上固执地贬低或排斥非英语世界的文学作品;其次是他

---

[1] F. R. Leavis, *The Great Tradition*, New York: New York University Press, 1967. p. 7.

[2] Ibid., p. 14.

[3] Ibid., p. 4.

[4] Ibid., p. 20.

[5] Ibid., p. 228.

在道德原则上的偏狭和对文学作品过于僵化的理解。他常常用一种教条式的道德原则去衡量所有作品,常常"放弃了批评的一大主要功能,也就是理解并欢迎新作品"[1]。其次,他经常性把作者的言论与作品本身混为一谈。最后,他对文学拯救世界怀有一种不可救药的幻想,这种试图通过细读来救赎社会的看法为当代马克思主义打击"自由人文主义"找到了绝佳的理由。然而,尽管有种种缺陷,我们还是不能无视利维斯在批评上的才华,尤其是他在道德上的严肃与认真,对这个道德失范的当代社会而言永远是一种重要的警示。

四 道德现实主义

莱昂内尔·特里林,美国20世纪最重要的文学批评家之一。他出身犹太背景,早年为犹太刊物写作,但一生拒绝这一身份认同。青年时期追随过马克思主义,曾在1930年代公开加入共产党,此后退出转向人文主义。1939年出版博士论文《马修·阿诺德》,1943年出版《E. M. 福斯特》,这两位文人的思想对他的批评理念产生了关键性的影响。除了在美国哥伦比亚大学任教之外,还作为公共知识分子长期为《纽约客》与《纽约时报》撰文,是著名的"纽约知识分子"群体成员之一。他在45岁那年完成的《自由的想象》(The Liberal Imagination)是其最重要的作品,被认为"改变了文学在美国知识分子生活中所扮演的角色"[2],这部作品为他带来了"迅速而广泛的声誉",使他跻身于一流的文学批评家之列。特里林立刻与利维斯和埃德蒙·威尔逊等人平起平坐,成为20世纪批评话语中三四位占主导地位的决定性人物之一。他后期的作品还包括《对立的自我》(The Opposing Self, 1955)、《一次流亡者的聚会》(A Gathering of Fugitives, 1956)、《超越文化》(Beyond Culture)以及《诚与真》(Sincerity and Authenticity, 1972),等等。

特里林身处的年代正好是英美新批评在美国学界如日中天的年份,在这样的学术思潮背景中特里林的主张显得格格不入,也常被视为陈旧落

---

[1] [美]乔治·斯坦纳:《语言与沉默》,李小均译,上海人民出版社,2013年,第275页。

[2] Lionel Trilling, The Liberal Imagination: Essays on literature and society, New York Review Books, 1978. p. vii.

伍。在1961年写给雅克·巴尔赞的信中，他如此说道："再没有任何事物，任何事物，比美学更令人厌恶——历史万岁、传记万岁、心理学万岁！只有从这些事物里才能创造出（我们所谓的）艺术。"时过境迁，如今新批评早已成为明日黄花。文学研究在专注于"内部"和"形式"几十年之后，在当代又有了回归社会历史背景传统的需求，在当代的语境中特里林又重新显现了他的价值。

《自由的想象》比较集中地展示了特里林的批评才华和他对伦理立场的坚守。特里林继承了阿诺德、利维斯以来的传统，坚持把文学与人类的社会生活联系在一起，"他坚持这一原则：没有文学想象的参与，社会与政治是无法被彻底理解的"[1]。但较之于利维斯的好斗与教条，特里林显得更为包容与温和。他从来不把文学视为至高无上的事物。审慎的性格与现代哲学的影响也使他常常陷入矛盾与困惑之中。

特里林对道德的理解，在继承阿诺德传统的同时也创造性地增加了他全新的理解。由于深受弗洛伊德心理分析的影响，特里林会以一种更为包容而多元的价值观去理解人类的道德问题。道德在他的思想中并非简单的选择和教条，而成为本身值得探询的问题。他的伦理批评关注的不是简单地宣扬是非，而在于探询什么是善恶，因为这本身就是自我的难题。

"道德现实主义"（moral realism）是特里林伦理批评的关键词。透过这个词汇，特里林流露出对当代西方道德生活的忧虑，因为越来越多的人只能认同于"道德正确"（moral righteousness），却疏于对道德问题复杂性的审慎思考："我们有拥有向我们指出糟糕社会状况的书，它们鼓励我们去接受那些进步的态度。但我们却缺少那样的书来让我们的头脑产生疑问，不仅涉及社会状况而且还有关我们自身，它们引导我们修缮我们的动机，并对美好动机背后可能存在的东西进行追问。"[2]

在他看来，"道德现实主义"不是简单的道德热情，它带有强烈的"知性"色彩，"这是一种关注道德生活本身的危险问题的做法"。特里林看到，20世纪很多人为浩劫，常常是别有用心者利用了善良的人们单纯的道德热

---

[1] Adam Kirsch, *Why trilling matters*, Yale University Press, 2011, p. 4.

[2] Lionel Trilling, *The Moral Obligation to be intelligent: Selected essays*, edited by Leon Wieseltier, Northwestern University Press, pp.116-117.

情，用他本人的话来说，即"惰性的道德"(the morality of inertia)。在这点上，他的"道德现实主义"与汉娜·阿伦特的"平庸之恶"同工而异曲。这种"道德现实主义"正是来自于道德想象力的自由游戏，简言之即"自由的想象"。这个来自 E.M. 福斯特的词汇，在特里林笔下得到了淋漓尽致的发挥。

在他看来，优秀文学的最高价值即是体现这种道德现实主义，即去探索道德问题的复杂性、矛盾性与脆弱性。"它的伟大和实际效用在于孜孜不倦的努力，将读者本人引入道德生活中去，邀请他审视自己的动机，并暗示现实并不是传统教育引导他所理解的一切。小说教会了我们认识人类多样化的程度，以及这种多样化的价值"。[1]

在这一尺度下，他对亨利·詹姆斯《卡拉玛西亚公主》与巴别尔的《红色骑兵军》的评论已被视为伦理批评的经典篇目。他指出这部小说不仅是一部客观呈现 19 世纪现实社会状况的小说，而且还透过某种"关于灾难的想象力"(the imagination of disaster)，对这种社会状况以及生活于其中人类心灵的审视与反思，成功地预言了 20 世纪的社会冲突与革命，这使詹姆斯的作品在思想上比他的同时代人超前六十年。巴别尔的《红色骑兵军》则展现了一幅并不显见的道德图景。这部小说因其用冷静、简洁而不乏幽默的笔触描绘战争与暴力，常常有批评家认为其"道德中立"甚至是美化暴力，但在特里林看来巴别尔并非对残酷无动于衷，而是试图以另一种方式来回应暴力。此外，他对哥萨克骑兵的描绘是以自我的犹太身份作为出发点的，吸引他的"不是暴力本身，而是伴随着他们的暴力而出现的豪放、激情、简朴和直率——以及优雅"。[2]

在追寻人生复杂故事时，特里林会对那些过于简单的故事有所警惕。比如在他看来，伊迪丝·华顿的《伊登·弗洛姆》根本没有表现任何道德问题。作者满足于讲述一个悲惨的故事，试图激发读者的道德热情，却并不愿意去真正创造一个具有悲剧意味的故事来激发读者思考伦理的复杂性与冲突。与之相反，乔治·奥威尔的作品则显示了一个作家对现实的诚实感受与思考。"在当时绝大多数知识分子仍旧将政治看作一种噩梦式的抽象事物，并将这种噩梦般的恐怖感觉当作他们的现实感的证据，

---

[1] Lionel Trilling, *The Moral Obligation to be Intelligent: selected essays*, Northwestern University Press, 2008, p. 177.

[2] Ibid., p. 324.

奥威尔却运用了一种人的想象力，他全身上下各个部位都成了他的思考工具。"[1]

由于《自由的想象》出版于冷战时代，它常常被视为一部带有特定政治意识形态色彩的作品。正如不少学者指出的那样，这种简单的政治化解读并不合理，特里林从来都不满足于这种党派之争，恰恰把目光投向了对这些意识形态的反思。他认为在对政治意识形态的反思过程中，文学发挥了极为重要的作用。文学以它独有的方式向读者传达生活的复杂性、矛盾性与脆弱性，对文学的伦理批评恰恰在于把这一点更为突出地揭示出来。

五 修辞的伦理

当代英美文论的伦理转向基于两大学科背景：一是基于文学界对现有的形式主义封闭文论的不满，尤其针对结构主义与后结构主义决然将文本所指向的现实排除在研究领域之外的做法；二是基于哲学界对当代主流道德哲学（以功利主义与康德主义为代表）的批判。来自文学界的韦恩·布斯和哲学界的玛莎·努斯鲍姆尽管在学科上存在差异，但这并不妨碍我们以一种更为开放的心态和跨学科的视野来理解他们为伦理批评所作出的卓越贡献。无论是布斯的"文学友情"(friendship)还是努斯鲍姆的"诗性正义"(poetic justice)，都旨在建立起文学与现实世界之间的有力联系，并看重文学对生活复杂性、矛盾性及其脆弱性的揭示，以及它对社会正义的潜在贡献，一言以蔽之，他们关注文学如何来回答这个苏格拉底的永恒之问："人应该如何生活？"

韦恩·布斯，美国芝加哥大学教授，当代最具影响力的文学批评家。他是克兰（R. S. Crane）之后"芝加哥学派"最重要的代表人物。与新批评类似，当时的芝加哥学派也非常注重文本细读，只不过英美新批评更重视语言，更重视诗歌，而芝加哥学派则重视情节、性格和结构。他的主要著作有《小说修辞学》(Rhetoric of Fiction, 1961)、《现代教条与修辞赞同》(Modern Dogma & the Rhetoric of Assent, 1974) 以及《我们所交往的朋友，小说的伦理学》

---

[1] Lionel Trilling, *The Moral Obligation to be Intelligent: selected essays*, Northwestern University Press, 2008, p. 268.

(*The Company We Keep: An Ethics of Fiction* , 1988),等等。

布斯的《我们所交往的朋友：小说的伦理学》是当代伦理批评的扛鼎之作，不仅继承了《小说修辞学》的修辞学研究思路，更是进一步把文本研究提高到了伦理的层面进行思考。我们已在上文提及，摩西事件对布斯的思考产生了转折性的影响。尽管他认为摩西对文学作品存在过度道德评价的问题，但他依然认为他"正确地提出了有关文学的问题，正确地考虑到了我们与文学之间的关系，它是培养人格的重要元素，因此还感受到了关于这种关系的批评性伦理话语，不仅是合法的，而且对一个正义和理性的社会至关重要"[1]。这种对文学的伦理性评价合理吗？我们是否需要一种对文学的伦理批评？他用这部作品回答了这些问题。

较之以往狭隘的道德批评，布斯的伦理批评展现了一种更为开阔而宽容的人文气息：布斯对"伦理"的界定非常宽泛，具有极强的包容性。他用"人应该如何生活"这种苏格拉底式的伦理追问取代了"什么是我的道德义务"这样狭隘的道德律令。此外通过区分文学作品中三种不同的声音，布斯敏锐而细致地指出了伦理批评所要关注的对象。在布斯看来，文学作品本身包含了三种不同的声音：叙事者（那个故事的讲述者）、隐含作者（在整个文本结构中所显示出来的关于生活的意义或观点）、写作者（真实生活中的人，包括他或她所有注意力的丧失，琐碎的日常追求等等）。正如玛莎·努斯鲍姆所言："尽管布斯对读者与这几种对象都说出了不少有意思的东西，但伦理批评所关注的最重要的还是读者与隐含作者的关系。"[2]

首先，布斯的伦理批评的关注点并不主要在于文学阅读产生的直接结果，而是把更多的重点放在这样的问题上：在阅读的过程中，是什么让我们成为读者？各种各样的作品是如何塑造读者的欲望与想象的？通过这样的方式，布斯成功地摆脱了那些艺术结果论的纠缠，因为对文学作品的阅读并不直接决定一个人的行为，这中间存在着大量复杂的因素，否则我们就会得出《浮士德》并没有阻止希特勒干坏事，惠特曼的诗歌导致一战的爆发这类哗众取宠的结论。

其次，布斯不会孤立地对文学作品中的某个形象的塑造或个别言论进

---

[1] Martha C. Nussbaum, *Love's Knowledge: Essays on philosophy and literature*, New York: Oxford University Press, 1990, p. 232.

[2] Ibid., p. 233.

行道德指摘，而是力图从作品的整体来对它进行伦理把握。利维斯当年在与斯诺的论争中未能有力回应的问题（如庞德、艾略特曾经发表过支持纳粹的言论，是否会影响对他们作品的评价），在布斯那里得到了有力的解决。

再次，布斯对文学作品的道德效应的理解，更侧重于"道德探询"（moral inquiry），而不是"道德定位"（moral placement）。比如《伊索寓言》中的故事常常通过比较直接的方式向读者灌输某种道德教训，而布斯则更倾向于追求那种并不那么确定的道德探询，这些往往是这些道德教条的反面："文学最卓越的美德在于它引导我们质询而非提供答案的力量，一种引导读者面向'他者'开放的力量，还是一种通过打破先入之见来唤醒沉睡与自负的力量。"[1] "文学的最高使命是去摧毁那种道德的优越感。"[2] 比如莎士比亚《李尔王》并不能带给观众清晰明了的道德教义，反倒会让他们产生更多的伦理困惑：我们应该如何去对待一个愚蠢的父亲？对于李尔所造成的遭难，我们应该在多大程度上指责他？在里根、康华尔、埃德蒙德的罪恶之间存在着怎样的差异？我们如果是其中的人物之一，又该做怎样的选择？

最后，这种伦理批评离不开对文学形式的关注。布斯希望把伦理放在非常具体的语境中去进行理解，而不是用简单粗暴的道德格言去衡量一切。什么是善的，什么是好的，必须放在具体的语境中才能得到理解，而这个时候作品的"修辞"则会产生力量，因为正是由细节构成的修辞为伦理的探询提供了丰饶的背景。在很多经典的文学作品中我们能看到关于暴力的描写，比如《圣经》中耶稣基督的受难，莎士比亚剧本中的各种杀戮，卡夫卡《在行刑地》里惨遭机器蹂躏的囚犯，等等。但在布斯看来，如果笼统地谴责一切暴力，恐怕是幼稚的，我们应该对文本语境中的暴力有所鉴别，如何发掘作品本身的伦理意识，就是伦理批评的重要任务。很多文学作品的伦理意识不是直接"说出来"而是"显出来的"，这些"显现"便体现在修辞细节之中。布斯以莎士比亚的《李尔王》为例，重点分析了康华尔挖掉葛罗斯特眼珠那血腥暴力的一幕：

---

[1] Wayne C. Booth, *The Company We Keep: An ethics of fiction*. University of California Press, 1988, p. 60.

[2] Wayne Booth, *The Essential Wayne Booth*, Edited by Walter Jost, Chicago and London: the University of Chicago Press, 2006, p. 258.

葛罗斯特：谁要是希望他自己平安活到老年的，帮帮我吧！啊，好惨！天啊！（葛罗斯特一眼被挖出。）

里根：还有那一颗眼珠也挖出来，免得它嘲笑没有眼珠的一面。

康华尔：要是你看见什么报应——

仆甲：住手，殿下；我从小为您效劳，但是只有我现在叫您住手这件事才算是最好的效劳。

里根：怎么，你这狗东西！

仆甲：要是你的腮上长起了胡子，我现在也要把它扯下来。

康华尔：混账奴才，你反了吗？（拔剑。）

仆甲：好，那么来，我们拼一个你死我活。（拔剑。二人决斗。康华尔受伤。）

里根：把你的剑给我。一个奴才也会撒野到这等地步！（取剑自后刺仆甲。）

仆甲：啊！我死了。大人，您还剩着一只眼睛，看到他受到一点小小的报应。啊！（死）

康华尔：哼，看他再看得见一些什么报应！出来，可恶的浆块！现在你还会发光吗？（葛罗斯特另一眼被挖出。）[1]

同样的场景，莎士比亚完全可以用更抽象简略的语言一笔带过，但他"却选择尽可能地展示暴力"。在布斯看来，如果把这一幕删掉的话，"我们就被剥夺了在这部戏剧的道德体验中那关键性的时刻"。因为通过这样的描述，"这一幕就被判定为是不可饶恕的，被视为是不可原谅和骇人听闻的，这是一种评说者都不会宽恕的行为"。[2] 莎士比亚提醒我们不仅要谴责暴力，而且还应该"发自内心地体会到我们为什么要这样做"，他的作品并未在道德上采取"中立立场"[3]。首先，他可以借助仆甲对这种暴力进行道德谴责，而康华尔对他的杀戮则体现了那种残忍。其次，

---

[1] [英]威廉·莎士比亚：《莎士比亚全集》第6卷，译林出版社，1988年，第71—72页。

[2] Wayne Booth, *The Essential Wayne Booth*, Edited by Walter Jost, Chicago and London: the University of Chicago Press, 2006, p. 256.

[3] Wayne Booth, *The Essential Wayne Booth*, edited by Walter Jost, Chicago and London: the University of Chicago Press, 2006, p. 256.

这一幕场景的叙事结构也促使读者站在葛罗斯特这一边。再者,这部戏还给予了康华尔死亡的惩罚。最后,通过这一幕悲剧性的场景,我们感到与可怜的葛罗斯特一样在遭遇悲惨的命运。与之相反,当代出现的大量银屏上的影视作品(如昆汀·塔伦迪诺的《低俗小说》)的问题不在于呈现暴力,而是缺乏对暴力的"内在控诉",人们甚至会被技术所操控,对受害者无动于衷,反倒对为非作歹者产生强烈的认同。因此,对暴力的道德谴责无须诉诸"道德上的陈词滥调",而要通过运用"修辞的伦理"来促使人们进行自觉地道德探究。[1] 修辞的介入让伦理批评呈现出更多的复杂性。

六　诗性正义

玛莎·努斯鲍姆,美国芝加哥大学恩斯特·弗伦德法学与伦理学讲席教授,当代著名公共知识分子,学术成就横跨古典学、哲学、文学、法学及经济学等多个领域。她的伦理批评是对韦恩·布斯的继承与发展,并为其赋予了更为开阔的以道德哲学和法学为支撑的正义论背景。对她而言,伦理批评有双重意义:一是通过文学丰富而特殊的视角来克服传统道德哲学的缺陷,让哲学认识人生复杂而充满冲突的现实;二是通过将伦理学引入文学,赋予文学阅读及批评更多的社会与政治内涵。这两种意义共同体现在她的伦理批评中。其最重要的几部与文学批评相关的作品为《善的脆弱性》(Fragile of Goodness)、《爱的知识》(Love's Knowledge: Essays on Philosophy and Literature)以及《诗性正义:文学想象与公共生活》(Poetic Justice: The Literary Imagination and Public Life)等。

努斯鲍姆对文学的兴趣始于对人生问题的好奇与困惑,文学甚至要比哲学更能够帮助她思考"人应该如何生活"这个问题。作为一位伦理学家,她深切地感受到传统哲学在回答诸多人生问题上的局限。无论是康德主义还是功利主义伦理观,常常只是透过抽象的准则来规范人的现实行为,却忽视了生活本身的复杂与冲突。当多数人的哲学阅读一如既

---

[1] Wayne Booth, *The Essential Wayne Booth*, Edited by Walter Jost, Chicago and London: the University of Chicago Press, 2006, p. 257.

往地从柏拉图与亚里士多德的经典文本起步的时候,她却对古希腊悲剧更感兴趣,她发现这些文学作品中所包含的问题更能深刻地打动她,启发她思考人生与社会的问题,因为只有文学才能够复杂具体地展示生活的纷扰与冲突。

当然,并非所有的哲学都如功利主义那般抽象。努斯鲍姆在亚里士多德的伦理学与诗学中看到了那种对"特殊性"的关切;同样也不是所有的文学作品都能够呈现生活的丰富与冲突,努斯鲍姆看重的是希腊悲剧,狄更斯、亨利·詹姆斯、普鲁斯特等人的小说。因此她的伦理批评并不是一种放之四海而皆准的方法主义,而是一种根据特定作品而采纳的批评视角。

努斯鲍姆早期的作品《善的脆弱性》既可被视为一部伦理学著作,也可被理解为一部关于希腊悲剧的伦理批评,其中她对索福克勒斯《安提戈涅》的分析最具代表性。从亚里士多德到黑格尔,有关这个悲剧的讨论早已有久远的历史。但努斯鲍姆依然发掘出其中的新意。在她看来,这个故事有关人类伦理选择的困境,即人如何寻找善的生活道路的问题。在她看来,无论是克瑞翁所捍卫的"国家伦理"还是安提戈涅所坚持的"家庭伦理"都存在着视野的局限,对自己所坚持的原则充满自信,却未能正视生活中所难以避免的伦理冲突与善的脆弱。索福克勒斯以具体的叙事的方式向读者揭示了人类价值的多样性和多元性,并且质疑那些想要通过综合来协调这些价值的企图。

人生的伦理困境不仅体现在古老的悲剧表演中,同样也发生在现代兴起的各种小说文本中。努斯鲍姆对狄更斯、亨利·詹姆斯、陀思妥耶夫斯基等作家情有独钟的原因亦在于此。其此后出版的《爱的知识》无疑是继布斯的《我们所交往的朋友:小说的伦理学》之后,伦理批评领域所涌现的又一部杰作。在这部严谨而充满洞见的作品中,亨利·詹姆斯的作品成为她主要的评论对象。如果说利维斯肯定了詹姆斯前期的作品的话,努斯鲍姆则是要证明詹姆斯后期的作品更具有伦理的内涵。比如《金碗》(The Golden Bowl)这部詹姆斯最为完整的长篇小说得到了努斯鲍姆的肯定,并对它进行了极为细致的分析。

"我读完《金碗》的那天是1975年的圣诞夜,在伦敦林肯小酒馆的一间小寓所中,独自一人。自那时起,对难忘的最后结局的同情与恐惧相互交织，并表达为我对悲剧及其效果，个人生活中机会、冲突以及代价的反思。"[1] 努斯鲍姆对这部小说有着深切的感触，在《爱的知识》中频频提及。在她看来，这是一个关于女性成长的故事，所谓"成长"即为看到世界的不完善，多元价值之间无法化解的深刻矛盾以及自己面对这些选择时的那份理性。小说主人公麦琪是一个认识不到"人生脆弱性"的人，她追求一切的完美，不容许生活中出现任何的瑕疵。她的核心理念就是一个好的人，永远不会做错事，不会打破规则，也不会受到伤害。用他父亲的话说："麦琪在她过去的生命中犯错误的时间从未超过三分钟。"但这一理想随着她进入婚姻关系开始变得脆弱。当她长大嫁人之后，依然希望保持她与父亲之间那种关系，既希望扮演完美的妻子角色又不愿放弃完美的女儿角色。小说中"金碗"就是一个非常重要的隐喻，它美丽但却存在瑕疵。在努斯鲍姆看来，小说的后半部分就是讲述麦琪如何开始正视人生的不完善。

此外像《一九八四》这种公认的政治小说，在努斯鲍姆手术刀般精细的分析中呈现出完全不同的面貌。对于乔治·奥威尔的这部小说，布斯就提出过一些有别于主流的看法。在他看来，与其说这部小说体现了个体与极权制度的对抗，不如说它描绘了"一个缺乏真正人格的社会"[2]。布斯对这部小说的伦理负面效应深感忧虑，因为它更多地激发人们反抗体制的欲望，而不是从积极的角度来关注自我的成长。努斯鲍姆沿着这一思路对这部小说进行更深层次挖掘。在她看来，这部小说不仅仅有关谎言以及极权主义统治。而且它还是有关人类的终结以及政治对人类心灵的瓦解。从根本上说，它是关于"同情心死亡"[3]的故事。小说中的大洋国成功地根除了人类心灵中的同情，阻碍人类的成长发展，从而将其永远控制在自恋的状态。自恋的心灵一方面对他人与外在世界充满仇恨与冷漠，另一方面又无法面对自身的脆弱而需要屈服于更大的集体。极权制度的危险不仅在

---

[1] Martha C. Nussbaum, *Love's Knowledge: Essays on philosophy and literature*, New York: Oxford University Press, 1990, p.18.

[2] Wayne Booth, *The Essential Wayne Booth*, Edited by Walter Jost, Chicago and London: the University of Chicago Press, 2006, p. 242.

[3] [美]玛莎·努斯鲍姆：《同情心的泯灭：奥威尔和美国的政治生活》，参见[美]格里森等编《〈一九八四〉与我们的未来》，董晓洁等译，法律出版社，2013年，第301—322页。

于"老大哥",而且还在于维护这一制度的心灵。

奥威尔笔下的温斯顿·斯密斯是最后一个拥有人性的人,他拥有同情与想象,还有做梦的能力,他通常被理解为小说中对抗体制的英雄,尽管他最终屈服,但他似乎是作品中唯一的正面形象,象征着黑暗时代的一点星光。但努斯鲍姆却从温斯顿的形象中看到了危机,由于某次坏运气造成了他母亲与妹妹的死亡,他挥之不去的内疚感表征了他无法面对一个充满缺陷与冲突的世界,他的心智则总停留在那个完美的黄金时代。他还是会像其他自恋主义那样逃离这个世界,因此在努斯鲍姆看来,他最后的结局不仅不是意外的,还是顺理成章的。除了对反面乌托邦的预言之外,这部小说理应为每个个体提供更多的伦理反思。

不难见出,虽然努斯鲍姆对这些作品的解读看似都是从哲学的目标出发,但由于这一目标本身不仅不狭隘,而且还具有探询的意味("人应该如何生活?"),并不会因此而使文学沦为某种理论或意识形态的工具。对她而言,较之于通常的哲学,伦理批评"自身需要少一些抽象与概要,多一些对情感与想象需求的尊重,多一些暂定性与即席性。简而言之,它需要为自己选择一种形式来显露而非否认文学的洞见"[1]。在此意义上,伦理学与文学不仅可以和平相处,而且还能彼此支持。

首先,伦理学的介入能帮助我们将文学的伦理维度更好更清晰地呈现出来。在努斯鲍姆看来,利维斯文学批评的局限就在于他缺乏必要的哲学与伦理学反思,使他后期的文学批评显得肤浅,尤其是对亨利·詹姆斯后期作品的否定;与之相反,特里林的批评之所以出彩,则是源自于他对"伦理学与心理学思想广博而深刻的认知"[2]。

其次,伦理学可以提高我们的阅读质量。它能够帮助我们对因为文化习俗而塑造的观念与习惯有所审视,没有理论的帮助,我们对文学的欣赏也可能助长一种恶的倾向。我们可以以娱乐的方式阅读狄更斯,但这种阅读会失去很多东西。我们需要理论的协助来让文学的想象压倒詹姆斯所说

---

[1] Martha C. Nussbaum, *Love's Knowledge: Essays on philosophy and literature*, New York: Oxford University Press, 1990, p. 239.

[2] Ibid., p. 191.

的那种"让人变得稀里糊涂的力量"[1]，没有伦理学的帮助我们很难理解得深刻。

再次，伦理学还有助于丰富我们的阅读经验。通过"疏离"或"陌生化"的方式为我们打开一种新的视野，把我们从日常生活的俗见中解放出来。在没有理论的前提下，因为我们很容易去认同与我们倾向一致的人物，而对其他人物缺乏同情。

最后，伦理批评最终还有政治正义上的意义。"我们每个人不仅仅是专业人士，而且还是希望活得更好的人。我们不仅是单个的人，而且还是城镇与国家的公民，更重要的，还是人类世界的一员。在此意义上，协调与理解成为当务之急。"[2]努斯鲍姆的另一部作品《诗性正义》在某种意义上可被理解为文学批评如何应用于社会正义的成功案例。对《艰难时世》的阅读与批评有助于我们看到功利主义原则的简化与抽象，以及我们当代经济生活造成的人性在情感方面的迟钝与想象力的缺失。以美国贫民窟黑人现实生活为题材的小说《土生子》则能通过其独有的想象的叙事来让人们同情共感"他人的生活"。尽管《诗性正义》的重心最后落实到了文学想象对于法官公正审判的意义之中，但毫无疑问这种"诗性正义"的价值可以体现在现实生活的方方面面。

总而言之，尽管伦理批评在这两百多年的历史中已发生了诸多变迁，但它的核心内涵并未发生改变。在个体的维度上，伦理批评探询"人如何过上好的生活"；在社会维度上，伦理批评则追问"如何让社会变得更正义"。换而言之，就是不断地完善自我与社会。这样一个原本简单而朴素的人生社会信条，早已在当代后现代主义思潮的冲击下变得面目全非。文学批评沦为一种简单的意识形态工具，本质上是一种过往道德主义的意识形态变体。它不教人自我完善，却把人生堕落的责任推给抽象的"结构"与"权力"。批评家与作品之间的关系也从彼此的友情沦落为相互的敌意：文学作品会潜在地用它的话语影响读者，批评家则应扮演好侦探的角色，揭穿故事背后的阴谋。显而易见，伦理批评不赞成这种态度，因为伦理批

---

[1] Martha C.Nussbaum, "Literature and Ethical Theory: Alies or Adversaries?" Yale Journal of Ethics 9(2000), 5-16.

[2] Martha C. Nussbaum, *Love's Knowledge: Essays on philosophy and literature*, New York: Oxford University Press, 1990, p. 192.

评家都是古老的人文主义者，他们真正关心更美好的人生与更公正的世界。重拾友谊，重申正义，虽然它们与这个时代氛围格格不入，但这些饱含深情的文字、细腻而富于才华的分析以及背后深沉的道德力量，永远都不会褪色。

扩展阅读书目

1. [英]F. R. 利维斯：《伟大的传统》，袁伟译，生活·读书·新知三联书店，2009年。
2. [美]亨利·詹姆斯：《小说的艺术》，朱雯等译，上海译文出版社，2001年。
3. [美]莱昂内尔·特里林：《诚与真》，刘佳林等译，江苏教育出版社，2006年。
4. [美]莱昂内尔·特里林：《知性乃道德职责》，严志军等译，译林出版社，2011年。
5. [美]理查德·波斯纳：《法律与文学》，李国庆译，中国政法大学出版社，2002年。
6. [英]马修·阿诺德：《批评集：1865》，杨果译，中央编译出版社，2017年。
7. [英]马修·阿诺德：《文化与无政府状态》，韩敏中译，生活·读书·新知三联书店，2012年。
8. [美]玛莎·努斯鲍姆：《善的脆弱性》，徐向东等译，译林出版社，2007年。
9. [美]玛莎·努斯鲍姆：《诗性正义：文学想象与公共生活》，丁晓东译，北京大学出版社，2010年。
10. [美]欧文·白璧德：《文学与美国的大学》，张沛等译，北京大学出版社，2004年。
11. [美]韦恩·布斯：《小说修辞学》，华明等译，北京大学出版社，1987年。
12. [美]韦恩·布斯：《修辞的复兴：韦恩·布斯精粹》，穆雷等译，译林出版社，2009年。
13. [美]希利斯·米勒：《文学死了吗》，秦立彦译，广西师范大学出版社，2007年。
14. [英]亚当·斯密：《道德情操论》，蒋自强等译，商务印书馆，1997年。
15. [古希腊]亚里士多德：《尼各马可伦理学》，廖申白译注，商务印书馆，2003年。